徳間文庫

箸墓幻想

内田康夫

徳間書店

目次

プロローグ　7
第一章　畝傍考古学研究所　12
第二章　当麻寺《たいまでら》の春　47
第三章　鵄《とび》と遊ぶ娘　82
第四章　消えた都の伝説　117
第五章　遺された写真　152
第六章　大和女子大　195
第七章　戦没画学生　237
第八章　黄泉の国の山　279
第九章　「神の手」の疑惑　322
第十章　少女の死の秘密　364

第十一章　死者の書　410
エピローグ　459
あとがき　467

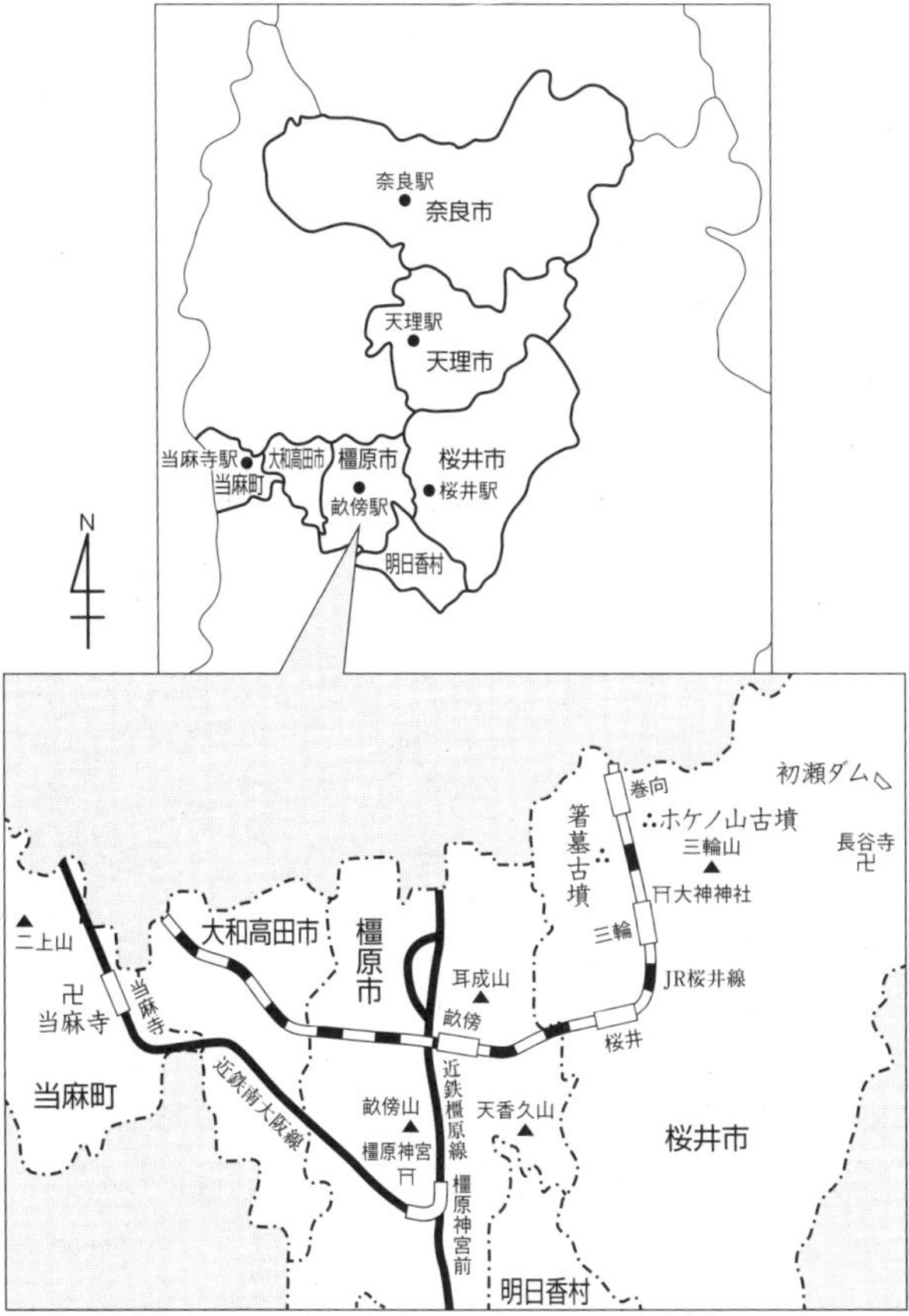

奈良駅
奈良市
天理駅
天理市
当麻寺駅
大和高田市
橿原市
桜井市
当麻町
畝傍駅
桜井駅
明日香村
N
初瀬ダム
巻向
箸墓古墳
ホケノ山古墳
三輪山
長谷寺
大神神社
三輪
JR桜井線
大和高田市
橿原市
二上山
当麻寺
当麻寺
耳成山
畝傍
桜井
当麻町
近鉄南大阪線
近鉄橿原線
畝傍山
天香久山
桜井市
橿原神宮
橿原神宮前
明日香村

時《とき》に大神《おほみかみ》恥《は》ぢて、忽《たちまち》に人《ひと》の形《かたち》と化《な》りたまふ。其の妻《みめ》に謂《かた》りて曰《のたま》はく、「汝《いまし》、忍《しの》びずして吾《われ》に羞《はぢみ》せつ。吾還《かへ》りて汝《いまし》に羞《はぢみ》せむ」とのたまふ。仍《よ》りて大虚《おほぞら》を践《ほ》みて、御諸山《みもろのやま》に登《のぼ》ります。爰《ここ》に倭迹迹姫命《やまととびめのみこと》仰《あふ》ぎ見《み》て、悔《く》いて急居《つきう》。則《すなは》ち箸《はし》に陰《ほと》を撞《つ》きて薨《かむさ》りましぬ。乃《すなは》ち大市《おほち》に葬《はぶ》りまつる。故《かれ》、時人《ときのひと》、其の墓《はか》を号《なづ》けて、箸墓《はしのみはか》と謂《い》ふ。是《こ》の墓は、日《ひる》は人作《ひとつく》り、夜《よる》は神作《かみつく》る。故、大坂山《おほさかのやま》の石《いし》を運《はこ》びて造《つく》る。則ち山《やま》より墓《みはか》に至《いた》るまでに、人民《おほみたから》相踵《あひつ》ぎて、手遞伝《たごし》にして運ぶ。時人《ときのひと》歌《うたよみ》して曰《い》はく、

大坂《おほさか》に　継《つ》ぎ登《のぼ》れる　石群《いしむら》を
手遞伝《たごし》に越《こ》さば　越《こ》しかてむかも

（『日本書紀《にほんしょき》』崇神《すじん》天皇十年九月の条）

プロローグ

奈良盆地の空はうっすらと晴れてきた。昨夜までの雪に覆われた葛城《かつらぎ》山系の峰々は、銀色に輝いている。はるかに望む二上山《ふたかみやま》の特徴的な二つの山頂も、真っ白に化粧して、やわらかな早春の光に映えていた。

大和路《やまとじ》の春はまだ浅いが、三輪山《みわやま》の山裾《やますそ》の里のそこかしこから、草木の芽吹きの音が聞こえてくるようなのどけさが広がった。

小池拓郎《こいけたくろう》は纏向《まきむく》の田園をゆっくりと歩いて行った。この辺りの道はなだらかな斜面の、等高線に沿うようにつづく。朝方まで、雪やみぞれまじりの雨が降ったせいか、野良仕事の人の姿はほとんど見えない。濡《ぬ》れた田や畑からゆらゆらと立ちのぼる水蒸気に、地表のものの形が、かげろうのように朧《おぼろ》に揺れる。

そのかげろうの向こうに箸墓《はしはか》がある。春先のこの時期、常緑の樹々の多い箸墓は、黒く錆《さ》びた濃緑色の岡である。

小池は足を止めた。

箸墓と向かい合うと、いつも胸の底からこみ上げてくるものを感じる。懐かしさと畏《おそ》れと、それに生涯を費やしても贖《あがな》うことのできない罪の意識が、ある時は甘露のように、ある時は苦い胆汁のように湧いてくる。

小池にとって箸墓は、初恋にも似た憧《あこが》れの対象であった。いや、恋人以上の存在と言ってもよかった。その証《あかし》のように、小池はついに妻を娶《めと》ることなく、七十六歳の春を迎えた。悔いはないかと訊《き》かれれば、胸を張って「悔いはない」と答えられるほどの自信はない。むしろ悔いることの多い人生だったといえる。

小池はいつだって謙虚に、自分の正しいと思った道を選んできたつもりだ。しかし、多くの場合、思いとは裏腹の結果を招いた。善意から出た行為が相手を傷つけ、不幸のどん底に陥れ、とどのつまりは死を招いた。それは単なる不運とばかりはいえない。自分の不器用さや臆病《おくびょう》や偽善がなせる罪であることを、認めないわけにいかなかった。

そういう若き日の罪の意識が、小池にあたかも禁欲主義者のような学問一筋の生きざまを選ばせた。そうして後半生はまさしく、自分らしい真っ当な道を歩んできたつもりであった。「あのこと」に直面するまでは、そう信じていた。

恐ろしい——と心底、思った。業だとか因縁だとか、日頃はあまり信じない非科学的なものが、忽然《こつぜん》と、亡霊のように現れたのである。目の前にその亡霊を見た時、小池は許されざる罪業の深さを思った。

牧歌的な風景の中に歩を進めながら、小池はあたかも、死んだ妻・イザナミに会いに行くイザナギの心境だった。愛《いと》しく美しい妻を慕って黄泉《よみ》の国に入ったイザナギが見たものは、爛《ただ》れた腐肉に蛆虫《うじむし》が涌《わ》く醜悪なイザナミの姿である。イザナギは震え上がり、逃げ出した。イザナミは羞恥《しゅうち》と怒りでイザナギを取り殺そうと追いかける。現世へつづく暗黒の坂は長い。必死で逃げるイザナギと、妄執と怨念《おんねん》でいまはもはや死に神と化したイザナミ。かつて愛しあい、子まで生《な》した者同士とは思えない、凄絶《せいぜつ》な光景である。

（死に神か――）

小池の胸に躊躇《ためら》いがあった。自分もまたイザナギの轍《てつ》を踏もうとしていると思った。しかし、この場から引き返すことはできない。もし引き返せば、学者の良心を懸《か》けて「あのこと」を阻止しなければならないだろう。それは過去の罪業を洗いざらいぶちまけることでもあった。そうすれば間違いなく、また一つ罪を犯すことになる。

小池は首を振って、まとわりつく未練を払い捨てた。いまはもうイザナミ――死に神の気のすむように、わが身を委《ゆだ》ねるほかはない。これはかつて小池が犯した三つの「殺人」を償うべく、「約束された殺人」なのだ。

それにしても、「あのこと」は恐怖であるのと同時に希望でもあった。失われた半世紀をいっぺんに取り戻す奇跡であった。

考えてみると、小池をあの絶望的な悲劇が襲った一九四八年は、卑弥呼《ひみこ》の死からちょうど一七〇〇年後にあたる。そのことに特別な意味があるわけではないが、それすらも小池に運命と因縁の不思議を思わせた。卑弥呼と邪馬台国《やまたいこく》の存在を証明するために、自分は死ぬのだ——と思った。そう思えば心楽しいものでもある。

あの細い十字路を曲がれば、そこから少し先に「死に神」が待っている。小池は、美しく装った骸骨《がいこつ》を想像した。ずいぶん昔に、そういう夢を見た。その時は恐ろしかったが、いまはなぜか恐怖はなく、むしろ懐かしさがあることに戸惑った。

昨日、「死に神」からの誘いがあった時、小池は今日、死ぬであろうことを思った。そういう結末でなければ、収拾がつかない——と思った。

さて、それでどうしたらいいかと思い巡らした。身の回りを片づけかけて、途中でやめた。まるで死を予感していたかのように思われるのは、いけない。これは自殺ではないのだ。

(死を与えられる——)

そう思った時、大津皇子《おおつのみこ》を連想した。大津皇子が従容として死地に向かった心境を、自分のものにしようと思った。若い大津皇子に較べれば、老境にある自分が死を恐れることはない。

それにしても、どんなふうに死を与えられるものか、そのことには興味がある。小池が考えた末の結論は「毒殺」であった。何を飲ませるのかは知らないが、いずれにしても、素知らぬ顔をして毒物を与えるのが、最も妥当な方法にちがいない。

それを自分も素知らぬふりを装って、飲まねばならない。

願わくば、あまり苦しまずにすむようなものにしてもらいたい。できれば眠るように死にたいものである。

箸墓を映す大池の畔《ほとり》に、箸墓と似た色の車が停まっている。小池が近づくのを待って、ドアが開いた。

中から「死に神」が現れた。

小池は右手を小さく挙げ、「やあ」と挨拶《あいさつ》を送った。

第一章　畝傍考古学研究所

三輪山《みわやま》をしかも隠すか雲だにも
心あらなも隠さふべしや
額田王《ぬかたのおおきみ》

1

寒波が去って高気圧が上空を覆うと、奈良盆地は霞立《かすみ》つ。ふだんは雄々しく見える三輪山の姿も、山裾の辺りはレースを纏《まと》ったように、やわらかく煙っていた。

箸墓《はしはか》古墳の黒々とした小山のような木々の群生を手前に配して、三輪山を仰ぐこの風景が、長井明美《ながいあけみ》はことのほか好きだ。じっと佇《たたず》んで目を閉じると、箸墓の主《あるじ》である「女性」の死を悼んでおいおいと哭《な》き叫ぶ女たちの声が聞こえてきそうな気がする。

アルバイトで初めて畝傍《うねび》考古学研究所に来た日、発掘調査の現場へ向かう途中、この同じ場所に立って箸墓とその向こうに聳《そび》える三輪山を眺めた。何の変哲もない田園と小さな集落の中にこんもりと繁った森の山を「箸墓古墳だよ」と教えてくれたのは、研究所の平《ひら》沢《さわ》課長だった。

そう言われても明美にはほとんどピンとくるものがなかった。考古学研究所でアルバイトをするからといって、考古学の知識があるわけでもない。学内の貼り紙に「時給七百円」という条件が書かれていたのに応募しただけで、明美の専攻は社会教育学である。いまどき、七百円はアルバイト料としてもそう高くはない。そのためか、それとも労働条件が劣悪なのを知っていて、敬遠されたのか、ひょっとすると自分以外に応募者はいなかったのかもしれないと明美は思った。

何をやるのか訊いてみると、発掘作業の手伝いだという。ただし、力仕事というわけではないのだそうだ。発掘された出土品を仕分けするような作業じゃないのかな――と、厚生課の職員もあまり詳しくなかった。

奈良県は古墳だらけの土地である。どこを掘っても何かが出る。道路やマンションの開発をやろうとすると、必ず古墳や埋蔵文化財にぶつかる。昔はそれに気づかず、あるいは気がついても頰かぶりして工事を進めたケースもあるらしいが、文化財保護法がきちんと機能している現在はそうはいかない。業者も予《あらかじ》めそれを予測して、開発の総予算の中に調査費や保存のための費用を計上してある。時には計画を変更して、道路のルートや設計の見直しも行う。

そういうわけで、発掘調査に関係する仕事は際限なくある。おもに発掘現場近くの主婦や高齢者の働き口になっているのだが、それでも人手不足を生じる。そのおこぼれが大学の厚生課に持ち込まれるというわけだ。

奈良県立畝傍考古学研究所は橿原《かしはら》神宮の隣にある。鉄筋コンクリート三階建ての、かなり規模の大きな独立した建物で、隣には付属資料館を擁しているのだが、県立ということはつまりお役所。したがって勤めている人たちはすべて奈良県の職員である。平沢課長は本来は学者で、前身は京都の大学で考古学の助教授だったのだそうだ。専門は飛鳥《あすか》地方の古墳の研究。学生時代からひまさえあれば奈良盆地を訪れて、発掘作業に参加していた。大学で教鞭《きょうべん》をとっていては研究もままならないと、ついに意を決して転職したという。

そろそろ五十歳になるという平沢は、口髭《くちひげ》を生やしているわりには青年のような若さがある。「きみ、穴掘り、できますか」と質問されて、明美は「はい」と答えた。穴掘りぐらい、子供だってできると思った。

「じゃあ、行きますか」

マイカーでいきなり連れて行かれたのが箸墓古墳だった。桜井市から天理市を抜けて奈良市へ行く国道169号から、ほんの少し、東に入ったところにある。平沢が「これが有名な箸墓だ」と言って車を降りたので、明美もそれに従った。「ここを掘るのですか？」

と訊《き》いて笑われた。

「ここはだめ、掘りたくても、宮内庁の管轄だからね」

笑いを引っ込め、残念そうに眉《まゆ》を顰《ひそ》めた。顰めたままの目で箸墓とその向こうの山を眺めている。明美も平沢を真似てそうした。

「形のいい山ですね」

「ん？……」

どれが？……と明美の視線を辿《たど》って、「あれは三輪山だよ」と言った。

「ああ、あれが三輪山ですか。名前だけは知ってましたけど」

「おやおや……」

平沢は苦笑した。

「そのぶんだと、箸墓のこともあまり知らないな」

「ええ、何も知りません」

無知を笑われたと思ったから、つい反発するような言い方になった。「ずいぶん大きいですけど、誰のお墓なんですか？」

「ヤマトトトヒモモソヒメの墓だと言われている。日本書紀にそう書いてある」

「やまとと……いっぺんじゃ憶《おぼ》えられませんね」

「ははは、書いて上げるよ」

ポケットから分厚い手帳を出し、「倭迹迹日百襲姫《ヤマトトトヒモモソヒメ》」と書いて読みがなまで振って、そのページを切り取ってくれた。

「姫というからには、女の人のお墓なんですね」

「ああそうだよ。三輪山の神・大物主神《おおものぬしのかみ》の妻だ。それについては面白い説話があってね、倭迹迹日百襲姫は夜な夜な通ってくる夫が何者なのか、その正体を知らなかった。ある時、大物主神にせがんで彼の正体を見せてもらう。大物主神は何を見ても驚かないと約束させて、蛇の化身である正体を見せた。姫は約束を忘れ大いに驚いた。大物主神は『私に恥をかかせたな』と怒り、飛び去ってしまった。姫はそれを悔いて、箸でホトを突いて自殺したというのだ。この墓を『箸墓』というのはそのためなのさ」

「箸でノドを突いたんですか？」

はっきり聞き取れなかったので、明美は問い返した。平沢は「しようがねえな」と、また手帳を取り出して「女陰」と書き「ホト」とルビを振った。さすがに照れくさそうな顔をしていた。手帳を覗《のぞ》き込んだ明美も赤くなった。

「嘘でしょう？」

からかわれたと思ったが、平沢は「嘘ではない」と真顔で言った。

「少なくとも日本書紀の『崇神紀《すじんき》』にはそう書いてある。倭迹迹日百襲姫は七代孝霊《こうれい》天皇の皇女《おうじょ》で、十代崇神天皇の大伯母。いま言った三輪山の大物主神の神託によって、崇神天皇の治世を補佐した。つまり神がかりしたシャーマンだったわけだな」

「はあ……そうなんですか」

明美の反応が鈍いので、平沢は物足りなかったようだ。何も分かっていないことが、見透かされたのかもしれない。

「崇神は『ハツクニシラス』と評価されたことからも分かるとおり、実在した最初の天皇だと言われている。その大伯母が倭迹迹日百襲姫で、これだけの規模の墓を造るということは、要するに大和朝廷成立以前に、勢力の強い王族や女王が存在したと考えられる」

「………」

「倭迹迹日百襲姫が女王でありシャーマンであるとすると、何か連想されないかね」

微笑を湛《たた》えた興味深そうな目で見つめられて、明美は当惑ぎみに首を横に振ったが、すぐに「あっ」と思いついた。

「それって、もしかすると卑弥呼《ひみこ》のことじゃないのですか？」

「そのとおり」

平沢は初めて満足そうな表情を見せた。

「そうなんですか、これが卑弥呼のお墓なんですか」

「ははは、そういう説もあるということで、証明されたわけじゃないがね」

車に戻って、さらに箸墓に接近した。離れたところから見ると小ぢんまりした里山のようだが、近づくとかなりの巨木が生い茂っていることが分かる。木の高さを差し引いた墳丘そのものの実体の高さはおよそ三十メートルほどだろうか。前方後円の姿もはっきり分かる。

道路は箸墓の南側に沿って進み、道路を挟んで箸墓の反対側は田畑。ところどころに家が建つ。道は間もなく十字に交差する。その辺りの、箸墓の東側にはまとまった集落があり、その中の一軒は、敷地が明らかに古墳の領域に食い込んでいるように見える。

「ひと回りしてみようか」

サービスのつもりなのか、平沢は十字路を北へ向かって左折した。

「この道は『上《かみ》ツ道』にほぼ沿っている。上ツ道は知ってるだろうね？」

「いえ」

明美は悪びれずに首を振った。平沢も「そうか、知らないか」と、女子大生の無知にあまり驚かなくなっている。

「上ツ道というのは、中ツ道、下《しも》ツ道とともに古代、奈良盆地を南北に貫く三道の一つだ。壬申《じんしん》の乱のとき、近江《おうみ》朝廷軍と大海人皇子《おおあまのおうじ》の軍勢がこの辺りで死闘を繰り広げたのだが、どういうわけか、その上ツ道というのが北から南へほぼ一直線にきて、この箸墓にモロにぶつかるんだな。道路の真ん中に箸墓が横たわっているといってもいいかもしれない。本来の道は箸墓の北側を迂回《うかい》して通っていたのだが、壬申の乱のときには両軍が箸墓の真ん中を突っ切って戦ったらしい。航空写真に、前方と後円のあいだ辺りを斜めに突っ切っている道路の痕跡《こんせき》が見える。つまり、この箸墓は戦略的にも政治的にも重要な意味のある場所だったことを示していると考えられるね」

箸墓の北側には池がある。大きな池で、名もそのまま「大池」というそうだ。車はその外側を走り、いったん国道に出て、また最初の道に入った。平沢は車を停め、今度は外に出ないで、フロントガラスを通して、箸墓とその向こうの三輪山を仰ぎ見た。細めた目に懐旧の想いをこめて、いつまでもそうしていたいような気配があった。

2

畝傍考古学研究所が発掘調査を行っている現場は、箸墓から集落のあいだを抜け、ＪＲ桜井線の踏切を渡って、三輪山のほうへ二百メートルほど行った、なだらかな丘陵に広がる田園の中だった。

途中の道路がむやみに狭い。平沢の車は国産の小型車だが、向こうから軽四輪がきて、やり過ごすのに苦労している。ここだけでなく、奈良盆地の道は、新しいバイパスなどを別にすれば、どこも似たようなものだ。国道や県道はまだしも、主要道を一歩入ると畦道《あぜみち》に毛の生えたような細道である。

明美がそのことを言うと、「集落が発生した頃は車なんてなかったからね」と平沢は呑気《のんき》そうに答えた。

「せいぜい大八車か、牛や馬が行き交えれば、それでいいとしたものだろう」

「どうして拡げないんですかね」

「なるほど、それはいい質問だな。なぜ拡幅工事を行わないかというと、それはそこに遺跡があるからかもしれない。この辺りはどこを掘っても遺跡だらけだからね。下手に手をつけると、埴輪《はにわ》なんかがゾロゾロ出てくる。それを辿ってゆくと民家の床下までつづいていて、収拾のつかないことになりかねない。だからみんなじっと、昔のままの佇《たたず》まいで暮らしているのだろう」

ほんとかしら？——と、明美は平沢のいまにも笑いだしそうな口髭《くちひげ》の先を眺めた。

発掘現場は「ホケノ山古墳」というのだそうだ。「ホケノ」とはどういう字を書くのか訊きたかったけれど、また無知を笑われそうな気がして黙っていた。

ホケノ山古墳は長さが約八十メートルの前方後円墳だそうだ。箸墓と違って樹木はほとんどない草地だが、それでもちょっとした岡のように大きい。箸墓古墳はこれの三倍以上、容積にすればたぶん三十倍近くもあるのだから、いかに巨大かが分かる。

「箸墓を中心に、この辺り一帯に散在する古墳群を総称して『纏向《まきむく》遺跡』と言っている。一九七一年に県営住宅と小学校を作る計画があった時、ここを調査して分かったのだが、纏向は古墳群ばかりでなく、じつは古墳時代前期の一大集落跡だったのだよ。それも、弥生《やよい》式遺跡が突然、消滅して、まったく異なった文化が忽然《こつぜん》として現れているんだね。纏向古墳群のほとんどは前方後円墳で、わが国最古のものだ。その中で箸墓は最大、つまり箸墓こそが、景行《けいこう》天皇陵、仁徳《にんとく》天皇陵などに連なる、巨大前方後円墳の最古のものであることは間違いない。このホケノ山古墳は箸墓よりも少し古く、箸墓築造の前段階の古墳と考えられる」

車から出て岡の上へ向かいながら、平沢は解説した。

発掘調査中は古墳の周囲を建設現場にあるようなフェンスで囲って、関係者以外は入れなくしてある。フェンスの一カ所をずらして、平沢と明美は囲いの中に入った。

丸い禿山《はげやま》のような古墳の頂上付近を、青い大きなビニールシートで覆って、その上にテントを張っている。テントの下では数人の男女が、うずくまるようにして発掘作業に勤《いそ》しんでいる。平沢が「ご苦労さん」と声をかけると、一様に振り返って、黙ってお辞儀を返した。

「こちら、今度、仲間に入る長井明美さんです。明日から来ることになるので、よろしく頼みます」

明美が「よろしくお願いします」と挨拶《あいさつ》したのにも、全員が黙って頭を下げただけだった。愛想がないというのではなく、作業の手元のほうが気にかかるといったところのようだ。しかし、二人が引き揚げようとした時、その中のリーダー格と見られる、日焼けした髭面の男が思いついたように立ち上がって、「平沢先生」と呼び止めた。

「あの、小池先生がお見えにならないのですが、ご存じありませんか？」

「あ、そうなの、今日はまだお見えになってないの」

「はあ、この後の作業の指示をしていただくことになっているのですが。このまま続けていて構いませんか」

「そうだね、いいでしょう。何か特筆すべき出土品があったら、その時は電話してください。小池先生とお会いしたら、ここの状況をお伝えしておくよ」

平沢は（おかしいな――）というように首を傾げたが、それ以上は言わずに、明美を促して現場を離れた。

帰りの車の中で、明美はいましがた疑問に思ったことを訊《き》いた。

「さっき先生はホケノ山古墳が箸墓古墳より少し古いっておっしゃいましたけど、箸墓よりも古いとなると、卑弥呼以前ということになりませんか」

「ははは、それはきみ、箸墓を卑弥呼の墓と決めてかかっている質問だね」

「えっ、じゃあ、箸墓は卑弥呼の墓ではないんですか」

「そういう説もあると言っただろう。そもそも邪馬台国《やまたいこく》がどこなのかも分かっていない状態なのに、箸墓の主、倭迹迹日百襲姫が卑弥呼と同一人物であるなどと、軽々しく言えるはずがない。現に、説ということなら、このホケノ山古墳のほうを卑弥呼の墓ではないかとする説もあるのだよ。いや、それどころか、纒向古墳群の中で最も古いのは、ここから少し西へ行ったところにある石塚《いしづか》古墳だと言われているが、それを卑弥呼の墓だとする説もある」

「なーんだ、そうなんですか。私は箸墓古墳が卑弥呼の墓だって信じてしまいました。じゃあ、平沢先生は箸墓ではないと思っていらっしゃるんですか？」

「さあ、それは分からないとしか答えようがないな。客観的な立場に立てば、現在のところ否定的な見方の比重が大きいがね。ただ、地元にいる人間としては、そうであって欲しいという夢はある。だからといって、その夢のために研究にバイアスがかかってはいけない。僕らのような学徒としては、掘り出した物と真摯《しんし》に率直に向かい合うことだけを考えるべきだよ」

平沢は明美と会って初めて、学者らしいきびしい横顔を見せた。平沢が自らを「学徒」と言ったことに、明美は少し感動した。もちろん、学生という意味で使ったのではないだろうけれど、さっきの発掘現場の人たちと同じ線上にあると言っている。学問に勤しむ心構えを見せつけられたようで、わが身に引き較べると恥ずかしかった。

畝傍考古学研究所に戻ると、平沢は建物内の各施設を案内してくれた。明美は付属の畝傍考古学資料館のほうには二度、見学に訪れたことはあるけれど、その舞台裏ともいうべき研究所のほうは初めてだ。コンクリート三階建ての建物は広大な玄関ロビーをはじめ、たっぷりした空間を備え、とくに建物の前半分と後ろ半分が細長い中庭のような空間で仕切られている設計が、素人目にはずいぶん無駄なような気がする。

「それは前後の建物の持つ機能と役割がまったく異なること。前半分が資料の保管など、気密性を求められるのに対して、後ろ半分は発掘した出土品を洗浄したり復元したりする、いわば工場みたいなものだから、両方を隔離する必要からそういう設計になっているのだよ」

平沢は明美の疑問にそう答えた。確かに、背後の建物は一階から三階まで、剝《む》き出しの出土品が至るところに置かれていた。とくに一階には、まだ泥を落としたばかりの土器の破片などが、プラスチック製の籠《かご》に入れられ、その籠にはそれぞれに発掘場所などのデータを書き込んだ紙が貼ってある。整理された土器には白い塗料で細かい数字が書き込まれ、次の工程に送られる。

各フロアは、広い作業場にデスクが並び、ところどころで女性が細かい手仕事に打ち込んでいる。何をしているのか覗《のぞ》いてみると、土器の破片のサイズを計ったり、それを繫《つな》ぎ合わせて、なんとか原型を再現しようと奮闘したりしているのであった。

バラバラになった数枚の破片から、原型を想定した図面を作るのも難しそうだが、欠落した部分を石膏《せっこう》で補って壺《つぼ》の形に仕上げてゆく技術には感心させられる。一つの職業とはいえ、この辛気臭い作業を一年中、コツコツ続けている人たちは、本当に尊敬に値すると明美は思った。

「イズミさん、小池先生をお見かけしなかったかな」

壺を成形している、わりと年配の女性に、平沢が声をかけた。ここの女性たちの平均年齢は、概ね《おおむ》二十代後半から三十代前半ぐらいと思われるが、彼女は四十歳前後といった印象だ。おそらくこのセクションのリーダー格なのだろう。

「いいえ、今日はまだお顔を拝見していません。ホケノ山の現場のほうへ直接いらしたんじゃないでしょうか」

「イズミ」と呼ばれた女性がメガネ越しにこっちを向いて、答えた。

「いや、さっき寄ってきたが、向こうにもおいでになっていないらしいんだ。何か連絡はなかったかな」

「あら、そうなんですか。珍しいですね、いつも居場所を教えておいてくださるのに」

「そうだね。面白い物が出たら、すぐにお知らせしないとご機嫌が悪いしね」

平沢はいくぶん笑いを含んだ口調で言ったのだが、「イズミ」女史は真顔で、「変ですね、何かあったんかしら？」と、むしろ気掛かりそうに眉《まゆ》を顰《ひそ》めた。

3

平沢が「イズミ」と呼んだ女性のフルネームが「島田《しまだ》いづみ」であることを、長井明美は平沢に紹介されて知った。彼女には予《あらかじ》め何か懸念材料があったのだろうか。その後もずっと「小池先生」のことが気になるのか、明美との挨拶も心ここにあらざるような様子で、そっけなかった。その様子に明美までが何となく不吉な予感を抱いたほどだ。

そしてその予感はやがて現実のことになったのである。その日——つまり、長井明美が畝傍考古学研究所とホケノ山を訪れた日の前日から、小池拓郎は行方知れずになった。

もちろん長井明美は直接には小池を知らない。小池という人物が、畝傍考古学研究所ばかりでなく、考古学界にとってどれほど重要な存在であるのかを認識したのは、それからしばらくして仕入れた知識によるものだ。

それにしても、小池拓郎が失踪《しっそう》した時の騒ぎは大変なものだった。マスコミの扱いはそれほどでもなかったけれど、学界や関係者にとってはかなりの衝撃的な事件であったことは間違いない。そのために研究所の業務が数日間、ほとんどストップしてしまったのを見ても分かる。

事情に通じていない新参者の明美には、詳しい状況は分からなかったが、最終的には研究所から警察に捜索願が提出された。研究所に警察官が何人か来て、あちこちで事情聴取をしていた。何も知らない明美にまで警察官が声をかけたほどだ。

小池拓郎は畝傍考古学研究所の三代前の所長を務め、退官後は名誉顧問として残った。肩書には「名誉」がついているけれど、名誉どころか、小池は現役以上に毎日のように出勤してくる。研究所に出ない日には発掘現場へ出向いていると思って間違いない。だから、小池と連絡が取れなくなったとき、島田いづみが懸念を見せたのには理由があったともいえる。

小池の住居は奈良県北葛城《きたかつらぎ》郡当麻町《たいまちょう》――中将姫《ちゅうじょうひめ》で有名な当麻寺の塔頭《たっちゅう》の一つに寄宿していた。当麻町から畝傍考古学研究所のある橿原までは、近鉄南大阪線一本で来られる。橿原神宮前駅から七つ目が当麻寺駅で、そこから西へ一キロほど参道を歩いたところに当麻寺がある。通勤時間は片道、せいぜい四十分ばかりだが、毎日となると大変だ。そこを小池は、それこそ雨の日も風の日も休むことなく通いつづけていた。

小池が失踪した日は、朝の内まで近畿《きんき》地方一帯は雪催《もよ》いだった。ことに奈良盆地の西側に連なる山々の高いところには、前夜から朝にかけてかなりはげしく雪が降った。当麻寺の参道にも、冷たい雨に混じって、時折、雪が落ちていた。

その中を小池拓郎は古びたこうもり傘を傾けて歩いて行った。時刻はいつもどおり午前八時過ぎ。参道脇に店を出している顔見知りの者たちが何人か、「おはようございます」

と挨拶《あいさつ》したのにも、いつもどおり一人一人に、丁寧な挨拶を返していた。それが町の人々の、元気な小池を見た最後になった。

小池は研究所に顔を出したあと、午前十時頃には所員の車に乗せてもらって、ホケノ山古墳の発掘現場へ行った。その頃には雨も上がり、奈良盆地の上に青空が覗いた。

名誉顧問の報酬といったって高が知れているのだが、そんなことには関係なく、ほとんど毎日のように、小池は若い連中と一緒に発掘現場にいた。発掘作業を監督したり、時には自分も手掘りに加わったりするのが小池には至福の時であったらしい。

もっとも、その日は作業には手を出さず、のんびり傍観者に徹していた。後にそのときの彼の様子を「何となくぼんやりと、無気力な感じでした」と評した者がいた。現場で昼食前まで過ごしてから、小池は独り、徒歩で引き揚げた。その時小池は「客に会う約束がある。今日はたぶん、このまま帰ることになるだろう」と言い残している。

ホケノ山古墳の最寄り駅はＪＲ桜井線の巻向《まきむく》駅である。歩いて十五分程度のところだ。小池も当然、そこから電車に乗ったものと誰もが考えた。その日はそれっきり連絡がなかったが、もともと非常勤の名誉顧問なのだから、そのことに疑いを抱いたり不審に思ったりする理由はない。

そうしてその晩、小池は寄宿先である当麻寺の塔頭に帰らなかったのである。

ただし、その時点ではまだ小池の身に異変があったなどとは誰も考えはしなかった。小池が無断で外泊することはかつてなかったので、奥の坊の人々が不審に思った程度である。翌日になって、畝傍考古学研究所の島田いづみが平沢課長に訊《き》かれて、「変ですね、何かあったんかしら？」と呟《つぶや》いたのが、はからずも「異変」の予言のようなことになった。

結局、小池拓郎の姿を最後に見たのは、ホケノ山の発掘現場にいた人々であった。警察は小池が向かったと思われる巻向駅や、付近の店で聞き込みをしたが、それらしい人物を目撃したという話は聞けなかった。

長井明美にしてみれば、いきなり「失踪騒動」の渦中に就職したような、少し落ち着かない気分ではあった。それでも仕事のほうは数日後には常態に復した。明美は最初に平沢に案内されたホケノ山の現場で、発掘作業に従事することになった。朝九時に研究所に出勤すると、七人の仲間たちと一緒に、二台のワゴン車で運ばれる。現場では丸岡《まるおか》という髭《ひげ》面《づら》の男性の指揮のもと、それぞれの役割分担が決まる。

ホケノ山古墳の調査は、以前にも行われたことがあるけれど、今回が最大規模で本格的なものなのだそうだ。明美が参加した時点では、すでに地面がタテヨコ各八メートル、深さは最も深いところで三メートルほども掘り進められていた。

発掘作業なんて、ひたすら黙々と行うものかと思っていたのだが、けっこう作業員のあいだで会話が交わされる。それも真面目な学問的な話題はほとんどなく、昨日の夜のテレビドラマの話や、週刊誌ネタの他愛ない話が多い。それで手元がおろそかになるわけでなく、単調な仕事だけに、そうやって気を紛らわせないと、長続きしないものなのかもしれない。

まったく、発掘は根気のいる仕事だ。当然のことながら、井戸掘りやトンネル掘りと違って、ただむやみに早く深く掘ればいいというわけではない。何よりも遺跡や、出土するであろう遺物を傷つけないことに留意する必要がある。その目的のために、指先と竹ベラと筆のような道具を使い分けて、大げさにいえば耳垢《みみあか》でもほじくるような非効率的な方式によっている。

初心者の明美は、遺物が出そうな場所は掘らせてもらえなかった。いちばん差し障りのなさそうな、つまり何も出そうもないような部分を宛てがわれて、「耳垢掃除」をやらされた。それでも倦《う》まず弛《たゆ》まず掘っているうちに、明らかにふつうの土質と異なる、硬質な手応《てごた》えにぶつかった。

思わず「あっ、何かあったみたい」と叫ぶと、リーダーの丸岡が飛んできた。そこから先は丸岡の手によって作業が進められた。出てきたのはタテ五センチ、ヨコ三センチほどの土器の破片だった。丸岡の話によると、掘り当てた周辺にはこの土器の破片が、ある程度まとまって埋まっているはずだという。「いまの要領でつづけてみて」と言われて、明美はようやく発掘調査隊員の気分になってきた。

新参者としての遠慮があるので、仲間たちが交わす会話に、明美のほうから積極的に加わることはなかったが、それでも彼らの会話を通じて、いろいろな知識がしぜんに身についてゆくものである。ことに平沢や小池に関係する話題には耳を欹《そばだ》てた。

マスコミ関係者が出没しているということもあって、なるべく触れないようにしているらしいのだが、それでも小池拓郎の消息は誰もが気になっているにちがいない。時折、思い出したように「小池先生はどうされたのかな?」と誰かが言いだす。「失踪」してからの日数が増えるにつれて、心配の度合いも増幅していく様子だった。

そもそもこのホケノ山古墳の発掘は、小池が畝傍考古学研究所所長だった時にスタートしたのだそうだ。

「ホケノ山古墳は、小池先生のライフワークを完結させる、ゴールなのだと思う」

丸岡はそう言っている。

「小池先生のライフワークって、何なのですか?」

明美は素朴に訊いた。

「もちろん、邪馬台国の特定さ」

「えっ、ホケノ山古墳の発掘調査で、邪馬台国が特定できるのですか?」

「まだはっきりと断定はできないが、少なくとも、先生ご自身はそう位置づけておられるはずだ」

「つまり、奈良盆地のこの辺りが邪馬台国だったっていうわけですね。平沢先生もその可能性があるっておっしゃってました。箸墓は卑弥呼のお墓かもしれないとも。それがホケノ山古墳の調査で分かるってことですか」

「ああ、かなりの確率で可能性が拡大するだろうね。邪馬台国畿内《きない》説の弱点は、中国の後《ご》漢《かん》との交流を示す、たとえば三世紀初頭に造られた銅鏡などが出土していないということだったのだから。現在はその説自体は覆りつつあるけど、箸墓に銅鏡があることが立証されれば、邪馬台国の位置を特定する有力な根拠になるのは間違いない。箸墓は天皇家の陵墓だから調査ができないけれど、それより古い時代のこのホケノ山から副葬品として銅鏡でも出れば、箸墓にも同じ物が存在することが立証されたに等しい」

話しているうちに丸岡の目が輝いてきた。

4

小池拓郎の捜索願は提出されていたが、警察の調査はさっぱり進展しないもののようだった。だからといって警察が怠慢であったというわけではない。捜索願を受理したのは橿原署だが、畝傍考古学研究所からの依頼とあっては、おろそかにできるはずもない。むしろ、この種の捜索願に対する警察の対応としては、格別な取り扱いをしていると言ってもいい。

もっとも、小池拓郎という人物についての認識には、向こうとこっちとではかなりの温度差があることは否定できない。小池拓郎がわが国考古学界にとっていかに重要な存在であるかを、いくら力説してみたところで、考古学に関してはまったくの縁なき衆生である捜査員たちにすんなり伝わるとは思えないのだ。

警察としては小池が何らかの事件に巻き込まれた可能性があるのかないのか、その点をまず特定したがった。本人にそうする理由なり動機がないのであれば、失踪《しっそう》の原因は予測しなかった事故に遭遇したか、それとも第三者に強制されたものということになる。その場合、最悪のケースとしてすでに殺害されていることも想定しなければならない。

誰に訊いても、小池が自ら失踪しなければならない理由は浮かんでこなかった。

「小池先生はホケノ山古墳の発掘に情熱を傾けておられ、毎日が充実しておられたと思います。若いわれわれより頑張られるので、ご無理しないようにと申し上げると、『病気したり死んだりするひまがあったら、穴掘りをしているよ』と冗談をおっしゃるのが口癖で……」

これが周辺にいる人々の一致した見解といってよかった。それにしても、「死んだり」などと冗談で言ったのが現実になったようで、関係者たちにはそのことが重くのしかかっていた。

小池はことし七十六歳。生涯を通しての独身である。それどころか、小池自身の語るところによれば、天涯孤独なのだそうだ。

「親は早くに死んだ。兄弟もなし。探せば親戚《しんせき》の一人や二人はいるかもしれないが、少なくともここ五十年以上は、それらしい人間と会ったこともない」

親しい者と飲んだ時などに、訊かれるとそう答えた。真偽のほどを確かめるすべもなかったのが、今回の失踪事件で、はからずもそれが事実であることが立証された。

小池が当麻寺の塔頭《たっちゅう》に寄宿するようになったのはかれこれ十二年前。畝傍考古学研究所所長を退官して、官舎を出なければならなくなったときである。塔頭の住職とは先代の頃から付き合いがあった。その誼《よしみ》で住職に勧められて、好意に甘えたといったところだ。

塔頭では茶室として使っていた離家が小池に提供された。それほど広くはないが、小池のほうも大した家財道具もない。あるのは膨大な資料と書物の類《たぐい》だが、どうしても手許《てもと》に残しておきたいものを除き、そのほとんどを研究所に寄贈したかたちで預け、必要があれば出掛けて行って調べることにしていた。

失踪が長引くと、警察は単なる「家出人捜索」から、はっきりと事件性を伴った失踪に切り換え、小池の住居の家宅捜索を行った。立ち回り先など、何か手掛かりになりそうなものや、ひょっとすると遺書のようなものが発見されるかと期待したのだが、まったく空振りに終わった。

住所録に並ぶ氏名を当たってみたが、そのほぼ全てが畝傍考古学研究所の関係者や各地に点在する学者仲間といったところで、私的な付き合いのある人物はほとんど皆無と言ってよかった。小池がいかに研究三昧《ざんまい》の日々を送っていたかが、改めて伝わってくる。

結論として、小池自身がこの「失踪」をまったく予期していなかったことだけははっきりした。彼の愛用する文机《ふづくえ》の上には部屋の主《あるじ》の帰りを待つように、執筆中の論文の原稿と、使い込まれた万年筆が横たわっていた。

事件性を伴った失踪となると、原因は二つ考えられる。一つは交通事故や転落事故などによるもので、この場合、遺体が発見されないのは、たとえば人里離れた場所や海中に転落したか、それとも事故を起こした車の運転者が遺体を運び去った――といったケースもありうる。

「失踪」のもう一つの原因は誘拐《ゆうかい》、または拉致《らち》されたケースである。じつは警察としてはこっちのほうの可能性が高いことを恐れていた。小池はホケノ山の発掘現場を離れたあと、徒歩で巻向駅へ向かった公算が大きい。それ以外に利用できるような交通機関といえば国道を走るバスだが、その停留所も巻向駅近くである。

しかし、その周辺でいくら聞き込みを続けても、小池に繋《つな》がるような情報は得られなかった。また、当日発生した交通事故等にも該当するようなものはない。さりとて、小池が人里離れた危険な場所に行ったとは考えられない。

問題は、小池が最後に言い残した「客に会う約束がある」という言葉である。「今日はたぶん、このまま帰ることになるだろう」とも言っていた。つまり、客に会う以外はどこにも行く予定などなかったということだ。まして「人里離れた」場所などは想像もできない。

その「客」が何者なのか、警察はその人物の特定に方向を絞った。小池の失踪から時間が経過しているにもかかわらず、いまに至るも、その「客」らしき人物からの問い合わせはない。ということは、少なくともその日、小池は「客」と会う約束は果たしたものと思料される。だとすると、その「客」こそが小池と最後に会った人物であり、ことによると小池の「失踪」について事情を知っているかもしれない人物ということになる。

小池の失踪はマスコミでも報道されたし、それ以上に、学界などではちょっとした話題になっている。多少なりとも関係のある人間なら、当然、その事実を知っているはずだ。小池が言っていた「客」にしたって、会う前にしろ会った後にしろ、小池が失踪したことを知れば、何はともあれ問い合わせなり報告なりをして寄越しそうなものである。それがないというのは、大いに怪しい。

警察は、何らかの事件に巻き込まれた——と想定して、小池に恨みを抱くような人物がいるかどうかを調べた。小池の日常の周辺に関するかぎりでは、「小池先生を恨むような者はいません」と、異口同音の答えが返ってきた。学問一筋、研究三昧の小池の日々は、学者特有の浮世ばなれしたところもあったが、それは決して不愉快なものではなく、むしろ相手に微苦笑を覚えさせるようなものであった。

「もし反感を抱く者が存在するとすれば、小池先生の論敵ぐらいなものでしょうか」

と言ったのは畝傍考古学研究所の平沢徹《とおる》である。

「ロンテキ？……」

平沢に話を聞いたのは橿原署の部長刑事・市場健二郎《いちばけんじろう》だが、平沢の言った「ロンテキ」がピンとこなかった。

「つまり、学問上の意見や理論の対立する学者のことです」

「はあ、なるほど……それは誰ですか？」

市場部長刑事は手帳を構え直した。

「誰と特定できるかどうか……一方の勢力と考えたほうがいいでしょう」

「というと、何かの団体とか組織とか？」

「いや、そういうことではなく、考え方が同じか似通った者同士という意味です。組織を作って何かを行うといったものではありません」

「それにしたって、敵というからには相当な反感を抱いておるわけですな」

「まあそうですね。時にはかなり激しい応酬もあります」

「いったい、何でそんなに対立せなあかんのですか？」

「それは、一つのテーマに関して、考え方が相容《あいい》れない場合、自説を主張することはつまり、同時に相手の理論を批判し粉砕し、結果としては学者生命を絶つことにもなりかねないのですから、当然、お互いに過激な論調にもなりますよ」

「ふーん、恐ろしいもんですなあ。それで、小池先生も何かのテーマで誰か――いうか、一方の勢力いうのと争っておったいうことですか。そのテーマいうのは？」

「端的にいうと邪馬台国と卑弥呼に関するものですね。小池先生は邪馬台国畿内説を掲げるリーダーの一人です」

「はあ……」

市場部長刑事はまた難問にぶつかったように、腰が引けた。

「邪馬台国と卑弥呼はご存じですよね」

「そら、そのくらいは知ってますがな」

「邪馬台国がどこにあったかというのは、現在、日本の古代史の中の最大の謎とされているものなのです」

「えっ、邪馬台国いうたら、この大和の国、奈良県にあったのと違いますの？」

「おっしゃるとおり、奈良県の人の多くはそう信じているし、またそうであってもらいたいと思っています。全国的にいっても、学者を含め、かなりの人たちが同じ意見でしょう。しかし、そうは思わない人々もそれと同じ程度、存在するのです。その中でもとくに強力なのが『北部九州説』です。ほかにもいろいろありますが、現在は『畿内説』と『北部九州説』が、天下を二分する勢力といっていいでしょう」

「そんなアホな……」

市場部長刑事は口を大きく開けて、反論を発しようとした。

平沢徹としては、素人の市場を相手に邪馬台国論争を始めるつもりはさらさらない。

「とにかく、もし小池先生に遺恨を抱くような人物がいるとすれば、先生独特の鋭い論調によって、自説を批判されたことのある人物ということになるでしょう」

「それは誰ですか？」

市場部長刑事は意気込んで訊《き》いた。いますぐにでも、その人物のところへ飛んで行くつもりになっているらしい。

「いや、ですからそれはあくまでも仮定の話です。邪馬台国北部九州説を信奉する人は相当な数にのぼります。さっき言ったように、個人というより一方の勢力というべきです。したがって個人名を挙げるわけにはいきません」

平沢は首を横に振ってはぐらかしたが、該当するような人物の幾人かの名前が、脳裏を駆けめぐった。

「そんなことよりも刑事さん、いまはとにかく小池先生の行方を捜していただくのが先決でしょう。その結果、万一先生が何かの事件に巻き込まれていたのであれば、その時は犯人側の動機もはっきりするわけで、疑わしい人物を特定できるのではありませんか」

「といわれると、なんやら平沢先生は、小池先生がすでに殺害されていると決めておられるみたいですなあ」

市場はジロリと刑事特有の目で睨《にら》んだ。

「そんなこと……」と、平沢は鼻白んだ。

「私は考えたくありませんよ。しかし、こんなに長いあいだ小池先生が行方不明になっておられる理由は、ほかに考えようがないですしね。刑事さんのほうだってそう思っているんじゃないのですか？」

「まあ、それはそうですけどな」

市場はケロッとした顔で顎《あご》を撫《な》でた。

おおっぴらに口に出して言わないだけで、誰もが最悪の事態を想像していた。事故か事件かはともかく、小池拓郎がすでにこの世に存在していないことは疑う余地がない。あとは、いつどこで、どんなふうにそれが現実のこととして明るみに出るか――だけだ。

5

最後の寒波が去って、三月に入ると奈良盆地はどことなく春めいてきた。葛城山《かつらぎさん》の雪はすっかり消え、三輪山の裾《すそ》の、日当たりのいい窪地《くぼち》では、菜の花畑が黄色く色づいたところもある。小池の失踪《しっそう》事件にお構いなく、時間は流れ季節は移ろう。

三月四日午後一時頃、初瀬《はせ》ダムの管理事務所からの一一〇番で、ダム湖畔に死体らしきものが漂着しているという通報が入った。ただちに最寄りの長谷寺前《はせでら》駐在所から警察官が駆けつけ、目視によって当該漂着物が死体であることを確認、桜井署に連絡した。

初瀬はもともとは桜井市金屋《かなや》から長谷寺付近までにかけての初瀬《はっせ》川の渓谷をいい、歌枕になっている。百人一首に源《みなもとの》俊頼《としより》の歌で「憂《う》かりける人を初瀬の山おろしよはげしかれとは祈らぬものを」がある。

初瀬はまた、「長谷寺」で名高い。長谷寺は天武《てんむ》天皇の時代――七世紀後半の創建といわれる。近鉄大阪線長谷寺駅付近で国道１６５号から分かれ北上すると、初瀬川を渡って六百メートルほど行ったところに長谷寺があり、そこからさらに六百メートル行くと初瀬ダムに着く。初瀬ダムは別名「まほろば湖」と言い、行楽シーズンのドライブコースとして知られている。花の季節、紅葉の季節はもちろんだが、まもなく始まる芽吹きの時季にも訪れる人は多い。

死体の第一発見者は、この日たまたまドライブで初瀬ダムを訪れた男女四人のグループだった。ダム湖を渡る口之倉橋の上から湖面を眺めていて、グループの一人が死体に気づいた。もっとも、その時点では、死体かどうかを確認できたわけではない。はるかな岸辺近くに漂着している「物体」に、漠然と不審を感じたので、念のために管理事務所に届けたということだ。

　桜井署からレスキュー隊の応援を得て、死体が引き揚げられた。死後、かなりの日数が経過していると思われるのだが、ダム湖の水温が低いためか、遺体の傷みはそれほど進んでいない。

　遺体の主は男性で六十歳から八十歳程度。服装はノーネクタイのスーツ姿。靴は片方だけ履いていた。転落の際のショックで脱げたものだろう。痩《や》せ形でこの年代としては大柄なほうかもしれない。桜井署では、隣の橿原署に出ている小池拓郎に関する捜索願のことを知っていた。しかも小池が最後に目撃されているホケノ山古墳は桜井市内にあるのだ。現場からの報告を受けた本署では、すぐに死体の主が小池拓郎であると想定して、身元確認の作業に入った。

　畝傍考古学研究所から平沢徹と島田いづみが駆けつけ、遺体が小池拓郎の変わり果てた姿であることを確認した。

　遺体は県立病院に送られ、司法解剖に付された。死因は溺死《できし》であった。死後二週間乃至《ないし》三週間程度は経過していると見られる。小池が消息を絶ったのは二月十七日だから、その日に死亡していた可能性が高い。遺体からは微弱だが睡眠薬が検出された。溺死とはいっても、睡眠薬を飲まされ、意識のない状態でダム湖に投げ込まれたとも考えられる。

　なぜ初瀬ダムだったのか——が問題だが、ホケノ山古墳の近くから三輪山の北側に入って行く「大和高田桜井線」と呼ばれる地方道がある。その道はやがて初瀬川上流にぶつかるのだが、そこから南に川沿いに下ってくると初瀬ダムに達する。犯人は小池をホケノ山近くで車に乗せ、途中のどこかで睡眠薬等を飲ませ、寝入ったところで初瀬ダムに投げ込んだものと考えられる。

なお、この道は口之倉橋を渡れば、長谷寺や初瀬の集落を通らずに、口之倉トンネルを抜けて国道165号に達することができる。現に、発見者のグループもそのコースでドライブしていたところだった。冬季は車の通行量が少なく、逃走路としてはもってこいだ。それが犯行現場に初瀬ダムを選んだ理由かもしれない。

ある程度の覚悟はあったにしても、やはり小池拓郎の死は各方面にショックを与えた。とくに考古学界が受けた衝撃は大きい。小池は「邪馬台国畿内説」のリーダーの一人であるし、とりわけ、純粋に考古学的な実証主義の立場を貫いていたことでも、揺るぎない存在だった。

邪馬台国論争には大きく分けて二つの論拠がある。一つは『魏志倭人伝《ぎしわじんでん》』などに書かれた語句の解釈に基づいて、邪馬台国の位置を文献学的に想定しようとする方法。もう一つはあくまでも考古学的な発見を積み重ねることによって、邪馬台国の位置を実証しようとする方法である。小池拓郎や平沢徹など畝傍考古学研究所のスタッフは後者に属し、ホケノ山古墳の発掘などは、まさにその実証主義を実地に行っている現場なのだ。

『魏志倭人伝』というのは、『三国志』のひとつである「魏志」の「東夷伝《とういでん》・倭人」の条に収められている、日本古代史に関する最古の史料である。『魏志倭人伝』というと、それ自体が膨大な歴史書のような印象を与えるが、実際は『魏志倭人伝』という書物はなく、「魏志」の中の約二千字からなる部分に過ぎない。したがって、倭国や倭人のことを書いてくれているのはありがたいのだが、舌足らずで、肝心な点が曖昧《あいまい》になっている。

たとえば邪馬台国の位置について、次のような記述がある。

〔(朝鮮半島から)始めて一海《いっかい》を度《わた》る千余里、対馬《つしま》国に至る。―略―南一海を渡る千余里―略―一支《いき》国(壱岐《いき》)に至る。―略―また一海を渡る千余里、松盧《まつら》国に至る。―略―東南陸行《りくこう》五百里にして、伊都《いと》国に到る。―略―世ゝ《よよ》あるも、皆女王国に統属す。―略―東南奴《な》国に至る百里。―略―東行不弥《ふみ》国に至る百里。―略―南、投馬《とうま》国に至る水行《すいこう》二十日。―略―南、邪馬壹国に至る、女王の都する所、水行十日陸行一月。〕

主として距離に関する部分だけをピックアップしたものだが、これだけの記述を分析して、邪馬台国の位置を特定しようとすると、いかに難しい作業であるかが分かる。江戸時代から多くの学者やアマチュア史家がこれに挑戦、文字どおり百家争鳴してきたのだが、いまだに決定版となるものがない。わずかにはっきりしていると思われるのは、対馬、壱岐から末盧国(現在の佐賀県松浦地方)と伊都国(同福岡市西方の半島)まで。そこから先は方向も距離もまったくといっていいほど結論が出ていない。解釈のしようによっては北部九州であったり、阿蘇山《あそさん》周辺であったり、岡山県付近であったり、そして大和国――奈良県であったりする。

そもそも『邪馬台国』という名称からして、「魏志倭人伝の原文は『邪馬壹国』であって『邪馬臺国』ではない、したがって『邪馬台国』なんてものはなかったのだ」と主張する学者がいる（「台」は「臺」の略字）。当然のことながらその一派は「北部九州こそが邪馬壹国である」とする。それに対して「『壹』は『臺』を誤写したものだ」と反論する学者たちがいる。「邪馬臺」はひょっとすると「やまと」と発音した可能性もあり、だとすると、まさに「倭《やまと》＝大和」に通じるではないか――ということになる。

双方の説にはそれぞれ弱点がある。九州地方説の弱点は古墳だ。巨大前方後円墳は畿内の奈良盆地地方に多く見られ、それ以外の地方ではそれを模倣、あるいは参考にした形式のものが多い。時代的にも若干、大和地方よりも遅れている。『魏志倭人伝』には卑弥呼の死について次のように書いてある。

〔卑弥呼以《もっ》て死す。大いに冢《ちょう》を作る。径百余歩、徇葬《じゅんそう》する者、奴婢《ぬひ》百余人。〕

「冢」は墓のことで、この「径百余歩」に相当する古墳は例の箸墓がぴったり当てはまる。畿内説をとる側からいえば、これらのことはつまり大和王族の勢力の強大さを立証するものだということになる。

反面、畿内説の弱点は、王家の象徴ともいうべき、たとえば銅鏡など、決定的なものが出土していないことである。もし女王・卑弥呼の墓を造ったとされる三世紀半ばに該当する銅鏡が出れば、論争に終止符が打たれる可能性が強いとされた。小池拓郎や平沢徹などの考古学的「実証派」が、ひたすら古墳の発掘に情熱を傾けるのはそのためといってよかった。

事件の捜査はなかなか進捗《しんちょく》しなかった。

警察としては当面、小池の死は殺害されたものであると断定はしながらも、犯行の動機については物盗《ものと》り、怨恨《えんこん》の両面を勘案しながら捜査を進める方針であった。関係者の誰に訊《き》いても、小池が殺されなければならないほどの恨みを買っているとは考えられないという。行きずりか物盗り目的の犯行だろうとする説が圧倒的に多かった。とはいえ、その反面、「客に会う」約束があったことや、その相手が事件後、名乗り出ないことからみて、捜査員の心証としては「怨恨による殺害」の方向に傾きつつあった。

第二章　当麻寺《たいまでら》の春

うつそみの人にある我れや明日《あす》よりは
二上山《ふたかみやま》を弟背《いろせ》と我れ見む
大伯皇女《おおくのひめみこ》

1

三月十三日、浅見光彦《あさみみつひこ》はソアラを駆って奈良盆地に入った。

名古屋から名阪《めいはん》国道、西名阪自動車道を乗り継いで奈良県の中央部を東から西へ横断する。大阪との県境に近い香芝《かしば》インターで下りて国道１６８号を五キロほど南下すると当麻町である。

「當麻（当麻）」の地名の由来は、曲がりくねった難路を古語で「タギ」といい、もともとの地名は「當岐麻《たぎま》」と書いた。後に「タギマ」が「タイマ」に転訛《てんか》し、表記も「當麻」

の二文字になったといわれる。

確かにこの辺り、大和から難波の地へ抜けるには竹内・岩屋峠を越えなければならず、かなりの悪路だったにちがいない。近年になって竹内街道に新道ができたし、道路の拡幅工事もどんどん進められているが、当麻寺を囲む集落の中の道はどこも狭い。とりわけ近鉄の当麻寺駅から真西へ行く参道は細く、車のすれ違いがやっとだ。

おまけに当麻寺付近には大きな駐車場もない。参道の突き当たりが境内で、山門の手前左手に狭い民間の駐車場があるだけだ。大型バスなどは近づくこともできない。そのせいか、あるいは奈良盆地のはずれにあって、奈良市や明日香《あすか》村《むら》などの観光コースから外れているせいか、当麻寺を訪れる観光客は驚くほど少ない。

それだけに、いつ訪れても当麻寺には俗化されていない静謐《せいひつ》な雰囲気が漂っている。東西の三重塔の背後に聳《そび》える二上山を仰ぎながら、境内をのんびりと散策するのは、大和路の旅のきわめつきにちがいない。その三重塔も本堂も白鳳《はくほう》から天平《てんぴょう》にかけての建造物で、もちろん国宝である。それがまるで野の寺のようにいとも無造作に佇《たたず》んでいる素朴さは、余所《よそ》の観光社寺とはまったく異なる趣がある。

浅見は当麻寺にはもう、これが五度目になるだろうか。桜の時季も紅葉の季節もいいけれど、春まだ浅く、しんとした気配の中に、どこからともなく芽吹きの予感がフワーッと湧いてくるようなこの時季が、浅見はことのほか好きだ。

当麻寺は天武天皇十年――六八一年に起工し、六八五年に至って金堂、講堂、千手堂、その他主な建物が完成したと伝えられている。

ところで、天武天皇が崩御したのは六八六年、つまり当麻寺ができた翌年のことだ。その直後、皇位継承問題を巡って大津皇子《おおつのみこ》が謀叛《むほん》の嫌疑をかけられ、二十四歳の若さで憤死させられた。この章の冒頭に掲げた「うつそみの人に……」という歌は、大津の姉で、当時伊勢《いせ》神宮の斎王《いつきのみこ》を務めていた大伯皇女が弟の死を悼んで詠《うた》ったものである。

この事件は大津の継母・持統《じとう》天皇とその子草壁《くさかべ》皇太子の陰謀による冤罪《えんざい》事件だといわれる。大津皇子の処刑後まもなく、草壁皇太子が病死するなど、不吉な出来事が頻発した。持統天皇は大津の怨霊《おんりょう》によるものと大いに恐れ、粗末な墓で野ざらし同然の扱いを受けていた大津皇子の亡骸《なきがら》を二上山上に移して丁重に葬った。

歴史書などにもあまり触れられていないようだが、移葬の場所を二上山に定めた理由のどこかには、麓《ふもと》に当麻寺があるという意識が働いたのかもしれない。もっとも、二上山は大和王朝の時代以前から信仰の山として、人々の心に根ざしていた。

大和の人々にとって、三輪山《みわやま》の日の出と二上山の落日は、稲作農耕の生活のリズムを刻む原点であると同時に信仰の対象であっただろう。西の二上山の雄岳《おだけ》・雌岳《めだけ》の中央の尾根に、空をあかあかと染めて沈む太陽を見て、その彼方《かなた》に死後の世界を想像したとしても不思議ではない。

古代王族の大集落が存在したとみられる桜井市の「纏向古墳群《まきむく》」の辺りから望むと、二上山はほぼ真西に当たる。春秋の彼岸にはまさに二上山の尾根の真ん中に日が沈む。その位置関係も偶然の所産だったとは思えない。日出《い》ずる神の山・三輪山の麓近くに暮らし、はるか西に二上山の落日を拝む生活が、確かにあったにちがいない。

浅見はそんなふうに、ロマンに満ちた古代史に想いを馳《は》せるのが好きだ。額田王《ぬかたのおおきみ》や大津皇子が霞《かすみ》立つ大和の野を逍遥《しょうよう》するありさまを想像するだけで、胸がはずむ。さらに古《いにしえ》の日本武尊《やまとたけるのみこと》や、卑弥呼《ひみこ》の時代となれば、壮大な建国のドラマが思い描ける。日本中を走り回る浅見だが、究極の旅はやはり、大和路の歴史探訪の旅に勝るものはないと思っている。

ただし今回の旅は、物見遊山やロマンを楽しむこととは無縁だ。なにしろ殺人事件の謎を解くように依頼を受けての、文字どおり殺伐とした目的が与えられている。

初瀬《はせ》ダムで死んだ小池拓郎とは、浅見は一度だけ面識がある。まだ学生だった頃、当麻寺の塔頭《たっちゅう》「奥の坊」に泊めてもらった夜、食卓を共にした。奥の坊の住職・為保一之《ためやすかずゆき》から畝傍《うねび》考古学研究所の所長を退官して名誉顧問をやっている人――と紹介された。退官と同時に奥の坊の離家に寄宿することになって、住み始めたばかりだという。

小池拓郎は写真でしか知らない民俗学者の柳田國男《やなぎたくにお》によく似た顔だった。六十代半ばぐらいだったろうか。その頃流行《はや》り始めた境目のない遠近両用メガネをかけて、いつも何かを探しているような遠い目をしていた。浅見が万葉集を卒論のテーマにしていると言うと、「万葉集はいいです」と言った。それからしばらく沈黙があって、「勉強は想像と実証です」と言った。

小池と交わした会話はもう少しあったと思うが、浅見が記憶しているのはそれだけだ。とくに「勉強は想像と実証」と言った言葉が後々まで頭を離れなかった。近頃、探偵まがいのことをするようになってから、「想像と実証」がこの世界でも重要な手法であることを悟った。

その小池拓郎が死んだ——それも殺されたというニュースに驚いてから一週間後、奥の坊の為保住職から手紙が届いた。「あの温厚で学究三昧《ざんまい》の小池先生がなぜ殺されなければならないのか、まこと、世も末であると思わざるをえません」と書いてあった。「警察の捜査も手掛かりがまるでない状態だそうです。洩《も》れ承るところによりますと、浅見さんはいまや私立探偵としてご活躍とのこと。つきましては、当方にお越しいただき、事件の謎を解明していただけないものでしょうか。ご多用のこととは思いますが、まげてご了承いただければ幸甚であります」

むろん断る道理はない。浅見は雑誌「旅と歴史」から頼まれた急ぎの原稿を片づけて、すぐに奈良へ向かった。

為保住職は老成した感じだが、五十歳を超えたばかりのはずである。頭はいつもツルツルだから、お坊さんの年齢は外見だけではよく分からない。住職とは先代の頃から浅見の父親が懇意にしていて、その関係で浅見も卒論の「取材」の時に厄介になった。奈良を訪れると、なるべく表敬訪問するように心掛けてはいるが、ここしばらくは賀状の交換にとどまっていた。

小さな茅葺《かやぶ》き屋根を載せた門を潜ると、ナナカマドやセンリョウ、マンリョウなどの植え込みのあいだを石畳の通路が三十メートルほどつづき、その先に軒の低い玄関がある。広い土間に立って声をかけると、遠くから応じる声が返ってきた。

「やあ、立派にならはったな」

為保住職は玄関先で浅見を見るなり、相好《そうごう》を崩して言った。最後に会ったのは五年ほど前のことだが、五年やそこいらで「立派」になるとは思えない。もっとも、その頃の浅見は定職を失って、体のいいプータローを決め込んでいたから、それよりはいくらかましに見えるのかもしれない。

「小池先生が大変なことで……」と、浅見はすぐに話題をそっちへ持っていった。

「そや、そのことです」

為保はとたんに強張《こわば》った表情になった。まず小池が住んでいた離家に案内された。離家といっても、渡り廊下で母屋と繫《つな》がっている。もともと何代か前の住職が茶室として建てたものだそうだ。襖《ふすま》で仕切った小部屋が二室と、それにしてはしっかりした水屋があるのは、そのなごりである。

「まだ先生のご存命の頃のままにしてありますのや」

住職は両手を合わせて祈ってから部屋に入った。

二つの部屋はともに書棚がびっしりと並んでいて、それでも足りずに無数の書物が畳の上に積み重ねてある。奥の部屋のいちばん奥まったところに文机《ふづくえ》があって、机の上には原稿用紙が広げられ、万年筆が置かれたままになっていた。部屋の中央に夜具を敷ける程度の空間を残して、書物やら資料やらが積まれている。

「なんだか、いまにも小池先生が戻って来られそうな感じがしますね」

「ほんま、おっしゃるとおりです」

冷え冷えとした空気になじむまで、二人はしばらく佇んでいた。それから浅見はおもむろに室内の細々したところまで眺め回した。警察も来て事件を示唆するようなものはないか調べたが、空しく引き揚げたそうだ。確かに、洋服箪笥《だんす》の中と物入れのほんの一部に僅《わず》かばかりの衣類などがある以外、一見した印象では、部屋の中のものはすべて研究のための資料に見える。浅見は一礼して文机の前の座布団に正座してみた。

2

文机の脇の、書物や資料が積み上げられた谷間のようなところに、引出しが三段ある小型の手文庫を見つけた。

「そこには現金が少々と預金通帳とか古い手紙、写真、それに切手、便箋《びんせん》、葉書類とか、文房具なんかが入っておりました」

浅見が訊《き》く前に、為保住職が解説した。

「その中から現金と預金通帳だけはうちのほうの金庫に仕舞いましたが、ほかの物はそのままにしてあります」

「預金はどのくらいあったのでしょうか」

「思ったほどぎょうさんはなかったですな。三百万ちょっとで、定期預金みたいなもんはなかったようです。だいぶ前のことやけど、小池先生は冗談とも本気ともつかず、『私が死によったら、少しばかり貯金があるので、迷惑料に使《つこ》うてくれ』言うてました。それがそれやったのでしょうなあ。ご本人はまあ、年金をもろてはったし、一人で暮らしてはるぶんには、お金には不自由しておられへんかったのやろ思います」

「手紙類を見ても構いませんか？」

「そら構しまへん。警察がさんざん調べよったあとですのでな。持ち出したりせえへんかったら、なんぼでも手をつけてもろて、よろしいのと違いますか」

引出しを上から順に開けてみた。住職の言ったとおりの物が入っている。「古い手紙」というのも本当に古く、酸化して紙の色が変わった封書の裏書きの日付は昭和三十八年三月三十日であった。宛て先の住所は「京都市上京区《かみぎょう》」だから、小池が京都の大学に勤務していた時代だ。

差出人は長野県飯田《いいだ》市の「溝越薫《みぞこしかおる》」。名前だけでは男性女性いずれとも取れるが、優しい筆跡から見て女性と思われる。

〈拝復　思いがけずお懐かしいお名前のお便りを頂戴《ちょうだい》いたしました。最後にお目にかかりましたのは、かれこれ十四、五年も昔のことになりますのでしょうか。でも、それよりはずっと以前、兄と一緒に裏のリンゴ畑をご案内した日のことを懐かしく思い出しました。

お元気でご活躍のご様子、何よりでございます。でも折角お便りを戴《いただ》きましたけれど、兄は先年他界いたしました。帰郷した時から、ずっと体調が思わしくなく、療養生活のような日々でございましたが、一年あまりでとうとういけなくなりました。病名は結核ということになっておりますが、私の目からは何か心の病のように思えるほど無気力な兄でございました。せめてもっと早くに小池様のお便りを頂戴していれば、兄はどれほど嬉《うれ》しかったかと、胸がつまる思いでございます。どうぞこちらのほうにお越しになることがござ

いましたなら、ぜひともお立ち寄り下さいませ。ますますのご発展をお祈り申し上げます。敬具〕

いかにも信州人らしい——と思わせるような飾り気のない朴訥《ぼくとつ》な文章だ。文面から、小池拓郎が溝越薫の兄に宛てた手紙を書いて、それに対して薫が返事したという状況が読み取れる。小池と溝越薫の兄は、若い頃に溝越の郷里に遊ぶほどの親しい友人だったらしい。妹の薫とはその時に知り合ったのだろう。しかしその後、ある時期から音信も途絶えていて、しばらくぶりに消息を伝えたら溝越薫の兄は亡くなっていた——ということのようだ。

「これ以外には、書簡類はなかったのでしょうか？」

浅見は三つの引出しを覗《のぞ》いてから、住職に訊いた。

「ありまへんでした。小池先生は時折、竈《かまど》で原稿の書き損じやら手紙類みたいなもんを燃やしてはったよって、いらん手紙はどんどん捨ててしまわはったのでしょうな」

「だとするとこの手紙だけは捨てられない、よほど大切な品だったということですね」

あらためて文面を眺めてみた。若い頃の思い出を彷彿《ほうふつ》させるような、土の香りのする文章であるけれど、だからといって大切に保管しておくほどの貴重品とも思えない。溝越薫が小池の初恋の女性だったのだろうか。いずれにしても小池にとっては何か、捨てがたい思いのある手紙だったということなのだろう。

手紙と同じ引出しに、紙で包んだ写真があった。これもまた古い。モノクロ写真のセピア色は元からそういう色だったのか、それとも印画紙が変質してそういう色になったのか判然としないほどに古い。

　キャビネ判の写真には四人の人物と鹿が四頭写っている。背景の雰囲気から見て、明らかに奈良公園でのスナップだ。四人ともベンチに座っている。といってもその内の一人は赤ん坊である。大人の三人は向かって左から男、女、男の順に並び、左端の男性が赤ん坊を抱いている。三人はいずれも二十代半ばぐらいかと思われる。赤ん坊を抱いた男性と女性は夫婦で、右端の男性はその友人といったところかもしれない。

　写真がいつ頃撮られたものかは、写真の古さかげんと服装や髪形のファッションから推測するしかない。そういうものに疎い浅見の目から見ても、相当な昔であることは間違いなさそうだ。

　二人の男性は共にワイシャツ姿。右端の男性は袖《そで》を捲《まく》り、白い登山帽に白い靴という恰《かっ》好《こう》である。ちょっと見た感じでは夏のようだが、ただしベンチの背凭《せもた》れに白っぽい上着をかけてあるので、盛夏かどうかは分からない。左端の男性はネクタイを締め、黒い靴を履いている。彼は長髪だが、もう一人のほうは帽子を被《かぶ》っているのではっきりしない。

　女性は淡い色の半袖のワンピースで、膝《ひざ》の上にカーディガンらしきものを載せている。小さめの白い帽子の下から、フワッとウェーブのかかった髪が広がっている。面長な美人だが、化粧法も服装も、どう見ても半世紀ぐらい昔のファッションにちがいない。

「この二人の男性のどちらかが小池先生なのでしょうか？」

浅見が言うと、為保住職は「それが分からへんのですわ」と首を振った。

「赤ちゃんを抱いてはるほうは絶対違ういうのは分かるけど、もう一人の帽子を被ってはる方も似とる思えば似とるし、似てへん思うと似てへんのです。小池先生やとしたら、こっちのほうや思うが、確かなことは言えまへんな」

「季節は夏でしょうね」

「それとも、初秋いう頃でっしゃろな。鹿の角が大きいよって、角切りの前であることは間違いない。九月半ばいうところでっしゃろ」

鹿は餌を求めるように、ベンチに座る三人に鼻面を近づけている。微笑ましい風景なのだが、三人の表情はそれぞれで、赤ん坊を抱いた男とその妻らしき女性は幸せそうに微笑み、右端の男の顔付きは硬い。その頃はまだ「チーズ」などと笑わせることはしなかったのだろうか。

浅見は手紙と写真を元通りに引出しに収めた。興味をそそる品物だが、この古さでは直接事件に関わるものとは思えなかった。

「それにしても、私物らしい私物がこんなに少ないのには驚きました。僕の部屋など、写真はもちろん、古いどうでもいいような手紙も捨てきれずに、ゴミの山のようになっています。それは極端だとしても、小池先生もまた極端すぎますね。まるでいつ死んでもいいと覚悟を決めておられたような印象です」

「そや、おっしゃるとおりや」

為保は膝を叩《たた》いた。

「わしも浅見さんとまったく同じことを考えとりました。さっき言うた迷惑料のこともそうやけど、ここまで身辺をきれいにしてはったいうのは、いつどこで死ぬか知れんことを思うた上での、覚悟の表れや思いますな。わしのような坊主でもこうはでけへん。女房子供がおるし、それ以外にも現世への未練はよう捨てきれん。そこへゆくと小池先生は係累もあらへんし、あるのは学問の道いまだ遠しいう思いだけやったんと違いますかなあ」

文机《ふづくえ》に対して正座し、浅見は何気なく原稿用紙の上の万年筆を手にしてみた。モンブランの細字タイプである。ずいぶん長いこと使い込まれたのだろう、つややかな輝きはとっくに失われ、シルバーメッキは剝《は》がれてしまっている。いったいこのペン先から、どれほどの論文が生まれたことか――。

原稿用紙の最初のページに書かれた表題は「銅鐸《どうたく》と銅鏡の持つ意味」。副題に「マツリと権力と農耕生活の融合」と書いている。

ページを捲《めく》ると、〔近畿《きんき》地方、とくに奈良盆地中央以南からは多くの銅鐸や銅鏡が発見されている。〕という書き出しで、弥生《やよい》期や古墳時代の遺跡から出土した青銅器の例を紹介している。易しい文体で基本知識を伝えるような書き方だ。学界に発表する論文というより、たぶん大学生を対象にしたものだろう。

たとえば銅鐸に関しては、次のように解説している。

〔銅鐸は豊作を祈るマツリの際に鳴らされる鐘と考えられている。しかし、宗教的に二つの役割を演じる観念体でもあった。一つは春の種まきから秋の収穫まで、水田の穀物を悪霊から守り、豊穣《ほうじょう》をもたらしてもらうことであり、これを「辟邪《へきじゃ》」という。もう一つは収穫の後、倉の中にいる「穀霊」が逃げださないよう来春まで繋《つな》ぎ止めてもらうことで、これを「呪縛《じゅばく》」という。

ところで、興味深いのは、近年になって銅鐸が埋納された状態で発見される例が多いことだ。単に土中に埋まっていたというのではなく、明らかに何らかの目的なり意図があって、宗教的あるいは呪術的な方式を施して埋納していると考えられるのである。〕

考古学を専門にやった経験のない浅見にとっては、消化不良になりそうな文章だが、殺人事件の被害者が書いたものとなると話は違う。論文の中から何かのヒントが得られはしまいか——と、いささか罰当たりな視点から興味をそそられた。

3

日が翳《かげ》ったのだろうか、障子は輝きを失い室内は急に暗くなった。浅見は無意識に腕時計を見た。まだ五時を回ったところだ。

「二上山に、はや日が落ちました」

為保住職は浅見の気持ちを察したのか、歌うようなリズムで解説した。さり気ない口調から、日々の営みも季節のうつろいも、二上山とともにある寺の住職らしい、のどかな生活感が伝わってくる。

浅見はひとまず「調査」を中断して、離家から母屋へ戻った。裏庭に面した客間に案内され、間もなく住職夫人の智映子《ちえこ》がお茶を運んできた。四十代半ばぐらいだろうか。会うたびにいつも思うことだが、住職とは不釣り合いなほど若く見える。

お茶請けに当麻名物の「中将餅《ちゅうじょうもち》」が供された。伊勢の赤福《あかふく》に似たあんころ餅だが、餅はよもぎ入りの緑色の餅で、赤福よりはふた回りほど大きい。口に入れるとほのかな甘味と春の香りが広がった。

「小池先生が大好きやったのです」

夫人は言いながら涙ぐんだ。

日が落ちると早春の空気はまだ冷たい。奈良県の西の県境を形成する葛城《かつらぎ》山系の山裾《やますそ》は、奈良盆地の中でも最も日暮れが早い。その代わり夜が明けるのも一番だ。当麻町の見晴らしのいい高台に登れば、三輪山辺りから昇る朝日が拝める。

「今夜はお宿をお願いできますか」

浅見は訊《き》いた。

「もちろんですがな、今夜ばかしか、ずっと泊まってもらわな困ります」

為保住職は目を丸くして言った。

「この客間は少し寒いかしれへんけど、よければ使《つこ》うてください。ここは折口信夫《おりくちしのぶ》先生もお泊まりになった部屋やと、先代から聞いとります。もっとも、わしが生まれるずっと前のことやそうですけどな」

「えっ、折口信夫がですか」

浅見は驚いた。思わず呼び捨てにしたが、この寺では「先生」をつけて呼ばなければいけなかったか――と反省した。

折口信夫のことはそれほど詳しく知っているわけではない。民俗学を国文学に導入してまったく新しい境地をひらいた国文学者であり、「釈 迢空《しゃくちょうくう》」の名で知られる歌人である――という基礎的な知識があるほかは、せいぜい『死者の書』など、いくつかの著作を読んだ程度だ。

それにしても、物書きの端くれにすぎない浅見から見れば、高峰のごとき、いわば歴史上の大人物である。その折口信夫がこの部屋に泊まったという。ひょっとすると、いま浅見が座っている辺りで『死者の書』の構想を練ったのかもしれない。

学生の頃に読んだ記憶しかないが、『死者の書』は不気味な物語である。二上山上に瞑《ねむ》る大津皇子の悲劇と、当麻寺縁起である「中将姫」の曼陀羅《まんだら》にまつわる、妖《あや》しくも悲しいストーリーだった。

〔彼《カ》の人の眠りは、徐《シツ》かに覚めて行つた。まつ黒い夜の中に、更に冷え圧するもの、澱《ヨド》んでゐるなかに、目のあいて来るのを、覚えたのである。〕で始まり、やがて大津皇子の亡霊のモノローグに移ってゆく冒頭の辺りを諳《そら》んじて言えるほど、印象が強烈だ。

神がかりの折口信夫のことだから、この部屋で大津皇子や中将姫の妄執に触れ、作品の着想を得たと考えることもできる。浅見は背筋にゾクッとくる悪寒を感じた。

「もしお願いできれば、小池先生のお部屋を使わせていただけませんか」

「えっ、離家《はなれ》でっか？……」

住職は夫人と顔を見合わせた。

「そら、私らは構しまへんけど、ご覧になったようにあそこは書物でいっぱいです。お布団はこちらから新しいのをお持ちしますさかい、よろしおますけど、落ち着いて寝れへんのと違いますやろか。それに……」

夫人がそう言いかけて、途中でふっとやめたのが、いささか気になる。

「僕の書斎はもっと散らかっているんです。書物に囲まれているほうが気が休まります。それに、寝ながら資料を調べるのに都合がいいですし、ひょっとすると、夢枕に小池先生が現れるかもしれません」

か？」

「そのことですがな」

智映子夫人は勢い込んで言った。

「浅見さんは確か、幽霊やお化けのたぐいがお嫌い言うてはりまへんでしたか？」

「ええ、僕は臆病《おくびょう》ですから、お化けと飛行機は苦手です」

「なのに、よう離家にお一人で泊まる、言わはりますなあ。少しも怖いことおまへんのか？」

「ははは、そのことはあまりおっしゃらないでください。もちろん、少しどころか相当に怖いですよ。しかし今回は怖がってはいられません。むしろ先生の亡霊が出て、何か教えてもらったほうがいいくらいに思っているのです」

大津皇子の亡霊よりは小池拓郎の亡霊のほうがましだ——とは言わなかった。

「うーん、さすがやなあ」

為保住職が感心したように唸《うな》った。

離家に泊まることは決定したが、大見得を切ったわりに、浅見は正直なところ怖いのである。しかし亡霊が夢枕に立つとしたら、客間だろうと離家だろうと、先方の都合で出たいところに出るだろう。

夕食の支度が整って、浅見が離家から母屋に呼ばれたところに、住職の一人娘・有里《ゆり》が帰ってきた。

最後に会ったのは彼女がまだ中学生だった頃だが、いまはもう二十歳。この四月には大和《やまと》女子大の三年になる。もともと美少女だった上に、女性らしい色香のようなものが備わって、浅見の目には眩《まぶ》しかった。

「浅見さんが見えるんやったら、もっとはよ抜けて帰ってくればよかった」

食卓につきながら、有里は陽気に言った。大学のサークルで、老人ホームのボランティアに行っていたのだそうだ。

「あほ、なんぼボランティアでも、そんなええかげんな気持ちでしとったらあかんよ」

母親に窘《たしな》められ、舌をペロッと出したところは、昔の彼女と少しも変わらない。

「それに、浅見さんは小池先生の事件を捜査に見えてはるんやから、邪魔せんときや」

「あ、そうやった」

有里は思い出して、急《せ》き込んで言った。

「それやったら浅見さんに紹介してあげなあかん人がいてます。大学でうちより一期先輩ですけど」

「ふーん、女子大生ですか」

「ええ、すっごい美人ですよ。浅見さん、ひと目見たら好きにならはるわ、きっと」

「あほなこと言わんとき」

母親にまた叱られた。

「小池先生が勤めてはった畝傍考古学研究所で、発掘のバイトしてはる人ですけど」

「ほう。じゃあ、小池先生のことを知っているんですね」

「それが、先輩がバイトを始める直前に、事件が起こったんやそうです。一日違いや言うてはりました。そやから、小池先生とは直接会《お》うてへんのですね。けど、畝傍考古学研究所の中のこととか、警察の捜査のこととか、いろいろ知ってはる思いますよ」

「それはありがたいな。ぜひ紹介してくれませんか。畝傍考古学研究所へ行けば会えるのですね」

「さあ、研究所にいてはるのかどうか。いつもはホケノ山いう古墳で発掘調査に従事してはる言うてましたけど」

ホケノ山は小池拓郎が消息を絶ったところだ。不思議な因縁の糸で繋《つな》がっているようで、浅見は気分が高揚してくるのを感じた。

食事中も有里は母親に叱られながらよく喋《しゃべ》った。食後、デザートに八朔柑《はっさくかん》が出た。そのあともお茶を飲みながら、有里はまだ話題が尽きない様子だったが、浅見は調べ物があるからと離家に引き揚げた。

あらためて小池の文机《ふづくえ》に向かうと、気のせいか部屋の中に小池の妄執が立ち込めているように感じる。ひょっとすると、部屋いっぱいに広げられた書物の山から発する想念の気配なのかもしれない。

壁を埋め尽くす書棚には、ぎっしりと書籍が詰まっている。小池拓郎の著書も少なくない。考古学、国文学、生物学、地学、化学、天文学、歴史書、哲学書、宗教書、美術書……およそありとあらゆる学問の書物がズラッと並ぶのは壮観だ。まったく無いのは文芸書で、もちろんミステリーのような軟弱な本はどこにもない。

いや、それればかりではない。よく注意すると、政治、経済に関する書物もまったく見当たらなかった。要するに世俗に属すがごとき生臭い知識は、小池には無用のものだったということなのだろう。

ジャンル別には考古学関係のものが当然多い。とくに古墳や土器、銅器など、発掘に関するもの、邪馬台国《やまたいこく》に関するものは、書棚に入りきらず、畳の上に溢《あふ》れている。その膨大な著作物のどれにも付箋《ふせん》がついているところを見ると、すべてを読破したことが分かる。これだけの知識が小池拓郎という人間の頭脳に収録されたということか。

膨大な知識を紡ぎ直して、この文机の上で原稿用紙に書き移しつつあった。そのことを思うと、孜々《しし》とした営みを断ち切り、頭脳を抹殺した暴力の理不尽に、浅見は勃然《ぼつぜん》とした怒りを覚えるのであった。

4

夜が更けると当麻寺の静寂はこの世のものとは思えない。折口信夫の『死者の書』の中に、石槨《せっきゅう》の壁を伝わる水滴が「した　した　した」と聞こえるというような表現があったが、まったく、苔《こけ》を濡《ぬ》らす湿りけの音が聞こえてきそうな無音状態だ。

資料や書物を片っ端から調べていて、ふっと気抜けした時、浅見はその音を確かに聞いて、ゾクッと寒けに襲われた。

小池拓郎がのめり込むように取り組んでいたのは、やはり邪馬台国と卑弥呼の研究であることがはっきりしてきた。およそありとあらゆる邪馬台国論とそれに関係する資料が、この離家にある膨大な書物の大半を占めている。

それにしても、邪馬台国を巡る学術専門書のたぐいがこれほど多いとは、浅見は知らなかった。単行本の数だけでも、ざっと見て千冊は下るまい。一人の学者が何冊もの本を書いているから、実際の執筆者は数百人なのだろうけれど、それでも驚異的だ。江戸期に出た和綴《わと》じ本もあるところを見ると、すでにその時代から「邪馬台国論争」は始まっていたらしい。

浅見は漠然とだが、邪馬台国は奈良県にあったのだろう――と思っていた。「邪馬台」

が「大和」に通じるので、いっそうその先入観が強かったのかもしれない。しかし、多少なりとも資料を調べてみると、なかなか単純にそうとはいえないもののようだ。

かつて高木彬光《たかぎあきみつ》と松本清張《まつもとせいちょう》のあいだで、邪馬台国の所在について大論争があったのを、何かの本で読んだことがある。高木も松本もミステリー作家の大御所的存在だった。その両者が丁々発止とやりあったのだから、相当な話題だったにちがいない。

高木は『魏志倭人伝《ぎしわじんでん》』を読解した結果、邪馬台国は宇佐《うさ》（大分県）であった――という結論を導き出し、著書『邪馬台国の秘密』の中で、彼の「名探偵」であった神津恭介《かみづきょうすけ》の推理の形で論理を展開した。松本清張は「高木彬光氏の理論のほとんどは、邪馬台国研究の第一人者ともいわれている古田武彦《ふるたたけひこ》氏の論文を模倣したものだ」と断定して、批判する論文を書いた。それに対して高木彬光も反論し、さらに古田武彦までもが論争の渦中に参加して、大変な騒ぎになった。

古田武彦は「邪馬台国はなかった」という大胆な説を唱えたことで知られる在野の学者だ。〔邪馬台国の「台」＝「臺」は、『魏志倭人伝』の原書では「壹」だった。後世に到って筆写したり版をおこす際に写し間違えたものがあるのであって、つまり「邪馬台国」は「邪馬壹（一）国」であるべきだ――。〕というのは古田の新説である。

これがもし正しいとなると、浅見が考えていたような「邪馬台国」は「大和」に通じる――という説は、あえなく瓦解《がかい》する。

邪馬台国論争には文献学的なアプローチと考古学的なアプローチの方法があるが、古田の場合は『魏志倭人伝』はもちろん、関連するありとあらゆる古書・史料を徹底的に分析、推理する、典型的な文献学的方法を取っている。『魏志倭人伝』に書かれている語句を妥協することなく、まともに解釈することによって、正しい邪馬壹国の位置を特定しようとした。その結果得た結論は、「邪馬壹国北部九州説（宇佐説を含む）」だ。

古田の考え方の特徴はまさに「妥協しない」ことに尽きるといってもいい。ことに、歴史書に書かれた語句や記述を恣意《しい》的に解釈して、自説の正当性を謳《うた》うような学説に対しては容赦なく叩《たた》いた。その論調の激しさには驚かされる。

たとえば「壹」と「臺」の問題について、「臺」説を唱える榎一雄《えのきかずお》という「論敵」に対する反論には次のような記述がある。

〈榎氏は、わたしの『「壹」の調査は粗雑である』といわれる。しかし遺憾ながら、これは全く事実に反し、わたしの粗漏ではなく、榎氏その人の粗漏を立証している。／榎氏は「原文」の意味を『絶対化』し、「自筆原本」の意義に固定化した上で、わたしを『嘲笑《ちょうしょう》』しようとされる。『フェアでない』の一語につきよう。／中国の識者の失笑を買うのではあるまいか。／榎氏がこの問題につき、失礼ながら、いわば『さわぎたてて』おられるように見えるのが、わたしには不審である。／榎氏は自分で仮構した観念をわたしに押しつけ、『古田の調査は不十分だ』と呼号された。しかしそれは、実はみずからの方法上の自己限定の欠如、つまり『方法論上の甘さ』を露呈しておられるにすぎない。」

　等々、ここに抜粋して挙げただけでも、論敵を完膚なきまで叩き伏せなければ気がすまない――という迫力を感じる。浅見は古田武彦の著書にだけ目を通しているので、対する榎一雄がどう書き、どのように反論しているのかはまだ分からないが、いずれにせよ過激なやりとりが交わされたにちがいない。

『魏志倭人伝』については、多くの学者がとりついて、難解な語句の解釈にトライしている。たとえば前述の「壹」を「臺」に書き違えたという推論もその一つの例だが、『魏志倭人伝』の中の「南……水行二十日」「水行十日陸行《りくこう》一月」などと記された方位や日程についても、じつは『魏志』の執筆者に誤解があったのではないか――と主張する説がある。

　その一つは地理的な錯誤についてだ。船で南へ二十日も行くと九州の南の海上へ抜けてしまうから、それは南ではなく東の錯誤だったのだ――というのである。事実、古い中国の地図には、日本列島が中国大陸の南側に位置するように描かれていたりする。南を東と解釈すれば、まさに瀬戸内海を航行して、その行く手には大和があるではないか――というのだ。

「水行十日陸行一月」という記述については、船で十日行って、さらに一月間歩いた――のではなく、船で行けば十日だが、歩いて行くと一月かかる――という並列的な意味だとする考え方もある。

同様に朝鮮半島から邪馬台国までの距離が「万二千余里」であるという記述の「里」の長さに関しても、幾つもの説がある。

日本では一里は約四キロ弱だが、中国の一里は約四百メートル強だ。それをそのまま当てはめると、一万二千余里は約五千キロになって、九州を通り越してはるか南太平洋まで行ってしまう。したがって「万二千余里」というのは中国人特有の「白髪三千丈」的な誇大な表現方法で、それを敷衍《ふえん》して考えると『魏志倭人伝』の記述全体が当てにならないことになるという説。

いや、そうではない、中国には短里と長里の二つの基準が用いられていた。長里だと一里はおよそ四百メートルだが、短里なら八十メートル乃至《ないし》百メートルである。『魏志倭人伝』ではその短里法を使っている。それならば十分、九州島内に収まる——とする説。

また、伊都《いと》国から先の行程について『魏志倭人伝』には「東南奴《な》国に至る百里」、「東行不弥《ふみ》国に至る百里」、「南、投馬《とうま》国に至る水行二十日」、「南、邪馬壹国に至る、女王の都する所、水行十日陸行一月」とあって、これは従来、「百里プラス百里プラス水行二十日プラス水行十日プラス陸行一カ月」と、邪馬台国までのトータルの距離だとしていた。しかし、そうではなく、伊都国から東南へ百里行くと奴国があり、東へ百里行くと不弥国がある——というように、伊都国を基点として放射状に旅をする場合の行程を意味するのだと解釈する、画期的な説も現れた。この解釈ならば、邪馬台国九州説は問題なく成立する。

これらの例からも明らかなように、学者たちは『魏志倭人伝』に書かれた文字や文章の裏にあるものを推理して、いくぶん我田引水とも思えるような説を唱える。それがまたじつにさまざまで、百人いれば百の学説が生まれそうだ。

古田武彦はそういう、現代の学者たちが恣意的に文字や文章の意味を曲解する姿勢を、批判し、強い論調で戒めた。原書に「壹」と書いてあれば、それはあくまでも「壹」なのであって、自分の仮説を完成させるのに都合が悪いからといって、勝手に「あれは臺の誤りなのだ」などと決めていいはずがない――というのである。

この古田の考え方には共感する者が多かった。とくに「邪馬台国九州説」を信奉する人々にとっては「さもありなん」と快哉《かいさい》を叫びたいところだろう。しかし逆に「邪馬台国畿内説」に拠《よ》る人々にしてみれば、ほとんど不倶戴天《ふぐたいてん》の敵のような存在である。

確かに、書かれている事物について、曲解や恣意的な解釈を加えないという古田の姿勢は正しいとしても、それではこれこそが瑕疵《かし》のない結論なのか――というと、必ずしもそうとはいえないところに「邪馬台国論争」の難しさがある。

それは、もともと『魏志倭人伝』そのものの信憑性《しんぴょうせい》に問題がないとはいえないからだ。「白髪三千丈」はともかくとして、常識的に考えたとしても、邪馬台国を訪れた魏の使者が、正確な情報を持ち帰ったと考えるほうがどうかしている。地図や情報が発達している現代でも、一度だけ訪れた場所について正確に伝えることなどできはしない。まして言葉もろくに通じない未開国の「倭国」のことだ。とにかく遠いところでしたよ――と、まことしやかに報告したかもしれないのである。

そして、記述の解釈がどうであれ、「邪馬台国畿内説」を補強する最大の部分が「卑弥呼の墓」についての記述である。

〔卑弥呼以《もっ》て死す。大いに冢《ちょう》を作る。径百余歩《ぶ》……〕

素人考えでも、これに該当する墓は、まさに箸墓《はしはか》以外にはないと思える。

5

丑三《うしみ》つ時（午前二時を回った頃）が、浅見にとっては「魔の刻」である。

「丑の刻参り」という風習は江戸期に流行《はや》ったそうだ。丑の刻に神仏に参拝すると、願いごとが叶《かな》うという信仰だったのが、いつの間にか、恨む相手を呪い殺すことができる――という妄想に変わった。

呪う相手の形代《かたしろ》として、藁《わら》人形を神木などに釘《くぎ》で打ちつけ、打ちつけ、呪いの祈願をする。白衣をまとい、高下駄を履き、髪振り乱し、頭には五徳を逆さに立て、そこに三本のローソクを灯《とも》す――という、異様というもおろかな、おぞましいいでたちである。

馬鹿馬鹿しいとは思うが、気持ち悪いことも確かだ。風体も恐ろしいが、それよりも、そうしなければいられない人間の怨念《おんねん》や思い込みが恐ろしい。「可愛さ余って憎さが……」と、相手を殺してしまうところまでゆくストーカー行為も、妄執という点では丑の刻参りの心理と似たようなものなのだろう。

そういうことを想像すると、丑三つ時の怖さが、それこそ「した　した　した」と迫ってくる。

おまけに、ここ当麻寺は大津皇子の怨霊が二上山から見下ろしているところだ。折口信夫はおそらくこの寺に宿りながら、大津皇子の妄執を感得して『死者の書』をあらわしたのではないだろうか。あの不気味な亡霊の「蘇《よみがえ》り」のシーンは、ひょっとすると丑三つ時に着想したのかもしれない。

〔あゝおれは、死んでゐる。死んだ。殺されたのだ。――忘れて居た。さうだ。此は、おれの墓だ。〕

肉体が腐り、ほとんど白骨化した皇子の、これは恐怖のモノローグである。

大津皇子といえば、ふつうの人間にとっては、ほとんど神格化された、冒すべからざる存在といっていい。悲劇のロマンとして語られる物語のヒーローでもある。折口はその大津皇子を、赤裸々どころか、蛆虫《うじむし》が這《は》っていそうな死体として登場させている。

浅見は相当な空想癖の持ち主だけれど、こういう残酷なイメージは描かない。いや、描けないのである。学生の頃、初めて『死者の書』を読んで、この文章に遭遇したとき、なんという酷《むご》いことを――と思った。

作品そのものは、文章が難解で、書かれている内容のほとんどは「中将姫縁起」にまつわるもので、あまり面白いものではない。これが本当に優れた文学作品なのかどうか、まったく分からなかった。ただ、大津皇子の遺骸《いがい》から噴き出すような、妄執のおぞましさの部分が、強烈に記憶に残った。

布団にもぐり込んでからも、「した　した　した」という、石柩《せっきゅう》の壁を伝う雫《しずく》の記憶が耳に浮かぶ。明かりを消すと、漆黒の闇が屋根を貫いて、天空まで広がりそうで恐ろしい。浅見は慌てて明かりを灯し、掛け布団を目の上まで引きずり上げた。

朝はけたたましいヒヨドリの声で起こされた。庭先に何かの実をついばみに来るのだろう。気がつけば、遠慮がちな勤行《ごんぎょう》の声も聞こえてくる。ふだんの生活では真夜中のような時刻だが、浅見は急いで身支度を整えた。

台所から味噌汁《みそしる》のいい香りが溢《あふ》れていた。浅見が顔を出すと、住職夫人が「あら、お早うおますなあ」と笑った。

「ゆっくりしてはればよろしいのに。有里はまだ、臥《ふ》せってますのんよ」

「いえ、おいしそうな匂いに、胃のほうが先に目覚めました」

「ほほほ、おもろいことを言わはる。けどすんまへんなあ、朝は粗末なお食事しか差し上げられへんのですよ」

「とんでもない。とにかくパン以外のものを頂ければ、それが最高のご馳走《ちそう》です」

そう言うと、また住職夫人は笑った。しかし、これは半ば浅見の本音といっていい。浅見家の朝食がパン一辺倒なのは、浅見にとっての唯一最大の不満であった。

食事の支度ができる頃には、勤行を終えた為保住職と、瞼《まぶた》の重そうな有里も、ちゃんと揃って席に着いた。

「浅見さん、今日は畝傍考古学研究所へ行かはるんでしょう。そしたら私も一緒に行って、先輩を紹介してあげます」

有里が箸《はし》を持つより先にそう言った。

「あかんよ有里、浅見さんのお邪魔をしたらあきまへん」

母親が窘《たしな》めた。

「あら、邪魔やあらへんわ、協力です。ねえ浅見さん」

「はあ、お願いします」

浅見は背筋を伸ばし、畏《かしこ》まって頷《うなず》いた。

有里は若く、美しい女性だ。為保夫妻にとっては、目の中に入れても痛くない自慢の娘である。口には出さないけれど、若い男である浅見との付き合いに、そこはかとない心配があるにちがいない。

しかし、当の有里はまるで屈託がなかった。橿原《かしはら》まで小一時間のドライブのあいだ、よく喋《しゃべ》り、よく笑った。

話の中には当然、小池拓郎のことが出てくる。その時だけは有里も一瞬、口を閉ざして神妙な顔になる。

有里と小池とは五十歳以上も歳の開きがある。日々の生活も、日中はたいてい二人とも外出しているし、食事のときを除けばほとんど接点がなかったようだ。小池は食事が済めば寸暇を惜しむように離家に戻り、仕事に没頭してしまう。

かといって偏屈ではなく、穏やかで物静かな人柄だった。休みの日など、当麻寺の境内を散歩しているのを見かけて声をかけると、人懐こい笑顔で近寄って、とりとめのない会話を交わしたりもした。

「邪馬台国や卑弥呼の話もしましたか」

「あまりせえへんかったですね。私のほうから切り出すことはあっても、先生のほうから話しだすいうことは、めったになかったです。私みたいな素人に話してもしょうもない、思うてはったんと違いますか」

「そんなことはないでしょう。僕には学問の話をしてくれましたよ。素人ということでなら、僕だって有里さんにひけをとらない」

「あら、浅見さんは違いますよ。もうずいぶん昔のことやけど、小池先生が浅見さんのこと褒めてはりました。彼はいい青年だ――いうて。ただ、惜しむらくは、学者になるタイプではないのやそうです」

「ははは、それじゃ、ちっとも褒めたことにはならないなあ」

「違いますよ。人間が大きすぎて、学者には向かない、いう意味です」

「それを言い換えると、ボーッとして、緻密《ちみつ》さに欠けるということでしょう」

「まあ、いけずやわ。浅見さんはなんでそないに素直やないんやろ。ほんまシャイな性格をしてはる」

「それはともかくとして、小池先生は何か、事件に繋《つな》がるようなことを話していませんでしたか？　どんなにちょっとしたことでもいいのだけど」

「いいえ、何も。そのことは警察にも訊《き》かれたけど、失踪《しっそう》された前の日まで、何も変わった様子は見えへんかったんです。ただ、僕はいつ死んでもええいうことは、日頃から言うてはったみたいです。父も聞いたことがあるいうし、私には大津皇子の話をしたときにそう言わはりました」

「大津皇子の、何を話したのですか」

「昔のことやし、どういうシチュエーションか忘れてしもうたけど、二上山を眺めて、若いいうのは素晴らしいことや——いうような話をしてはったと思います。私がまだ中学生の頃やったかな。山門のところから、二人並んで、暮れなずむ二上山を眺めながら、若いいうのは素晴らしい言うて、それから、若くして理不尽な死を与えられた無念は、最大の妄執になるだろう、言わはったんです」

「妄執？……」

「ええ。モーシューいう意味がよう分からへんかったので、後で辞書で調べたのを、いまでも憶《おぼ》えてます」

「二上山を仰ぎ見ながら、大津皇子の妄執の話をしたのですか……」

「ええ。それから、僕のような歳になると、妄執どころか、いつ死んでも思い残すことはない、言わはりました」


有里が中学生の頃といえば、小池はまだ七十歳になるかならないかの頃のはずだ。若いとはいえないが、いつ死んでもいい――と達観するにはまだ早そうな気がする。現に小池は、あの離家を牙城《がじょう》として研究に没頭していたのだ。思いもよらぬ死に遭遇すれば、業半ばにして――という思いは残るのではないだろうか。

当麻から橿原までは、ほぼ真東へ進む道である。考えてみると、奈良盆地の道は平城京の条里の延長のように、東西南北に通っているものが多い。いや、浅見は知らないが、もしかすると盆地全域――大和政権の威令が及ぶ地域は、その時代からそうなっていたのかもしれない。

その中を新しい道路や鉄道が、いとも無造作に斜めに突っ切っている。そうやって、千何百年ものあいだ、人間の営みの都合に合わせて、旧《ふる》い時代の遺構を切り刻み、踏みにじってきた。それでもなお、遺跡は残り、また新たな出土品の発見を見る。車を走らせながら、そのことを思うと、初期大和政権の壮大さが実感できるのである。

第三章　鴟《とび》と遊ぶ娘

畝傍山《うねびやま》ほのかに霞《かすみ》立つからに
　春めきにける心地かもする
　　　　　　曾禰好忠《そねのよしただ》

1

奈良盆地を旅して方角に迷ったら山を見るのがいい。二上山《ふたかみやま》の麓《ふもと》には当麻町《たいまちょう》、葛城山《かつらぎさん》の麓には御所市《こせ》、三輪山《みわやま》の麓には桜井市、そして畝傍山の山裾《やますそ》に橿原市《かしはら》がある。

畝傍山は天香久山《あまのかぐやま》、耳成山《みみなしやま》とともに大和《やまと》三山の一つである。天香久山も耳成山も遠くからの標識にするには、少し分かりにくいかもしれない。そこへゆくと畝傍山は高さも百九十九メートルと頭抜けているが、盆地の中央に近い平坦《へいたん》なところに、特徴的な山容を見せているから、ひと目で識別できる。

車を走らせるにつれて、畝傍山が次第に近づいてきた。畝傍山は火山特有の裾野の広がりをもち、森が豊かに繁る。その森の一部のように橿原神宮がある。

橿原神宮の祭神はもちろん初代天皇の神武《じんむ》天皇だが、創建は意外に新しく、明治二十三年に造営竣工《しゅんこう》したものだ。昭和二十年の敗戦までは、伊勢神宮とともに「大日本帝国」のシンボルのように、国民的崇敬の対象になった。昭和十五年の「皇紀二千六百年」に際しての拡張整備事業には、全国から百二十万人の勤労奉仕が集まっている。

そういう歴史を知ってしまうと、何となく索漠とした感じに思えるけれど、いざ神域に入ればそれなりに引き締まった気分になるものである。神社にしろ寺にしろ、宗教の持つ力とはそういうものかもしれない。

神宮の森と道路一つを隔てて建つ畝傍考古学研究所に入る。予《あらかじ》め電話で知らせておいたので、為保有里の「先輩」である女性が玄関前に待機していてくれた。

「長井明美さんです」

有里は浅見に紹介して、「美人でしょう」と付け加えた。長井明美は顔を赤くして「変なこと言わないの」と有里の肩を叩《たた》いた。確かに美人には違いないが、有里と比較してどうかとなると、難しい問題だった。

「平沢先生もお待ちですので、すぐにご案内していいですか」

長井明美が言い、浅見は「よろしくお願いします」と応じた。有里が明美に、「浅見いう人が、小池拓郎先生の事件のことで、畝傍考古学研究所を訪問したいのやそうです」と連絡した時、そのことなら平沢先生がいちばんよくご存じだから——と言われて、それではその平沢先生にお目にかかりたいと申し入れてある。

一階事務室前の応接室に通された。待つ間もなく、明美に伴われて、ノーネクタイのシャツの上にカーキ色のジャケットを羽織った中年の男性が現れた。鼻下に髭《ひげ》を蓄えているのが、むしろ稚気を感じさせる。名刺には「奈良県立畝傍考古学研究所　調査第一課長平沢徹」とある。

「こういう施設で課長というのはおかしいでしょう。ここは奈良県の施設なので、職制としては課長になっているのです」

平沢は訊《き》きもしないことを解説した。「課長」という呼び名が、よほど照れくさいにちがいない。飾り気のない、いかにも学究一筋という印象の人物だ。

浅見は肩書のない名刺を渡し、「フリーライターのようなことをしています」と言ったが、平沢は「私立探偵だとお聞きしていますが」と怪訝《けげん》な顔をした。

「いえ、それは違うのです。たぶん、彼女がそう伝えたのだと思いますが」

浅見は有里を睨《にら》み、ついでに「当麻寺の塔頭《たっちゅう》、奥の坊のお嬢さんです」と紹介した。

「ほう、それじゃ、小池先生が下宿しておられた……」

平沢は感慨深げに有里を眺めた。

型通り、小池拓郎の奇禍についてお悔やみを述べてから、浅見は事件の概要をおさらいした。失踪直前の小池の様子や、事件について思い当たることがあるかないか、たぶん警察でも同じことを訊かれたであろうと思える質問だ。答えるほうも整理ができているから、淀《よど》みなく要領よく説明できる。もっとも、あまり整理が行き届いてしまうのも考えものなのだ。それで事件のストーリーが完結したような気分になって、見過ごしていた瑣末《さまつ》な出来事に気づくチャンスが失われかねない。

平沢が話した「小池拓郎像」は、為保住職や有里などに聞いたものと、それほどの違いはなかった。平沢でさえ感心し、時には呆《あき》れるほどの学問好きだったそうだ。

「とにかく、退官された後も、それまでとまったく変わらない時間帯に出勤され、仕事をなさっておられましたからねえ。それも原則的にはほとんど無報酬のようなものですよ。いや、むしろご自分のほうから持ち出しの場合が多かったのじゃないですかねえ。宗教色はこれっぽっちもない方でしたが、私は小池先生こそ『求道者《ぐどうしゃ》』というにふさわしい方だと思いました」

「ホケノ山の発掘調査に情熱を傾けていらっしゃったと伺いましたが」

「おっしゃるとおりです。小池先生は邪馬台国畿内説《やまたいこくきない》を唱える、一方の旗頭のような存在でしたが、かなり以前からホケノ山の重要性を指摘しておられました。箸墓《はしはか》古墳が掘れない以上、ホケノ山に手掛かりを求めるほかはない。そして必ず、その成果によってエポックが生まれるはずだ——というのが、先生の信念でした」

「消息を絶つ直前にも、ホケノ山の発掘現場にいらっしゃったのでしたね」

「そうです。私は現場にはおりませんでしたが……そうそう、その翌日、この長井君を初めてホケノ山に案内したのだが、小池先生が見えてないというので、現場のスタッフは浮かない顔をしていましたよ。もちろんまだ、失踪《しっそう》だとか事件に巻き込まれたとかいう話が出ていない段階です。しかし彼らにはその時点ですでに不吉な予感のようなものがあったのかもしれません。前日、小池先生は『客に会う』と言って早めに帰られたのだが、そのときの様子が何となくぼんやりと、無気力な感じだったと言ってましたから」

とにかくホケノ山の発掘現場へ行ってみましょう——ということになった。浅見のソアラの助手席には平沢が乗った。有里は畝傍考古学研究所まで案内するだけのはずだったのに、当然のことのように、長井明美と並んでソアラの後部シートにもぐり込んだ。

途中、箸墓の脇を通る。浅見はこれが三度目だが、箸墓を間近に見るたびに、そこからオーラが押し寄せるような不思議な感慨に襲われる。田園の中に濃厚な緑が山を成している、その姿に異様なものを感じるのかもしれない。その話を平沢にすると、「じつは私もそうでした」と言った。

「学生の頃、初めて箸墓を眺めて、ゾクゾクッとくるものがありました。取り憑《つ》かれるというのは、ああいう感覚なのでしょうかな。その時から結局、古代大和の研究をライフワークにすることになったのです。しかし、長くやっていると、最初に感じた、あのワクワクするようなものが希薄になっていくようで、それではいけないと、時々自戒するのですがねえ」

箸墓の正面近く、狭い道路を挟んで保育園がある。小さなグラウンドに子供たちが出て、賑《にぎ》やかに遊んでいた。太古、聖域だった当時は、周辺はどんなだったろう――と想像すると、箸墓と保育園という取り合わせが、何とも珍妙だ。

「橿原神宮の拡張事業には、全国から百二十万人の勤労奉仕が動員されたそうですが、箸墓の築造のときも、そんな状況だったのでしょうか」

「ははは、そうかもしれませんね。全国ということはないにしても、相当な労働力が動員されたことは確かです。何しろ『日本書紀』には『是《こ》の墓は、日《ひる》は人作《ひとつく》り、夜《よる》は神作《かみつく》る』とあるくらいだから、昼夜兼行の突貫工事であったことは間違いないでしょう。ついでに言うと、『大坂山《おほさかのやま》の石を運びて造る。則《すなは》ち山より墓《みはか》に至《いた》るまでに、人民《おほみたから》相踵《あひつ》ぎて、手逓《たご》伝《し》にして運ぶ』とありましてね。ご存じかもしれないが、この大坂山というのは二上山か、あるいはその周辺の山ということになっています。そこから切り出した石材を『手逓伝』つまり手渡しリレーで運んだっていうのだからすごい」

「えーっ、そしたら、うちの近くから運んだいうことですの？」

有里が突拍子もない声を発した。

「ああ、そういうことですね。当麻寺の辺りかもしれない」

「二上山から箸墓までやと、二十キロくらいあるのと違いますか？　そこを手渡しリレーで運ぶとすると、何人くらいの人がいてたんやろ？　一メートルにつき一人として、二万人いうことですか。ものすごいわァ……」

有里の素朴な驚きに触発されて、浅見も脳裏にその情景を思い浮かべた。奈良盆地を東西に結ぶ二十キロの「人間の鎖」を想像すると、古代大和政権の動員力と、そこまで人民を引きつけた墓の主《あるじ》の神秘性が、並大抵のものではなかったことが分かる。

「そういうことから考えて、やはり箸墓は卑弥呼《ひみこ》の墓なのでしょうね」

浅見が言うと、平沢は「ははは」と笑っただけで、はぐらかされた。たとえそう信じていたとしても、学者はそう簡単には結論を言わないものなのだろう。

踏切を渡り、小さな集落を抜けたところにホケノ山の発掘現場がある。こんもりした岡の頂上付近をフェンスで囲み、青いビニールシートで外部からの視線を遮っている。何やら秘密めいていて、かえって人々の覗《のぞ》き願望をそそるような気がしないでもない。浅見は平沢の後ろから、いそいそと斜面を登って行った。

2

ホケノ山古墳は全長が約八十メートル、高さはせいぜい十メートル程度だろうか。畑の中にこんもりと盛り上がった小さな岡といったところだ。現に岡の斜面の一部には畑がある。平沢の話によると、戦後、ホケノ山が古代大和王朝に関わる重要な遺跡であることが判明して、所有者から土地の買い取りを進めてきたのだが、どうしても折り合いがつかない地主が一名いて、いまだに畑として使用しているのだそうだ。

箸墓は見るからに巨大古墳然として、近寄りがたい威厳のようなものを感じさせるが、ホケノ山は子供の遊び場になりそうな禿山《はげやま》にしか見えない。道路脇に駐車場代わりの空き地と、最近建てたらしい石碑と由緒を書いた案内板がなければ、気づかずに通り過ぎてしまいそうだ。現代のように遺跡ブームなどなかった時代、住民が粗末に扱ったのも無理はないのかもしれない。

「それについては、じつは面白い話がありましてね」

平沢は斜面を登りながら言った。

「ホケノ山のてっぺんを囲むように、四カ所に大きな穴があったのです。丸太を深く埋め込んだ穴だったので、スワッ古代の建築物の痕跡《こんせき》か——と沸き立った。ところが何のことはない、それは江戸末期か明治の頃に建てられた火の見櫓《やぐら》の柱の跡だったと分かりましてね。いまでもその穴は残っていますよ」

斜面を登り詰めて、平沢が発掘現場を囲むフェンスの一つをずらそうとしたとき、フェンスの向こうから男の顔がニョキッと現れた。鼻下の豊かな口髭《くちひげ》が不精髭に埋まるほどの相当な髭面で、日焼けした顔にヘルメットがいかめしい。

「あっ、先生、おはようございます……」

男は挨拶《あいさつ》しながら、平沢の背後につづく浅見たちをギョロリと見た。

「中を見学したい人を連れてきたんだ」

平沢が言うと、慌てて両手を胸の前に広げ、押し止《とど》めるような仕種《しぐさ》をした。

「ちょっと、すみません。見学は勘弁してもらえませんか。そのこともあって、いま先生のところに電話したところなのです」

男は狭い隙間から、平沢だけをフェンスの中に引き入れた。二人ともこっちに背を向けて、何やら小声で話している。秘密めいた様子から察するに、突然訪れた見学者は、あまり歓迎されそうにない雰囲気であった。

かなり長い話を終え、男から解放されて、フェンスの外に現れた平沢は、ひどく難しい顔をしていた。

「ちょっと問題が生じましてね、見学は具合の悪いことになりました。私もこれで失礼させていただかなければならない。よろしいですかな」

「もちろんです。お忙しいところ、お手を煩わせまして申し訳ありませんでした」

浅見は詫《わ》びを言ってから、「何か、事件ですか？」と訊《き》いた。小池拓郎のことがあるから、不吉な連想がはしった。

事件と聞いて、平沢は「は？……」と、緊張しきった表情で顎《あご》を突き出すようにして、一瞬、間を置いてから「ははは……」と笑った。浅見の勘違いを笑うようでもあり、平沢自身の動揺を嗤《わら》うようでもあった。

「いや、事件なんて、そんなものではありません」

打って変わってニコニコと嬉《うれ》しそうだ。

「もし時間があるようでしたら、資料館のほうを見学して行ってください。ここが片づいたらすぐに研究所に戻りますので、ひょっとしたら、また会えるかもしれません」

平沢はそう言った。

あらためて挨拶を交わして、浅見と有里は岡を下った。長井明美も二人の客と一緒に下まで下りて、有里に向かって「ごめんね、役に立てなくて」と言い、浅見にも頭を下げて、岡を駆け登った。

「何があったんかしら？」

有里は長井明美の消えたフェンスを見上げて、心残りな声を洩《も》らした。

「平沢さんは笑っていたけれど、よほど重大なことでも起きたような雰囲気でしたね。ひょっとすると、何か貴重な出土品でもあったのかもしれない」

「それやったら、うちらにも見せてくれはったら、ええのに」

「そういうわけにはいかないいんじゃないですか。公式発表をする前に、内容が外部に漏れるのは困るのですよ、きっと」

「ふーん、そういうもんかしらねえ」

ホケノ山の上空にトビが舞っている。春霞《はるがすみ》のかかった淡いブルーの空に、西洋凧《だこ》を思わせて、いかにものどかだ。

「あのトビの目になれば、真上からホケノ山が見れるんやけどなあ」

有里は唇を細めて「ピュールルル」というような口笛を鳴らした。

巧《うま》いもんだなあ——と浅見はただ感心したのだが、驚いたことに、有里の口笛に応《こた》えるように、「ピーヒョロロ」という本物のトビの声が天空から落ちてきた。偶然かな——と思ったが、有里がもう一度「ピュールルル」と口笛を吹いたのにも、ほとんど間を置かずに「ピーヒョロロ」と応えた。

「巧いなあ。なんだかトビと交信しているように聞こえる」

「そうですよ、交信してるんです」

「ほんとに?」

思わず訊き返したが、それには答えずに、有里はまた口笛を吹いた。

仰ぎ見ると、トビの動きが明らかに変わった。それまでは無目的に旋回していたように思えたのが、視点をこの辺りに定めて、旋回する円弧の半径が小さくなっている。気のせいばかりでなく、高度もかなり低くなったようだ。

トビの眸《ひとみ》が識別できるほどの低空飛行になったとき、有里は右手を挙げて、空間に指先でクルッと輪を描きながら、これまでのとは違う口笛を「ピーッ」と鋭く鳴らした。とたんにトビは反転して羽ばたきながら東の三輪山の方角へ飛び去った。

「すごいなあ……」

浅見は正直、度肝を抜かれる思いがした。タカを使って狩りをする鷹匠《たかじょう》や、ヤマガラに御神籤《おみくじ》を取らせる香具師《やし》など、鳥を操る職業のあることは知っているけれど、こんなふうに野生のトビと交信したり、意思を伝えることのできる人間がいるのを、この目で見るのは初めてだ。それも、まだ少女の面影をたっぷり残している娘が、である。

「そんな特技、いつどうやって覚えたんですか？」

「いついうても……小さい子供の頃やし、はっきりとは憶《おぼ》えてへんのです。お寺の裏の林に、大きな樹があって、そこにトビが住んではったんですよね」

住んではったと、トビに敬語を使うのはおかしいが、それもまたトビを対等の相手として尊重する気持ちの表れにちがいない。

「毎日のように、そこの巣の下に行って、トビの様子を観察したり、鳴き声を真似たりしとったら、いつの間にか言うてはる言葉が分かるような気がしてきたんです。ほんまのところは分からへんのやけど、こう言うたらこうするんやな――とか、こうやったら怒りはるんやな――とか」

「驚いたなあ、すごいですね。それで、いまはどういうことを言ったの？」

「いまは、ただの挨拶を言うただけです。おはようさん――みたいな。そしたら、トビのほうは『なんやねおまえ』みたいに興味を抱いて下りてきはった。何かくれるんやろか――思わはったのかもしれません。けど、ここにはけったいなおじさんがいてるし、はよ帰れや言うたら、気分悪うして、お山へ帰って行きはったんです」

「ははは、けったいなおじさんはひどいな」

浅見は笑ったが、内心は舌を巻く思いだった。有里の言っていることのどれだけを信じていいものかという気もしないではないが、たったいま、この目で見聞きした事実を思うと、少なくともそういう能力のあることを否定しきってしまうわけにはいかない。

世の中には信じられないような才能の持ち主はいるものである。恐山《おそれざん》のイタコや沖縄のユタのように、死者の魂をおろす「異能者」のことは、あまりにも神がかりすぎて、丸々信じる気にはなれないが、それに較べればトビと交信する娘の存在は、奇跡でも何でもないのかもしれない。

駐車場へ向かう二人を、背後から足音が追いかけてきた。長井明美だった。

「平沢先生が、資料館と研究所をご案内するようにって」

息を弾ませながら言った。

「それはありがたいですねえ。しかし、申し訳ないなあ。ほんとにいいんですか？」

「ええ、そうしろっておっしゃってます」

何となく、彼女自身の意には添わないような口ぶりに聞こえる。発掘現場に心残りがあるのだろうか。

「ホケノ山で何かあったんですか？」

車に乗ってから、浅見は訊いた。「えっ」と明美はルームミラーの中でうろたえた。

「何かって、いいますと？」

「さっきのヘルメットの男性ですが、ずいぶん緊迫した様子じゃなかったですか？」

「ああ、丸岡さんですか。ええ、まあ……」

「何か出土したのですか。死体とか……ははは、古墳だから死体があっても当然ですね」

浅見は笑ったが、明美はむしろ緊張したように、ピクッと反応した。

「ほんとに死体が出たのですか？　つまり、ミイラとか」

振り返って、追い詰めるように訊いた。

3

冗談半分に「死体が出たのですか？」と訊いたのに対して、長井明美は真顔どころか、困りきったように眉《まゆ》を顰《ひそ》めて「違います」と言った。それ以上追及するのは気の毒なのでやめたが、かなり重大な事態が起きている気配を、浅見は感じた。

明美はまず、畝傍考古学研究所を案内してくれた。一階の玄関ロビーが広々として、その中に最近発掘された飛鳥《あすか》期の庭園「飛鳥京苑池《そのいけ》」の石槽のレプリカが飾ってある。この立派な建物が県立の施設なのだから、さすが古代史の宝庫、奈良県だけのことはある。

「ずいぶん大きな施設ですねえ」

浅見は素朴に感心した。

「これでも、もう手狭になってきているのだそうです」

明美の説明を裏付けるように、出土した土器類の詰まった、プラスチック製の大きな籠《かご》が、廊下にまではみ出して、いくつも重ねられている。土器は一、二センチ角のほんの断片から、壺《つぼ》の形状を想像させるほど大きく、湾曲したものまで、さまざまだ。その一つ一つに白い塗料で数字が書き込まれている。それによって、出土した場所や年月日が特定されるのだろう。

一階の作業場のようなところに入ると、三人の女性が離れ離れに、作業台に向かってい
た。いちばん最初の女性の手元を見ると、廊下にあったような小さな土器の破片を繫《つな》ぎ合
わせる作業らしい。まだ不完全だが、広口の壺の形ができつつあった。
「島田さん、ちょっとお邪魔します」
明美が遠慮がちに声をかけた。
「島田」と呼ばれた女性は作業の手を止めて振り返りながら、「長井さん、ほんまにホケ
ノ山で……」と言いかけて、客のいることに気づいてギョッとなった。明美も慌てて、唇
の上に人差し指を立てた。
その場は明美がなんとか取り繕って、専門的な質問をし、型通りの説明を聞いたが、聞
くほうも話すほうも、心ここにあらざる状態であることが見て取れる。
気まずい雰囲気をかき分けるようにして、三人は作業場の中を通過した。
「先輩、さっき、ホケノ山で何があったんですか？」
廊下に出たところで、有里が浅見の気持ちを代弁するように質問した。
「何って、べつに……」
明美は頑《かたくな》に説明を拒む。よほど厳重な箝口令《かんこうれい》が敷かれたにちがいない。
「ほんまですか？　さっき、トビが空から見てはったけど」
「えっ？　トビが？……何のこと？」

「三輪山のトビがホケノ山を覗《のぞ》き込んではったんです。あれは神様のお使いにちがいない思いますけど」

「ヘンなこと言わないでよ」

明美は笑おうとして、頰が引きつった。急に足の運びを速めて、二人の客は置き去りにされそうになった。有里はいたずらっぽい目を浅見に向けて、首をすくめた。

建物を出て、畝傍考古学資料館へ向かいながら、明美は思いきったように言った。

「このこと、私が話したって分かったら、たぶんクビになってしまうので、絶対に誰にも言わないでいただきたいのですけど。約束していただけますか？」

「もちろん約束しますよ」

浅見はすぐに答え、有里も「私もです」と言った。

「そしたら言います。詳しいことは私には分からないんですけど、今朝がた、ホケノ山の発掘現場から鏡が出たのだそうです。画文帯神獣鏡《がもんたいしんじゅうきょう》という古代中国の銅鏡で、三世紀初めから半ば頃のものなんです。丸岡さんが掘り当てて、それで、現場はすっごく緊張して、外部の人はシャットアウトすることになったんです」

明美自身、恐ろしく緊張しきった声音で話すのだが、浅見も有里も、いま一つピンとこない顔を見合わせた。

「申し訳ない、まったく無知なもんで、理解できないのです。その何とかいう鏡が発見されたことは、どういうふうに重要なのか、説明してくれませんか」

浅見は学生に戻ったように、謙虚な気持ちで訊《き》いた。

「私もその重要性はあまり認識していないんですけど、ただ、ホケノ山古墳から三世紀半ばの鏡が出土したっていうのは、画期的なことでしょう」

「うーん、そう言われてもまだ……きみは分かりますか？」

ふられた有里も、はげしく首を振った。

「そんなん、分かるはずがありません。第一、ホケノ山古墳そのものがどういうものなんか、ぜんぜん分かってへんのですから」

「僕も似たようなものです。中学生なみといってもいい。そういうわけですから、初心者向けに、嚙《か》み砕いて説明してください」

「ほんとですか？　ああよかった……」

どういうわけか、明美は緊張が解けたように顔をほころばせた。

「正直言うと、私もついこのあいだまでは同じだったんです。ホケノ山どころか、箸墓のこともよく知らなくて、平沢先生に笑われました。でもいまは門前の小僧さんで、少しは勉強できましたけどね」

それから歩く速度を落として、ゆっくりした口調で話しだした。

「ホケノ山っていうのは、以前は円墳だと思われていたのですが、その後、前方後円墳であることが分かって、古墳時代最古の前方後円墳というのが定説です。しかも、高貴な人を葬るときに使われた真っ赤な水銀朱が棺《ひつぎ》の中に大量にありました。だから、古代大和王朝の偉大な王の一人が葬られているのではないかというのは、ほとんど定説になっていました。ここまではいいですよね？」

二人の「生徒」は大きく頷《うなず》いた。

「その古墳時代というのはつい最近まで、三世紀末から四世紀に入ってから発生したとされていました。ところが、今度の発見が確かだとすると、前方後円墳は三世紀半ばか、それ以前から造られていたことになります。そうなると、古代史で定説とされてきたことが根底から覆ることになりかねないのです。だからみんな、ものすごく緊張しきっているんです」

「はあ……」

浅見と有里は、また顔を見合わせた。

「前方後円墳が三世紀半ば以前から造られていたとして、具体的にどういう定説が覆るんですかね？」

浅見は完全に、出来の悪い学生の気分になっていた。

「最も重大なのは、邪馬台国問題です」

「えっ邪馬台国？……」

霧が晴れたように、いっぺんで頭のモヤモヤが吹っ飛んだ。

「そうです。邪馬台国論争では、卑弥呼の墓がどこかということがいちばんの焦点になっていますよね。邪馬台国畿内説としては、箸墓あたりが卑弥呼の墓であってくれるといいのですが、これまでの定説では、前方後円墳は四世紀に入ってから造られたとされていましたから、卑弥呼の墓ではありえないことになっていたんです」

そのことは浅見も小池拓郎の「遺品」を調べて、一夜漬けで勉強した。『魏志倭人伝《ぎしわじんでん》』では卑弥呼の死は二四八年——つまり三世紀半ばとされている。したがって奈良盆地の前方後円墳が卑弥呼の墓であることは絶対にありえないのであり、まさにその点が北部九州説論者の拠《よ》り所《どころ》になっているのだ。

「箸墓の築造年代がいつ頃かは、いまだに分かっていないんだそうです。日本書紀の例の『日《ひる》は人作り、夜は神作る』という一節や、倭迹迹日百襲姫《やまとととひももそひめ》の説話などから、古代大和政権の重要人物——それも、もしかすると女王クラスのお墓であるかもしれないと想像できるんです。でも、考古学的に実証したくても、箸墓の発掘調査なんて宮内庁が絶対に許してくれませんしね。ところが、箸墓のすぐ隣にあるホケノ山古墳が前方後円墳であることがはっきりして、箸墓より少し前に造られたものだということも、ほぼ間違いない。したがってホケノ山古墳を発掘調査することによって、箸墓の性格もある程度、解明できるだろう——という考えから、ホケノ山の本格調査が始まったんです。その調査のきっかけを作られたのが、小池拓郎博士だったのだそうです」

「ああ……」

小池拓郎の名前が出て、浅見の意識は明美の「学説」の向こう側に殺人事件の舞台が透けて見えるような気がした。

「それで、問題の画文帯神獣鏡の発見です。他の土器などとの関係で、これが三世紀半ばに埋蔵されたものであることはほぼ間違いないそうです。そうなると、いままで前方後円墳は四世紀以降とされていた定説がひっくり返ってしまうでしょう。三世紀半ば——つまり、卑弥呼が亡くなった頃、すでに前方後円墳が造られていたのです」

「なるほど！」

浅見は思わず大声を出した。

「そうすると、ホケノ山古墳の直後に箸墓が造られたとすれば、築造に要した年数を考えると、まさに箸墓こそが卑弥呼の墓である可能性が高いことになりますね」

「そうなんです。だからこの大発見で、発掘調査の現場は大騒ぎなんです」

「いや、これは現場どころか、日本考古学界中の大騒ぎになりますよ。この事実が漏れたらマスコミは大挙して押し寄せるでしょう。これはえらいことを聞いてしまった」

興奮状態に陥った浅見を、明美は不安そうに見つめていた。

4

畝傍考古学資料館は、考古学ファンなら見飽きることのない展示物で充実している。しかし、浅見の頭は、ホケノ山で画文帯神獣鏡が出土したという話を聞いた瞬間から、そのことの学術的な重要性とは別に、小池拓郎が殺された事件との結びつきで一杯だった。

「小池先生は鏡が出たこと、ご存じなかったのでしょうか」

資料館を出たとき、その疑問が口をついて出た。明美には意味が取れなかった。「はあ？」と首を傾げている。とっくに亡くなった小池が、今日のニュースを知っているはずがないではないか――という顔だ。

「つまり、小池先生は、殺される前にすでに画文帯神獣鏡の存在を知っていた――ということはありえないだろうかって思ったのですが」

「それはご存じだったかもしれませんね。ホケノ山古墳を発掘する前提として、小池先生はそこに銅鏡が埋まっている可能性の高いことを確信しておられたって、平沢先生もおっしゃってましたから」

「あ、いや、そういうことじゃなくて……」

浅見は自分の「着想」があまりにも突拍子もなく、馬鹿げていることを思って、口ごもった。しかし明美も有里も、浅見の言葉のつづきを真剣な顔で待ち受けている。

「僕は考古学に関してはずぶの素人ですから、発掘調査の作業がどのように行われているのか、詳しいことは知りませんが、地面をそれこそ薄皮を剝《は》ぐように慎重に掘り進めるというふうに聞いています」

「ええ、それはそのとおりですよ。私も初めてホケノ山の発掘に参加したとき、土器の破片のようなちっぽけな出土品でも、筆みたいな刷毛《はけ》で泥を払いのけてゆく作業をやらされて、びっくりしました」

「そうでしょう。土器の破片でもそれくらいだとすると、もし鏡らしきものが現れたとしても、すぐには全体を掘り出すことはしないと思うのですが」

「そうですね。そういう場合にはとくに気をつけて、周囲がどういう状態なのか、気を配りながら、記録しながら、掘り進めることになるでしょうね」

「今回の画文帯神獣鏡のような場合だと、どのくらい時間をかけますか?」

「さあ……私はそんな重要な出土品にぶつかった経験がないので分かりませんけど、鏡の端っこが発見されてから全部が掘り出されるまで、ずいぶん時間がかかるのじゃないでしょうか。もしかすると何日もかかるのかもしれません」

「今回はどうだったのですか?」

「えっ?……」

「最初に鏡の端が現れたのはいつだったのでしょう?」

「それは……まあ、たぶん今朝早くとか……とにかくさっきではないと思います。平沢先生に、画文帯神獣鏡が出たって教えていただいて、チラッと見ただけですけど、鏡は全体が現れて、表面の泥もきれいに払われていました」

「朝早く発見されたのなら、平沢さんに報告ぐらいはされていそうなものですが、さっきの平沢さんの様子だと、そんな気配は感じられませんでしたね」

「ああ、そういえば確かにそうでした。じゃあ、いましがた見つけて、急いで掘り出したのかしら?」

「そんな乱暴な発掘はしないって、長井さんは言いませんでしたか?」

「ええ、まあしないと思いますけど……いえ、絶対にしませんね」

明美はようやく確信をもって言った。

「画文帯神獣鏡みたいな重要なものでなく、ごく小さな土器片でも、それがいつ、どこから、どのような状態で発見されたか——後になって分からなくなることのないように、一つ一つデータを記録しながら掘り取ってゆくくらいですもの。大きな土器なんかのように重要な物だと、何日もかけます。途中で日が暮れたりすると、そこの発掘の担当者がビニールシートで覆って、雨で流されないようにするくらいです」

浅見は考古学研究所で見た膨大な土器片の山を想起した。土器の一片一片には細かい数字が記入されていた。画文帯神獣鏡の周辺にあった土器片や泥も、あれと同じように、あるいはより精密に、たっぷり時間をかけて、発掘の位置や手順を記録しながら取り除かれていったのだろう。

「そうすると、鏡の先端が最初に見つかったのはけさ早くどころか、もっと早い時間だった可能性が強いことになりますね」

明美は黙って頷《うなず》いた。浅見が何を言わんとしているのか、興味どころか、不安を感じている表情だ。

「ひょっとすると鏡の端が現れたのは、何日も前かもしれないな。にもかかわらず、平沢さんには何も伝えられていなかったということでしょうか？　画文帯神獣鏡の発見者は丸岡さんでしたっけね。丸岡さんが隠していたなんてことはありえませんよね」

「まさか……そんなこと、絶対に……」

ありません——と叫ぶように言いかけて、明美は「絶対」が相反する意味をもって二度、使われたことに気づいた。

発掘が乱暴に行われることは「絶対」にないのと同様、画文帯神獣鏡の発見という一大事が、発掘調査の統括責任者である平沢課長に即刻、伝えられない理由は「絶対」にありえない。この矛盾を、どう説明すればいいのだろう。

思い惑ったあげく結局、明美は首を横に振った。発掘調査に携わってまだ日の浅い彼女には、この矛盾を解説できるほどの知識はない。

「きっと、何かの事情があるのでしょうね」

浅見は慰めるように言ったが、その「何かの事情」に猛烈な興味と疑念が湧いていた。画文帯神獣鏡はいつ発見されたか——という疑問が、浅見の頭の中ではどんどん膨らんでゆく。丸岡はどの時点で画文帯神獣鏡の存在を知ったのだろう。彼より先にすでに知っていた人物は、はたしていなかったのだろうか——と突き詰めた先に、ポッと灯がともるように小池拓郎の名が浮かんだのだ。

「あっ、そうやったんか……」

それまで無口だった有里が、ふいに声をあげた。

「浅見さんは、もしかすると小池先生がそこに画文帯神獣鏡が埋まっているのを、知ってはったんと違うやろか思うてはるんですね」

「そう、そういうことですよ」

浅見は頷いたが、明美は対照的に、呆《あき》れたように首を振った。

「そんなことはありえないわ。だって小池先生が殺されたのは二月十七日——ひと月近くも前じゃないですか。そのときに鏡が出土していたのなら、いくら何でも、いままで誰にも気づかれないでいるなんて、あるはずがないでしょう」

「気づかれないよう隠していたか、それとも、気づいていたけれど隠していたか、そのどちらかの可能性はないですか」

「隠していたなんて……誰が隠したんですか？　丸岡さんがですか？」

「そうですね、丸岡さんかもしれないし、それとも……」

「丸岡さんがなんで隠す必要があるんですか？」

浅見が「それとも……」と言いかけたのが聞こえなかったのか、丸岡の名誉にかかわるとばかりに、明美は突っかかるように言った。発掘作業に参加して、まだほんの短いあいだだが、彼女にはメンバーに対する仲間意識が芽生えているのかもしれない。

「いや、丸岡さんだとは言ってませんよ」

「でも、発掘調査の参加者で、丸岡さん以外にそういう権限というか、そういうことのできる立場の人って、いませんよ。平沢先生は発掘事業全体の責任者ですけど、発掘現場の作業については、そんなに具体的に口出しはしませんしね。むしろ丸岡さんは、小池先生が指示したスケジュールに従って、小池先生の監督のもとに、作業手順を決めていたみたいです」

「そやから先輩、浅見さんは小池先生のことを言うてはるのと違いますの？　小池先生が鏡のこと、知ってはったんやないかって」

有里が少し遠慮がちに言った。

「えっ？……まさか、じゃあ、小池先生が最初に鏡のあることに気づいて、それなのに隠していたっていうことですか？　そんなばかなこと……」

明美は目を落ち着きなく動かして、あれこれ想像を巡らせたが、やはり首を振った。

「……なんで小池先生が隠さなければならないんですか？」

柔軟で直感的な思考回路を持つ有里と、よくいえばアカデミックな、常識的で硬直したものの考え方をとる明美との違いが、面白いほどはっきりと表れる。

「小池先生が画文帯神獣鏡のことを知っていたかどうか、そもそもその時点で鏡が見つかっていたかどうか、すべて仮定の話です。もし小池先生が鏡を発見していたとしたらと仮定し、それにもかかわらず『出土』の事実が誰にも知らされなかったなんていうことがありうるものか、あるとしたら、その背景にどういう事情があるものなのか、それを考えてみたのです」

浅見は明美に、自分の着想を解説しようと試みたが、じきに諦《あきら》めることになった。

5

いつの間にか、目の前に畝傍考古学研究所の玄関が迫っていた。長井明美は救われたように「それじゃ、私はこれで失礼します」と言った。浅見にしてみれば、まだ話し足りないことが山ほどある。

小池拓郎が生前、すでに画文帯神獣鏡の存在を確認していたかどうかは、まったくの想像と仮定の域を出ないが、もし知っていたとすれば、小池の死には、怨恨《えんこん》とは別の動機のある可能性が出てくる。

この学術的大発見が、これ以降、誰の手によって「経営」されるのかは、発掘作業を指揮していた人物が誰か——によって左右されるはずだ。小池はすでに現役を退いていたとはいえ、ホケノ山古墳発掘の提唱者として、依然として指導的立場にあったし、彼が画文帯神獣鏡発見を、今後の邪馬台国理論にどう結びつけるかによっては、学界全体に与える影響が底知れぬほど大きかったのではないだろうか。

聞くところによると、歴史を塗り替えるほどの「巨大」な発見に遭遇すれば、学者としての名声はもちろん、経済的な面でも生涯、保証されるのだそうだ。小池にそうした野望や欲望があったとは思えないが、そういう問題を秘めているだけに、「出土」の発表の方法やタイミングといったことで、何らかの作為があったのかもしれない。

そういったことについて、発掘調査の実務や舞台裏など、いろいろ訊《き》きたいことがあったのだが、明美は取りつく島のないそっけなさで会釈すると、まるで逃げるように、自動ドアの向こうへ去って行った。

「なんだか、先輩、怒りはったみたい」

有里は気掛かりそうに、大きなガラスドアの中を、いつまでも見送っている。

「彼女としては、神聖な発掘調査を貶《おと》しめられたような気分だったのかもしれませんね」

「そやけど、浅見さんはべつに興味本位で言うてはるんやないと思いますけど」

「もちろんそうですが、真面目に学問に取り組んでいる人から見ると、僕みたいな人間は面白半分の野次馬にしか見えないものです」

「そしたら、私も同じに思われたんかしら。小池先生がとっくに鏡を見つけてはったんやないかなんて、いいかげんなこと言うてしもうたし。大学が始まったら、どういう顔で会《お》うたらええのかしら」

「ははは、そんなこと、心配しなくても大丈夫。長井さんが怒っているとしたら、対象は僕だけです。あんな男と付き合うのはやめろって言われるくらいなもんでしょう」

「そんなん言われたかて、私は浅見さんとお付き合いしますよ。第一、浅見さんはうちの大切なお客さんやないですか」

「ありがとう。そう言ってもらうと元気が出ます。しかし、大学が始まるまでには、僕は東京へ引き揚げているんじゃないかな。だから長井さんの忠告も必要ないことになる」

「えっ、ということは、それまでに事件は解決できるいうんですか？」

「そう、そのつもりです。そんなに長くはかからないはずですよ」

「ほんまですの？　ほんまに、そんなに早く解決してしまうんですか……」

駐車場へ引き返しながら、有里は急に黙りこくった。大学が始まる日までの残された時間を、胸の内で指折り数えているのかもしれない。

車に乗ると、ふいにわれに返ったように、「これからどないしますの?」と訊いた。

「そうですね、まずきみを駅まで送って、それから……」

「あきませんよ、そんなん」

びっくりするほどの大声で言った。

「私はずっと浅見さんと一緒に行動するって決めてきたんやから、そんな、追い返すみたいなこと、せんといてください」

「いや、べつに追い返すわけじゃないけど、しかし時間がかかりますよ」

「時間くらい、なんぼかかってもかまいません。それより、どこへ行きますの?」

「まず警察へ行って、小池先生の死体が浮かんだというダムの現場を教えてもらうつもりですけど」

「それやったら警察なんか行かんでも、私が案内します。このあいだ、父と一緒にお経を上げに行ったばっかしですから」

急に元気を取り戻して、「なんやったら私が運転しましょうか」と言った。つい最近、高速道路を軽自動車で走り、スピードオーバーで捕まったと、武勇伝を自慢した。それだけはなんとか勘弁してもらって、浅見は有里に案内だけを頼むことにした。

橿原からいったん国道169号へ出て、天理方向へ向かう。右手に箸墓を見ながら進むと間もなく、三輪山の北側の谷へ入って行く道がある。国道から右折してすぐ、一車線しかない細い道になった。

「小池先生は、ホケノ山を立ち去ってから、こっちの方角へ歩いて行かはったのやそうです。それから先は誰も先生の姿を見てへんのです。そやから、この辺りで誰かに会うて、車に乗せられて初瀬《はせ》ダムへ連れて行かれはったんやないかいう話でした」

なるほど、ホケノ山の現場からは一キロほどか。歩いて来られる距離だ。

道は山あいの、鬱蒼《うっそう》と繁る森の中を行く。去年の台風で被害が出たのだろうか、杉林の至るところに倒木が目立った。道路に倒れていた木を排除したらしい場所もある。行けども行けども人家がなく、すれ違う車も人もなく、一人だと心細くなりそうな山道だ。

峠を越えた辺りに「荒神社参道《こうじんじゃ》」というのが、山の中から現れ、道を横切っていた。案内板が立っているだけだが、有里の解説によると、歴史的にもかなり有名な神社なのだそうだ。そのほか、無住の寺や神社をポツリポツリと過ぎて行くが、とにかく人家が少ない。

三輪山、巻向山《まきむくやま》、初瀬山と連なる山々の北側を大きく迂回《うかい》して、初めてといっていい集落に出た。道はやや広くなり、三叉路《さんさろ》を左折して北へ行くと名阪国道の針《はり》インター、右折して谷を下ると初瀬ダムへ向かう。小池の死体を発見したドライブの連中は、針インターから初瀬ダムを通り、室生寺《むろうじ》まで行く予定だったのだが、初瀬ダムで道草を食ったばかりに、とんでもない事件に遭遇するという不運に捕まることになった。

水量の少ない谷川沿いに下って間もなく、ダム湖が見えてきた。想像していたのより小さいが、水量は豊富だ。春浅く、湖岸の緑はまだ淡いが、青空を映した湖面は美しい。湖岸で道は二股《また》に分かれ、左折した道がダム湖の上流部に架かる橋を渡りきる少し手前のところで、ドライブの連中は死体を発見したという。

「あそこです」

有里が示したところで車を停めた。橋の欄干の下に、誰が供えたのか、ランの花が枯れていた。浅見も有里も、花の前で手を合わせて小池の霊に祈った。

「ほら、あそこに木の枝の折れたのが、突き出しているでしょう。小池先生はあの辺りに浮いてはったんやそうですよ。警察の人は、きっとこの橋の上から落としたんやろ、言うてました」

「ほう、そうですか」

欄干から身を乗り出さんばかりにしている有里の脇から、ほんの申し訳程度に湖面を覗《のぞ》き込んで、浅見はすぐに車に戻った。高所恐怖症を有里に悟られはしまいかと、そっちのほうが心配だった。

ダムサイトにある管理事務所を訪ね、事件前後の様子などを聞くことにした。玄関に現れた中年の痩《や》せた職員は、アベックの訪問者を観光目的か見学者だと思ったのか、用件も聞かずに、「さあさあ、上がってください」と愛想がいい。

ダムの大きさのわりには管理事務所は立派で、職員は常時、三人が詰めているということだ。一階に宿泊設備があり、二階が事務室と操作室になっている。職員は二階に案内して、二人の客にパンフレットを渡し、初瀬ダムの成り立ちから説明を始めた。このダムは奈良県が管理する五つのダムの中では比較的古いもので、竣工は十三年前。主として灌漑《かんがい》を目的とする多目的ダムだそうだ。

「このあいだ、こちらの湖に、殺人事件の死体が上がったそうですね」

ひとわたり解説が終了するのを待って、浅見は切り出した。

「ああ、あの事件ね。そうです、殺人事件でした。その前のときは焼身自殺やったですけどね」

「えっ、焼身自殺もあったのですか」

浅見が驚くと、隣のデスクにいる恰幅《かっぷく》のいい、たぶん所長らしい職員が苦笑しながら、

「宮島《みやじま》君、あまり気色ええ話やないし、やめとけや」と窘《たしな》めた。

「いえ、僕らはべつに気にしません。その焼身自殺というのは、いつ頃の話ですか」

「三年ばかり前でしたかね、所長」

宮島職員が訊いて、所長は仕方なさそうに頷《うなず》いた。

「ガソリンか灯油を被《かぶ》って火をつけたみたいなのだが、死体が崖下《がけした》に転げ落ちとって、発見が遅れたのです。熱さに耐えきれずに、転げ回ったんやろいう話でした。同じ死ぬんや

ったら、焼け死ぬよりは水死のほうが、ええのと違いますか」

三年前では、今回の小池の事件とは関係がなさそうだ。

「今度の事件では、犯行があったのはおそらく夜間だったと思われますが、管理事務所の方々はどなたも気づかなかったのでしょうか？」

「いや、夜間はここは誰もおらんのです。もちろん、台風などで洪水や崖崩れなどの発生が予想されるような気象状況の場合は、全員が詰めてますけどな。そやから、死体が発見されたときはびっくりしましたがな」

昼間の巡回時にも、死体はもちろん、怪しい人物や車を見かけなかったという。もし、そういうものがあれば、これだけの小さなダムだから気がつかないはずはないとも言った。

収穫はなかった。これでは警察の捜査が難航するのも無理はない——と、浅見は妙に納得してしまった。

第四章　消えた都の伝説

こもりくの泊瀬《はつせ》の山の山の際《ま》に
いさよふ雲は妹《いも》にかもあらむ
柿本人麻呂《かきのもとのひとまろ》

1

ダム管理事務所を出て、浅見と有里は湖を周回する道路をグルッと走った。橋の袂《たもと》の死体発見現場で車を降り、もう一度祈りを捧《ささ》げた。雲で日が翳《かげ》ると山上湖の空気は急に冷え冷えとしてくる。そのせいか、それとも小池の怨念《おんねん》を感じるのか、有里はジャケットの襟を立てて体を震わせた。

「帰り、長谷寺《はせでら》にお参りしませんか」

「もちろん、そのつもりでしたよ」

奈良には何度も訪れている浅見だが、長谷寺には来たことがなかった。奈良盆地の最も南の、さらに奥まったところにあるだけに、忙しい日程では立ち寄りにくい。その長谷寺が思いがけず指呼の距離にあった。地図でダムの位置を確かめた時から、浅見の予定はできていた。

長谷寺は初瀬《はせ》ダムからほんの五、六百メートル下った、山の中腹にある。そこから近鉄大阪線の長谷寺駅までの坂の両側に、門前町が連なり、小さな土産物店や飲食店がチマチマとひしめきあうように軒を接する。道路は細く、当麻寺《たいまでら》周辺と同様、観光バスの進入を拒否している。それによって長谷寺の静謐《せいひつ》は守られているともいえる。

とはいえ、道路は本当に狭い。まだシーズンオフだから、比較的空《す》いてはいたが、それでも駐車場を探すのに苦労した。

「初瀬」は「泊瀬」「長谷」「始瀬」そのほかいろいろな表記があるらしい。読み方も「はせ」「はつせ」の二つある。「はせ」の語源は「狭《は》さ」からきていて、渓谷を意味するのだそうだ。

初瀬渓谷は桜井市の中心から東へ少し行った、近鉄大阪線大和朝倉《やまとあさくら》駅を過ぎた辺りから長谷寺の近くまでつづいている。

朝倉は「記紀（古事記・日本書紀）」に、雄略《ゆうりゃく》天皇が泊瀬朝倉宮を営んだと伝える土地である。雄略天皇は「記紀」では允恭《いんぎょう》天皇の第五皇子、第二十一代天皇ということになっているが、史実的には存在が明確でなく、説話上の人物と見なす説が有力である。しかし、雄略天皇にまつわる説話はきわめて多い。諡《おくりな》はともかくとして、それに該当する人物は実在したと考えてもいいだろう。

中国の宋《そう》の歴史書に四七八年に「倭王武《わおうぶ》」から遣使があったという記録があるが、その「倭王武」が雄略天皇とされている。埼玉県の埼玉稲荷山《さきたまいなりやま》古墳から出土した「辛亥《しんがい》（四七一）」の銘のある鉄剣に見える「ワカタケル大王」も雄略天皇のことと推定される。名前どおりとにかく武勇に優れ、対立する兄弟たちを殺戮《さつりく》して即位したほどだ。

いずれにしても、大和王権の一人であったことは間違いない。「記紀」に紹介された雄略天皇についての説話で、最もよく知られたものに次のようなものがある。ある時、百官を従えて葛城山《かつらぎさん》に登った天皇一行は、装束、人数ともに瓜《うり》ふたつの行列に出会う。不審に思って尋ねてみると、相手からも同じ言葉が返ってきた。天皇は激怒して、矢をつがえ、あらためて名を問うと、「われは葛城の一言主《ひとことぬし》の大神なり」と答えた。現人神《あらひとがみ》であることを知った天皇が、神に捧げ物を献じると、一言主大神も礼を受けて、天皇を長谷の山口《やまのくち》まで送った――というのである。

この説話は何でもない伝説のようだが、じつは大和王権と並び立つ葛城氏の存在と、その歴史的関係を示す点で、ほとんど史実に近い重要な意味をもつ。

最近、葛城山の麓《ふもと》付近から、円墳が発掘された。鏡などの出土品から、ホケノ山や箸墓《はしはか》など、大和王権の墳墓が造られたのとほぼ同時代のものであることや、中国との国交関係もあったことが分かっている。大和側がすでに前方後円墳という形式を確立していたにもかかわらず、それとは相容《あいい》れない形式に固執する対立勢力が、葛城山麓《さんろく》一帯には存在したことを示すものだ。

もっとも、ホケノ山古墳や箸墓の造営から雄略天皇までは、ほぼ二百年の開きがある。かりにホケノ山か箸墓の主が卑弥呼《ひみこ》であり、大和王権の一族だったとしても、雄略天皇がその系譜を継ぐ人物だったかどうかは分からない。ただ「記紀」にはそうと受け取れる記述があるし、雄略天皇やその後の第二十五代武烈《ぶれつ》天皇が泊瀬（初瀬）に「宮」を定め、この地方一帯を治め、近隣に勢威をふるっていたことは確かなようだ。

長谷寺は雄略天皇よりさらに二百年を経た朱鳥《しゅちょう》元年（六八六）に、天武天皇の病気平癒のために建てられたのが起源で、その後、神亀《じんき》年間（七二四—七二九）に現在の場所に移されたといわれる。朱鳥元年といえば、大津皇子《おおつのみこ》が憤死した年でもある。

門前町が切れたところから長谷寺の山域になる。緑濃い岡の斜面に堂塔伽藍《がらん》が半ば姿を没しているような、美しい寺である。山門をくぐると本堂まで長く広い石段が続く。石段は瓦《かわら》屋根に延々と覆われ、その造型美には目をみはるものがある。

浅見と有里は息を弾ませて石段を上りきった。空気は冷たいが汗ばむほどだ。参拝を終え、本堂の回廊に立って下界を眺めると、束の間、殺伐とした目的のことなど忘れてしまいそうだ。実際、有里のほうはそうらしかった。「きれいやわあ……」と嘆息を洩《も》らしながら、麓で買ってきた使い捨てカメラのシャッターを押している。

「どうしてあの場所だったのかな？……」

浅見がぼんやり呟《つぶや》いた。

「えっ、何のこと？……」

有里は笑顔で振り向いた。彼女がときたま見せる純で無邪気な表情を見ると、浅見はほっと救われたような気分になる。こういう女性が傍らにいてくれたら――などと、思いがけない発想が湧いて、ドキリとした。

「いや、どうしてあんなダム湖を犯行場所に選んだのか、そのことが不思議でならないのです」

「ああ、そういうこと……」

有里は興醒《きょうざ》めた顔になって、視線を遠い緑の岡に戻した。

「それに、なぜあんな細い山道を知っていたのかも気になります。よほど土地鑑のある人間の犯行でしょうね」

「ええ、まあ……」

「そうすると、犯人は長谷寺に詣《もう》でて、この回廊に佇《たたず》んだことがあるかもしれない」

「えっ……」

手すりに寄り掛かっていた有里は、反射的に後ずさった。

「いやや わ、こんな場所で、気色悪いこと言わんといてくれませんか」

背後の御本尊様のほうを気にしたところは、やはり僧侶《そうりょ》の娘である。仏像はともかく、近くには善男善女が行き交っている。

浅見もさすがに、場所柄にふさわしくない話題であることを思って、本堂を出ることにした。しかし、長い石段を下りながら、浅見はずっと事件のことばかり考えていた。

山門を出て、最初の店に入った。吉野葛《よしのくず》の葛きりがあるというので、二人ともそれを注文した。おおぶりの器に蜜《みつ》のたっぷりかかった葛きりは、渇いた喉《のど》に心地いい。

「いったい、犯人はどういう人物だと思いますか？」

長く途切れていた本題を持ち出した。

「予《あらかじ》め会う約束があって、たぶん無警戒に車に乗ったことからみて、小池先生が気を許していたことは間違いないですね。そういう親しい関係の人物が、いともあっさりと殺人者に変貌《へんぼう》するとは考えにくい。手口からいっても、少なくともある程度は計画性のある犯行といっていいでしょう」

「でも、ホケノ山を出てから殺されるまで、ずいぶん時間があったんと違いますの？　最初に会《お》うた人が犯人とはかぎらへんのやないかしら？　誰かと会うて、その後、また別の人と会うて、その人が犯人やったということも考えられませんの？」

「その可能性もないとは言えませんね。しかし、もしそうだとしたら、最初に会った人物は、なぜ警察に名乗り出てこないのでしょうか。もし親しい人物なら、事件が起きた直後に警察に届け出るでしょう」

「あっ、そうやわ……」

そんな単純なことに気づかない自分を嗤《わら》うように、有里は頭をポコッと打った。

「小池先生が何の躊躇《ちゅうちょ》もなく車に乗り込むほど親しくて、しかし当の相手には殺意があった――となると、犯人像はかなり限定されるはずなんだがなあ……」

「親しいいうことだけやったら、うちらもその中に入りますけどなあ」

「ははは、そんなことを言ったら、そこいら中に該当者がいますよ。問題は親しさの性質でしょうね。表面上は親しく見えて、あるいは小池先生の側だけは親しさを信じていて、実際はそうではなかったということなのでしょう。親しいどころか、むしろ害意を抱いていたことになる」

「最初は親しくて、急に豹変《ひょうへん》したいうことはありませんか?」

「いや、睡眠薬を用意しているような計画性からいって、それは考えられないのじゃないかな。犯人には最初から殺意があったと思いますよ。小池先生を殺すつもりで会い、車に乗せた……それから犯行まで、どこでどうしていたのか、不審な車や不審者を目撃したという情報はいまだに出てきていないのでしょう。犯人はおそろしく冷静に立ち回ったか、それとも、小池先生のほうが諦《あきら》めきって、何の抵抗もしなかったのか……睡眠薬入りの飲物に不安を感じなかったのか……」

言いながら、浅見はそのことに、犯人像を特定するヒントがありそうな気がした。

2

畝傍山《うねびやま》の麓を通過する頃は太陽が西に傾いていた。家並みの切れたときに、二上山《ふたかみやま》に落ちてゆく夕日が見える。古代の人々もこうして落日を追いかけるように家路についたのだろう――と、そのいかにも牧歌的な情景を想像した。

もっとも、沿道風景は牧歌的とは正反対。商店やアパートやパチンコ店が無秩序に連なり、ラッシュ・アワーの道路には、いらいら運転の車が繋《つな》がっている。東国遠征の帰路、日本 武 尊《やまとたけるのみこと》がはるかに大和を偲《しの》んで詠んだという「畳《たた》づく　青垣《あをかき》　山籠《やまこも》れる倭《やまと》し麗《うるは》し」の面影はどこにもない。

小池拓郎は毎日、当麻寺から畝傍考古学研究所への往還にこの風景を眺めながら、どんな感慨にふけっていたのだろう――などと思う。古代史や考古学に没頭し、ただひたすら、遺跡の発掘調査に専心する人々の気持ちが、この沿道風景の猥雑《わいざつ》さを見ると、妙に納得できるような気がしてきた。

助手席の有里はいつの間にか眠っていた。浅見は手を伸ばして、シートの背凭《せもた》れをそっと倒してあげた。

「ありがとう」

眠っていると思った有里が、寝言のような声で呟いた。目は閉じたままだ。

「いま、夢を見てました。大津皇子が出てきはる夢です」

「ほう、大津皇子とはロマンチックですね」

浅見はノロノロ運転のアクセルを踏みながら、あまり気のない相槌《あいづち》を打った。

「浅見さんが大津皇子やったらええのに」

半分眠った状態で、ドキリとするような際どいことを言う。

「僕は昔の沿道風景を想像してましたよ。この辺りにズラッと男も女も子供までが並んで、二上山から掘り出した石を、次から次へと手渡ししている風景です。ところがその道に、いまは車がズラッと並んでいる」

わざと即物的なことを言って、有里の夢をはぐらかした。

「浅見さんて、恋人、いてはるんですか？」

「ははは、いきなりびっくりするようなことを訊《き》かないでくださいよ。そんな上等なものはいません」

「ほんまですの？」

「うん、ほんとですよ。と威張るほどのことじゃないか」

「そしたら、私が恋人になってあげましょうか」

「ははは、それはいい……」

笑いながら、チラッと視線を送ると、じっとこっちを見つめている有里の目にぶつかった。眠りから覚めたばかりの幼女のような、無心で正直な眸《ひとみ》であった。

「面白いことを言うなあ、きみは」

浅見は年齢差を忘れて、うろたえた。

「浅見さんのこと、大好き」

「それは嬉《うれ》しいけど、好きなのと恋人とは違うでしょう」

「そうかしら、同じやと思いますけど。恋してるさかい、好きなんと違いますか？」

「困ったひとだなあ。おとなをからかっちゃいけない」

「私かておとなですよ。選挙権かてあるし、胸にも自信があります」

「えっ、ああ、それは見れば分かりますけどね、そういう問題じゃなくて……」

「歳の差のことを言わはるんやったら、いまは三十三と二十やけど、浅見さんが四十三になれば私は三十です。そんなにびっくりするほどの差ではないでしょう」

「なるほど、論理的ですね」

「真面目に聞いてください」

「いや、真面目に聞いてますよ。しかし、有里さんから見れば、僕はいいかげんオジさんじゃないですか。大津皇子のように、永遠に歳を取らなければいいんだけれど」

「そんな、悲しいこと言わんといてくれませんか。ひどい……」

語尾が細ったので見ると、有里の目尻《めじり》から涙がこぼれていた。

「あっ、ごめんごめん、そんなつもりで言ったんじゃないですけどね」

浅見は驚くと同時に、有里の少女のような多感な性格にひどく新鮮なものを感じた。援助交際だとかガングロだとか、若い女性を貶《おとし》めるような風潮が蔓延《まんえん》している現代、こういう稚気ともいえる純粋さをもった女性は希有《けう》な存在にちがいない。

「きみはいいなあ……」

浅見はしみじみと言った。

「有里さんみたいなすてきな女性が育ったのは、お宅のご両親のお蔭《かげ》なのか、それとも、大和という風土のお蔭なのかな」

「すてきやなんて……」

有里は含羞《はにか》んでみせたが、すぐに、少し笑いを含んだ口調で「両親のお蔭いうことは絶対にない、思います」と言った。

「私に影響を与えたのは、二上山や当麻の風景と、それに小池先生」

「ほう、小池先生がどんなことを?」

「どんないうて……何かを教えるいうのとは違うのやけど、いつの間にか感化されているいうたらええのかしら。世間話みたいなことを話してはっても、そこからいろんなことが伝わってくるいうの、ありますでしょう」

「うん、分かるような気がしますね。その人の傍らにいるだけで、気持ちが洗われることだってあります。それにしても、どういう話をしてくれたのかな？」

「大津皇子の奥さん——山辺皇女《やまのべのひめみこ》のことやとか、それに、そうや、先生の憬《あこが》れの女性のことを話してくれはったこともありました」

「へえー、憧れの女性ですか。いいですねえ、それは。誰のことですか」

「誰いうて、特定の人やないのかもしれません。美しくて、理知的で、意志が強くて、それに母性が豊かな人……いう感じです。先生はいろんな話をしてくれはりましたけど、その話がいちばん強烈で、いつまでも頭の中に染みついています」

「すごいですね。すばらしい理想像だけど、そういう女性は現実の世界ではめったにいない……」

言いながら、浅見はふと思いついた。

「あの女性がそうだったのかな？」

「は？　あの女性いいますと？」

「ほら、小池先生の遺品の中にあった写真に女の人が写っていたでしょう。白い帽子を被《かぶ》ったきれいな人」

「ああ……」

有里はリクライニング・シートを元の位置に戻して、体勢を整えた。

「そういえばすてきな人やったですね。そしたら、あの女性が小池先生の憧れの人やったのかしら？」

「そうかもしれない。もう一度、あらためて写真を見てみようかな」

「けど、赤ちゃんを抱いてはった男の人は小池先生と違いますよ」

有里が思い出した。

「ということは、小池先生の恋人やないいうことですわね」

「恋人ではないが憧れの女性だった――ということはありえますよ」

浅見は単にあの女性が小池のかつての恋人や憧れの人――というだけでなく、小池拓郎という人物像や、彼の過去から現在に至る、もろもろのしがらみを解く鍵《かぎ》を握る人物であるような予感がしてきた。

思いつくと、早くそのことを確かめたくなる。そういう気分をあざ笑うように、道路は相変わらずのノロノロ運転が続いていた。太陽はついに沈んで、二上山の稜線《りょうせん》があざやかな緑色の光を放った。

「きれいだなあ、神々しいというのはこういう風景を言うのでしょうね」

「ほんまですね。いつも見てるつもりなのに、初めて見るように胸がうたれます」

「いま二上山の頂きに立つと、われわれのいるこの辺りはどんなふうに見えるのかな。夕闇の底に沈んで、さぞかし貧しげで、あくせくしているように見えるんでしょうね」

「そうかしら？　そんなことはない思いますけど。みんなそれぞれに一生懸命で、それぞれに幸せそうに見えるのと違いますか」

「うーん……きみは優しいなあ」

浅見はしみじみとそう思った。

「いややわァ、そんなふうに感心されると困ってしまいます。それより、明日、二上山に登りませんか。うんそうや、それがええわ、そうしましょう」

ひとり合点に決めて、楽しそうに「新しく　わたしらしく……」と、ヒットソングを口ずさんだ。そんなふうにヒラヒラと移ってゆく女心とジェネレーション・ギャップには、ちょっとついて行けない気にもなる。

日がとっぷり暮れた頃、当麻寺に着いた。玄関に「ただいま」と飛び込んだ有里と浅見を、香ばしい味噌汁《みそしる》の匂いが迎えた。有里は早速、この日の「見聞録」を母親に披露している。その隙に浅見は部屋に戻って、小池の遺品の中から例の写真を取り出した。

正確な場所は不明だが、奈良公園内のどこかとおぼしき風景をバックに、ベンチに腰掛けた三人と赤ん坊が写っている。餌を欲しがる鹿が数頭、周辺でうろついている――。

何度見ても、年代が古いだけの、ごく平凡な記念写真にしか見えない。しかし、一切の写真や私信類を焼却した（と思える）中で、この写真と一通の手紙だけが残されたというところに、何か特別な、そして重大な意味があるようにも思える。生涯、独身を通した、そして学術書以外の財物にまったく淡白だった、小池の生きざまの秘密が隠されているのかもしれなかった。

3

二上山に登るには四つのルートがある。一つは近鉄南大阪線二上山《にじょうざん》駅からと二上神社口《にじょうじんじゃぐち》駅からのなだらかな歩道が、途中で合流し、雄岳《おだけ》へ登って行くルート。二つ目は山の西、大阪府太子町《たいしちょう》から登るルート。三つ目は竹内峠《たけのうちとうげ》から岩屋峠《いわやとうげ》経由で登るルート。そして四つ目が当麻寺の北側から、「馬の背」とよばれる雄岳・雌岳《めだけ》の中間部の尾根に直登するルートである。

それぞれのルートには、それぞれ趣の異なる楽しさがあるそうだが、浅見は当麻寺からのルートしか知らない。

当麻寺から行く道は、山麓《さんろく》近くまで車でも行けるが、そこから先はにわかに傾斜がきつく、とくに尾根に取りつく直下の辺りは、ところどころ崩落跡があるような険しい山道になる。しかし、登山道の途中に小さな庵《いおり》のような寺があって、背後に聳《そび》える二上山がその寺の裏庭のような風情を楽しめる、この道が好きだ。

有里は朝早くから昼に山頂で食べる弁当作りに精を出していたらしい。母親が「まあ、珍しいこと」と呆《あき》れていた。ふだんは、頼まれなければ家事の手伝いはあまりしない娘なのだそうだ。弁当を詰めたナップザックを背負って、小学生の遠足のようにはしゃぎながら歩いて行く。

例の小さな寺までは、田園の中を行くゆるやかな坂道である。その先が突然、急峻《きゅうしゅん》な岩だらけの登山道になる。

折口信夫《おりくちしのぶ》の『死者の書』に次のような文章がある。

〔一本の路が、真直に通つてゐる。二上山の男嶽《ヲノカミ》・女嶽《メノカミ》の間から、急に降《サガ》つて来るのである。難波《ナニハ》から飛鳥《アスカ》の都への古い間道なので、日によつては、昼は相応な人通りがある。道は白々と広く、夜目には、芝草の蔓《ハ》つて居るのすら見える。当麻路《タギマヂ》である。〕

男嶽・女嶽の間から――というのだから、たぶん、いま登っているこの道がそうだと思うのだが、難波から飛鳥へ行く間道に使われていたというところが腑《ふ》に落ちない。わざわざこんな急峻な山道を通らなくても、竹内峠を越える道のほうがはるかに楽なはずだ。むしろこの道は、二上山に憧れや畏怖《いふ》の気持ちを抱いた古代の人々が、信仰や行楽を目的に訪れたと考えたほうが当たっているように思える。

　登りにかかると、浅見はじきに息遣いが荒くなった。かつて登ったときはさほどでもなかったのに、車で移動してばかりいると、歩くという基本的な行動が辛《つら》くなる。女の有里のほうが健脚であった。革靴の浅見に対して、スニーカーという有利さはあるにしても、足運びは軽やかなものだ。最初はずっと後ろに従っていた有里が、いつの間にか浅見より前に出て、先導する恰好《かっこう》になっていた。よほど登り慣れているのだろう、岩や木の根の凹凸を器用に踏んで、グングン登る。

「浅見さんは、二上山には何回ぐらい登りはったんですか？」

「確かこれが四度目かな。きみは？」

「私はもう、数えきれへんくらいです。小池先生もずいぶん登りはったんと違うかしら。私と一緒のときだけでも、十回くらい」

「そんなに……」

「小池先生はおかしいんです。登りはるとき必ず『六根清浄《ろっこんしょうじょう》、六根清浄』言うて、まるで富士登山の掛け声みたいですね言うたら、笑《わろ》てはりました」

「そう、六根清浄ですか……」

　浅見はそういう小池の姿を想像した。一歩ごとに「六根清浄」と祈りながら登ったのは、ただの掛け声ではなくて、意味のあることだったのかもしれない。

「小池先生は、なぜ結婚しなかったのか、そういう話、聞いたことがありませんか」

弾む息で途切れがちに訊《き》いた。

「聞きました。『失恋したんだよ』って言うてはりました。けど、あれはたぶん、嘘やないか思います」

「ほう、どうして分かるの？」

「そうかて、小池先生みたいなすてきな人、失恋なんかする思いますか？　先生のほうから振ってしまった、いうのやったらあったかもしれへんけど」

「そりゃ分かりませんよ。どんなに魅力的な男だって、女性に振られないとは限らないでしょう」

「そしたら、浅見さんはどないですの？　女性に振られたことなんか、あらへんのと違いますか？」

「僕？……」

動揺したとたん、浅見は木の根っこに躓《つまず》きそうになった。

「僕はそんな、振ったり振られたりというような、深刻な恋愛をしたことがないから」

「うそっ……」

有里は立ち止まって、犯罪者を見るような目で、振り返った。

「いや、嘘じゃない。ほんとですよ」

浅見は「前進」と、手で羊の群れを追い立てるように促した。有里は不満そうに首を振ってから、歩きだした。

「信じられへんわぁ」

「ははは、困ったな。僕は臆病《おくびょう》だから、そうなる前に退却してしまうのですよ」

「それやったら、振ったいうことになるでしょう」

「いや、そんな意識はないです」

「そんなん、相手の女性が可哀相やないですか。なんぼ真剣に愛しても、スルッと逃げられてしもうて、まるでドジョウみたい」

「ははは、僕はドジョウですか」

おかしな比喩《ひゆ》に、有里も吹き出した。

それからしばらくは会話が途切れた。有里の頭の中では、会話の余韻が続いているにちがいない。恋愛という、けっこう際どいテーマが、彼女の中でどのような形に収斂《しゅうれん》してゆくのか、興味がある。しかし、それを訊く代わりに、浅見は胸の内で「六根清浄、六根清浄」と掛け声を呟《つぶや》きながら坂を登った。

最後の胸突き八丁を這《は》うようにして登り、「馬の背」に達した。雄岳と雌岳の中間の尾根は平坦《へいたん》な野原で、視界がパーッと広がる。西には大阪平野、東には奈良盆地が見下ろせる。空はよく晴れているが、春霞《はるがすみ》が立ち込めて、下界の風景はヴェールがかかったように曖昧《あいまい》である。

歩き始めてからおよそ一時間半。それほどハードな登山というわけではないのだが、浅見は相当に消耗した。ベンチに腰を下ろしたら、動くのが億劫《おっくう》になった。

「さあ、あと一息やないですか」

有里に促された。

「もう少し休んでからにしましょう……そうだ、きみが雄岳に登って、僕は雌岳に登るというのはどうかな」

馬鹿げた提案をして、有里も「そんなん、ずるいわ」と非難した。雄岳へは険しい道が続く。それに対して雌岳はほんのわずかな登りで、道のりは半分程度。しかし有里はすぐに諦めて、「仕方ないわねえ。ええわ、そうしましょ」と受け入れた。

ベンチに座ったままの浅見を尻目《しりめ》に、「そしたら、行ってきます」と歩きだした。丈の高いブッシュが繁茂する登山道に入って、間もなく見えなくなった。

浅見はたっぷり時間を取ってから、重い腰を上げた。雌岳のほうはブッシュは疎《まば》らで、人工的な植栽も施されている。東京北区の浅見家に近いところにある飛鳥山《あすかやま》公園と似て、気軽な散策路といった風情だ。

一応、山頂をきわめ、一服してから、のんびり下ったが、まだ有里の姿はなかった。そろそろ一時間を経過しようとしているので、浅見は少し不安になった。二上山は単独行の登山者が多い。不届きな男性登山者もいないとは限らない。よもやそんなことはないと思うが、若い女性を独りで行かせたのは思慮が足りなかったかもしれない。

　ベンチから立ち上がって、雄岳のほうへ歩きだしかけたとき、ブッシュの繁るコーナーを曲がって、有里が現れた。足元を見ながら一心不乱に下りてくる。浅見が見ているのも気づかずに、坂道を下りきって、ようやくこっちを見た。

　緊張しきった顔に白い歯がこぼれて、有里は小走りにやってくる。「そんなに急がないで」と言ったが、聞こえないのか、加速度がついたように走り寄って、止まらずに、浅見の胸にドンとぶつかった。

　そのまま、有里は浅見の胸に顔を埋《うず》めた。両方の腕を浅見の背中にまわして、じっと動かなくなった。

　浅見は木偶《でく》の坊のように立ちすくんだが、緩慢に動いて、有里の肩を抱いた。爽《さわ》やかな風が流れる中で、匂い立つような女の気配が鼻孔をくすぐる。

「だ・い・す・き……」

　胸に顔を押しつけた恰好で、有里はくぐもった声でそう言った。耳でよりも、心臓でその声を聞いた。

（いとしい――）と浅見は思った。両手を肩から離して、思いきり腕を伸ばし、ナップザックごと有里の体を抱きしめた。

「あっ、だめっ……」

有里が叫び、浅見も驚いて、弾《はじ》かれたように抱擁を解いた。

「おむすびが潰《つぶ》れてしまいます……」

悲しい目で浅見を見ながら言った。

「えっ、ああ、そうか……」

浅見は「ははは……」と笑いだした。つられて有里もおかしそうに身を捩《よじ》って笑った。

(いとしい——)と、浅見はまたあらためてそう思った。

4

昨日、遠く二上山を見上げていた畝傍山辺りが霞《かす》んでいる。ゆるやかな風はあるが、柔らかな春の日差しが降り注いで、気温はさほど低く感じない。

材木を無造作に横にしたようなベンチに腰かけて、ナップザックの中の弁当を広げた。潰れていはしまいかと懸念した「おむすび」は無事だった。にぎり飯を守ったのは、隣にあったペットボトルである。

二上山山頂には水場がない。そのために有里は二本のペットボトルに水を入れて背負ってきた。一本は飲み水として、もう一本は手を濯《すす》ぐためのものだという。

「悪いなあ、そんな重い物を……僕に持たせればよかったのに」

浅見は気づかなかった迂闊《うかつ》さを恥じた。

「慣れてますよって」

有里は平気な顔で言った。小池拓郎との時も、いつもそうしていたのだそうだ。

「先生も僕が持つ、言わはりましたけど、これだけは絶対に譲らへんて頑張りました」

「どうして頑張ったの？」

「そうやねえ、何でかしら？……」

そういういっこくなところが自分にあることに、有里自身、不思議そうだ。

白いにぎり飯とは別に、有里はビニール袋に入れた焼き海苔《のり》を用意していた。コンビニなどで売っているにぎり飯がそうしているのを真似たものだ。

浅見が白飯のおにぎりを摑《つか》むと、その焼き海苔を巻いてくれた。自分のは海苔の上におにぎりを置いて、器用に巻きつける。嚙《か》むとサクサク、香ばしい音を立てた。中には辛子《からし》明太子《めんたいこ》が入っている。

「浅見さん、明太子が好きや言うてはったでしょう。そやから」

「そうだったかな。いつそんなことを言ったのか憶《おぼ》えていないけど、嬉《うれ》しいですね」

まったく、浅見は食い物に関しての思い入れは人後に落ちない。明太子が好きなのも確かだが、自分では忘れるほど何の気なしにそういうことを口走っているとしたら、いかにも食い意地が張っているようで、みっともない話である。

「トマトが嫌いいうことも知ってますよ。そやから今日のサラダはトマト抜き」

タッパーウェアの蓋《ふた》を取ると、なるほど、完璧《かんぺき》なグリーンサラダだった。

「有里さんはきっと、好き嫌いはないんだろうなあ」

はち切れんばかりの健康美を眩《まぶ》しそうに見ながら、浅見は言った。

「ありますよ、ネギ。大嫌いやわ」

いかにも不倶戴天《ふぐたいてん》の敵――のような口ぶりだったので、笑ってしまった。有里も顔を真っ赤にして笑った。

「ああ幸せやわぁ、青春してる――いう感じですね」

天を仰いで、突然そんなことを言った。

「ははは、僕はもう青春と言えるような感じじゃないですけどね」

「あら、そんなことないですよ。小池先生かて、人生常に青春――言うてはりました」

「そうですか……そうか、小池先生にもきみや僕のような時代があったんだなあ……当たり前のことだけど、こんなふうに幸せだったり、悩んだりしながら年を重ねて、それこそ青春が過ぎてゆくんだ」

「青春は過ぎてゆかへんのですってば」

有里は不満そうに唇を尖《とが》らせた。

「ははは……はいはい、分かりました、そうですね。しかし、卑弥呼にも青春時代があったと思うと不思議な気持ちになるなあ。日本武尊や大津皇子は青春そのものだし、額田《ぬかたの》王《おおきみ》や中大兄皇子《なかのおおえのおうじ》も、ちゃんと歳を取っているはずなのに、青春時代しか思い浮かばない。なるほどねえ、小池先生が『人生常に青春』と喝破した意味も理解できますね」

言いながら、浅見は小池拓郎の人生に想いを馳《は》せていた。小池の過去を知る手掛かりは、いまのところ例の奈良公園でのスナップ写真と手紙しかない。

「小池先生の昔のことを知っている人は、誰かいませんかね」

「昔いうと、いつごろのことですの？」

「そうだなあ……それこそ青春時代とか、そう、学生時代とかですね」

「うちの亡《の》うなったお祖父《じい》ちゃんが、小池先生の学生の頃を知っとったそうですけど、父はまだ生まれてへんかったし、父が最初に小池先生に会《お》うたのが、京都の大学で教授をしてはったときやから、そんなに昔いうことはありませんねえ」

「出身は確か東京でしたね」

「ええ、空襲でご家族を亡くしたいうのを聞いたことがあります」

「学生時代の友人についてはどうですか。大学は同志社でしたね」

「ええ、母校で教鞭《きょうべん》を執った言うてはりましたから……そやけど、そういえばお友達のことはあまり話されへんかったわねえ」

「友達が少ない人だったのかな」

「そうみたいですね。訪ねてみえるお客さんも、ほんま、一人もいてはらへんかったし、うちと畝傍考古学研究所を往復するばっかしで、学会の会合なんかにも、奈良県内で行われる会以外には、めったに出席せえへんかったんと違いますか。あ、そうや、もしかしたら、二上山博物館《にじょうさん》の石原《いしはら》館長さんが知ってはるかもしれません。石原先生も同志社の出身やったはずですよって」

「石原さん——というと、『葛城氏王国の盛衰』を書いた石原信義《のぶよし》さんですか?」

浅見はおぼろげな記憶を引き出したが、有里はその書名を知らなかった。

「もしその石原さんだとすると、古代史の研究者としては有名な人ですよ。そうか、二上山博物館の館長をしているんですか。それなら、小池先生の考古学とは少し分野が異なるけど、交遊はあったかもしれないな」

「それやったら、ご案内しましょうか。石原先生は当麻寺のことを調べはるときに、うちの父が案内してあげて、私もちょっとだけお話しさせてもらいました」

「ほう、それはすごい。羨《うらや》ましいですね」

浅見は本当にそう思った。奈良というところは考古学と古代史の宝庫で、全国の研究者や学者がしぜん、集まってくる。小池や石原のように、現役を退いた後も、そのまま居ついてしまって、研究を続行したり、後進の指導に当たったりするケースがごく日常的なのである。何でもなく近所付き合いをしている相手が、日本有数の学者先生であることも、珍しくないにちがいない。

弁当を平らげて一休みすると、あとは風に吹かれて四方の景色を眺めるしか、二上山ではすることがない。

登山者はぽつりぽつりやって来るが、団体やグループというのはまったくなく、男性でも女性でも単独行か、せいぜい二人連れが多い。すべての登山者に共通しているのは、なんともせっかちなことだ。「馬の背」の尾根はほんの通過地点にすぎず、登ってくる人も、雄岳から下りてくる人も、立ち止まりもしないで、さっさと去って行く。

「帰りは香芝《かしば》のほうに下りて、二上山博物館を訪ねませんか」

有里が提案した。時計を見るとまだ時間はたっぷりありそうだ。そうしようと即決して腰を上げた。

二上山に登る四つの登山口のうち、北側の二上山駅と二上神社口駅からきて合流するルートは香芝市域に、残りの三つは当麻町と大阪府太子町にある。行政区域内に二上山を有するこの三つの市町はどこも「二上山はわがふるさとの山」のように受け止めていて、役所が刊行する観光資料にもそのように書いているのが面白い。

その中でもとくに香芝市は、現に二上山博物館を創設してしまうほどだから、観光資源としていかに二上山を重視しているかが分かる。当麻町には当麻寺、太子町には聖徳太《しょうとくたい》子廟《しびょう》という「目玉」があるので、二上山をメインに掲げる必要がないのに対して、香芝市にとっては二上山こそかけがえのないもの——という意識があるのかもしれない。

有里の提案に簡単に同意したのはいいが、香芝市へ下る道は、いったん雄岳山頂を越えて行かなければならないことを、浅見はうっかりしていた。かといって、いまさら撤回するわけにもいかず、覚悟を決めて雄岳へ向かった。もっとも、その坂を二度登る有里のことを思えば、不平は言えない。第一、二上山に登って大津皇子の陵墓に参拝しないのは、何となく後ろめたい。やはりこれでよかったのだ——という気持ちでもあった。

管理がしっかりしているのか、それとも登山者が芳志で手入れをするのか、大津皇子の陵墓はいつ見てもきれいだ。大きくはないけれど、悲劇の青年皇子の墓としては、むしろそぐわしいと言える。

浅見は墓前で、いつもどおり軽く頭を下げただけだが、有里は手を合わせて長いこと祈っていた。寺の娘だからというわけでなく、大津皇子への思いがそうさせているらしい。昨日、有里がドライブの途中、ほんの束の間のまどろみで、大津皇子の夢を見た——と言っていたのを思い出した。大津皇子を好きな有里が「だ・い・す・き」と言ってくれたのを、どう受け止めればいいのだろう。

香芝からのルートは、登山道としては、当麻寺から登ってくる道よりは数段、整備されている。勾配《こうばい》もなだらかで、とくに下りは楽だ。弁当を食べてナップザックが軽くなった有里は、先に立ってトットコと歩く。麓《ふもと》までは思いのほか早く着いた。一般道にかかるとすぐ、二上山博物館の建物が見えた。

5

奈良県香芝市は人口がおよそ六万。平成三年に市制が施行された新しい都市である。それ以前は昭和三十一年に成立した香芝町で、その時、「五位堂《ごいどう》」「下田《しもだ》」「二上《にじょう》」「志都美《しづみ》」の四つの村が合併した。その四つの村名のどこにも「香芝」の由来になりそうな文字は見当たらない。

浅見光彦という男は、こういうことに妙にこだわる性格の持ち主である。いったい「香芝」という名はどこから来たのか――と考えだすと、感興が止まらなくなる。

以前、三重県の斎宮《さいくう》を取材した時、かつてあった「斎宮村」という地名が、町村合併によって変遷し埋没してゆく経緯を辿《たど》った。斎宮村は昭和三十年に隣の「明星村《みょうじょうむら》」と合併して「斎明村《さいめいむら》」になり、さらに昭和三十三年には「三和町《さんわちょう》」と合併して「明和町《めいわちょう》」となって、ついに由緒ある「斎宮」の地名は小さな字名《あざな》と成り果ててしまった。明るい平和な町――という意味では「明和町」も悪くないが、味もそっけもないことは否めない。それより、斎宮というまたとない観光資源をアピールする「斎宮町」としたほうが、どれほど効果的か知れないのに――などと、無責任なリポートを書いたことがある。

その「明和」に較べれば、「香芝」のほうがまだ何かいわれがありそうだった。調べてみると確かにそのとおりで、「香芝」の由来は下田地区にある鹿島神社《かしまじんじゃ》だという。「かしま」が「かしば」に転訛《てんか》して、昭和二十四年に「香芝中学校」が誕生した。その名を町名に使用したということになる。

香芝も美しい名前で悪くないが、折角あった「二上」を消してしまうより、いっそ「二上市」にすればよかったのに――と、余計なお節介を焼きたくなる。そもそも香芝市は二上山の北東山麓に広がる街なのである。市名を「二上」にすれば、二上山を市のシンボルとして使い、観光資源として利用する目的にも合致するし、何よりも全国の人がその名を聞いただけで、市の位置を理解してくれるために役立ったにちがいない。

大阪のベッドタウンとして開発が急速に進みつつあるけれど、二上山を背負っているせいか、香芝市は牧歌的な雰囲気の漂う街だ。二上山麓《さんろく》からつづくなだらかな扇状地に新しく開発された市街地が広がる。その中に、大きなガラスの壁面が際立つ近代的な建物がある。近づくにつれて、その壁面に二上山がくっきりと映っているのが見えてくる。ここが「ふたかみ文化センター」であり、その中に「二上山博物館」がある。

振り返ると、視野の中にちょうどいい大きさで二上山がそそり立つ。当麻寺からだと雄岳雌岳は左右対称の位置にあるのだが、ここから見る二上山は雄岳が大きく迫り、その陰に寄り添うように雌岳が低く見える。

石原信義館長は有里の突然の訪問にもかかわらず、歓迎してくれた。丸顔で額がかなり後退した温厚そうな人物だ。メガネの奥の小さめの目が優しい。有里がナップザックを指さして、二上山を越えてきたと話すと、その目を精一杯丸くして驚いた。

有里が浅見を紹介して、小池拓郎の事件を調べていることを話した。

「もしかすると、石原先生は小池先生のお若い頃のことをご存じではないかと思って、お邪魔したのですが」

浅見が言うと、石原は悲しそうな顔で首を横に振った。

「いや、私は小池先生より十年も後輩ですのでね、お若い頃といっても、先生がもう三十を過ぎられてから、初めて謦咳《けいがい》に接したようなものです。確かあれは、大学のサークルか何かで、明日香村《あすかむら》へ研修に行った時のことだったと記憶しております。小池先生は若き研究者だったが、その真摯《しんし》な姿勢には、われわれのようないいかげんな遊山気分ででかけた学生も襟を正されるものがありました。それから間もなくじゃなかったですかな。明日香の高松塚《たかまつづか》古墳で大発見があったのは」

「えっ、それじゃ、高松塚古墳は小池先生の発見ですか？」

「いやいや、直接の発見者は地元の農家の方ですよ」

石原はおかしそうに笑った。

「あの辺りはショウガの産地でしてね、ショウガの貯蔵用に穴を掘っていたら、凝灰岩の切り石が現れた。それが発見の端緒となったもので、昭和三十五年頃の話です。もちろん農家の人だから、それが重要な遺跡であるという認識はなかったでしょう。しかし、あの辺りに住んでいる人たちはみな、生まれたときから古墳や出土品には慣れ親しんでいますのでね。何だか分からないまま、とりあえず報告だけはしておいた。それをコツコツと調べ上げて、昭和四十七年の大発掘調査による大発見へと結び付けたのが小池拓郎先生でした。いまから三十年ほど前になりますかな。私は京都の大学でへっぽこ助教授をしていたが、高松塚古墳のみごとな壁画のニュースを見たときは、心臓が飛び出すほど感動しましたなあ。古代史や考古学をやっている人間なら、誰もが同じ気持ちだったでしょう。まして小池先生はその渦中におられた。そのことだけで、私などは足元にも及ばない巨大な存在でしたよ」

「へえー、ほんま、そないに偉い先生やったんですか」

有里が意外そうな声を上げた。

「とてもそんなふうには見えへんかったですけどねえ」

「まったく偉ぶることのない方でしたからなあ。その証拠に、小池先生の著作は、先生の業績からすると、きわめて少ない。ご自分の研究は資料としてどんどん提供されて、自分一人の手柄にはなさらなかったのではないですかな」

「それは珍しいですね」

浅見は率直な感想を述べた。

「学者は研究や意見を積極的に発表することで、自分の存在をアピールするのがふつうだと思いますが」

「まあそうでしょうなあ。私のような者でさえ、ときどき拙《つたな》い論文を発表させてもらってますからなあ」

「いえ、それはご謙遜《けんそん》というものでしょう。先生がお書きになった『葛城氏王国の盛衰』はとても面白く読ませていただきました」

多分にリップサービスの意図をこめてそう言ったのだが、石原は浅見の付け焼刃を見破ったように笑った。

「あはは、そうでしたか、それは光栄です。しかし、小池先生の学問のボリュームとは比較すべくもありませんよ。小池先生は何でもご存じだった。私も奈良に住むようになってから、親しくお付き合いをさせていただいて、ますます先生の学問の奥深さに感銘を受けました。雑談のように話していても、次々に知識が溢《あふ》れ出して、目が洗われるような気がしたものです」

「小池先生には、いわゆる論敵のような方はいなかったのでしょうか？」

「学問上のライバルという意味ですか？」

「いえ、ライバルよりはもう少し過激な、不倶戴天《ふぐたいてん》の敵のような存在です」

「ははは……不倶戴天ですか。そうですなあ、ライバルと目されるような人はいたかもしれませんが、小池先生ご自身が、そんな猛烈な論争をするような方ではなかったですよ。ん？……浅見さん、それはまさか、小池先生が殺されたことと、何か結びつけてお考えなのではないでしょうな？」

「はあ、おっしゃるとおりのことを考えております。とくに、邪馬台国と卑弥呼を巡る学問上の論争は相当に過激ですから、小池先生にも当然、対立関係にある学者が何人かいても不思議はないと思うのですが」

「そしてその人物が小池先生を殺害したと、そういうことですかな？　いくらなんでも、そんなことはありえないでしょう」

「そうでしょうか。邪馬台国論争を書いている先生方の本を読むと、読むたびに両方の説とも正しいように思えてきます。書いているご本人ならなおのこと、自説に関しては一歩も引かない強い信念があるにちがいありません。論調も猛烈で、相手の理論どころか、相手そのものの存在も許せないと思っているのではないでしょうか。面と向かって言い合っていたら、摑《つか》み合いの喧嘩《けんか》になってもおかしくないような気がします。昔ならさしずめ決闘といったところでしょうね」

「うーん……そうねえ、確かに相当過激なことを言ったり書いたりする人もいるが、まさか殺すところまではいきますまい。マスコミやあなたのような職業の方は、そうなってくれたほうが面白いかもしれませんがね」

「いえ、僕は面白半分でこんなことを申し上げているわけではありません。石原先生もおっしゃっておいでのように、小池先生については、どなたに訊《き》いても、誰かに恨まれたり、まして殺されたりするなどということは、まったく考えられない人格者――というプロフィールしか浮かんでこないのです。ところが今回の事件は、行きずりや盗み目的の犯行ではなく、明らかに遺恨を抱いた人間による計画的犯行であると断定されています。あの高潔な人格者と目されている小池先生にも、やはり恨みを抱くような人物が存在したということです。しかし日常生活の中からはそれらしい人物が発見できない。となると、残っているのは学問上の敵――ということになるのではないでしょうか」

「驚きましたなあ……」

石原の温厚な丸顔が、嫌なものを見たように歪《ゆが》んだ。有里は心配そうに、二人の男の顔を見較べている。

第五章　遺された写真

紫草《むらさき》のにほへる妹《いも》を憎《にく》くあらば
人妻《ひとづま》ゆゑにわれ恋《こ》ひめやも
大海人皇子《おおあまのみこ》

1

石原館長が不快感を見せたのは、しかし浅見のせいばかりではなかった。

「じつはですな、小池先生の事件で聞き込み捜査に来た刑事が、あなたと同じようなことを言っておったのです」

「あ、そうでしたか。やはり警察も同じことを考えているのですね」

「いや、それは少し違いますな」

石原は首を振った。

「警察の人間にはそんなことを思いつくほどの知識すらないでしょう。警察にそういう考えを吹き込んだ人物がいるということです。つまり、あなたが言うように、小池先生に殺意を抱く者がいるとすれば、それは論敵であろう――というのです。しかしそんなことはありえませんよ。学問上の論争が嵩《こう》じて殺意を抱くなどというのは、ばかげた妄想でしかないです」

「その刑事にそういう妄想を吹き込んだ人物とは、誰なのでしょう?」

浅見に訊かれて、石原は「ん?」と、われに返ったように、当惑した表情になった。

「さあ、誰だったかな……いや、それはあれです。私はよく知りませんがね」

言っていることが支離滅裂だ。よほど、その人物の名前を言うのは憚《はばか》られる理由があるらしい。

「とにかくですな、小池先生にかぎって、他人の恨みを買うようなことはなかったと断言できます。それ以上のことは何も分かりませんな」

石原はその名のとおり、石の壁のように平面的な表情を作り、唇を「へ」の字に結んでしまった。

気がつくと閉館の時刻であった。周囲の事務職の女性たちがそわそわするのに促されるように、石原は立ち上がった。

「申し訳ないが、閉めなければなりませんのでな。このくらいでよろしいか?」

「もちろんです。お忙しいところをお邪魔して、こちらこそ申し訳ありませんでした」

浅見はお辞儀をして、有里の背中を押すようにドアのところまで行ってから、「あっ、そうそう」と、振り向いた。すぐ目の前に、石原のびっくりした顔があった。

「すみません、もう一つだけお訊きしたいのですが、小池先生が生涯独身だった理由は何なのでしょう。何かお聞きになったことはありませんか？」

「いや……」と言いかけた石原が、ふと動きを止めた。

「そういえば……あの、悪いですが、ちょっと、入口のところで待っていてくれませんか。帰り支度をしてきますので」

あたふたと奥のほうへ引っ込んだ。

浅見と有里は言われたとおりに、玄関前に佇《たたず》んで、西日を斜め右後ろから受ける二上山《ふたかみやま》を眺めていた。ここから見る二上山は、当麻寺（たいまでら）から見るよりは確かに優しげだ。

間もなく現れた石原は、「そこの喫茶店へ行きましょう」と、それ以上の説明もなしに、緩い下り坂をどんどん歩いて行く。

こぎれいだが、あまり流行《はや》っていないらしい喫茶店だった。三人以外に先客はない。石原は馴染《なじ》みなのか、「いらっしゃいませ」と迎える店の女性に軽く手を挙げて、奥のほうのテーブルについた。

「私はコーヒー、浅見さんもそれでいいですな？　きみはフルーツパフェにしなさい。ここのやつは旨《うま》い」

　勝手に決めてオーダーしている。有里はクレームをつけなかった。

「さっきの話ですがね、じつは私も小池先生にお訊きしたことがあるのです。失礼だとは思ったのだが、少しアルコールが入っていたせいもあったかな。いや、たぶんそうでしょう。そうでもなきゃ訊けませんよ。それに、先生のほうもかなり、きこしめしておいでだった。頭ごなしに叱られるかと思ったが、そんなこともありませんでしたからね。そういうプライベートな話をしたのは、その時ぐらいなものでしたかなあ」

「それで、小池先生は何ておっしゃったのですか？」

　浅見は追い込むように訊いた。有里も隣で石原の口許《くちもと》を見つめている。

「小池先生の学生時代は、ちょうど学徒出陣の時期でしてね、あなた方は知らないかな、戦時中の出来事を紹介するテレビ番組なんかには、必ずといっていいくらい登場する、神宮外苑《がいえん》で行われた雨中の大行進というやつ、あれに参加しておられたそうです。つまり、小池先生の年代の人たちの多くは、生きるか死ぬかの瀬戸際のような青春時代を過ごしたというわけですな」

　わざと話を回りくどくしているのかと、浅見は苛立《いらだ》ったが、石原にはそのつもりはなかったようだ。

「しかし、小池先生にはその時期、恋人と呼べるような女性がいたらしい。もっとも、先生はそういう具体的な表現はしませんでしたがね」

「どういう表現をしてはったのですか？」

有里が興味深そうに質問した。

「生涯の中で、たった一人だけ、好ましいと思った女性がいた——と、確かそんな言い方をなさったな」

「それが小池先生の学生時代だと、どうしてお分かりになったのですか？」

浅見が訊《き》いた。

「それはあれです、小池先生はこういうことを言われたからです。戦争で何もかも変わってしまった——とね。その時の先生の顔はひどく悲しそうでしたな」

コーヒーとフルーツパフェが運ばれてきたので、しばらくは会話が途絶えた。

「つまり、そうしますと、小池先生の恋は戦争のために終わったということですか」

「そうでしょうな」

「しかし、その程度の失恋なら、そんなに珍しいことではないと思いますが」

「ははは、おっしゃるとおりです。私も同じようなことを言いましたよ。現にこの私などは——なんてことも付け加えましたかな。ところで、浅見さんはどうなんです。あなたの雰囲気から察すると、ご結婚はまだなのでしょう？」

「えっ、僕ですか？　はあ、まだ独りですが……いや、そんなことはともかくとしてですね」

　思いがけない質問に出くわして、浅見は大いに動揺した。相手に見透かされる程度に、顔が赤くなったのが、自分でも分かった。

「いくら失恋したからといって、それ以降、恋をしたり、好きになった女性がいなかったというのは、少しおかしいのではないでしょうか」

「そう、私もそう思った。ところがですな、どうやらその失恋物語は、それでジ・エンドというわけではなかったらしい。いや、これは私の憶測かもしれませんがね」

「と、いいますと？」

「小池先生は終戦の年の九月に台湾から復員したが、空襲でご家族は全滅。なんとか復学したものの、それからの数年間は目茶苦茶な世相ですな。私は終戦の翌年に中学に進んだ、まだガキみたいなものでしたが、その頃の思い出といえば、食い物のことばかりです。口に入るものなら何でも食いましたよ。旨いとか不味《まず》いとか、そんな贅沢《ぜいたく》は言っていられない。もっとも、何を食っても旨かったですがね。もちろん賞味期限なんてものもなかった。そういうものがやかましくなったのはいつごろからですかなあ。当然、食中毒なんかも多かったのでしょう。考えてみると、よく生き延びたもんです」

「あの……」と、浅見は遠慮がちに口を挟んだ。

「小池先生のほうは……」

「あ、これは失礼。どうもその頃の話になると、つい……小池先生は昭和二十二年に大学を卒業されたのだが、その間、初恋の君の消息は摑《つか》めなかったのではないですかね。何しろ、いま話したような世相ですからな。どこもかしこも焼け野原で、行き先どころか生死のほども分からない有り様だったと思いますよ。ところが、その女性の消息が、思いがけない偶然から摑めたのですなあ」

俄然《がぜん》、石原の話は佳境に入った。浅見はもちろんだが、隣の有里も固唾《かたず》を吞《の》んで、体を前に傾けた。

「小池先生は卒業後、そのまま研究室に残られた。当時は就職難で、おまけに考古学を専攻したなんてやつはどこも相手にしてくれなかったのでしょう。食うことは、肉体労働でなにがしかの稼ぎがあればできたが、住む所までは手が回らなかった。それで大学の寮を出ることができなかった――というのが研究室に残った理由だそうです。しかしそのお蔭《かげ》で勉強だけは心ゆくまでできたでしょうな。大学に住み着いていたのでは、勉強する以外、やることはありませんからね。そうして、わりと早い時期に主任教授の助手にしてもらい、講師の代理ぐらいは務まるようになったし、研究や論文書きにも手をつける余裕ができたということです」

学者の話し方はプロセスを大切にするのだろうか。なかなか結論に達しない。いったい女性の消息のほうはどうなっているのだ――と、浅見はいらいらしてきたが、表面上は熱心な学生のように、神妙な顔で石原の話に聞き入っていた。

「ある日、その研究論文を見たという人から手紙が届きましてね。論文に関する感想も書かれていたが、小池さんを知っているという女性のことが書いてあった。その女性こそが小池先生の初恋の君だったのですよ」

プロセスを大切にする——と思いかけていたところだったから、石原館長の口から突然「初恋の君」と出てきたのには、浅見は少し面食らった。

「その女性はどうしたのですか？　小池先生はお会いになったのでしょうか」

「いや、それっきりです」

「はあ、会わなかったのですね」

「そうではなく、話のほうがですな、そこまでで、あとは聞かせてもらえなかった。それどころか、話したこと自体、後悔されたのではないですかな。急に酔いも醒《さ》めたような顔をしておられましたよ」

そういう石原自身、話さなければよかったかな——と、後ろめたさを感じているような顔であった。

「私の知っているのはそんなところです。それじゃ、これで失礼しますよ」

そそくさと立ち上がって、有里に「お父さんによろしくね」と言った。

「あの写真に写ってはった女の人、いうことかしら？」

石原が店を出て行くのを見送って、しばらく黙っていてから、有里が言った。

「たぶん」と浅見もそのことを思っていた。というよりも、いまのところ「初恋の君」を想像させる材料といえば、あの写真しかないのである。

2

当麻寺に戻ってすぐ、浅見は小池の遺品である例の写真を取り出した。奈良公園でのスナップ写真には、男二人と赤ん坊とその母親と思われる女性が写っている。その女性が「初恋の君」だとすると、小池は失恋したことになる。二人の男性のうち赤子を抱いたほうが彼女の夫であり、もう一人のほうが小池だと思われるのだが、為保住職ですら、小池の若い頃の顔かどうか、よく分からないと言っていた。

石原館長の話によると、小池の論文を見た人が、手紙の中で、小池の「初恋の君」のことを書いていたという。そこから先は石原も語らなかったし、小池自身が口を閉ざしたということだ。その手紙を読んでから、小池はどうしたのだろう。常識的に考えれば、消息不明だった彼女のことを探そうと思い立つにちがいない。自分ならそうする――と浅見は思った。

そうして探し当てた女性は、すでに他の男の妻になっていた――よくありそうな悲恋物語である。たぶん、その背景には戦争があったのだろう。小池は終戦の年に戦火で家族を失い、天涯孤独になったのだそうだから、恋人の行方どころではなかったにちがいない。

小池拓郎は昭和二十二年——一九四七年に大学を卒業して、そのまま研究室に残り教授の助手を務めながら論文を書いたという。したがって、発表した論文を第三者が目にしたのは一九四八年かそれ以降と考えられる。いまから半世紀前——小池が二十四、五歳か、もう少し後かという頃のことだ。写真の人々の年代がそう見える。

浅見は夕餉《ゆうげ》の席にその写真と、それに手紙を持って行った。食事を終えて、お茶を飲みながら、二上山博物館の石原館長から聞いた話と写真を突き合わせて、この写真の女性が小池拓郎の「初恋の君」かもしれないという話題で盛り上がった。

「ところで、初恋の君の消息を摑んで、はたして小池先生はその女性を訪ねて行ったのでしょうか？」

そう切り出してみると、為保親子は三人とも、異口同音に「それはもちろん、訪ねて行きますやろ」と答えた。

「目指す彼女が結婚していたら、どうしますか？」

「そらあかん、あきまへんなあ」

為保住職は言下に首を横に振った。

「そうやろか。一応、訪ねてみるのとちがうやろか。私が小池先生やったら、きっとそうしてます」

　有里は僧侶《そうりょ》の娘にしては、かなり情熱的なことを言う。

「ねえ、お母さんやったら、どないする？」

「どないって、私が小池先生やったらいうこと？」

「それでもええし、相手の女性の立場としてでもええけど」

「そら、女性のほうは困るやろなあ。小池先生は戦争に行ってはったのやろ。もう死んでしまいはった思って、諦《あきら》めて、結婚したのかもしれんし。その前に、もしかしたら小池先生の片思いいうことかもしれへんやないの。どっちにしたかて、いまさら恋人さんが現れても困ってしまうわねえ」

「浅見さんはどないします？　探し当てた恋人が結婚してはったら。それでも訪ねて行かはりますか？」

　逆襲を食らって、浅見はたじろいだ。

「うーん、僕ですか……そうですね、一応、訪ねては行くけれど、遠くから彼女の幸せそうな家庭を垣間見ながら、スゴスゴと引き揚げるのじゃないかな」

「嘘でしょう？　そんなん、いやですよ。結婚してたかて、強引に略奪して行かはるべきですよ。ね、そうしてください」

「あほなこと言わんときや」

母親が笑いながら窘《たしな》めた。笑ってはいるけれど、目は心配そうに娘を見つめている。

「まあ、僕のことはともかく」

浅見は場を取り繕った。

「たぶん、小池先生もそんな強引なことをする人ではなかったと思います。ところで、この写真を見るだけでは、はたしてこの女性が小池先生の初恋の君であるかどうかは不明なのですが、よほど重要な意味のある写真であったことは間違いないでしょう。そうでもなければ、およそ過去に繋《つな》がるような私物をすべて処分してしまった中に、これとこの一通の手紙だけが遺《のこ》されている理由が分かりません。少なくとも、捨ててしまうには忍びない何かが、この写真と手紙にあることだけは確かですね。そう考えると、どうしてもこの女性が初恋の君であるというストーリーしか思い浮かばないのです。そう思うのは単純すぎますかねえ」

「いや、そんなことはないでしょう。わしかてそう思いますよ」

住職が写真を手にして重々しく言った。

「けど、この女性がその初恋の君やと仮定して、この男性が小池先生で、もう一人が女性のご主人やと仮定して、さて、こういう写真を撮るに至った経緯は、どういうもんやったいうことになりますかな」

「それなんです」

浅見は我が意を得たり――とばかりに身を乗り出した。

「初恋の君を探し当てて、彼女が結婚していたとしても、訪ねて行くくらいのことは、それほど抵抗はなかったでしょう。再会するについては、手紙をくれた人の仲介があったのかもしれません。しかし、そうやって再会してご主人とも親しくなって、こんなふうに連れ立って奈良に遊びに来るところまでゆくには、どういう経緯があったのか、いろいろ想像してしまいます。しかも、そのことがひょっとすると、小池先生の生涯の独身主義を決定づけたのかもしれないのですから、ますます何があったのか、興味を惹《ひ》かれます。そしてさらにこの手紙です」

手紙を展《ひろ》げた。

「日付は昭和三十八年三月――そして『お目にかかりましたのは、かれこれ十四、五年も昔』と書かれていますから、手紙の女性と小池先生が最後に会ったのは昭和二十三、四年頃ということになるのでしょう。記憶に多少の誤りがあったとすれば、昭和二十二年から二十五年頃まで範囲が広がるかもしれません。まさに小池先生が初恋の君と再会したかどうかという、微妙な時期ですね」

「そしたら、やっぱりこの手紙を書いた女性がこの写真の人で、彼女が小池先生の初恋の君でしょうか？」

有里は眸《ひとみ》を輝かせた。

「うーん、それがどうもはっきりしません。この手紙にはお兄さんのことが書いてありますね。『兄と一緒に裏のリンゴ畑をご案内した』とか、『せめてもっと早くに小池様のお便りを頂戴《ちょうだい》していれば、兄はどれほど嬉《うれ》しかったか』という文面から察すると、小池先生は手紙の女性のお兄さんと親友だったのでしょう。もしそうだとすれば、親友の郷里がどこか知らない——つまり初恋の君の消息を摑《つか》めなかったというのは不自然です。ただし、不自然といえば、その親友の死を知らなかったというのも、さらにいえばそれ以前に、病を得て郷里に還《かえ》ったことも知らなかったということも不自然ですね。文通さえ途絶えていたわけで、何となく喧嘩《けんか》別れでもしたような印象を受けます」

「ほんまですね。すっごく深刻なことがあったみたいですね。けど、妹さんはそういうこと、知らへんかったんやろか……」

「知らなかったということでしょう。いずれにしても鍵《かぎ》を握っているのはこの手紙の女性ですね」

話しながら、浅見の視線は封筒の住所「長野県飯田《いいだ》市——」に釘付《くぎづ》けになった。

3

夕餉の後の締めくくりのように、浅見は明日、東京へ引き揚げる旨を言った。

「えっ、もう帰ってしまわれるんでっか?」

為保住職は驚いた。「もうちょっと、せめて事件に目鼻のつくまではいてくれはる、思うとったのですがなあ」

「ええ、僕もそのつもりでしたが、この飯田市の溝越家を訪ねながら、出直して来ることにします」

「それやったら、私も行きます」

有里が正座して、身を乗り出した。

「あほなこと言わんとき。浅見さんは遊びに行かはるんと違うんや」

為保は娘を一喝した。

「そうですね」と浅見も苦笑しながら、父親に同意した。

「溝越家を訪問して、何が分かるか予測がつきません。その結果によっては、ひょっとすると、飯田でしばらく調べ物をする必要が生じる可能性もあります。有里さんは僕の報告を待っていてください」

有里は不満そうに頰を膨らませたが、さすがにそれ以上、我を張ることはしなかった。

翌朝、浅見が朝餉《あさげ》の膳《ぜん》についた時、有里の姿はなかった。早朝から大学のサークル活動で出掛けたのだそうだ。

「そんなんがありながら、ゆんべは浅見さんと一緒に飯田まで行く言うて、ほんまあほな娘でっしゃろ」

住職夫人は笑っていたが、浅見はいやな予感がした。有里が二上山の雄岳《おだけ》から下りてきた時の、ひたすら地面を見つめながら、何か思いつめたように歩く姿が脳裏に浮かぶ。彼女が親たちに反対されたぐらいで、あっさり引っ込んでしまう性格とは思えなかった。

香芝インターで西名阪自動車道に入れば、飯田まではほとんど高速道だけで行ける。中央自動車道飯田インターを出たのはまだ正午前だった。

飯田市は長野県南部——伊那《いな》地方の中心都市である。北西の木曾《きそ》山脈と南東の赤石《あかいし》山脈に囲まれ、中央を北から南へ天竜川《てんりゅうがわ》が走る伊那盆地の、ほぼ真ん中に位置する。見渡すと周囲の山々は中腹から上が雪に覆われていて、信州の春はまだ遠いらしい。

高台にある飯田インターからほぼ東へ、緩い坂道をどんどん下る。坂を下りきり、天竜川へぶつかる手前の河岸段丘上、平坦《へいたん》になった辺りが、手紙の住所にあった「松尾《まつお》」地区で、昭和三十一年までは「松尾村」だったところだ。飯田市域内では最も気候が温暖で住みやすいといわれる。

もちろん浅見にそういう知識はなかったのだが、行ってみて、そこが「天竜川下り」の出発地点であることを知った。インター付近はスーパーマーケットの郊外店などが軒を連ね、いかにも新開地という雰囲気だが、松尾地区は川下りの「弁天港《べんてんこう》」の建物のほかは、まだたっぷり、のどかな「田舎」の風景が残っている。「松尾」の地名の由来でもある松の木も、ところどころに生えていた。

そういう松の木が数本、寄り添うように佇《たたず》む下に溝越家はあった。近くで尋ねると「ああ、溝越さんのところはでっかいお屋敷で、ショービエンというお蕎麦《そば》屋さんをしてるだに、行けばすぐ分かります」と教えてくれた。

「ショービエン」は「松尾園」であることが、途中に立っている案内板で分かった。破れた築地塀《ついじべい》に囲まれた、かなり広い敷地をもつ屋敷だ。屋根つきの門構えなどから見て、かつては土地の名主として繁栄していた時期があったことを想像させる。その屋敷のほとんどを蕎麦の店にして、隣の敷地に新しく建てた二階家が住まいらしい。

ちょうど昼どきだったので、浅見は「松尾園」のほうに入った。古色蒼然《そうぜん》とした建物をそっくりそのまま店にしている。それにしても、市街地から離れたこんな辺鄙《へんぴ》な場所で経営が成り立つのかと、余計な心配をしたくなるほどだったが、そんな心配はまったく的はずれだった。玄関の靴脱ぎには、入りきれないほどの履物が並んでいた。

座敷がいくつもあって、それぞれにお客が入っている。紺絣《こんがすり》のお仕着せ姿の若い女性の案内で、庭に面した座敷の空いた座卓に座った。メニューを見ると、蕎麦だけでなく料理も幾品かできるらしい。その中から「岩魚《いわな》蕎麦御膳」というのを選んで頼んだ。

「こちらに、溝越薫さんとおっしゃる方はいらっしゃいますか」

注文の最後に訊《き》いた。女性は小首を傾げて考えてから、「ちょっと訊いてみます」と奥へ引っ込んだ。

座敷は柱が黒光りするほど古く、その柱も少し傾きかけている。縁先の庭は手入れさえよければ、結構な風情なのだろう。建物の老朽化を修理するだけで手一杯で、とても庭までは面倒見きれない——といった感じだ。その向こうの破れ築地塀といい、やはり没落した元大地主のイメージである。

頼んだ品を運んで、さっきの女性がやってきた。「岩魚蕎麦御膳」なるものは、岩魚の塩焼きに里芋の煮物などがついたざる蕎麦であった。おまけに可愛い焼きおにぎりが二個、添えてある。

「あの、薫さんといいますと、母屋の奥さんのことではないでしょうか」

女性は料理を出しながらそう言った。

「あ、たぶんそうだと思います。じつはこういう者ですが、もしお願いできれば、奈良の小池さんのことでちょっとお話をお聞きしたいと、お伝えいただけないでしょうか」

浅見は肩書のない名刺を渡して頼んだ。

それから十分ほど、浅見は蕎麦を食べることに専念した。これがすこぶる旨《うま》かった。この店の繁盛の理由が納得できる。浅見は蕎麦好きで、ずいぶんあちこちの蕎麦を食べ較べるが、そのどこにもひけを取らないほどの旨さといっていい。この蕎麦にありついただけでも、はるばる飯田まで来た甲斐《かい》があったなどと、つまらないことを考えた。

食べ終えて、蕎麦湯を啜《すす》っているところにかなりの年配の女性がやってきた。七十二歳になる浅見の母親に近い年代にちがいない。浅見は一目見て、女性があの写真の女性とは別人であると思った。

「お待たせいたしました。溝越薫でございますけど……」

女性は不安そうな面持ちで膝《ひざ》をつき、軽く頭を下げた。「あ、どうも」と、浅見は急いで座り直した。

「すみません、突然お呼びたてしまして」

「いいえ、そんなことは……あの、小池さんのことと伺ったのですけれど、警察の方でいらっしゃいますか？」

小声で訊いた。近くにお客はいなかったが、周囲を気にしている。

「いえ、そうではありませんが、とおっしゃると、こちらにも刑事が来ましたか？」

「いいえ」

とんでもない——と女性は首を振った。

「そうですか。じつはですね……」と、浅見はポケットから複写した写真を取り出して、女性に見せた。

「ある事情があって、小池先生の事件のことを調べている者なのですが、小池先生の遺品の中から、この写真と、あなたから小池先生に宛てたお手紙が見つかったのです」

写真を手にした溝越薫は「ああ……」と声を洩《も》らして、見るまに涙ぐんだ。

「あの、ここではなんですので、もしよろしければ、住まいのほうへお越しいただけませんでしょうか」

そっと涙を拭《ぬぐ》って、言った。

店の建物から住居へは、渡り廊下を伝って行けた。店とは対照的に、和洋折衷の明るい近代的な建物であった。

応接間に入って、あらためて挨拶《あいさつ》をし直した。溝越薫はいったん奥へ行ってから戻ってきて、浅見と向かいあわせに座った。

浅見は小池拓郎の事件に関わることになった経緯を説明し、それから、手紙と写真を発見した時の状況を話した。これ以外には、小池の過去を発掘するよすがになるような遺品が何もなかったことを話すと、溝越薫はまた涙を流した。

ドアの外に人の気配がして、薫は慌ててハンカチで涙を押さえた。ドアが開いて中年の女性がコーヒーを運んできた。

「息子の嫁でございます」

薫が言い、女性は「ひろみと申します」と名乗った。薫もひろみも、それにさっきの店の女性も、意外なほど土地の訛《なま》りを感じさせない。この辺りはもう共通語が浸透しきっているのだろうか。

ひろみが退出して、しばらく間を置いてから、薫が静かに言った。

「それで、わたくしにどのような？……」

「まず、この写真に写っている人々のことをお聞きしたいのです。この男性の一人は小池先生だと思うのですが、どちらが小池先生なのかよく分かりません」

「ああ、それでしたらこちらです」

薫は向かって右の登山帽を被《かぶ》った男性を指さした。そうではないか——と思ってはいたが、それにしても、浅見が知っている生前の小池の面影はまるでない。五十年の星霜がそうさせたのだろうか。

「それから、こちらがわたくしの兄と義姉《あね》と姪《めい》でございます。これは奈良公園に遊びに行った時の写真です」

順に指で押さえるようにして説明する。浅見は「あっ」と気がついた。

「そうか、それじゃ、カメラのシャッターを切ったのがあなただったのですね」

「ええ、そうですけど」

薫は当然のことのような顔をした。

4

写真に写っている人物の素性が分かってしまうと、事件と写真との関係は何もなさそうであった。小池拓郎が写真と手紙を大切に仕舞っていたのは、単に捨てるには忍びない思いがあったから——というだけのことなのだろうか。

とはいえ、ほとんどの私物を焼却して、過去と決別したように思える小池が、なぜこの写真と手紙だけを残していたのかは、やはり謎であった。そのことが、浅見の気持ちの中で消化不良の状態になっている。

「お兄さんはずいぶんお若い時に亡くなられたのですね」

溝越薫が小池に送った手紙には「兄は先年他界——」と書いてあった。

「ええ、昭和三十五年でございます。もう四十年も昔のことになりますわねえ」

薫は遠い日を追うような目をした。

「立ち入ったことをお訊きして申し訳ありませんが、あなたから小池先生に宛てたお手紙の中に、『帰郷した時から、ずっと体調が思わしくなく』とお書きになっていたのですが」

「ああ、そんなことを書いておりましたかしら」

「ええ、何でも、お兄さんのご病気が結核ということになっているけれども、本当は心の病ではないかと思う——というようなことも書かれていました」

「そうでしたか……そうですね、それはたぶん、間違いではなかったと思います」

「といいますと、何か精神的に変調をきたすような原因でもあったのですか？」

「はあ……」

薫はそのことについては、あまり触れたくない様子だ。浅見もそれ以上、しつこく追及する失礼を避けることにした。

「小池先生とお兄さんは大学が同じだったのでしたか」

「そうです。小池さんは大学で、兄にとってはたった一人の親友といってもいい方だったようです。夏休みに泊まりがけで遊びに見えたことがございます。その頃はこのすぐ裏手にリンゴ畑がございまして、連れ立ってリンゴ畑の中を歩きながら、わたくしには難しい議論などをしていました」

「それはいつ頃のことですか？」

「終戦の前の前の年でしたかしら。それから間もなく、小池さんは学徒出陣に志願されたと聞きました」

「お兄さんは、戦争には？」

「行っておりません。体があまり丈夫でなかったこともありますけど、戦争が大嫌いな人でした。小池さんが志願してまで戦争に行くのを、馬鹿だ馬鹿だって、しきりに言っておりました。赤紙（召集令状）が来たら逃げると、本気で思っていたようですけれど、幸い徴兵される前に終戦になりました」

「そして終戦を迎えて、お二人は大学に復学して旧交を温めたというわけですね」

「はい、終戦までは大学もわたくしたちの女学校も目茶苦茶で、休校同然でしたけれど、小池さんは復員するとすぐに大学に戻って兄と再会しました。冬休みにはうちにお見えになって、しばらく滞在なさいました。空襲でご家族全員を亡くされたとかで、とてもお辛《つら》そうでした。うちは農地改革までは、この辺り一帯の土地を持っておりまして、わりと余裕がありましたから、兄が小池さんに多少の援助をして差し上げていたようです。でも、翌年の春になると兄のほうは間もなく大学を辞め、東京へ行ってしまいましたけれど」

「ほう……どうしてお辞めになったんでしょうか？」

「もともと勉強が好きではなかったのかもしれません。それに、敗戦を境に世の中の価値基準というのでしょうか、何もかもが変わってしまいましたし、うちも経済的になかなか大変なことになりましたから、兄は少し自暴自棄になったのだと思います」

「東京で何をしておられたのですか」

「ヤミ屋さんみたいなことをしておりました」

薫は苦笑しながら言ったが、ヤミ屋と聞いても、浅見にはどういう職種なのかピンとこない。

「ヤミ屋って、ご存じありません？」

「はあ、はっきりとは……米の食管制度があった頃は、正規米のルートとは別のルートで流れる米を『ヤミ米』と言っていたことは知っていますが」

「わたくしも詳しいことは存じませんけれど、あの当時は食料品も衣料も、何でも統制がかかっていて、配給制度が厳しかったでしょう。紙も鉄もガソリンも、ありとあらゆる物資が足りなくて、なかなか手に入れることができなかったのですね。それで、ひそかに品物を調達しては、高く売る商売が成り立っていたのだと思います」

「じゃあ、お兄さんはそういう、法の網をくぐるようなことをしておられたのですか」

「はあ、そのようです。それから、ヤミ金融のようなこともしていたようです。ときどき飯田に帰ってくる兄は、人が変わったように派手な恰好《かっこう》で、札びらを切るようなことをしておりました。うちの父は厳格でしたから、そういう兄が許せないと、いつも怒っていました。兄もだんだん家から遠のいて、そして結局は勘当のようなことになったのだと思います。何しろ、兄が結婚したことさえ、しばらくのあいだ、家の者は誰も知らなかったのですから」

「ほう……」

「兄が義姉を連れてきた時、父だけはどうしても会おうとしませんでした。カネまみれの汚いヤツの顔など見たくない――などと言って……兄が少し可哀相でしたけれど」

浅見はそういう、当時のあれこれを、脳裏に思い描いた。それまでの価値観が崩壊した敗戦後の混乱の中で、目端のきく人間が巧みに時流に乗って、一攫《いっかく》千金のような事業を興したという話を、いくつか聞いたことがある。溝越薫の兄もそういう仲間の一人だったということか。

「そうしますと、その後のお兄さんと小池先生とのお付き合いはどうなったのでしょうか」

「もう遠い昔のことで、記憶も薄れてしまいましたけれど、お付き合いは続いていたようです。たしか昭和二十四年の夏の終わりだと思いますけど、突然、兄からわたくしのところに手紙が参りまして、奈良へ行こう、小池さんもいらっしゃるというのです。おまえが一緒でないと困ると書いてあって、どういう意味かよく分からなかったのですけれど、とにかく、親には内緒で奈良へ行きました。これがその時の写真です」

「一緒でないと困るというのは、なぜだったのですか?」

「そうですねえ……」

薫は言い淀《よど》み、心なしか頰に赤みが差したようでもある。驚いたことに、七十歳を超えた彼女が明らかに羞《は》じらいを見せていた。

「もしかすると、小池先生があなたに来てもらいたかったのではありませんか?」

浅見は思いついて、言った。

「あら……ほほほ、それは違いますわ」

薫ははじけたように笑った。

「いえ、正直なことを言いますと、じつはわたくしもそんなことを思っておりました。たぶん、なんとなく小池さんに憧《あこが》れていたのかもしれませんわね。でもそうではなかったのです。兄はわたくしをダシに使ったのですよ。自分が結婚していることや赤ちゃんがいることを、小池さんには知らせていなかったものだから、照れくさかったのでしょうかしらね」

「えっ、そうだったのですか？」

「はあ、そのようでした。訊《き》いて確かめたわけではありませんけれど、奈良ホテルで顔を合わせた時、兄と小池さんが妙にぎくしゃくしているのを見て、そう思いました」

その瞬間、浅見は「ぎくしゃく」の理由について、またしても想像が走った。やはり小池の「初恋の君」はあの写真の女性——溝越薫の兄の妻だったのではないだろうか。

「ところで、この写真に写っているお兄さんの奥さんとお子さんですが、いま、どちらにいらっしゃるのですか？」

「さあ……東京のほうだと思いますけど」

「えっ？　ご存じないのですか」

「はあ、あの、じつは兄と義姉《あね》は離婚したものですから」

「それじゃ、お兄さんは帰郷された時には、すでにお一人だったのですか」

「はい、一人で帰って参りました」

「驚きましたねえ……」

浅見はあらためて写真を眺めた。赤ん坊を抱いた夫と一緒の女性の、穏やかな、充足した表情のどこを探しても、その将来に離婚という悲劇が待っているようには見えない。人間の運命なんて分からないものだ――と、きわめて陳腐な感慨が湧いた。

「離婚の原因は何だったのでしょうか？」

「それは分かりません。兄は何も説明しませんでしたから」

「しかし、お家の方――ご両親やご親戚《しんせき》の方々は心配されたのではありませんか？　理由や原因を調べたり、相手方の様子を確かめたりはしなかったのですか？」

「はあ、ほとんど何もしなかったと思います。兄は半ば勘当のようにして、この家を出て行った人間ですし、父はすでに隠居して、家のことは私の主人に委《ゆだ》ねておりましたから、兄の面倒を見る気もなかったようです」

「それにしても、この赤ちゃんはお父さんにとっては初孫だったのではありませんか」

薫は悲しげに頷《うなず》いた。

「いまは、どうしているのでしょうか？」

浅見の質問にも、黙って首を振った。

「ところで、お話の様子ですと、小池先生と溝越さんとは、ずっと長いことお付き合いが途絶えていたようですが、その小池先生からお宅宛てに届いた手紙は、どういう用件だったのでしょうか?」

「ああ、それは兄宛てのお手紙でした。東京の住所にお出しになったのが、転居先不明で戻ってきたので、宛て先を実家のこちらのほうに変えてお出しになったそうです。高松塚古墳が発見された少し後の頃だったと思います。そのことが書いてあって、〔ついては一度会って、ご相談したいことがある〕と、そのような内容だったと記憶しております」

「何か、急に相談したいことでも生じたのでしょうか?」

「さあ、どうなのでしょうねえ」

二人とも、申し合わせたように首を傾げた。

5

ドアをノックして、最前、薫が「息子の嫁」と紹介した女性が顔を覗《のぞ》かせた。

「あの、浅見様に、お知り合いの方が訪ねてみえましたけど」と言う。

「知り合い、といいますと……」

問いかけようとして、浅見は(あっ)と思い当たった。有里にちがいない。

「女性ですか？」

「はい、為保さんとおっしゃるお嬢さんですが」

「分かりました。どうもすみません、すぐに参りますので、そうお伝えください」

「あの、こちらにご案内しなくてもよろしいのでしょうか？」

「ええ、もちろんです」

「どういうお方ですの？」と、嫁を引き止めるようにして、薫が浅見に訊いた。

「じつは、小池さんが寄宿しておられた、奈良の当麻寺の塔頭《たっちゅう》の娘さんなのです。僕がこちらにお邪魔すると聞いて、自分もそうしたかったのでしょう。小池さんには、可愛がっていただいていたそうですから」

「おや、それでしたら上がっていただきましょう。ひろみさん、ご案内して」

浅見が何か言おうとするのを手を挙げて遮って、嫁に指示した。

まもなく、ひろみに先導されて有里が応接間に入ってきた。薫に向かって「お邪魔します。為保有里といいます」と挨拶《あいさつ》してから、浅見に「ごめんなさい、あかん言われたのに来てしもうて」と頭を下げた。

「困ったひとだなあ」

浅見は苦笑して、それ以上のことは言えなかった。きついことを言えば、泣きだしそうな危うさが彼女にはあった。

有里は浅見と並んで座り、ひろみはお茶を淹《い》れに部屋を出て行った。薫は若い二人を興味深そうな目で等分に眺めながら、有里に労《ねぎら》いの言葉をかけた。

「奈良からお越しだそうですねえ。遠くて、大変でしたでしょう」

「そんなでもありません。ただ、駅を降りてから、こちらのお宅まで、どないして来ればいいのか、ちょっと分からんようになってしまいました」

心細げに言う様子は、いかにもしおらしく見えるが、有里の逞《たくま》しい一面を知っている浅見は、丸々は信用できなかった。

「お昼、もう済ませましたの？」

薫が優しく訊いた。

「いいえ、まだです。こちらに伺うことで一所懸命やったものですよって」

「そしたらお店のほうに行きましょう。ちょっとお待ちくださいね」

薫は奥へ行って嫁にその旨を告げて、すぐに戻ってきた。「お靴は後で、お店のほうに回しておきます」と言われて、浅見も自分の履物が店にあることを思い出した。

昼食の時刻を少し回って、店の客は減っていた。薫はいくつもある部屋の中から、六畳間を選んで案内した。ふだんは開けっ放しにしてある襖《ふすま》を閉めれば、個室として使えるらしい。部屋の中央に座卓が一つ。六人も入れれば、ほぼ満員といったところだ。

「このお部屋は、昔はわたくしの勉強部屋でしたの。北向きですから、暖房器具のない時分は火鉢一つで、とても寒うございました。この窓の向こうは、庭つづきに一面のリンゴ畑でしたけれど、いまはもうすっかり荒れてしまって……」

薫は寂しそうな口調である。彼女から小池に宛てた手紙に書いてあったリンゴ畑というのは、ここのことなのだろう。しかし、いまは住宅地とも畑ともつかぬ、見るかげもない荒れ地だ。ところどころにささやかな野菜畑があるほかは、何かの倉庫と、廃車置場のようになっている。

それにしても、かつては庭つづきに「一面のリンゴ畑」があって、そこを散策できたほどだから、やはり溝越家というのはこの付近の大地主だったにちがいない。

お腹を空《す》かせた有里のために、薫は浅見が食べたのと同じ「岩魚蕎麦御膳《いわなそばごぜん》」を注文してくれた。「お相伴に」と、浅見にもせいろ蕎麦を頼んだ。有里ひとりでは気詰まりだろうという心遣いだ。

食事が運ばれてきて、薫は「ごゆっくり」と、いったん住居のほうへ引き揚げた。

「お母さんは、きみは大学へ行ったと思っておいでしたよ」

浅見が言うと、有里は「ええ、そう言うて出てきました」と、平然としている。

「しようがないなあ、嘘をついたりして。僕は何て言えばいいのだろう」

「黙っとってください」

蕎麦を啜《すす》る合間に、浅見の顔を見ないようにして言った。

「ここのお蕎麦、おいしい」

そういうところはいかにも屈託がなさそうだが、じつは浅見は、有里が極度に緊張している気配をずっと感じている。やはり、いけないことをしている——という負い目が、彼女を苛《さいな》んでいるにちがいない。信州のどこかの地方では昔、招かれざる客のことを「押しよばれ」と呼んだそうだ。自ら「押しよばれで参りました」などと、へりくだって言うのだそうだが、いまの有里がまさにそういう心境かもしれない。

「浅見さん、『ははきぎ』いうの、知ってはります?」

浅見が蕎麦を食うことに専念しようと思ったとき、有里がぽつりと言った。

「『ははきぎ』?　ああ、園原《そのはら》の『帚木《はゝきぎ》』のことだね。新古今集に坂上是則《さかのうえのこれのり》の歌で『その原やふせやに生ふる帚木《はゝきぎ》のありとは見えて逢はぬ君かな』というのがあるでしょう」

「へえー、よう知ってはりますねえ」

「ははは、そんなに驚くほどのことじゃないですよ、有名な歌だもの。その『帚木』がどうかしたの?」

「小池先生が、むかし飯田へ行って、園原を訪ねたいう話をしてはったんです。その時、『ははきぎ』のことを聞かせてもろて、すごく恐ろしかったんを憶《おぼ》えてます」

園原は現在の長野県下伊那郡阿智村《あちむら》の地名で、恵那山《えなさん》トンネルの長野県側出入口付近にあたる。別名を「伏屋の里」といい、古くは東山道《あずまやまみち》の名所として知られ、「帚木」の伝説と併せて歌枕にもなった。

帚木は本来、ホウキグサの別名だが、遠くからは見えているのに、近づいてみると消えてしまうという、伝説上の檜《ひのき》の老木として人口に膾炙《かいしゃ》した。見えそうで見えない、ありそうでその実体がないという意味から、人の世のはかなさ、恋人のつれなさ——といった趣旨で数多くの歌に詠み込まれている。

「『帚木』が恐ろしいって、小池先生はどういう話をしたのかな?」

浅見は興味を惹《ひ》かれて訊《き》いた。

「園原へ行く道いうのは、なんでも山の中なんやそうですね。そこを歩いていると、急に深い霧に包まれて、案内してくれてはった友人の奥さんの姿が見えへんようになってしもうたんです。小池先生は必死になって捜し回ったんやけど、足元の道もよう分からんようになって、とうとう道に迷ってしもうた。そのうちに、だんだん霧も晴れてきて、シラカバ林の奥に女の人が佇《たたず》んではるのが見えた。あっ、あれや思うて走って行くと、風に吹かれたみたいに、女の人がクルッとこっちを向いて、その顔を見たら、なんと、骸骨《がいこつ》やったんですって」

「ほうっ……」

浅見も予想外の話の展開に驚いた。

「ね、びっくりしはったでしょう」

有里は面白そうに浅見の顔を覗き込んだ。

「うん、びっくりしましたね。それからどうしたのかな?」

「それだけ」

「えっ? それだけって……その死体を見て、それからどうかしたでしょう。まさかその死体が友人の奥さんだったなんてことはないだろうし、警察に通報したとか……」

「そうかて、小池先生が『それだけ』しか言わへんかったんです」

からかわれているのかと思ったが、有里は至極、真面目な顔であった。

「ふーん、ずいぶん中途半端な話ですね」

「ええ、ほんまですね」

有里は話しながら、岩魚の塩焼きを丁寧に骨だけにした。

「それにしても、どういうシチュエーションでそんな話を聞かせてくれたのかなあ?」

「それはあれです。このあいだ、浅見さんが訊かはったやないですか。ほら、小池先生はなんで結婚せんかったんかいう。その話のお終《しま》いにそう言うてはったんです」

「ほうっ……」

ひどく象徴的で暗示的だと浅見は思った。

「帚木」の里で起きた出来事として小池が語った話である。友人の奥さんを霧の中に見失って、捜し当てたら骸骨だった——などと、小池はどういう意図で話したのだろう。よもや、骸骨の女性は首吊《くびつ》り死体の成れの果てだったという実話だとは思えない。夢の話か、それともしつこかったであろう有里の質問をはぐらかす、作り話だったとしても、生真面目としか思えない小池という人物のイメージからは、ちょっと想像しにくいことではあった。

溝越薫が戻ってきて、「押しよばれ」の客たちに打ちたての蕎麦を土産にくれた。恐縮する浅見に、「これは兄の東京にいた頃の住所です」と紙片を渡した。

「昔のことですから、そこに住んでいるとは思えませんけれど」

紙片には「東京都目黒区――」の住所が書かれていた。

6

それからしばらく、溝越薫から、生前の彼女の兄のことや、当時の小池拓郎のことを聞いたが、どれも曖昧《あいまい》なもので、とりわけ小池については、リンゴ畑や奈良公園での淡い記憶しかないらしい。薫の兄嫁が小池の初恋の君ではないか――などとは、さすがに訊けない。結局、今度の小池の事件の核心に触れるような話は出なかった。

薫の兄の名は「溝越史郎《しろう》」という。

「子供の頃、長男なのに四郎というのはおかしいって、よく言われたそうです」

薫は懐かしそうな目をした。

史郎の結婚相手の女性の名は「美砂緒《みさお》」。名前のとおり、美しい女性だったそうだ。もっとも、それは写真を見て分かっていることではあった。

「上のお名前、苗字《みょうじ》は何でしょう」

浅見はメモ帳を構えて訊いた。

「苗字は……あらいやだ、なんておっしゃったかしら、ど忘れしてしまいました」

薫はうろたえた。そのことに象徴されるように、薫は兄嫁の実家について、ほとんど知識がないのであった。溝越史郎が美砂緒と離婚したのが昭和三十年代の初め頃だそうだから、四十年以上も昔のことだ。薫が憶えていないのも当然かもしれない。

「市役所へ行って、戸籍謄本を見れば分かるのでしょうけれど……もし必要ならば、そうしましょうか?」

「そうですね、お願いできればありがたいのですが」

「でも、それをお調べになって、どうなさいますの?」

「さあ……どうするというあてもないのですが、今のところ、小池先生の遺《のこ》された過去の記録といえば、あなたからのお手紙とこの写真だけ。私的な書簡がすべて焼却されてしまった中で、なぜこれだけが遺されたのかが気になるのです。ひょっとすると、先生の過去に繋《つな》がるようなメッセージが秘められているかもしれないという」

「その過去が、小池さんの事件に関係しているとお考えですの？」

「まさか、そんなことはないと思います。半世紀も昔のことですからね。そういう意味では無駄かもしれません。しかし、千七、八百年前の古墳を掘り起こすより、五十年前の事実を掘り起こすほうが、われわれにとっては意味のあることだと思うのですが」

「まあ、古墳と較べるなんて……」

薫は呆《あき》れたように笑ったが、じきに真顔に返った。

「でも、考えてみると、五十年を三十何倍か溯《さかのぼ》ると古墳時代になりますのね」

「ははは、そうおっしゃられると、われわれがまるで、古墳時代の延長線上で生きているような気がしてきます」

浅見は笑いながら、心の奥底では、薫の言ったことは、決して笑えない真理を含んでいると思っていた。確かに、自分たちが現在生きている日本の歴史を逆に辿《たど》ってゆけば、大海人皇子も額田王《ぬかたのおおきみ》も生きていたし、さらにその先には古墳時代があって、卑弥呼《ひみこ》が君臨している時代があったのだ。

母親と祖父母の生きた時代がオーバーラップし、祖父母と曾祖父母の時代がオーバーラップし、そんなふうにオーバーラップしながら歴史が作られてきた。そう考えると、卑弥呼も天智《てんじ》天皇も、まんざら無縁とは思えなくなってくる。あの箸墓《はしはか》やホケノ山古墳の主《あるじ》の遺伝子が、ひょっとするとこの身の中に息づいているのかもしれないのである。

東京人の浅見はともかく、同じ大和国《やまとのくに》の、それも由緒ある当麻寺の塔頭《たっちゅう》に生まれた為保有里なら、本当に卑弥呼の遺伝子を受け継いでいる可能性がありそうだ。そう思って有里を見ると、邪気のないつぶらな眸《ひとみ》が、怪訝《けげん》そうに見返してきた。

薫は浅見の車に同乗して、飯田市役所まで戸籍謄本を取りに出かけてくれた。あとで送ってくださっても結構ですと言ったのだが、年寄りは忘れてしまいますし、それにタクシー代が助かりますし――と笑った。

飯田市役所は市域の高台にある。かなり老朽化した庁舎が窮屈そうに立っている。飯田はもともとは城下町で、高台の上が旧市街だったのだが、昭和二十二年の大火で市街の中心部はほとんど焼失した。大火の後、りんご並木を作るなど、道路を拡張して近代化を図ってきたが、ここもご多分に洩《も》れず時代の潮流に押し流され、商業の中心は高速道路にアクセスする新開地のほうに移ってしまった。いまや、りんご並木が「日本の道百選」に入っている程度で、その界隈《かいわい》の商店もあまりパッとしない。市役所以外の大きな建物は、たいていが病院なのだそうだ。

市役所の半地下のフロアに、喫茶コーナーのような店があった。薫は客の二人をそこに案内して、「コーヒーを飲んで待っていてください」と言い置いて、住民係へ向かった。店は薫とは顔なじみの女性がカウンターを務めている。いかにも素人っぽい、ただのおばさんといった感じだが、しかしコーヒーは旨《うま》かった。しかも、べらぼうに安い。浅見がそのことを言うと、「ここは利益を上げてはいけない店なんです」と笑った。

コーヒーを半分も飲み終わらないうちに、薫が戻ってきた。「はい、お待ち遠様」と書類の入った封筒を手渡した。浅見がすぐに広げようとするのを、「あとでご覧になってください」と制した。

（そうか、それが礼儀というものか――）と、浅見は少し恥じた。戸籍という、きわめて個人的なデータを、公共の場所で無造作に開陳していいはずがない。裏を返せば、それだけ薫の好意が篤《あつ》いということだ。

市役所を出て薫を溝越家まで送った。「また来てくださいね」と、薫は別れがたそうに手を振っていた。

別れがたいのは有里も同じだったようだ。車を走らせながら、浅見が何か話しかけても生返事しか返ってこない。

「僕は中央自動車道で帰りますが、飯田線の列車の時刻は分かっていますか？」

「ええ」

「じゃあ、飯田駅まで送りましょう」

「ええ」

「豊橋《とよはし》まで二時間半ぐらいかかるのかな。それから奈良までだと、帰り着くのは八時頃になっちゃうんじゃないかな」

「お宅でご心配するといけないから、電話しておきましょう」

浅見が車を停めて、自動車電話の受話器を手に取ると、有里は「やめてください」と、きつい声で叫んだ。

「子供やないんですから」

「そう、それじゃいいんですね」

浅見は少しムッとして、受話器を持ち直すと、自宅の番号をプッシュした。

電話には須美子《すみこ》が出て、「坊っちゃま、いまどちらですか？」と怒鳴った。まったく、どうして近頃の女性は権柄ずくな物言いをするのだろう——。

「藤田《ふじた》編集長様から、何度もお電話をいただいて、お宅の風来坊はいつになったら連絡がつくのかって、いやみを言われました」

「そういう口の悪いのはあの人の癖だから、気にしなくてもいいよ。とにかく電話すればいいんだね」

もう一度、受話器を持ち替えて、「旅と歴史」編集部に電話した。藤田の声が「はい、『旅と歴史』」と言うのを待って、「もしもし、風来坊ですが」と言った。

「風……あはは、浅見ちゃんか。待っていたんだ。すぐに奈良へ行ってくれ」

「奈良？……」

チラッと有里の横顔に視線を走らせると、有里も「奈良」に反応してこっちを見た。

「ああそうだよ、奈良だ」

「奈良へ何をしに行くんですか？」

「何って、決まってるじゃないの、仕事だよ仕事。畝傍《うねび》考古学研究所で明日、高松塚古墳以来の大きな発表があるらしい。マスコミだけじゃなく、うちみたいな弱小雑誌にもお呼びがかかったほどだ」

「大きな発表……それはひょっとすると、ホケノ山に関するものじゃありませんか？」

「ん？　ホケノ山……というと、確か箸墓の近くにある古墳じゃなかったっけ」

「そうですよ」

「ふーん、それかどうか知らないが、浅見ちゃん、何か知ってるのかい？」

「ええ、畝傍考古学研究所の人に、ホケノ山で発掘調査をやってるところに連れて行ってもらいました。そこで何か見つかった気配はあったのですが」

「ほんとかよ？　驚いたなあ、何が見つかったんだろ？」

「いや、それは知りませんが」

長井明美の「絶対に誰にも言わないで」と言った時の、真剣な表情が頭をかすめた。

「そうか、とにかく、何でもいいや。知り合いがいるんだったら、なおさら浅見ちゃんでなくちゃならないな。ぼやぼやしてないで、さっさと奈良へ行ってよ。五月号はこいつの特集でゆくことにしたんだ。いいね、頼むよ。カメラを忘れるな」

藤田はだんだん早口になって、最後は嚙《か》みつきそうな大声を出した。

電話を切ると、有里が「奈良へ戻らはるんですね?」と、希望と涙を湛《たた》えた目を浅見に向けながら言った。

第六章　大和女子大

あをによし奈良の都は咲く花の
にほふがごとく今盛りなり
小野老《おののおゆ》

1

畝傍《うねび》考古学研究所の「重大発表」は三月十七日の午後二時から――ということだったが、浅見はそれより早く、正午過ぎには畝傍考古学研究所へ向かった。

前夜、浅見と有里が当麻寺《たいまでら》奥の坊に帰着したのは午後七時過ぎであった。それほど遅くならなかったのが救いだが、東京へ向かったはずの浅見がその日のうちに戻ったことはともかくとして、浅見の車に有里が乗っていたのには、為保夫妻は驚いた。

「そこで一緒になりました」

浅見はそつなく取り繕ったが、有里は浅見ほど演技力はなかったから、ひょっとすると両親に怪しまれたかもしれない。しかし、何はともあれ、浅見が帰ってきたことを夫妻とも諸手《もろて》を挙げて歓迎してくれた。

この日、奈良盆地は風もなく、柔らかな春の日差しに眠たそうな靄《もや》が薄く立ち込めていた。気温も上がって、わずか一日の差だが、急に春めいてきたような気分である。桜の開花もそう遠くないのだろう。

まだ定刻まで間があるというのに、畝傍考古学研究所はふだんの閑散とした雰囲気とは異なり、人の出入りが多い。明らかに報道関係者と見られる人物もちらほら見かけた。

受付で平沢徹課長を——と告げていると、運よく当の平沢が通りかかって、「あ、あなた、浅見さん……」と、憶《おぼ》えていてくれた。

「このあいだは失礼しました。追い払うようなことになりまして」

「いえぜんぜん気にしていません。それよりおめでとうございます。じつは今回は本職のほうの『旅と歴史』の取材でお邪魔しました。それについてお願いがあるのですが、雑誌という媒体の性格上、発掘調査の事実関係とは別に、古代史のロマンのようなことをお聞きしたいのです。記者会見後に、インタビューのお時間をいただけませんか」

「そうですな、それは構いませんが、ただ、今日はちょっと無理かもしれませんな」

「ええ、明日でも結構です」

「分かりました。そういうことであるなら、僕より丸岡君のほうがいいでしょう。手配をしておきますよ」

平沢は請け負って、忙《せわ》しげに歩み去った。

記者会見はまず、畝傍考古学研究所内のホールで発掘調査の全容に関する基本的なレクチャーがあった。

藤田編集長も言っていたとおり、今回の発見は間違いなく、高松塚《たかまつづか》古墳の壁画以来のセンセーショナルなものであった。記者会見場には新聞社はもちろん、内外通信社、在阪テレビ局など、出版社を含むマスコミ各社が押し寄せていた。通常、この手の記者発表には文化部や学芸部系統の記者が来るものだが、今回はそれ以外に社会部の記者の参加も少なくない。これは明らかに、単に学問的な意味あいだけでなく、一般市民レベルの関心を集めていることを物語るものだ。

畝傍考古学研究所所長の広瀬達也《ひろせたつや》はふだんは物静かで、ずいぶん若い頃から「仏のヒロさん」と言われてきたような学者だが、記者発表の席上では、さすがに昂奮《こうふん》を隠せずメモを読む手が震えていた。広瀬所長の両脇には、発掘調査に関わる主要メンバーが四人、並んだ。畝傍考古学研究所調査研究部長の山口勲壮《やまぐちくんそう》、同じく調査第一課長の平沢徹、同じく主任研究員の丸岡孝郎《たかお》、桜井市教育委員会教育課主幹の若狭洋一《わかさよういち》の面々である。

その中で、具体的、専門的な説明と記者の質問への回答は、平沢と丸岡がほとんどを受け持った。とくにホケノ山の発掘現場の状況と、画文帯同向式神獣鏡《がもんたいどうこうしきしんじゅうきょう》が出土した際の状況については、直接の指揮を執った丸岡が技術的な解説を行い、記者からの質問にも一人で答えた。平沢も口髭《くちひげ》をわずかに生やしているが、丸岡はさらに濃密に髭を蓄え、それが彼のトレードマークになっている。

その後、マイクロバス二台をピストン運転してホケノ山の発掘現場へと移動し、現場での解説と撮影が行われた。現場上空には、朝早くからテレビ局と新聞社のヘリコプターが舞うという、大々的なものになった。

発表の内容はテレビ・ラジオのニュース番組では当日の夕刻以降、新聞各紙は翌日の朝刊で報道するという取り決めだ。速報性重視のテレビに対して、新聞は競って、学術的な内容を伴う詳細な記述で紙面を飾ることになる。

毎日新聞三月十八日の朝刊では、異例ともいうべき社会面に大きくスペースを割いて「被葬者は卑弥呼《ひみこ》一族?」と大見出しを掲げた。「社会部・奥野敦史《おくのあつし》」の署名入りで書かれた記事も、社会面としては難しすぎるほど、専門的な用語が頻繁に使われていた。

〔奈良県桜井市のホケノ山古墳で、墓壙《ぼこう》(墓穴)の中に石を積み上げた「石囲い」と木槨《もっかく》(棺を納める木製の小部屋)を併せ持つ国内に例のない埋葬施設が見つかった。調査した畝傍考古学研究所(広瀬達也所長)は17日、「古墳の築造は3世紀中ごろ」と発表した。邪馬台国《やまたいこく》にいたとされる女王・卑弥呼の在世年代に重なる、国内最古の前方後円墳である可能性が高くなった。後の巨大前方後円墳につながる特徴も判明し、巨大前方後円墳を全国に広めた初期大和《やまと》政権につながる強大な勢力が、奈良盆地東南部に成立していたことを初めて裏付けた。邪馬台国大和説の有力な証拠として注目されそうだ。〕

これが記事の序説の部分で、写真と図解を掲げながら、ホケノ山古墳の規模や年代等、数値を示した解説記事が続く。

〔「石囲い」は後円部中央に掘った墓壙の中に直径30センチ前後の丸い石を積んだ構造で、内部は南北7メートル、東西2・7メートル、現存の高さは1・1メートル。石壁内側に厚さ約20センチ分残る木の壁の跡などがあり、石囲いの中に木槨を造った「二重構造」と分かった。――略――

遺物は中国・後漢《ごかん》の鏡とみられる画文帯同向式神獣鏡1枚（直径19センチ）、内行花文《ないこうかもん》鏡《きょう》の破片、素環頭太刀《そかんとうのたち》を含む鉄剣類約10本、「庄内式」と呼ばれるつぼ形の土器約20個と大量の銅鏃《どうぞく》など。棺内に大量の水銀朱も残っていた。――略――〕

さらに、こうした特徴から築造年代を推定して、次のように書いている。

〔木槨構造は岡山県倉敷《くらしき》市の楯築《たてつき》墳丘墓や、島根県出雲《いずも》市の西谷3号墳など弥生《やよい》時代の墓にみられる特徴。しかし、長大な木棺、画文帯同向式神獣鏡や水銀朱の埋納、後の埴輪《はにわ》の配列に通じるつぼの配置など、箸墓《はしはか》古墳以降の巨大前方後円墳につながる要素もあり、畝傍考古学研究所では「弥生墳墓と前期前方後円墳の中間的なもの」と結論づけた。〕

ここまで明らかにしながら、さて、それではいったいホケノ山古墳の被葬者は誰なのかという、問題の核心に迫る部分となると、さすがに畝傍考古学研究所としては、端的な見解は避けている。記事のほうも公平を期す意味なのか、後半部分は「奈良支局・沢木政輝《さわきまさてる》」の署名入りで、まず、

〔ホケノ山古墳は、最近の研究で「古代都市」説も浮上し、邪馬台国の有力候補地とされている纏向《まきむく》遺跡内にある。西約200メートルには、第7代の孝霊《こうれい》天皇の娘と伝わるヤマトトトヒモモソヒメの墓とも、卑弥呼の墓とも伝わる箸墓古墳が横たわる。後の前方後円墳と同じ3段の段丘で、後円部に石積みの埋葬施設があった。当時は人口も少なく、大規模な労働力動員システムも整っていなかったことから、築造には10年以上かかったと推測される。一方、全国で見つかっている弥生の墳丘と共通の木槨も備えた例のない構造。〕

と、いくぶん「邪馬台国畿内《きない》説」寄りではあるが、一般論を掲げた後、客観的に賛否両論を取り上げ、識者数人の考えを並列的に紹介した。

〔ホケノ山古墳の被葬者を、白石太一郎《しらいしたいちろう》・国立歴史民俗博物館副館長は「箸墓を卑弥呼の墓だとすれば、それより古いホケノ山は卑弥呼を出した家か、集団の一員ではないか。卑弥呼の父や、魏志倭人伝《ぎしわじんでん》の『男弟《だんてい》』の可能性も否定できない」とする。伊達宗泰《だてむねやす》・花園大名誉教授も「日本列島に影響力があった権力者の墓。時期的に見て、卑弥呼の先代の王では」と推理し、卑弥呼一族とみる。——略——

邪馬台国九州説の学者からは、早速反論も出た。魏志倭人伝は、邪馬台国の葬制について「棺あれど槨なし」と記している。安本美典《やすもとびてん》・産能大教授は「木槨構造があるのは魏志倭人伝と明らかに矛盾する。年代の根拠にしている画文帯神獣鏡も、後の古墳から出土した例が多い」と指摘する。大和政権は九州からの東遷と考える作家の井沢元彦《いざわもとひこ》さんも「卑弥呼の父の墓なら、もっと大きいはず。箸墓の調査が必要だ」と話している。」

じつは、記者会見で配布された「ホケノ山古墳第4次調査　報道発表資料」にも「邪馬台国」の「や」の字も「卑弥呼」の「ひ」の字も印刷されていない。発掘調査の事実関係を、見方によっては無味乾燥に提示しただけで、一切の断定を避けたものだ。記者たちの誘導的な質問にも、「何とも言えません」という、やんわりした態度で応じた。

したがって、記事の冒頭を飾った大見出しの「卑弥呼一族？」の「？」が意味のあることになるのだが、マスコミ側としては、やはりホケノ山古墳での発見が、邪馬台国や卑弥呼の「存在証明」であって欲しいし、少なくとも「その可能性が濃厚になった」程度の見解が欲しかったにちがいない。毎日新聞以外の各紙も「卑弥呼と同時期」「邪馬台国期と判明」など、断定は避けながら、ホケノ山古墳と卑弥呼・邪馬台国畿内説との結びつけを意図した見出しを掲げている。

2

浅見は朝早くに駅売りの新聞各紙を仕入れてきて、片っ端から貪《むさぼ》るように読んだ。「ホケノ山古墳発掘調査」関連の記事はどの新聞にも出ている。そのどれにも共通しているのは、畝傍考古学研究所の発表が意外なほど抑えぎみであることだ。

もとより専門的に古代史を勉強したわけでもない浅見だが、心情的には邪馬台国畿内説を信奉している。学問にロマンは無用の感傷にすぎないのかもしれないけれど、大和の文化はヤマトで発生したものであって欲しい気がするのである。卑弥呼の系譜の先に大津皇《おおつのみ》子《こ》や額田王《ぬかたのおおきみ》や大海人皇子《おおあまのおうじ》が息づいていてくれたほうが共感できるし、楽しい。

昨日のレクチャーでは、これほどの「大発見」があったのだから、もっと断定的に、ホケノ山古墳と卑弥呼や邪馬台国の結びつきを示唆するような、強い論調を期待した。それだけに、畝傍考古学研究所側が配布した「解説」の、まるで競売物件のカタログを見るような、素っ気ない事実関係だけの羅列を読んだ時には、少なからず拍子抜けがした。

新聞はそれを脚色して、なんとかセンセーショナルな記事に仕立てようと努めているのだが、高度な学術性を無視してまで、面白おかしくは書けないのだろう。「邪馬台国」や「卑弥呼」を謳《うた》いながら、記事内容をつぶさに見ると、どうしても及び腰にならざるをえないもののようだ。

その半面、安本美典氏などの反論のほうがどことなく自信ありげに思える。たぶん談話を紹介したと思われる短い記事だが、「すわ邪馬台国か、卑弥呼か！」と色めきたつマスコミの姿勢に、冷水を浴びせるような冷ややかな論調で、かえってそっちのほうに、説得力を感じてしまった。

もっとも、畝傍考古学研究所の公式発表とは別に、調査関係者の雑談のような個人的見解のレベルでは、かなり自由な発言も見られる。人によってかなりの温度差があることはともかくとして、「ホケノ山」イコール「卑弥呼」、「ヤマト」イコール「邪馬台国」のニュアンスで物を言っているようだ。

たとえば、同じ毎日新聞の「ひと」欄に、発掘調査の現場指揮に当たった丸岡孝郎を登場させているが、そこでは〔日本史上最も深い謎《なぞ》に包まれた存在である、女王・卑弥呼と、その都・邪馬台国の実像に今、いちばん近づいた幸せな考古学者。〕と紹介した。

記事の書きっぷりは明らかに、今回の発見が「卑弥呼」「邪馬台国」が大和に存在したことを実証するものである――と示唆している印象を受ける。

これに対して丸岡は「研究者冥利《みょうり》に尽きます」と語っている。紹介の文章と談話を結びつけると、ホケノ山古墳が卑弥呼かその周辺の人物の墓であると、認識しているように読み取れる。この先、丸岡はきっと、邪馬台国・卑弥呼研究のトップグループの一人として、学界内で認知されるのだろう。

記事と同じくらいの大きさに掲げられた丸岡の写真は、控えめな笑顔を見せている。鼻下の豊かな髭《ひげ》がむしろ可愛い、学生のような風貌《ふうぼう》だ。考古学者がこんなふうに大新聞の紙面を大きく飾ることなど、めったにあるものではない。丸岡孝郎が一躍、スターダムにのし上がったことを物語るものだ。

誰が言ったのか、「考古学者は大きな発見をすれば、一生、食いっぱぐれがない」という言葉を、またしても浅見は思った。品のない、やっかみ半分のような言い方だが、おそらくこれは真理にちがいない。

そう思ういっぽうで、浅見はホケノ山古墳発掘に情熱を傾けていた小池拓郎を連想していた。小池は早くからホケノ山の重要性を認識し、現役を退いた後もなお、若い研究者とともに発掘作業に没頭しながら、「大発見」を見ることなく、逝《い》った。小池の魂魄《こんぱく》がホケノ山に漂っているとすれば、さぞかし無念なことだろう。

平沢を通じて、浅見は丸岡に、午前十一時の約束でインタビューできることになった。畝傍考古学研究所へ向かうソアラの助手席に、有里はいっぱしの助手のような顔で納まった。

「浅見さん、東京の河野《かわの》さんのところには、いつ行かはるのですか?」

有里は気掛かりそうに訊《き》いた。「河野」は溝越史郎と結婚、後に離婚した「美砂緒」の旧姓だ。戸籍謄本によると、本籍地は東京都目黒区だが、いまでもそこにいるとは考えにくい。それ以前に、生死のほども定かではない。「捜索」には時間がかかりそうだ。

「なるべく早く行きます」と浅見が答えると、有里はつまらなそうに黙りこくった。その様子から察すると、浅見と一緒に東京へ行くつもりなのかもしれない。

畝傍考古学研究所の玄関ロビーで、これから発掘現場へ行くところという、長井明美に出会った。有里が「やっぱりすごい発見やったんですね。マスコミが大勢来て、大騒ぎでしょう」と水を向けたが、明美はなぜか浮かない顔をしている。

「バイトは今日でお終《しま》いなのよ」

予想以上の「大発見」が出たために、ホケノ山の発掘作業は、現状確保の状態で、ひとまず中断することになったのだそうだ。

「また大学へ行って、バイトの口を探さなきゃならないわ。その点、あなたは呑気《のんき》でいいわねえ」

隣にいる浅見にチラッと視線を投げて、言った。

「春休み中、帰省はしないのですか」

浅見は訊いた。

「ええ、そんな余裕はありません。交通費がもったいないですしね。でも、いよいよとなったら、東京のほうがバイトの口は沢山あるかもしれませんけど」

「えっ、長井さんは東京の人ですか。だったら、僕の車で東京へ行きませんか。僕は明日か明後日、帰るつもりです」

浅見はごく当たり前のこととして言ったつもりなのに、二人の女性は意外なほど強く反応した。とくに有里の目の輝きはただごとではない。明美のほうはまだしも、「ほんとですか？」と手放しの喜びようを示したのだが、有里は一瞬、顔面を朱に染めたと思ったのも束の間、すぐに血の気が引いたようになった。

「でも、有里に悪いかな……」

明美は、敏感に後輩の表情を読み取って、からかい半分のような口調でそう言った。

「あら、何でですか。ちっとも悪いことなんかないやないですか。乗せて行ってもろたらよろしいわ。私かておとつい、飯田《いいだ》までドライブしてきました」

「飯田？……」

「ええ、長野県の飯田です。すっごくええところで、お蕎麦《そば》がごっつう美味《おい》しかった。ねえ浅見さん」

「そう、でしたね、確かに……」

浅見もただならぬ雰囲気に気がついて、腰が引けたような返事になった。

「ふーん……」と、明美は笑いを引っ込めて、完全な真顔で言った。

「それじゃ、お願いしようかしら。浅見さんはほんとにいいんですか？」
「えっ、それはもちろん、いいですとも。どっちみち車を走らせなければならないのですからね。一人も二人も同じですから」
それで「商談」は成立した。
長井明美が去った後、有里はまた無口になった。こんなに感情を露《あらわ》にするひとも珍しい
――と、浅見は笑いを堪《こら》えるのに苦労した。稚《おさな》いというよりは性格的なものなのだろう。
いわゆる直情径行というやつだが、わがままというのとも少し違うかもしれない。「わが
家では私が憲法なのです」などと威張るわりには、それなりに控えめなところもある。
約束の時間がきて、丸岡孝郎が現れた。例の髭の下に白い歯を見せて、愛想よくお辞儀
をする。浅見より四つ年長だが、同い年ぐらいの親しみやすさを感じた。これで二人の子
持ちなのだから、浅見は居候のわが身に引き較べて、情けなくなった。
応接室に入って、名刺を交換した。浅見が有里のことをどう紹介しようかと思っている
と、「私は浅見さんの助手の為保有里いいます」と勝手に自己紹介した。
「為保さんというと、当麻寺の奥の坊の為保さんと関係があるのですか？」
「ええ、奥の坊がうちです。ご存じやったんですか」
「そりゃあなた、奥の坊さんならよく知ってますよ。それに小池先生の……」
丸岡はやはりそのことも知っていた。「事件の後、奥の坊さんへも警察が行って、大変

だったでしょう」

「ええ、ぎょうさん見えてました。けど、先生方もいろいろ調べられはったんと違いますか？　小池先生がおられへんようになった時、いちばん近くにいてはったのは、ホケノ山の発掘現場の人たちですよって」

「そうですね。確かに小池先生の姿を最後に見送ったのはわれわれでしたからね。警察は足取り捜査の出発点をホケノ山に決めて、聞き込み捜査や目撃者捜しをそこからスタートさせました。しかし、結局、成果は上がらなかったようですね」

「警察の捜査はその後、進んでいるのでしょうか？」

浅見は訊いた。

「さっぱり、何も言ってきませんね。もっとも、こっちがホケノ山に掛かりきりで、割り込む隙がないから、遠慮しているのかもしれませんが」

「最後に小池先生の姿を見送ったとおっしゃいましたが、その時の小池先生の様子に、何か事件を予感させるような気配はありませんでしたか？」

「そうですなあ……ははは、浅見さん、今日のインタビューはそっちの事件のほうがテーマですか？」

丸岡は笑って、窘《たしな》めるように言った。

3

丸岡に対するインタビューは、昨日の公式発表を踏まえて、「本当のところは、どうなんですか？」という、本音を探るのが目的だった。新聞の「ひと」欄が、それとなく匂わせていた、邪馬台国・卑弥呼との関わりあいがあるのかどうか——。

「ああ、あれですか。あれにはまったく参りましたよ」

丸岡は苦笑した。

「あの記事を読むと、まるで僕がそう言ったように書かれているけれど、そんなことはないのです。記者さんの恣意《しい》的な質問に引っかからないように、ノラリクラリ答えたつもりなのだが、ああいう記事になってしまった。お蔭《かげ》で広瀬先生に叱られましたよ」

「とおっしゃると、丸岡さんとしては、ホケノ山古墳と邪馬台国とは結びつかないという見解ですか」

「いや、そうとも言いきれません。画文帯神獣鏡などの出土によって、ホケノ山の築造年代を、従来の定説だった四世紀頃というのから百年近く溯《さかのぼ》って、卑弥呼が君臨したとされる三世紀半ばか、それ以前とする見方が、かなり濃厚になったことは事実なのですから」

「安本美典氏は木槨《もっかく》が存在したことで、『棺あれど槨なしという魏志倭人伝と矛盾する。画文帯神獣鏡も後の古墳から出土した例が多い』と言っているようですが」

「ああ、そうおっしゃってますね。しかし、魏志倭人伝のその記述は、あくまでも卑弥呼の墓についてそう書かれているのであって、僕たちはホケノ山古墳が卑弥呼の墓だとは言っていないのです。むしろ、ホケノ山は弥生《やよい》期の墓式と古墳時代の墓式とが、結合した形式であって、大和政権が周辺の豪族と合従連衡しつつあった時期を象徴すると考えられるのではないでしょうか。副葬品の鏡や土器などに岡山地方のものがあるのも、その証拠と言えます。第一、ホケノ山古墳が三世紀半ばかそれ以前の築造だとすると、卑弥呼の墓である可能性は逆に低いはずです。卑弥呼の死は二四八年ですから、死んだ時にはすでに墓があった――ということになりますからね。卑弥呼の墓が魏志倭人伝に示されるような大規模なものだとすれば、かりに生前から着工していたとしても、築造には死後少なくとも数年、ひょっとすると十年以上かかったかもしれない。ホケノ山とは別の、より大規模でより完成された形の前方後円墳でなければならないでしょうね」

「つまり、それは箸墓であると……」

浅見は丸岡の表情を窺《うかが》ったが、丸岡は秘密めいた笑みを浮かべただけで、はぐらかすように別の話題を持ち出した。

「じつは、木槨のことなのですが、ホケノ山古墳に木槨が存在することを発見したのは、小池先生なのです」

「ほう……」

木槨の存在について、どういう意味があるのか、あまりよく分からなかったが、小池の名前が出たことで浅見は緊張した。

「去年の十二月半ば頃でした。墳丘の南側の斜面で異質な土層にぶつかりましてね。小池先生が、これは腐った木が変質したものだとおっしゃって、慎重に掘り進めるよう指示された。その過程で、次第にホケノ山の全体像が浮かび上がってきたのです。その結果、木槨部分が腐って、その上層にあった河原石の覆いに押し潰《つぶ》された状況であることが判明しました。復元すると、南北約七メートル、東西二・七メートル、深さ約一・五メートルの墓穴の壁に沿って河原石を積み上げて石囲いにし、その中に木材でログ・ハウスの部屋のような木槨を作り、木棺を納めた。木槨の上には大量の石を台形状に積み上げた『方形壇』が設けられた――と推定されたのです。それまではホケノ山古墳は典型的な前方後円墳だと考えられていたので、僕などは混乱しました。しかし小池先生は予想しておられたようでしたね。初期前方後円墳には、それ以前の文化との融合を暗示する形式が残されているはずだ――とおっしゃっていましたから」

「初期以降の前方後円墳には、木槨というのは存在しないのですか？」

浅見は素朴な質問をした。

「そうですね、ほとんどないと言っていいでしょう。木槨には死者の霊魂を封じ込める意味があったと考えられるのです。古墳時代初め頃までの遺物に『弧帯文《こたいもん》』と呼ばれる文様が施されているものがあります。これは霊魂を閉じ込める、繋《つな》ぎ留めるという呪《まじな》いの意味が込められたもので、おそらくホケノ山古墳の木槨にも『弧帯文』が施されていただろうと考えられます。木槨を覆った大量の石も、霊魂を封じ込める目的でしょう。弥生時代から古墳時代初期にかけて、人々は死者の霊が蘇《よみがえ》ることに強い恐怖心を抱いていたのですね。その後間もなく、板状の石を組み上げた竪穴《たてあな》式石室が出現して、前期古墳に採用されるのですが、これは、永久的空間で、死者の居場所を確保するという思想によるものだと思われます。つまり、死後の世界という考えが出てきたのでしょうか」

石で囲まれた空間にいる死者——という情景から、浅見は『死者の書』に描かれた大津皇子の亡霊を連想した。石壁を伝わる水滴の「した　した　した」という音を聞き、己のボロボロに腐った肉体を見ながら、霊魂は絶望感に気も狂わんばかりだったろう。そんな世界に存在するより、灰にしてもらったほうがどれほど潔いか——などと思った。

そのことを言うと、丸岡は笑った。

「密封型の竪穴式石室は四世紀末頃までで、その後は横穴式石室に代わっています。出入口もあって、後に亡くなった家族も一緒に葬ることができるようになったのです。死後の世界でも一緒に暮らそうという思想なのでしょうかねえ。したがって、霊魂もその気になれば、現世に彷徨《さまよ》い出ることができたでしょう」

それまでずっと黙って、二人の男の話に耳を傾けていた有里が、肩をすくめて、「怕《こわ》い……」と呟《つぶや》いた。口には出さなかったが、浅見も背筋がゾクッときた。

「ところで、さっき長井さんに、バイトは今日限りだと聞いたのですが、発掘調査はいったん休止するのですか？」

「そうなんですよ。もちろん、調査のほうはまだ継続しますが、しばらくのあいだ、一般の人たちのための見学会や説明会を行わなければなりませんので、事実上、作業は休むことになります。純粋に学術調査とはいえ、スポンサーは桜井市ですからね。財政はシビアだし、観光行政の一翼を担うのも仕事の内なのです。それと、ここだけの話ですが、発掘中は警察の事情聴取を遠慮していただいたようなところもありまして、その分、捜査協力をしなければなりません。それやこれやで、バイトを雇うほどの仕事がないのです。そんなわけで、長井君には申し訳ないが、いったん休んでもらうことになりました。しかし、作業が再開されれば、またバイトの声をかけます。とにかく大和女子大には何かとお世話になっていますからね、義理を欠くわけにいきません」

表向き華やかに見える古墳の発掘も、内実はきびしいもののようだ。

「確か、長井さんがバイトを始めた日に、小池先生の失踪《しっそう》事件が発覚したのでしたね」

ふと、何の気なしに思いついて、浅見が言うと、丸岡は「えっ」と驚いた。

「よくご存じですね。そのとおりですが、そのことが何か？……」

「いえ、べつに意味はありません。そういう巡り合わせって、あるものなんだなあ……と思ったものですから」

それが正直な気持ちだった。そのことに何か意味があるなどとは、まったく思いもよらぬことだ。それにもかかわらず、それを口に出したとたん、浅見は頭のどこかで、妙に引っかかるものがあるのを感じた。

「ところで、長井さんは大学の厚生課の紹介ですか？」

「厚生課というのかどうか知りませんが、そういう係に頼んであったと思います」

「何人ぐらい採用したのですか？」

「何人て、一人ですよ。たまたま欠員が一人生じたので、とりあえずアルバイトを一人、入れることにしたのです」

「応募者は長井さん一人だったのですか？」

「さあ、どうですかねえ。僕は人事にはタッチしてないので知りませんが」

「人事は事務局のほうですか？」

「手続きは事務局でやるのでしょうが、現場のバイトを決めるのは、島田という女性が仕切っているはずです」

「ああ、土器の復元をやっている島田さんですね」

「あ、ご存じでしたか。彼女はやはり大和女子大の出身でして、最初は長井君と同じバイトだったが、いまは発掘から補修にいたるまで、すべてに精通したベテランです」

その時、ドアが開いて事務の女性が丸岡に会釈した。丸岡がドアまで行くと、どうやら来訪者のあることを告げているらしい。丸岡は戻ってきて、「さっきお話しした、刑事さんが来ました」と言った。

「そういうわけですので、これで失礼させてもらいます。もし島田にお会いになるなら、彼女に案内させますが」

ドアのところで待機している女性を指さした。浅見は「お願いします」と、女性について部屋を出た。ロビーには明らかに刑事と分かる風体の男が二人いて、丸岡の背後にいる浅見と有里に鋭い一瞥《いちべつ》を投げた。

「では、僕はここで」

丸岡が挨拶《あいさつ》するのに応《こた》えながら、浅見は刑事に近寄った。

4

お辞儀をしながら、浅見は「刑事さんですね」と話しかけた。

「小池先生の事件はその後、どうなったのでしょうか？」

いきなり言われて、「は？……」と、刑事は反射的に身を反らせた。

「おたくは、どなたさんですか？」

「浅見といいます。フリーのルポライターをやっています」

浅見は名刺を出した。刑事は「ふーん」と鋭い目つきで名刺と浅見の顔を交互に見て、仕方なさそうに「自分は橿原《かしはら》署の市場です」と名乗った。表情には明らかに、早いところ厄介払いをしたい気分が現れている。

「じつは、僕は小池先生にお世話になったことのある者でして。それから、こちらは当麻寺の奥の坊、為保さんのお嬢さんです」

浅見がそう紹介すると、市場の態度が少し変わった。

「ほう、奥の坊さんいうたら、小池さんがいてはったところやね。そしたら、事件の後、何かと大変やったんと違いますか？」

「はい、大変でした」

有里はコクリと頷《うなず》いて、「いまかて大変です。それで、浅見さんに助けに来ていただいたんです」と付け加えた。

「は？　助けに来たいうと？」

「早く事件を解決して、犯人を捕まえていただく、いうことです」

「犯人を捕まえるいうて……」

市場はあらためて浅見の名刺を見た。裏表を引っ繰り返し、何度見ても、肩書のない安っぽい名刺である。

「……浅見さんが犯人を捕まえるいうことでっか？」

有里が「はい」と答え、浅見は「いや」と首を振った。

「どっちでっか？」

市場は面白そうに訊《き》いた。

「いや、犯人を捕まえるのは、もちろん警察です。僕はただ、事件がどういうものであったのかを調べて、捜査のお手伝いをするだけです」

「ふーん、捜査を手伝《てつど》うてくれるいうわけでっか。そらまあ、ありがたいこっちゃけど、何をどないして調べはりますか？」

「まだ分かりません」

「ははは、分からへんいうて、それが分からんようでは、捜査を手伝うこともでけへんのと違いますか？」

「そうですね」

浅見がケロッとしているので、有里は焦《じ》れったそうに脇から口を挟んだ。

「浅見さんは、警察の捜査が行き詰まったら、打開策を考えてくれはりますよ」

「ほほう、打開策をねえ……そら、ぜひ考えてもらいたいですなあ」

「というと、捜査は行き詰まっているのですか?」

浅見は無邪気な口調で訊いた。

「は? 何をあほなこと言いますねん。もしそうなった時は、いう話ですがな。行き詰まるはずがないですやろ」

「すると、捜査に進展があったのですか」

「進展て、あんた、まだ捜査は始まったばっかしやないですか」

「しかし、すでに事件発生から一カ月になりますが」

「ははは、なんぼ日本の警察が優秀やいうても、今回みたいな難儀な事件を、わずか一カ月ではどないもなりませんよ。素人さんが心配せんかて、時効まではまだ十四年と十一カ月もありますがな」

「驚きましたねえ……」

浅見は大げさでなく、ため息をついた。

「驚いたいうて、何をです?」

「いや、この時点で十五年先の時効のことをおっしゃるのは、要するにこの一カ月間、捜査にまるっきり進展がなかったということなのでしょう?」

「何を言うてまんねん。進展がないとは誰も言うてへんでしょう。警察は着々と、やるべきことはやっておる」

市場は気分を害したのか、あからさまにそっぽを向いた。

「それでは具体的なことをお尋ねしますが、犯行動機は怨恨《えんこん》ですか？　それとも行きずりの殺人ですか？」

「それはもう、怨恨いうことで捜査を進めとりますよ」

「なるほど、それに関しては確定的なのですね。そうしますと、ある程度、捜査対象は絞れたのでしょうか？」

「そやから、それを目下、こうして調べとるんやないですか」

「ははあ、余所《よそ》を調べ尽くして、またここに来たというのは、つまり、畝傍考古学研究所の関係者が捜査対象だということですね」

「あほなことを……あんたねえ、ええかげんにせんと、おたくも捜査の対象にしまっせ。いや、冗談でなく、おたくかて被害者と付き合いがあったのやから、怨恨関係がなかったかどうか、調べさせてもらわなならん。あんた、奥の坊さんに泊まってはるのか？」

「ええ、お世話になっています。ただ、明日か明後日、一度東京に引き揚げますが」

「ふーん、逃げるのやないやろね」

「ははは、僕がどうして逃げなければならないのですか。また出直してきますよ」

「そうですよ、失礼やわ」

有里までが舌鋒《ぜっぽう》するどく言ったので、市場は辟易《へきえき》したように苦笑した。

「そうでっか、それやったら結構ですな。そしたら、またこっちに来た時には、必ずここに連絡してもらいましょか。よろしいな」

名刺を出した。〔奈良県警察橿原署刑事課巡査部長　市場健二郎〕とある。市場は名刺の電話番号を指さすと、「ほな、行きましょか」と丸岡を促して、さっきまで浅見たちがいた応接室のほうへ向かった。

浅見と有里は女性の先導で、島田いづみのいる作業場に入った。いづみは突然の客に面食らったが、作業の手を休めて、近くの空いているデスクから椅子を持ってきて、二人の客に勧めてくれた。

「あの、どういうお話ですか?」

浅見がルポライターであると知って、いづみは恐る恐る訊いた。何か専門的な難しい問題を質問されるとでも思ったのだろう。

「いえ、大したことではないのですが」

浅見は恐縮した。丸岡に紹介されて、引っ込みがつかなくなったようなものなのだ。

「じつは、長井さんをアルバイトに採用したのは、島田さんだとお聞きしたもので」

「いえ、私が採用したなんて……ただ、大和女子大のOGだからという関係で、アルバイトの手配をしただけのことです。彼女を採用するってお決めになったのは小池先生です」

「えっ、小池先生が決めたのですか?」

これには興味以上のものを感じた。

「ええ、大学から四人の希望者を紹介してきたのですけど、たまたま履歴書を見ておられた小池先生が、長井さんがいいんじゃないかっておっしゃって、それで決めました」

「ほうっ……それは、どうしてですか？　長井さんの大学での学業成績が抜群によかったとか。考古学を専攻しているとか。まさか履歴書の写真が美人だったことが、選考の理由になったわけではないでしょうね？」

「そんなことはあるはずがありません。確かに長井さんはきれいですけど、小池先生はそういう不真面目なことはなさいませんよ。かといって、長井さんがとくに考古学に詳しいわけでもないのです。平沢先生のお話だと、彼女、ホケノ山はもちろん、箸墓のことも知らなかったそうですからね。ですから私も後で考えて、何でかしら？——と、ちょっと不思議に思いました」

言ってから、島田いづみはそれこそ不思議そうに、「あの、長井さんが、どうかしたのですか？」と訊いた。

「いや、べつに何ていうこともないのですが、ただ、長井さんが畝傍考古学研究所でアルバイトを始めたのと、小池先生が失踪《しっそう》なさったのがほぼ同時だったものですから、その偶然にちょっと興味を惹《ひ》かれただけです」

「はあ……そういえば、そうでした」

いづみは口を半分開けて、ポカーンとした表情になった。長井明美のアルバイトと、小池拓郎の失踪との相関関係を、あれこれ思っているのだろう。しかし結局、思い当たることがなくて、「あの、それが何か？」と首を傾げた。

「島田さんが不思議に思ったのと同じように、僕も小池先生が長井さんを選んだ理由が不思議に思えます。長井さんの履歴書に何か特別なことが書かれてあったのでしょうか」

「いいえ、特別なことなんて、何もなかったと思いますよ。何なら、見ますか？　事務室に保管してあるはずですから」

言うなり、いづみはすぐに立ち上がった。

長井明美の履歴書には、取り立てて不審な点はなかった。休暇中の連絡先は東京都目黒区、現住所は奈良市内にある大和女子大の寮になっている。

「寮生活なんですね。東京からあえて、大和女子大を志望して来るのは、どういう理由からなのだろう？……」

「それはもちろん大和女子大に憧《あこが》れたからだと思いますけど。私もそうでしたし。為保さんも同じでしょう？」

「ええ」と有里も頷《うなず》いて、十分、存在感のある胸を張った。

（やれやれ――）と、浅見は愚問を恥じた。大和女子大は東京の「お茶の水女子大」と並ぶ名門である。国立どころか二流の私大にやっとこ入った浅見の目には、眩《まぶ》しすぎる。

5

畝傍考古学研究所を出て、道路を渡って駐車場へ向かう浅見と有里の背後から、「浅見さん」と呼び止める声がかかった。振り向くと市場部長刑事が小走りに追いかけてきた。もう一人の若い刑事は、あまり気乗りしない様子で、のんびり歩いてくる。

「ちょっとよろしいか」

市場は少し手前で足を止め、左手を顔の前辺りで上に向けて、おいでおいでと指を動かした。浅見は有里に「先に車に乗っていて」とキーを渡して、市場に近づいた。

「あそこでは、ちょっと具合が悪かったもんで黙っとったが、浅見さん、あんた、丸岡さんとはどういう関係でっか？」

「と言いますと？」

「いや、ただどういう関係か、訊《き》いとるんですよ」

「丸岡さんには、ホケノ山古墳についてインタビューさせていただいただけで、とくに個人的な関係はありませんが。なぜそんなことをお訊きになるのですか？」

「いや、それやったらよろしい。べつに、深い意味はないんです」

市場は「ほな」と手を振って、取りつく島もなく去って行った。車に戻ると、有里が心配そうに「何やったのですか?」と訊いた。

「大したことではなかったのです。丸岡さんとどういう関係かと訊かれました」

駐車場を出て、浅見はホケノ山の方向へ行く道にハンドルを切った。その間、黙っていた有里は、思い出したように言った。

「あの刑事さん、浅見さんのこと、疑ってたみたいやけど、違うんですか?」

「さあ……刑事は捜査にのめり込むと、あらゆる人を疑ってかかるのが商売みたいなところがありますからね。僕のことより、丸岡さんに関心を抱いているのかもしれない」

「まさか……丸岡さんいうたら、いまや時の人やないですか」

「そう、その点がね、かえって疑う要素になっているとも考えられます。つまり、小池先生が亡くなって、いちばん得する者は誰か——という捜査の常道から言うとです」

「それって、小池先生が亡くなると、丸岡さんが得するいう意味ですの? 何でそうなりますの?」

「ホケノ山の発掘調査を積極的に進めたのは小池先生だったのでしょう。現役を退いた後も、現場に通勤するようにして、発掘作業に関わっています。つまり、事実上の総合プロデューサーのような立場におられたといってもいいでしょう。もし亡くなってなければ、今回の大発見は、小池先生にとって、生涯最大にして最後の、輝かしい業績として記録されたはずです」

「えっ、そしたら、丸岡さんが小池先生の業績を横取りしたいうことですか?」

「疑えばね、そういうことも考えられるのじゃないですかね。いや、僕がそう疑っているわけでなく、あくまでも警察が考えそうなこととして言っているのだけれど」

「でも、どないして横取りしますの?」

「ははは、横取りは言い過ぎですよ。警察が疑っているかどうかも仮定の話です」

「そやけど、丸岡さんやったら、このあいだ浅見さんが言うてはった『犯人の条件』みたいなことに、ぴったり当てはまりますね。表面上は親しそうに見えて、実際は悪意に満ちている——いう」

「丸岡さんが悪意に満ちているなんて、僕には思えませんけどね」

「悪意いうのとは違うかしれんけど、業績やとか名誉やとかいうのが目の前にあったら、学者として、喉《のど》から手が出るほど欲しいのと違いますか」

「驚いたなあ。有里さんまでが警察と同じような考え方をしますかねえ」

「そういうわけやないですけど、私、あの人、あまり好きやないんです」

「えっ、どうして?」

「さあ、何でかしら?……陽の当たる人やから、かもしれません。それに、あの髭《ひげ》かて嫌いです」

「ははは、面白いことを言うなあ。髭はなかなか素敵じゃないですか。そんなふうに好き嫌いで疑惑が左右されては敵《かな》いませんよ」

浅見は笑ったが、なんだか陽の当たらない自分と比較されているような気がして、複雑な心境であった。

「それはともかく、小池先生が失踪した時、丸岡さんは確か、ホケノ山の発掘作業に従事していたのじゃなかったかな。つまりアリバイがあります」

「そんなんは、なんぼでも解決できるのと違いますか？　第一、小池先生が失踪したのがいつなのか、ほんまのことは分からへんのやないでしょうか」

「ほうっ……」と、浅見は思わず助手席の有里の顔に視線を送った。

「その通りですよ。小池先生がホケノ山を去った時と、事件に巻き込まれた時間が同じだという証拠はない。警察が丸岡さんに関心を抱いているとしたら、その部分がはっきりしないからかもしれませんね」

「ほら、やっぱりそうでしょう。浅見さんかてそない思わはるでしょう。動機かて、ちゃんとあるし、絶対、あの人が犯人やわ」

「そんなに決めつけちゃいけない。その前に一応、確かめてみますから」

「確かめるいうて、丸岡さんに訊かはるんですか？」

「まさか、そうじゃなくて、長井さんにそれとなく訊いてみるのです」

「ああ……」と、有里は不愉快なことを思い出させられた顔になった。

「そうですよねえ、東京までドライブしはるんやもの、なんぼでも訊くチャンスはあるわけですよねえ。いいなあ、私かて東京へ行きたいわぁ。行こうかしら」

「ははは、無茶苦茶なことを言う」

浅見は笑ってはぐらかそうとしたが、冗談でなく、有里のことだ、本気で乗り込んでこないとはかぎらない。何しろ飯田行きの「実績」があるのだから。

ふだんは閑散としているホケノ山古墳の周辺は、一変して、テーマパークなみに賑《にぎ》わっていた。報道関係者は見当たらないが、一般の考古学ファンや、単なる野次馬的な観光客が次々にやってくるらしい。狭い駐車場は閉鎖されているために、箸墓の「大池」の畔《ほとり》を通る農道脇の空き地に車を駐《と》めて、そこから十分近くも歩くことになった。

古墳の周囲を囲んでいたフェンスは取り除かれ、発掘現場を覗《のぞ》けるように、見学者のための通路まで用意されている。職員は群衆の整理や質問への対応にてんやわんやだ。中には古墳内に踏み込んだりする不届きな人間もいないわけではないので、神経を遣うことだろう。第一、こんな衆人環視の中では、思ったような作業もできないはずだ。

長井明美は道具類の片づけや、立入禁止のロープの補修など、雑用に追われている。明日からはアルバイトも当分休み——という、一抹の寂しさが、彼女の横顔に仄《ほの》見えた。

浅見は「旅と歴史」用の写真を撮り終えると、少し離れたところから手を挙げて、明美が気づくのを待った。間もなく、明美はこっちを見て、「あらっ」と笑い、土に塗《まみ》れた手をはたきながらやってきた。

「すみません、仕事中」

浅見は謝って、「東京へは明後日、帰ることにしましたが、それでいいですか？」と訊いた。明美に異存はなかった。朝九時頃、大和女子大の正門前で待ち合わせることを決めた。さすがに女子大の学生寮まで迎えにゆく度胸はない。

それだけで別れて、当麻寺に帰ることにしたのだが、有里は終始、黙りこくっていた。明美への別れの挨拶《あいさつ》も、無言だった。車のある場所に戻って、「大池」に映る箸墓をバックに、彼女の写真を撮ろうとすると、いやがって、さっさと助手席にもぐり込んだ。

「どうしたの、機嫌が悪いみたいだけど」

浅見は苦笑しながら言った。

「そうかて、浅見さんと一緒する長井先輩が羨《うらや》ましいんやもの、仕方ないでしょう」

「困ったひとだなあ、きみだってこうして乗ってるじゃないですか」

「そんなん、距離が違います。距離の二乗に正比例するんやもの」

「ははは、それは面白い定義だな。しかし、ただついでがあるだけのことで、特別な意味はないですよ」

「そうかしら？　浅見さん、長井先輩に特別な関心があるのと違いますの？」

「そうね、確かに関心はないことはないけれど……」

「ほれ、やっぱりそうやないですか。長井先輩は美人やし、それに頭もええし」

「そういう意味での関心じゃないですよ」

「そしたら、何ですの？」

「彼女の履歴書、見たでしょう」

「え？　ええ、見ましたけど？」

「履歴書には、休暇中の連絡先が『東京都目黒区』と書いてありましたよ」

「そうやったかしら？……けど、それがどうかしましたの？」

「飯田の溝越さんのお兄さんが結婚した相手の女性——河野美砂緒さんの本籍地も同じ目黒区でした」

「あっ……」

「町名は長井さんは『祐天寺《ゆうてんじ》』で、河野美砂緒さんは『上目黒《かみめぐろ》』だったけど、もしかすると近所かもしれないし、町名変更の可能性も考えられます」

有里の浅見を見る目が、いつの間にか尊敬の眼差《まなざ》しに変わっていた。

6

大和女子大は東大寺から西へ、ゆるやかな坂道を下った辺りにある。

約束の午前九時ちょうどに到着すると、正門前に長井明美が佇《たたず》んでいて、浅見の車を見るなり、遠くから「おはようございます」と挨拶した。赤みがかった茶色のセーターに、ほとんど黒に近い焦げ茶色のパンツ、その上からタータンチェックのダッフル・コートを羽織っている。作業着のような恰好《かっこう》をした明美ばかりを見慣れているせいか、浅見は少し眩《まぶ》しかった。

明美はポケットが沢山ついたリュックを肩にかけ、キャスター付きの小さなスーツケースを引っ張りながらソアラに近づいた。

「少し、学内を案内しましょうか」

荷物をトランクに入れ終えると、明美は言った。

「そうですね」

浅見はあまり気は進まなかったが、テキに後ろを見せるのも口惜しい。恐る恐る門を入った。女子大のキャンパスに「侵入」するのは二度目か三度目のことだ。幸い(?)なことに休み中とあって、学生の姿はまったく見えないが、それでも女の園に変わりはない。

さすが「古都」にふさわしく建物は古い。真四角の殺風景な中庭に、たぶん防火用水なのだろう、プールのような池があって、ハスの葉を浮かべ、わずかに風情を醸しだしている。

「この池、私の祖母が学生だった頃からあるんですって」

「ほう、お祖母《ばあ》さんも大和女子大だったのですか」

「ええ。もっとも、当時は女子大とは言わなかったと思いますけど」

大和女子大は、戦後の学制改革までは「大和女子高等師範学校」と呼ばれていた。ということは、明美の祖母が在学したのは、学制改革以前。彼女の年齢から二世代を溯《さかのぼ》って計算すると、戦中か戦後すぐの時期か。

「その頃の制服は袴《はかま》だったのかな？」

「まさか、それはもっと昔のことでしょう。スーツ姿がふつうだったと思いますよ。でも、戦争の頃はほとんどモンぺかズボンばかりだったって言ってました」

やはり思ったとおりだ。

「だとすると、お祖母さんもかつて、この池の畔を闊歩《かっぽ》していたことになりますね」

「そうなんです。そう思って祖母の現在の姿を見ると、とても不思議な気がします」

「ははは、そういうきみだって、あと四、五十年先にはお孫さんに同じことを言われますよ」

「私は絶対にそんなことは言わせません」

「どうして？」

「だって、結婚しないんですから」

「ふーん、そういう主義ですか」

「主義っていうほど立派なものじゃないですけど、いやなんです」

「いやって、男性が？　それとも結婚が？」

「結婚が……かな」

「なぜですか？」

「面倒くさいじゃないですか、いろいろ縛られるし。だいたい、男の人とお付き合いするには、それなりに気を遣わないといけないでしょう。それやこれや考えると、ああ、もうそんなの要らないって思っちゃうんです。だから女子大――それも東京から遠く離れた奈良を選んだのです」

「おやおや、きみのような魅力的な女性に、そんな冷たいことを言われて、世界中の男どもの不幸に同情しますよ」

「あはは……あら、そんなことを言ったら、浅見さんだって同じじゃないですか。浅見さんこそ、かっこいいのに、どうしてお独りなんですか？　そういう主義なんですか？　それとも結婚がいやだとか」

浅見が質問したとおりのことをそっくり、ぶつけてきた。

「とんでもない。僕は強い結婚願望の持ち主ですよ。ただ自信がないだけです」

「嘘ばっかり。ハンサムだし、それに有里に言わせると、東京のええとこのボンボンだそうじゃないですか。私だって、もし唯一の例外があるとすれば、浅見さんが相手の場合ですよ。もっとも、その前に有里が立ちはだかっていますけどね」

「ははは、彼女は手強《てごわ》いですね」

浅見は笑ってはぐらかして、「さあ、そろそろ行きましょうか」と足を速めた。

「男どもとの付き合いを嫌ったことはともかくとして、やはりここに来たのは、お祖母さんのお勧めもあったのでしょうね」

「いいえ、それは逆です。祖母はむしろ反対してました。両親は自由にしなさいってサジを投げたのに、祖母だけが最後まで反対だったのです」

「寂しくなるからじゃないのかな」

「そんなんじゃないんです。だって、北海道大学を受けようって言ってた時は、反対しなかったんですもの。それが奈良へ行くって言ったら、とたんにやめなさいって……自分の母校なのに、どうして？　って訊《き》くと、理由なんかない。とにかく行くなって、駄々っ子みたいなことを言うんです。最後は、そんなことを言う子は顔も見たくないって、喧嘩《けんか》みたいな、気まずいことになって……だから、東京にはあまり帰りたくないんですよね。今回も浅見さんがいらっしゃらなかったら、帰らなかったかもしれない」

「それは、お祖母さんご自身に、何かとてもいやな記憶があるのでしょうかね」

「この大学にですか？」

「あるいは、奈良そのものに――かも」

「そうなのかなあ……」

　明美は考え込んでしまった。車が走りだして、ずいぶん長いこと口数が少なかった。

「長井さんは小池先生とは会ったことはないのですね？」

「ええ、お会いしてません。私が畝傍考古学研究所に行ったちょうどその前日に、行方不明になられたみたいです」

「そう、まるで入れ替わるようにね」

「ほんと、入れ替わる……」と明美は笑いかけて、浅見の口調に何かを感じたようだ。

「あの、それって、何か特別な意味があるってことですか？」

「いや、意味はないですが。ただ、たぶん長井さんも知らなかったと思うのだけど、長井さんを採用したのは、小池先生の鶴の一声だったのだそうですよ。大和女子大の四人の志望者の中から、きみを選んだ」

「えっ、そうだったんですか……でも、どうして選んだのかしら？　私みたいな出来の悪いのを。考古学の勉強なんか、ろくにしてなくて、箸墓のことだってぜんぜん知らなかったくらいなのに」

「そのようですね。採用試験があったわけでもないし。かといって、面接もしていないのだから、美貌《びぼう》が採用基準じゃなかったでしょうしね」

「当たり前です。からかわないでください」

明美は真剣になって怒った。

「ははは、失礼。いまのは撤回します。しかし、そうなると何を基準に選んだのか。それも、ふだんはほとんど、そういう事務上のことに口出しをしないと言われる小池先生が、です。ちょっと不思議な気がしませんか」

「ええ、それは、そう言われると気になりますけど……」

「小池先生は大和女子大とは関係がないのでしょうか。たとえば講師を引き受けたとか」

「さあ、昔のことは知りませんけど、私が入ってからは、そういうことはなかったのじゃないかしら。国立の大学って、結構そういうの、面倒くさいんでしょう」

「そうすると、いよいよきみとの接点はないってことになりますね」

東名高速道路の浜名湖サービスエリアで、ごく短い昼食休憩をして、一路、東京へ急いだ。その道すがら、浅見は訊くともなく、明美の家庭の事情を探り出した。

長井家は二代続いた母系家族だそうだ。祖母には兄がいたのだが、太平洋戦争で戦死して、祖母が婿を取って家を継いだ。その後も男子がなく、やはり明美の父親も婿入りして長井姓を名乗った。祖父が五十代半ばで亡くなるのと同時に、祖母は同じ敷地内に離家を建てて、母屋のほうを娘夫婦に譲った。明美には他に兄弟姉妹はいない。明美は結婚しないと宣言しているが、どのみち、三代目の母系家族が誕生することは間違いなさそうだ。

「長井さんのお祖父《じい》さんは、どういう方だったのですか？」

「私が生まれてすぐに亡くなりましたから、祖母や母に聞いた程度しか分かりませんけど、お役人で堅いひとだったそうです」

「お祖母さんは、恋愛結婚ですか」

「ははは、どうかしら？　祖母が恋愛だなんて、ちょっと考えられません」

明美自身、照れたように笑った。

「しかし、お祖母さんにだって、きみと同じような青春があったことは事実でしょう。それに、東京を離れて奈良の学校に入ったほどだから、当時としては独立心の強い、進んだ女性だったにちがいない」

「ええ、強いっていう点は確かですね。私でも負けそう」

「それじゃ、相当にお強いな」

「どういう意味ですか？」

明美が浅見を睨《にら》んで、大笑いになった。その笑いの中で、浅見はさり気なく訊いた。

「目黒区の祐天寺というのは、昔は上目黒とか中目黒といったところでしたね？」

「ええ、近くに祐天寺っていうお寺があるので、それを地名にしたのだそうですよ」

「ずっと昔から住んでいらっしゃるのかな」

「たぶんそうです。名主さんみたいなものだったって聞きましたから」

古風な家の昔気質《かたぎ》の女性——を想像していて、浅見は自分の母親を彷彿《ほうふつ》した。

第七章　戦没画学生

心とく先立ち行きてわれやまづ
咲きし梢《こずゑ》の花の上野に

最忍

1

東京都目黒区——というと、高級住宅街のようなイメージだが、江戸期はこの辺りは荏《え》原《ばら》郡目黒郷と呼ばれたところで、明治初期の廃藩置県の際も東京府に編入されなかったほどの、「田舎」だった。落語の「目黒のサンマ」にあるような牧歌的な風景が思い描ける。
荏原郡目黒郷には上目黒、中目黒、下目黒、碑文谷《ひもんや》、衾《ふすま》、それに三田《みた》の六村があった。鎌倉初期の御家人の中に「目黒某」の名があるくらいだから、目黒の地名はかなり歴史が古いようだ。江戸時代の初め頃から知られた名所に「目黒不動（目黒区下目黒・瀧泉寺《りゅうせんじ》）」

がある。上目黒、中目黒、下目黒はその門前町だったところである。

ちなみに「目黒不動」は、「目白不動（豊島《としま》区）」「目赤不動（文京区）」「目黄不動（台東《たいとう》区）」「目青不動（世田谷《せたがや》区）」とともに「江戸五色不動」と呼ばれた。

そもそも目黒区は寺や神社の多い街だ。とくに祐天寺はそれが地名になるほど有名な寺で、寺の境内には樹木が生い茂っている。昔は寺の周辺も樹木の多い田園だったはずだが、現在の祐天寺界隈《かいわい》は民家が密集して、往時の面影を探るよすがもない。その中で長井家は唯一、広い敷地のある屋敷であった。

丈の低い塀で囲まれた敷地の中に、二棟の建物が立っている。和洋折衷の趣味のいい二階屋と、数寄屋《すきや》を思わせる純和風の離家である。門のように左右に立つイチイの木のあいだを入ると、たっぷり三台分の駐車スペースがあった。浅見は単純素朴に「広いなあ」と感心した。

「祖母が子供の頃は、この四倍くらいの敷地と畑があったんですって」

車を降りて、トランクから荷物を下ろしながら、明美は解説した。相続税を払うたびに切り売りしてきたのだそうだ。庭の一隅に立つケヤキの大木などを見ると、先祖がこの辺りを仕切る名主だったという明美の話は、本物らしい。

車の音を聞きつけたのか、離家から和服の女性が現れた。明美は彼女に気づくと、リュックをトランクの上に放り出して、「お祖母《ばあ》ちゃま」と走りだした。抱きついて頬ずりして、「元気だった？」などと言っている。あれほど会いたくないと言っていたくせに、そういうのが肉親愛というものだろうか。

もっとも、祖母のほうは「何ですねえ、人様の前で」と窘《たしな》め、浅見に軽く会釈して、「どなた様なの？」と訊《き》いた。明美は浅見に奈良から送ってもらった経緯を説明しながら、祖母の手を引いてやって来た。

「祖母の弥生《やよい》でございます。孫がお世話になりましたそうで」

弥生とは古風な感じだが、当人のイメージにふさわしい。和服のせいもあるのだろうけれど、テレビドラマに出てくる、しっかり者の老女――という設定を絵に描いたようだ。浅見は挨拶《あいさつ》を返しながら、またしても自分の母親を連想した。

時刻は五時になろうとしている。まだ夕景までは間がありそうだが、浅見はすぐに引き揚げるつもりだった。しかし明美は「だめですよ、ちょっと寄ってください」と言う。彼女の祖母にも強く勧められて、一休みして行くことになった。

明美が母屋のチャイムボタンを押したが、応答はない。玄関ドアはロックされていた。

「また留守にしてる」と、明美が鼻を鳴らした。

「ああ、そういえばさっき、安喜子《あきこ》が買い物に出かけるって、声を掛けていたわね」

弥生が思い出して、「それじゃ、うちにいらっしゃい。お茶を淹《い》れて差し上げるわ。そのうちに帰ってくるでしょう」と言って、離家のほうにさっさと歩きだした。

数寄屋風と思ったとおり、離家は茶室を中心に設計したような建物らしい。玄関からして装飾性のない、簡素な、それでいて格調の高い雰囲気を醸しだしている。上がってすぐのところに六畳間があって、その隣が四畳半の茶室であった。間《あい》の襖《ふすま》を取り払うと大勢でも使えるようにしてある。

茶室の雪見障子を開けると広縁があり、大きなグラスウォールの向こうは篠竹《しのだけ》を配した植え込みである。静謐《せいひつ》の気配は、とても東京の街中とは思えない。

弥生はのんびりとお茶をたてた。高速道路を走ってきたスピード感とは対照的に、まるで時間が止まってしまったようだ。

「こんなものしかございませんのよ」

恐縮した口ぶりで、姿よく小ぶりに切った羊羹《ようかん》をお茶うけに出した。

「ああ、これは『とらや』のですね」

「あら、よくお分かりだこと」

「うちの母が羊羹は『とらや』にかぎると、好物にしています」

「おやまあ、わたくしと同じですわね。お茶うけは少し濃厚な羊羹がいいわ。それも『とらや』にかぎります」

それから打ち解けて、浅見家のことなどを訊かれるまま、話が弾んだ。ところが、浅見が何気なく「お祖母様も大和《やまと》女子大をご卒業になったのだそうですね」と切り出すと、とたんに弥生の眉根《まゆね》が曇った。

「ええ、そうですけれど、卒業したといっても、当時はあまり勉強どころではないご時世でしたのよ」

「それでも、大和女子大——当時は大和女子高等師範でしたか——いい学校だったのでしょうね。わざわざ東京を離れてまで、お選びになったのですから」

「もちろんですわ。お茶の水（東京女子高等師範学校＝現お茶の水女子大学）もよろしいけれど、わたくしは大和を選んでよかったと、いまでも思っておりますのよ」

「それなのに、明美さんが行きたいとおっしゃった時に、反対なさったと聞きました。それはなぜだったのですか？」

「あら……明美がそんなことを申しましたの？　余所様《よそ》に何でもお喋《しゃべ》りして、しようのない子だこと」

ジロリと孫娘の顔を睨んだ。明美のほうも浅見に（お喋りね——）と、恨みがましい視線を向けた。

「なぜって、べつに理由はございませんのよ。ただ、この家の一人娘を遠くに出すのが心配でしたという、それだけ」

「しかし、北大ならいいとおっしゃったのではありませんか？」

「………」

弥生は返事に詰まって、また明美に無言の圧力を加えた。

「何か、大和女子大か奈良に、いやな思い出がおありなのでしょうか?」

「いえ、そういうわけでは……」

「浅見さん」と、明美がたまらず、声を発した。

「そのお話は、もうやめてくれませんか」

「は? 何かいけないことを言いましたか」

浅見は大げさに目を丸くして、とぼけた顔を作ってみせた。

「そうじゃないですけど……」

三人がかなり微妙な状況になった時、救いの神のように玄関に人の気配がして、「どなたかお客様?……あら、明美が帰ってるの?」と、母親らしい声が聞こえた。

明美は急いで玄関に出て行った。「この子ったら、電話ぐらいしなさい」と叱られて、何やら小声で説明していたが、じきに二人揃って茶室に入ってきた。

「明美の母の安喜子でございます。娘がすっかりお世話になりましたそうで」

浅見と挨拶を交わして、「もしよろしければ、少しごゆっくりして、お夕食をご一緒にいかがかしら? ね、そうなさいませよ」と勧めた。さすがに浅見はそこまで不躾《ぶしつけ》にはできなかったので固辞した。明美が「いいじゃないですか」としきりに言うのを、弥生は「そんなに無理にお誘いしては、かえってご迷惑だわよ」と窘めた。

「それじゃ、せめてお茶だけでも。ねえお母さんもいらっしゃいよ。モンドールでモンブランを買ってきましたから」

安喜子は言ったが、弥生は「わたくしは結構」とすげなく首を横に振った。

「お茶なら、いましがた頂いたばかり。それに、もうすぐ晩ご飯でしょ。でも、浅見さんはおなかがお空《す》きでしょうし、お若い方だけでどうぞ、ご遠慮なく」

彼女にしてみれば、浅見の質問攻めから逃げ出す恰好《かっこう》の口実だったのかもしれない。

弥生に見送られて、三人は母屋に移った。観音開きの大きなドアを入ると、玄関の正面に50号ほどの油絵が掛かっていた。女性の肖像である。黒い髪の面長な若い女性だ。白い襟のついたグレーのワンピースらしきものを着た、上半身が描かれている。全体に暗い印象だが、襟に結ばれた赤いリボンが、華やいだ気分を主張しているようだ。足を止めて眺める浅見に、明美が説明した。

「これ、祖母の兄の作品なんです。上野の美術学校に在学中、戦争に行く直前に描いたそうです」

「じゃあ、遺作ですか」

そう思って見ると、重々しい暗さと、それに抗《あらが》うような赤いリボンに意味を感じる。

「モデルはお祖母様ですかかね？」

「私もそう思ったんですが、違うみたい。誰なのか、祖母は教えてくれないんですよ」

応接間にも油絵が二点、掛かっていた。二点とも風景だが、玄関の絵とは少し画風が異なるので訊いてみると、明美は「これは私の絵です。下手くそでしょ」と笑った。

「そんなことはない」

浅見は本気でそう言った。やはり大伯父の血を引いているにちがいない——と思った。

「浅見さんも絵をお描きになりますの？」

明美に訊かれて、浅見は頭を掻《か》いた。

「真似事はするけれど、こういう立派な作品の前に立つと、冗談にも絵を描くなどとは言えませんね」

「あら、私の絵なんかインチキですよ。でも祖母の兄には才能があったみたい。美術学校の先生にも将来を嘱望されていたんですって。それなのに戦争なんかで亡くなって……ほんとに戦争って、ばかみたい」

悔しそうに唇を噛《か》みしめた。

浅見は応接間からもう一度、玄関の絵の前に戻って、しみじみと肖像画を眺めた。優しい作風だが、油絵の具の荒々しいタッチの部分に、作者の怒りや悲しみや焦燥感が表れているように見える。ようやく開花しかけた才能も、咲き誇る間を与えられることなく、虚《むな》しく散らなければならなかった。絵筆を握るはずの手で銃を構え、創造の代わりに殺戮《さつりく》を目指さなければならない。戦争末期には、その目的さえ果たすすべもなく殺されていったのだろう。そういう悲運を背負わされた青年の痛恨が、穏やかな女性像の向こう側に見えるような気がした。

「お茶が入りましたよ。こちらへどうぞ」

母親の声がして、明美がドアのところまで出てきて、浅見を手招いた。

2

紅茶とモンブランをご馳走《ちそう》になるあいだ、浅見は安喜子の一方的な質問攻めの矢面に立たされた。彼女の質問は、もっぱら、浅見の現在の仕事と家庭環境、将来の設計図、結婚への考え方等々に集中した。ことに、浅見がまだ未婚であると知ってから、どう見ても娘の相手に想定しているとしか思えない内容に傾いた。

浅見がフリーのルポライターなどという、高収入どころか定収入も怪しい「ヤクザ」な職業であり、三十三歳にもなって、いまだに親がかり兄がかりの居候であると聞いてからは、いくぶんトーン・ダウンはしたものの、それでも「いずれはきっと、立派な小説家におなりになるのでしょうね」などと、無理やり希望を抱こうとする。

そう煽《おだ》てられても、そんな才能は自分にありそうもないし、軽井沢に住んでいる知り合いの作家を見るかぎり、小説家が「立派」などとは到底、思えないから、浅見は大いに困った。

そういう「雑談」の中で、浅見は辛うじて「河野家」のことを訊《き》いてみた。昭和四十三年一月一日に住居表示変更が実施されるまでの河野家の住所・上目黒四丁目の一部は、現在は祐天寺二丁目になっている。丁目は異なるが、長井家と同じ祐天寺町内ではあった。

「河野さんねえ……」と安喜子はしばらく思い出そうと努力していたが、結局、諦《あきら》めた。

「河野さんというお名前の方は存じあげておりますけど、このご近所にはそういうお宅はございませんわね。明美は知っている？」

「ううん」と、明美も首を横に振った。

「高校の時のクラスメートには一人、河野さんがいたけど、家は立川《たちかわ》かどこかじゃなかったかしら……だけど、その河野さんがどうかしたんですか？」

「小池先生のお知り合いに、この近くの住所で河野という人がいたのです。こちらとは少し地番が離れてはいますが、同じ町内であることは間違いありません」

「ふーん……そういうことですか」

明美の顔には（また小池先生か――）という表情が露《あらわ》になった。

「この辺りは戦後、急激に宅地化が進みましたからねえ。わたしの子供の頃は野原や空き地だったところに、みんな家が建ちました。道はとても狭いのに、家がびっしり立ってますでしょう。うちもそうですけれど、相続税などで土地を切り売りしなければならないし、どこかへ出て行ってしまうお宅もありますし、以前はそういうお宅があったのかしらねえ。もしかしたら、母が存じているかもしれません。ちょっと訊いてみましょうか」

安喜子はそう言って、親子電話で弥生に問い合わせてくれた。「すみません、お願いします」と、浅見は頭を下げたが、何となく、答えは確かめるまでもないような気がした。案の定、弥生はあっさり「知らない」と言ったようだ。安喜子は浮かぬ顔で受話器を置いた。

「うちの母が知らないくらいですもの、たぶんそういう方はいらっしゃらなかったのじゃないかしら」

そう言われて、それでもなお確かめるとすれば、後は自分で調べるしかない。

浅見に対する安喜子の身上調査が一段落したのを汐《しお》に、浅見は辞去することにした。それでもまだ「お夕飯をご一緒に」と勧められるのを断るのに苦労した。

わが家に帰ってからも、浅見の気分は落ち着かなかった。長井家の訪問が、結局、不完全燃焼に終わったことが原因である。明美の祖母・弥生に対する質問を、もう少し続けさせてもらいたかった。とくに弥生が、安喜子に河野家のことを訊かれて、いともあっさりと「知らない」と答えたことが不満だ。そんなふうに答えるだろうと、なぜか自分が予測していたのも、大いに気に入らない。

住所が近いからといっても、東京は隣に住んでいる人間のことさえ、まるで分からないことが多い。河野家と長井家は同じ祐天寺でも、細かい地番は「近所」とも言えない程度に離れたものであることも事実だ。

しかし、同じ町内であったことには変わりはないのだから、現在であれ過去であれ、住んでさえいれば、どこかで接点や付き合いがあったとしても不思議はない。おまけに、土地の主みたいな長井家のことである。その家で七十何年も生きている弥生なら、少しぐらい遠くても、隣組や町内会などで、名前ぐらい知っていそうなものだ。

それを知らないというのは、河野家は相当な大昔にこの土地を離れてしまったのかもしれない。少なくとも現在は、この近所に河野家はないか、あってもそのことを知らないと思うべきなのだろう。

そう思う気持ちのどこかで、浅見は引っ掛かるものを感じるのだ。弥生が、自身は奈良の大和女子大に学んでいながら、孫娘の進学に水をさすようなことを言ったというのが気になるし、それと、小池拓郎が、見ず知らずであるはずの長井明美の採用に一役買っていたのもおかしな話だ。

(何かある——)

弥生が隠しごとをしているという疑いが頭から離れない。弥生と河野美砂緒との年恰好《かっこう》の近いことも疑惑の一因ではあった。戦中戦後の東京の市民生活がどうだったのか、浅見は知るよしもないが、隣組制度などがしっかりしていた当時、市民同士の連帯はいまと比べようのないほど、緊密なものがあったはずだ。長井家の人々が河野家のことを知らなかったとはやはり考えにくい。

もし、自分の勘が正しくて、弥生が嘘をついているとしたら――と浅見は思い、そこからさまざまな想像が脳裏を駆けめぐった。その空想の中で、ポッと思いがけない映像が浮かんだ。長井家の玄関で見た女性の肖像画である。

（あれは誰なのだろう？――）

孫娘が訊いても、祖母は教えてくれないという。弥生はそこでも何かを隠したがっているのだ。常識で考えれば、亡くなった弥生の兄の恋人だったと思いたくなる。たとえそうであっても、そうでなくても、モデルの素性をなぜ隠す必要があるのか――それがまた新しい疑惑であった。

3

翌日、浅見は目黒区役所に出かけた。住民課で河野美砂緒の消息を尋ねるつもりだ。しかし、プライバシー保護という壁があって、簡単にはいかないことが分かった。職員に飯田市役所で貰《もら》った溝越史郎の戸籍謄本を見せて、「史郎氏の法事があるので、通知を出したが、宛て先人不明で戻ってきた」などと、作りごとの理由を述べたのだが、受け付けてはくれなかった。

　仕方なく、浅見は少し街の中を探してみることにした。それにしてもこの界隈《かいわい》の道路のなんと狭いことか。ソアラを走らせること自体に引け目を感じるほどの道が、しかも一方通行ではなく、ときどき向こうから路線バスもやってくるのだから驚く。とてものこと、軒先の表札を読み取る余裕などなかった。

　ノロノロと車を進ませているうちに、下目黒第一小学校の前に出た。浅見はふと思いついて、校庭の隅にある駐車場に車を乗り入れた。まだ春休み前だが、校庭には生徒の姿が少ない。校舎に入り職員室を訪れると、数人の教師が静かにデスクに向かっている。卒業式の準備でもしているのだろう。そのいちばん手前にいる女性教師にオズオズと声をかけた。

「お仕事中、恐縮ですが、ちょっとご相談したいことがありまして」

　女性教師はまだ二十代半ばくらいか、かなり度のきついメガネをしている。メガネの奥の目を大きく開いて、見知らぬ男を見つめた。

　浅見は区役所で言ったのと同じ理由を告げ、この学校の昔の卒業生名簿を拝見できないか――と申し入れた。

「昔というと、いつ頃のことでしょう？」

「たぶん、昭和十年前後の五年間辺りだと思うのですが」

「昭和十年……」

女性教師は驚いたが、すぐ席を立ち、三つ先のデスクにいる先輩教師と相談して、了解を取ったようだ。「ちょっとお待ちになっていてください」と、どこかへ立ち去った。

捜すのに手間取ったのか、思いのほか長い時間が経過して、若い女性教師は息を弾ませながら戻ってきた。

「すみません、お待たせして」と謝られて、浅見は恐縮した。

「とんでもない。お仕事中、お手数をおかけして申し訳ありません」

「いえ、いいんです。それより、私もこういう物を見るのは初めてで、いい勉強になります。この学校は創立が明治二十三年で、十年前に創立百周年を迎えました。ですから、昭和十年前後っていっても、決してそんな大昔ではないんですね。私が生まれるずっと昔から学校の歴史が続いているかと思うと、厳粛な気分になりました」

女性教師は少し興奮ぎみに喋《しゃべ》った。遠くのデスクにいる年輩の教師が顔を上げた。何か注意されるのかと思ったが、好意的な笑みを浮かべただけで、すぐ仕事に戻った。

創立百周年を期して、卒業生名簿を一新したということだ。「明治・大正」と「昭和」の二分冊になっていて、「平成」の分は、現在、仮綴《かりと》じにしてあるという。

昭和時代の卒業生名簿がテーブルの上に置かれた。現在の小学校は、昭和初期は「尋常小学校」と呼ばれていた。

「いま見て知ったんですけど、昭和時代の初め頃は一学年が四クラスもあって、おまけに一クラスに五十名以上の生徒がいたんですねえ」

女性教師は感心している。現在は三クラスで、一クラスの生徒数は三十四、五名がふつう。それでも多すぎて、三十名以下にしないと学級を維持できない——と主張する教師が多いと聞いたことがある。

浅見は昭和十年前後——と言ったが、河野美砂緒は大正十四年生まれ。したがって、小学校入学が昭和七年、卒業は十三年のはずである。名簿はクラス別のアイウエオ順になっているから、作業は簡単だった。驚いたことに——というより、浅見が想像したとおり、昭和十三年卒業者の中に「河野美砂緒」も「長井弥生」の名前もあった。しかも、卒業時は同じクラスに在籍している。

念のために住所も確認した。名簿の住所は卒業当時の住所表示によっている。古い住所表示のその後の変遷を追跡しきれなかったためかもしれない。当時の住所は「東京市」で始まる。ちなみに、彼女たちが小学校に入学した昭和七年に、東京府荏原郡の目黒町と碑《ひ》衾《ぶすま》町《ちょう》が合併して目黒区が成立し、「東京市」に編入されている。

河野美砂緒の住所は、浅見が飯田の溝越史郎の戸籍謄本で確かめたものと同じだった。同一人であることは間違いない。

いずれにしても、長井弥生が小学校時代のクラスメートである河野美砂緒のことを知らなかったというのはおかしい。やはり弥生は美砂緒のことを隠しているのだ。

（なぜだろう？――）

女性教師に礼を述べて、車に戻るまで、浅見はその疑問に取りつかれた。ハンドルを握っている自分を発見した時、どうやってここまで辿《たど》り着いたのか、記憶がないほどだった。たぶん、夢遊病者のような顔をして歩いていたにちがいない。

校庭には数人の女の子がバドミントンで遊んでいる。六十何年か前、弥生や美砂緒もここであんなふうに、振《ふ》り袖《そで》を翻しながら、羽根突きをして遊んだ時代があったのだろう。そうして小学校を卒業して高等女学校（現在の女子中学校）に入り、弥生はさらに大和女子高等師範学校に進んだ――。

（その時、美砂緒は？――）

河野美砂緒は、弥生のように進学はしなかったのだろうか？

かつての尋常小学校を卒業した後の進学コースは、専門学校を別にすると、男子は中学校、女子はいわゆる女学校へ進んだ。ほかに、そのまま尋常小学校高等科（二年制）へ進む道があった。

小学校以外、男女共学はなかった。男子が中学を卒業した後は、「一高」や「三高」と呼ばれた旧制の高等学校から帝国大学を目指すのが最高のエリートコースであり、それ以外は私立大学や師範学校、陸軍士官学校や海軍兵学校、その他の専門学校等へと進む。長井明美の大伯父のように中学から東京美術学校（現東京芸術大学）へ進むケースもあった。

女子の場合は、女学校から先は家政等の専門学校以外では、私立の女子大と、官立では女子師範学校があるのみだった。東京にある「東京女子高等師範」、奈良にある「大和女子高等師範」が女性のためのエリートコース的な存在といっていい。

ふつうの師範学校が小学校教員を育成するのに対して、高等師範は中学校や女学校や師範学校の教員を育てるのが目的だ。戦後、学制が変わって、たとえば東京の場合、師範学校は「東京学芸大学」に、高等師範学校は「東京教育大学（現筑波大学）」や「お茶の水女子大学」へと変身する。

長井弥生はつまり、当時の女性としては、官立の最高学府に進んだことになる。

河野美砂緒のほうは、女学校に進んだかどうかさえも定かではないが、長井弥生のあの不自然な秘密主義から憶測すると、何となく弥生と同じ道を歩んだのではないか――と疑いたくなる。

もし、最終学歴が大和女子高等師範だったとすれば、大和女子大の卒業生名簿を調べれば分かることだが、入学をしていても卒業していなければ、それも意味がない。戦況不利の様相を呈してきた戦争末期のこと、東京も空襲が激しくなっていただろうから、中途退学の可能性はある。弥生も「モンペ姿で勤労奉仕ばかりして、勉強どころではない」と話していた。年頃の女性の中には、戦地へ赴く恋人や婚約者のもとへ急ぎ嫁いで、貞節を貫いたという「美談」もあったと聞く。

（結婚か――）

漠然と思った時、浅見はふと奈良公園の例の写真を連想した。しかし、あれは戦後数年経ってから写されたものだ。河野美砂緒が溝越史郎と結婚したのも戦後である。史郎は、志願して学徒出陣した小池拓郎を「馬鹿だ」と批判している。彼が「美談」の相手であることは考えられない。

思いつくままに、あれこれと空想を働かせているうちに、浅見の頭の中で、茶色く変色したモノクロ写真の、河野美砂緒の面影が、まるで写真の引き伸ばしのように次第に大きくなっていった。大きくなるにつれ印画の粒子が油絵のタッチのように粗くなる。

ふいに、不安にも似た着想が浮かんだ。

浅見はイグニッション・キーを回した。背後の安全を確かめて、ノロノロと車をバックさせた。それからゆっくりと方向転換を終えると、逸《はや》る気持ちを抑えながら、アクセルを踏み込んだ。

車でほんの少しのところに長井家がある。植え込みに分け入るように、駐車スペースへと車を進めた。エンジンの音を聞きつけたのだろう、浅見が車を出た時、窓を開けて明美が顔を覗《のぞ》かせて、「あらっ」と叫んだ。

「やあ、また来ました。お邪魔してもいいですか？」

「もちろん」

明美は顔を引っ込めると、すぐに玄関に現れた。大きくドアを開きながら、「いつでも大歓迎ですけど、でも、どうして？」と首を傾げた。

「じつは、あの肖像画をもう一度拝見したくなったのです」

「ふーん、そんなことですか。だったらどうぞ見てください」

玄関に入って、御影石《みかげいし》の三和土《たたき》に佇《たたず》んで、正面の壁の肖像画を眺めた。昨日、初めてこの絵を見た時は、あの写真の女性——当時は溝越史郎の妻であった美砂緒と似ているなどとは、まったく気づきもしなかった。ただ魅力的な作品だと思っただけで、見過ごしたのだが、気持ちを落ち着けて眺めると、どことなく面影に共通するものを感じた。

片方はタッチの粗い油絵である。もう一方は写真、それも白黒写真に写った小さな映像である。戦争中は「非国民」と言われたパーマの写真の女性と、素朴なストレートヘアの油絵の女性とでは、ヘアスタイルばかりでなく、化粧の仕方もずいぶん違うのだろう。それに、表情もかなり対照的だ。写真の女性は幸福感が溢《あふ》れた様子だ。それに対して油絵のほうの顔には、いまにも泣きだしそうな不安が表れている。

それでも、よくよく眺めると、顔の輪郭や目鼻だちにどことなく通い合うものがある。油絵の女性の髪にウェーブをかけて、耳が現れるほどカットして、笑顔に描けば、まさにあの写真の女性に変貌《へんぼう》しそうだ。

「そんなに一所懸命に眺めて、浅見さん、よっぽどこの絵が気に入ったみたいですね」

明美がおかしそうに言った。

「ええ、もちろん魅力的な絵だと思います。しかし、僕はそれ以上に、この作品に関心があるのです。いや、このモデルの女性に——というべきかな」

「だめですよ」と明美は笑った。

「いくら関心を抱いたって、この人はずっと昔の人。いま生きていれば七十何歳で、ちょうど、うちの祖母と同じくらいですから」

「ははは、そういう意味での関心ではありません。昨日もお母さんにお伺いしていただいた、河野美砂緒という人がこの肖像画のモデルではないかと思うのです」

「ほんとですか?」

「たぶん……何なら、お祖母《ばあ》さんに確かめてみませんか」

浅見は期待を込めて明美を見つめた。

「いますぐに、ですか?」

明美は困惑ぎみに眉を顰《ひそ》めて、離家の方角に視線を送った。「できれば」と浅見は頷《うなず》いた。

「でも、祖母は河野美砂緒さんていう人、知らないって言ってましたけど」

「ええ、確かにそうおっしゃっていた。しかし、あれはあの時、僕という他人がいたからだと思うんです」

「浅見さんがいると、どうしてそうなるんですか？」

「分かりません。それもお祖母さんにお訊《き》きしたいくらいです。しかし、少なくとも、お祖母さんが河野美砂緒さんを知らないというのは、不自然なんです」

下目黒第一小学校の卒業生名簿に、長井弥生と河野美砂緒の名前があることを確認してきた話をした。明美は「ほんとですか？」と驚いた。

「本当ですよ。ずいぶん昔の話だから、お忘れになった可能性も、絶対にないとは言いきれませんが」

「いいえ、祖母みたいな記憶力のいい人が、忘れるはずないわ。変ですよ、それって」

むしろ、むきになって言った。

「お忘れでないとしたら、隠していらっしゃるということになりますが」

「そう、ですよね。だけど、どうして隠したりするのかしら？　何かあるのかな？　じゃあ、浅見さんが言うとおり、この絵の人がその人なのかもしれない」

明美はだんだん深刻な様子になってゆく。

「いずれにしても、僕のことは言わずに、ごくさりげなく、訊いてみてください」

浅見はそれだけ言うと、「それじゃ」とお辞儀をして、ドアに向かった。

「あら、もう帰っちゃうんですか？」

「とにかく僕はいないほうがいい。後で電話させてもらいます」

不満顔の明美に軽く笑いかけて、踵《きびす》を返した。

4

自宅に戻った浅見は、それからきっかり三時間置いて、わざわざソアラを飛鳥山《あすかやま》の近くまで走らせて、自動車電話を使った。我が家の電話はリビングルームにあって、家族たちの環視の中に置かれている。とくに、恐怖のおふくろさんと、お手伝いの須美子の目と耳が気になる。

「浅見さんが言ったとおりでした」

電話がかかるのを待っていたのか、明美はすぐに受話器を取って、息せききったような早口で言った。

「祖母に会って、いきなり、あの絵のこと、『お祖母ちゃまのお兄さんの恋人？』って訊いたんです。祖母はびっくりしたみたいでしたけど、なかなか肯定しないから、浅見さんがおっしゃった写真のことを言って、私もその写真を見たことにして、写真の女の人とそつくりって、問い詰めたら、やっぱりそうなんですって」

「そう、そうでしたか、やっぱり……」

浅見はおうむ返しに言った。「じゃあ、河野美砂緒さんを知っていることも、おっしゃったんですね？」

「ええ、でも、それは人には言わないって約束しました」

そう言うそばから「人」に喋《しゃべ》っている。

「河野さんは小学校から女学校、大和女子高等師範学校の一年間まで、祖母と一緒だったんですって。河野さんだけが一年で退学して、東京に帰っちゃったんだそうです。だけど、祖母はどうしてそのこと、河野美砂緒さんのこと、隠しているのかしら？　何か河野さんに悪いことでもしちゃったのかな。たとえば、恋人を横取りしたとか」

「それだと、あなたのお祖父《じい》さんが、じつは河野美砂緒さんの恋人だったという意味になりませんか」

「あっ、そうか。そうなのかなあ……あの祖母がそんな酷《ひど》いことをするとは思えませんけど。それにしても、あの肖像画を描いたくらいだから、祖母の兄——弥一《やいち》さんていうんですけど、その弥一さんが思いを寄せていた相手が、河野美砂緒さんだったのは間違いないですよね。もしそうだとすると、これって、いわゆる四角関係っていうことですか」

「それどころか、実際には、河野さんが結婚した相手は、飯田の溝越史郎さんという人です。これだと五角関係だし、それにひょっとすると、そこに小池拓郎先生も絡んでくるかもしれないから、六角関係かな」

「えーっ、小池先生もですかぁ？」

「小池先生は京都の大学時代、溝越さんと一緒だったのですよ。ははは、そうなるとややこしいですね」

「そんな……笑ってる場合じゃないです」

電話の向こうに、明美の怒った顔が見えるようだ。

しかし冗談でなく、見えてきた「相関図」が事実だとすると、あの学究一筋、聖人君子のように思えた小池拓郎の、遠い過去の中には、存外、ドロドロした愛憎劇があったのかもしれない。

明美の祖父、長井弥生、弥生の兄・弥一、河野美砂緒、溝越史郎。そして、そこからはみ出したような存在の小池拓郎——と、六人の青春時代が、どんなふうに重なって、どういうドラマが演じられたのか、想像すべくもない。その人々の中で、いまも健在であることがはっきりしているのは、わずかに長井弥生ただ一人。河野美砂緒は不明だが、ほかの四人はいずれも鬼籍に属してしまった。

浅見は小池拓郎の「死」の原因を、彼の遠い過去に求められるのではないか——と、微《かす》かな期待を抱いていた。しかし、「相関図」の中で残っているのは長井弥生と、もし生きているとすればと仮定して河野美砂緒。その二人の女性——それも、すでに老境に入ったといっていいような——だけとあっては、いささか的外れな感じがする。

「浅見さん」と、受話器の中から明美の怒鳴るような声が響いてきた。何か話していたのを、上の空で聞き逃したらしい。

「もしもし、聞いてますか？」

「もちろん聞いてますよ」

浅見は慌てて言った。

「ですからね、祖母の兄——弥一さんはほんとに河野美砂緒さんが好きだったみたいなんです。祖母の話ですと、弥一さんは彼女のこと、女神みたいに思っていたんじゃないかって。河野さんも女学校の頃、よく祖母のところに遊びに来て、そのたびに弥一さんのモデルになっていたそうです。上野の美術学校にも二人を連れて行ってくれて、とても楽しそうにしていたんですって。だから祖母は、二人はきっと恋人同士で、将来は結婚するものとばかり思っていたんですって。ところが、女学校を卒業すると、祖母と一緒に河野さんも奈良へ行ってしまって、それで結局、弥一さんの恋も終わったんですね」

明美が大伯父のことを「弥一さん」と、距離を置いて呼ぶのは、ほかに呼びようがないこともあるけれど、感情移入を避けたいためなのかもしれない。

「しかし、河野さんが奈良へ行ってしまったからといって、弥一さんの恋が終わるとは限らないでしょう」

「でも終わってしまったんだから、しようがないですよ。もちろん、私が見たわけじゃなく、祖母がそう言ってるんですけど」

明美は笑いもせずに、そう言った。

「何があったのかな？　たった一年足らずのあいだに、河野さんの気が変わったのは」

「もともと、弥一さんの片思いだったのか、それとも、河野さんに新しい恋人ができたのじゃないかしら。だって、河野さんが結婚することになった飯田の溝越さんていう人も、京都の大学にいたんでしょ？　きっと向こうでその人と出会って、結婚の約束まで行ったんだと思いますよ」

「なるほど……もしそれが事実なら、お気の毒な弥一さん、ということになりますね。弥一さんは、失恋して、それからどうしたのでしょう？……」

「たぶん、そのことが原因で、志願して戦争に行ったんじゃないかしらって、祖母はそう言ってましたけど。どうしてそう思うかっていうと、玄関の絵。あれは本当は、モデルの河野美砂緒さんに差し上げるはずだったんですって。それを、未完成のまま、軍隊に行く時、祖母に上げるって、そう言ったんだそうです」

浅見は長井家の玄関にあった「遺作」を思い浮かべた。あの「女性」の悲しげな表情は、もしかすると作者自身の心理の投影だったのかもしれない。

「もし失恋したとして、浅見さんだったら、どうします？」と、明美は揶揄《やゆ》するような口ぶりで訊《き》いてきた。

「僕?……そうだなあ、僕だったら、毎日泣き暮らすでしょうね」

「嘘ばっかり。浅見さんだったら、きっと、すぐに忘れちゃいますよ。ううん、それ以前に、失恋なんて絶対にしませんものね。そうなんでしょ? 失恋の痛手なんて、一度も経験がないでしょう」

「とんでもない。それどころか、満身創痍《そうい》ですよ」

「あははは、ほんとかなあ……」

明美は嬉《うれ》しそうに笑っていた。

電話を切った後、浅見はしばらくぼんやりと考えに耽《ふけ》った。昭和十八年=一九四三年、戦争末期の絶望的な社会情勢の中で、青春真っ只中《ただなか》の人々がどのように生きたか——平和ボケした自分には、憶測すらもできないにちがいない。それでも、彼らが一分一秒を大切に思い、ひたむきに生きていたことは分かるような気がする。

5

浅見家では夕餉《ゆうげ》のテーブルに、家族全員が揃うことは滅多にない。警察庁刑事局長の要職にある当主・陽一郎《よういちろう》の帰宅が深夜に及ぶのは仕方がないし、光彦坊っちゃまの風来坊は治まる気配もない。だから、休日とはいえ、この日のようにテーブルの周囲が満席になると、かえって、何やら異常事態が発生しそうな予感さえするのである。

とりわけ「若奥様」の和子《かずこ》とお手伝いの須美子にとっては、てんてこ舞いの大忙し。おまけに本日のメニューは「サヨリのロール」と「オニオングラタンスープ」と「ナスのプロバンス風ソテー」と「ビーフステーキ」という、やけに凝った内容だ。来週から学校が始まるというので、和子がPTA主催の料理教室で仕入れてきたメニューを、試しに作ってみようと思いついたその日に、たまたま全員が勢揃いするという皮肉な巡り合わせになった。

それでもなんとかテーブルの上が整って、大奥様の雪江《ゆきえ》も、テレビゲームの誘惑に訣別《けつべつ》した智美《さとみ》と雅人《まさと》も、彼らの父親である陽一郎も、それにワープロの前でうたた寝から覚めた光彦叔父さんも、三々五々やってきて、席についた。

「こうして、家族みんなが揃うと、本当に平和のありがたさが分かるわねえ」

雪江未亡人がしみじみ述懐した。

「まったく」と、優等生の陽一郎がすぐに相槌《あいづち》を打つ。

「お母さんのおっしゃるとおりです。智美や雅人には実感がないだろうけれど、こうしているあいだも、世界中のあちこちで戦争が行われているのだよ。きみたちのような子供が、戦車に石を投げて戦ったり、鉄砲を持って走り回っている国もある。遊ぶどころか、勉強したくてもできない。それを思うと、平和な時間を無駄に過ごしてはならないことが分かるだろう」

　尊敬すべき父親の訓示だが、智美も雅人も熱いオニオングラタンスープと格闘中で、それどころではない。上目遣いに陽一郎を見ながら、口の中を「フガフガ」させている。

「このあいだ信州へ行って、とても悲しいけれど、いいものを見て参りました」

　雪江が言いだした。

「はあ、悲しくて、いいもの――ですか」

　全員の関心を集中させようと、陽一郎が忠実に復唱する。

「信州というと、軽井沢ですか？　あそこはまだ冬でしょうね」

　次男坊がお義理にそう言うのには、「軽井沢など、行くものですか」と雪江は至極、冷淡だ。軽井沢には彼女の天敵、例の悪名高い作家センセがいる。そのせいかと思ったが、そういうわけでもなかった。

「昔の軽井沢ならともかく、いまはアウトレットとかいう、マーケットのお化けみたいのができて、景色も雰囲気も台無し。いくら不景気だからといって、風光明媚《めいび》の地にああいうものを作る人たちは、いったい何を考えているのかしらねえ」

　嘆かわしい――と首を振った。

「それはともかく、信州の悲しいけれどいいものというのは、何なのでしょうか？」

賢兄は優しく訊いた。

「そうそう、このあいだね、上田にある『無言館《むごんかん》』という、小さな美術館を訪ねてきたのだけれど、そこは戦没画学生の遺作ばかりを集めて展示してあるの。まだ未熟で素朴だけれど、一所懸命に描かれていて、鑑賞しながら涙がこみ上げてきて、困りましたよ」

思い出して、雪江はもう涙ぐんでいる。

「戦没画学生というと、太平洋戦争で戦死した美術学校の学生ですか」

兄より早く、次男坊の光彦が反応した。まさにいま、長井家の「戦没画学生」に興味を抱いているところなのだ。

「東京美術学校の学生だけでなく、画学生や画家の卵だった方たちもいらっしゃるそうよ。光彦のような呑気《のんき》な人生を送る暇もなく、戦場で散って行った、才能豊かな若者ばかりね。それだけに、自分の才能を一刻一秒も無駄にしないで、この世に遺《のこ》しておきたいという思いが、キャンバス一面に刻みこまれているように見えました。その人たちのそういう気持ち、光彦に理解できるかしら？」

「もちろん、理解できますとも。じつは、最近知り合った女性の、大伯父という人が、まさにその戦没画学生なんです。遺作を見ましたが、その恋人の肖像画を制作中に、まだ未完成で学徒出陣して、そのまま還《かえ》らぬ人になったそうです」

「あらっ」と、兄嫁の和子がナイフとフォークの動きを止めて、「その方、おきれいな方ですの?」と言った。

「そうですねえ、たぶん美人なんだと思いますが、昔風の顔だちだし……」

「昔風のほうがいいですよ。いまはお化粧がケバケバしくていけません」

「ははは、たしかに化粧っ気はないみたいですね。しかし、かなり傷んでいて、顔の辺りはカサついてますから」

「まあ、それはお気の毒に……」

和子は眉《まゆ》を顰《ひそ》めたが、ここに至ってようやく、浅見も話の様子がおかしいことに気がついた。

「あの、僕が言っているのは、肖像画の女性のことですが」

「あら、いやだわ……私は光彦さんがお知り合いになった女の方のことかと……」

それでドッと笑いが起きた。それと同時に何となく、気まずい雰囲気も流れた。次男坊の結婚問題は、この家では一種のサンクチュアリ(聖域)になっている。

「だいたい、光彦が紛らわしい言い方をするからいけないのよ」と、雪江は嫁の立場を取り繕ってから、確かめた。

「それで、その肝心なお若い女の方とは、どうなの?」

「どうって……べつに何もありませんよ。第一、彼女はまだ大和女子大の学生です」

「おや、まあ、そうなの……」

やれやれ――と、雪江はかすかに肩を竦《すく》めて、ナスのソテーを口に運んだ。

「ところで、その『無言館』ですが」と、浅見は話題を元に戻した。

「そこへ行くと、戦没画学生のことや、彼らと同期だった人たちの消息なんか、ある程度分かるのでしょうか？」

「さあねえ、どうかしら？　でも、全国からご遺族やゆかりの方たちが引きも切らないそうだから、少しは分かるのかもしれない。光彦も一度、行ってごらんなさい。あの方々の真摯《しんし》な生き方に感化されるわよ、きっと」

「そうですね、ぜひ……」

生き方に感化されるのは少し困る気がするけれど、浅見もそのつもりになった。それに、飯田市の溝越家も、近いうちにもう一度、訪ねることになりそうだった。信州上田は、廻《まわ》り道《みち》になるけれど、飯田市へ行く途中といっていい。

そう思い立った直後、まるでテレパシーを感知したように、溝越薫から電話が入った。河野美砂緒の消息が摑《つか》めそうだという。彼女の兄の史郎と、東京時代に付き合いのあった人物が、信州の伊那平《いなだいら》を旅する途中、たまたま「松尾園《しょうびえん》」に立ち寄った。食事をしながらの雑談で、店の人間から経営者が「溝越」であると聞いて、もしやと尋ねたのがきっかけになった。店に薫が顔を出し、史郎の妹であると名乗ったのだそうだ。

「その方は兄と美砂緒さんの結婚時代のことはもちろん、離婚の経緯も知っていて、そのことに触れる時は、ちょっと困った顔をなさって……でも、よさそうな方で、懐かしそうに昔語りをしてました」

「その人が、河野さんの消息を知っているのですか？」

「はい、ご存じのように見えました。でも、何か具合の悪いことでもあるのか、住所はちょっと失念したとかおっしゃって、口ごもっていらしたみたいな……先方さんに断りなしに、勝手に消息を伝えていいものかどうか、迷っていらしたのかもしれません」

「なるほど……それで、その人の名前と、どこに住んでいるのか、住所はお聞きになったのでしょうか？」

「はい、名刺を頂きました」

溝越薫は「東京都台東区谷中《やなか》――」の住所を教えてくれた。谷中なら、浅見家のある北区西ケ原から、車でほんの二十分もあれば行けるところだ。

「お名前は山品高峯《やましなこうほう》さん。絵描きさんだそうです」

「えっ、絵描きさんですか……そういえば確かに、それらしい名前ですね」

住所の「谷中」も、上野公園と谷中の墓地に挟まれたような地域で、東京芸術大学のすぐ近くである。昔から絵描きや文士が住み、美術学校の学生たちの下宿が多かった。長井弥一のことや『無言館』のこともあり、戦没画学生について、関心が高まっていたところなので、浅見は因縁めいたものを感じた。

「その山品画伯は、いくつぐらいの人でしたか？」

「そうですわねえ、兄たちと同じくらいじゃないでしょうか」

ますます興味が湧いてくる。山品画伯が溝越史郎・美砂緒夫妻ばかりでなく、美校生だった長井弥一とも知己であった可能性は、大いに期待できる。そればかりか、長井弥生のことも、ひょっとすると、あの小池拓郎のことも知っているかもしれない。

河野美砂緒の消息を知っている様子を見せたにもかかわらず、溝越薫に訊《き》かれて口ごもったというのも、何やらいわくありげで、大いに気になるところであった。

6

上野の山は、元々は徳川家の菩提寺《ぼだいじ》である寛永寺《かんえいじ》の境内であった。明治維新の後、明治新政府に没収され、病院施設が建設されるはずだった。ところが、顧問として招聘《しょうへい》されていたオランダ人医師の発案から、ここに近代的な西洋風公園を作ることになった。そのことを機に、政府は浅草《あさくさ》、芝《しば》、深川《ふかがわ》、飛鳥山と上野を、わが国最初の公園に指定した。

過密都市東京の中に、こういう広大な公園緑地が残された経緯にも、やはり外国人が関わっていたのは少し情けない気もするが、そのお蔭《かげ》もあって、東京には西の大阪と対照的に、じつに多くの緑地が残っている。「商売の街」大阪に対して、東京が誇りをもって、

運んできた花びらが、顔を掠《かす》めた。
桜はまだ五分咲きだが、上野の山は花に埋まっていた。上野駅の公園口を出ると、風が
「文化都市」を標榜《ひょうぼう》するのも、まんざら理由がなくもない。

美術館と博物館がいくつも並ぶあいだを、のんびり歩くこと、およそ一キロ。東京芸術大学のキャンパスを左右に見ながら行くと、上野公園はそこまでで終わり。その先の言問《こととい》通りを渡ったところが「台東区谷中」の街である。この辺りは戦災に遭わなかったこともあって、古い家が沢山残っている。山品画伯の家もそういう古い家の一つだが、グレーのペンキを塗った洋館には、まるで映画の一シーンに出てきそうな風格がある。

予《あらかじ》め電話で、こっちの用向きは伝えてあった。山品画伯は自ら玄関に現れ、浅見の名前を聞くと、すぐに背中を向けて、廊下を二、三歩行ってから、向こうを向いたまま「どうぞ」と、素っ気なく言った。

素っ気ないからといって、不機嫌なわけではないらしい。奥のほうに「おーい、お茶、頼むよ」と声をかけておいてから、応接間のドアを開けて、浅見に先に入るよう、掌《てのひら》で合図した。

事前に美術年鑑で調べたところによれば、山品は七十七歳だそうだ。痩身《そうしん》で、みごとな銀髪である。

応接間の壁に油絵が三枚、かかっている。どれも荒っぽいタッチの筆使いをした抽象画

で、共通しているのは、全体に暗いトーンであることだ。素人目には何を描いたものか、さっぱり分からない。

　山品高峯は若い頃はそれなりに具象の絵を描いていたのだが、三十年ほど前から、傾向がガラリと変わったという。

　浅見がその話を聞いた知り合いの画家は、「山品先生は凄《すご》い、立派ですよ」と尊敬の眼《まな》差《ざ》しを見せながら言った。何が凄いのか、立派なのかというと、「金儲《かねもう》けのための絵は描かない先生」なのだそうだ。確かに、目の前にある絵を見るかぎり、あまり売れそうな感じはしない。

「浅見さんは、飯田の溝越さんとは、どういうお知り合いですか」

　いきなりそう訊かれて、返答に窮したが、「ある人の紹介で、たまたま知り合って、お蕎《そ》麦《ば》を食べに行きました」と言った。正確ではないが、まんざら嘘でもない。

「そうでしたか。じつは私も、人から蕎麦が美味《おい》しいという噂を聞いて、たまたま立ち寄った店が、なんと、溝越さんのお宅だったと分かったのですがね」

「そうお聞きしました。先生は溝越さんご夫妻と、ご親交があったのだそうですが、お二人が離婚なさった後のことも、ご存じなのでしょうか?」

「ああ、多少は……といっても、溝越氏のことは、あの人が飯田の実家に帰ってしまった後は、一、二度葉書のやり取りがあった程度ですよ」

「奥さん――美砂緒さんのほうとはお付き合いが続いたのですね」

「さよう……もともと、溝越さんとは、奥さんの美砂緒さんとのお付き合いのほうが先だったし、その美砂緒さんと知り合ったのも、共通の友人による間接的なきっかけがあったためで、ご主人の溝越さんとは、それほど親しかったわけではありません」

「共通のご友人とおっしゃいますと？」

「美校の仲間です」

「もしかすると、そのお仲間というのは、長井さんではありませんか、長井弥一さん」

「えっ、あなた、長井を知っておられるのか？　いや、そんなはずはないか」

山品は一瞬、錯覚を起こしたようだ。五十年以上も昔に戦死した人物と、見たところ三十歳そこそこの浅見が、どうして知り合えるだろう――と、すぐに気づいた。

「じつは、長井さんのお宅とは、最近、お知り合いになったのです」

浅見はややこしい小池拓郎の「事件」の話はせずに、長井弥生の孫娘である明美と知り合って、長井家を訪ねたということだけを話した。

「その時、もしかすると、美砂緒さん――河野美砂緒さんが長井弥一さんの恋人だったのではないかと、僕は思ったのですが」

「驚きましたなあ……」

山品画伯はまじまじと客を眺めた。

「長井のことはまだしも、そういう、ロマンスまで知っているとはねえ。それはあれですか、長井の妹さん――弥生さんでしたか、彼女のお孫さんという、その娘さんに聞いたのかな？　それとも、弥生さんからですか」

「いえ、お聞きしたわけではありませんが、長井家の玄関にあった、長井弥一さんの遺作という油絵のモデルが、河野美砂緒さんだということを突き止めました」

「そう、あの絵を見ましたか」

山品は目を閉じ、大きくため息をついた。

「先生もあの絵はご存じなのですね」

「ああ、知っておりますとも。こうしていると、いまもその時の情景が浮かんでくるような気がしますな」

目を閉じたまま、頷《うなず》いて、しばらく沈黙があった。

「あれは、長井の学徒出陣が間近に迫っている、やけに底冷えのする日でした。長井のアトリエに行った時、美砂緒さんがモデルになって、熱心に仕事をしている最中だった。夕方から仲間が集まって壮行会みたいなことをやるというので、世話役の私は皆より少し早めに行ったのだが、彼は文字どおり一心不乱でしたな。私に一顧だにせず、キャンバスに向かっていた。鬼気迫るというのは、まさにこれだと思いましたよ。陽が落ちて、アトリエが暗く仕事にならなくなって、ようやく絵筆を擱《お》いたが、長井はそのままキャンバスと向き合って動かなかった。モデルの美砂緒さんも動かない。こっちも声をかけるどころではなかったですな。長井と美砂緒さんのあいだに緊迫した空気が横たわっていて、入り込む隙もない。その状態が延々とつづき、息がつまるほどだった。もしあの時、小池が来なければ、本当に窒息していたかもしれない。いや、冗談でなく、そんな雰囲気でした」

冗談でなく——と言いながら、山品は笑ったが、浅見はドキッと心臓が止まるほどのショックを受けた。

「あの、ちょっと伺いますが、いまおっしゃった『小池』さんというのは？」

「ああ、固有名詞を言っても、意味がなかったですな。仲間の一人です」

「もしかすると、その方は、小池拓郎さんではありませんか」

「えっ？　知ってましたか？」

「はい、奈良の桜井市で殺された小池拓郎さんですね」

「そうですか。いや、あの事件は新聞やテレビでもニュースになりましたからな。知っておられても不思議はないが……ん？　そうすると浅見さんは、その小池の事件がらみで、私のところに見えたのかな？」

山品は初めて、警戒の色を見せた。

「いいえ、それとは関係なく、本日お邪魔したのは、河野美砂緒さんの消息を知りたいという、ただそれだけの目的です」

ないのだから」

「ふーん、まあ、それはそうでしょうなあ。美砂緒さんが、小池の事件に関係するはずは
「おっしゃるとおりです。しかし、それはそれとして、小池さんと山品先生、それに長井弥一さんは、どういうご関係ですか？」

「小池は私と同じ中学で、私よりは一学年下だが、長井と同級だった男です。反戦論者みたいなやつで、京都のミッション系の大学へ行ったくせに、戦局がきびしくなると学徒出陣を志願した。長井もほぼ同時に志願して、例の雨中の大行進てやつに二人とも参加してますよ。長井は小池に輪をかけた戦争嫌いだったから意外でした。理由を訊《き》くと、『小池に訊いてくれ』と言ってたから、小池に影響されたのでしょうな。その長井が戦死して、小池は無事生還したのだから、世の中、皮肉なものですな」

山品は、まるで自嘲《じちょう》するように苦笑してから、言った。

「そうそう、後に溝越氏を美砂緒さんに引き合わせたのも小池でした。溝越氏は信州飯田の素封家の長男で、小池とは同志社時代の友人だった。戦後は大学を中退して東京へ出てきて、商売が当たったとかで、やけに金回りがよかった。食糧難の折から、河野家にとっても悪い話ではなかったでしょう。小池としても、長井を死なせた責任を感じての、罪滅ぼしのつもりだったかもしれないが、結果的に、美砂緒さんは不幸な結婚をする羽目になった。その証拠に、とどのつまりは離婚しましたからな」

「しかし、溝越さんご夫妻は、少なくともある時期までは、お幸せだったようにも見受けられるのですが」

浅見はポケットから写真を出した。例の奈良公園でのスナップである。

「ほほう、確かに小池と美砂緒さんと溝越氏ですな。みんな若かったねえ」

山品は写真を手に取って、しみじみと眺めていたが、そのうちにふっと、「この子が、あの子ですか……」と呟《つぶや》いた。

第八章　黄泉の国の山

狭井河《さゐがは》よ雲立《た》ち渡《わた》り畝火山《うねびやま》
　木の葉騒《さや》ぎぬ風吹かむとす
伊須気余理比売《いすけよりひめ》

1

有里は夢を見ていた。

夢の中で浅見が笑いかけていた。こっちを向いて笑いながら、遠ざかってゆく。有里がもどかしく、（どこへ行くの？——）と、疑問を投げかけたのに、浅見も何か言ったようだが、声は聞こえなかった。

そのうちに、浅見の姿がふっと見えなくなって、有里がひどく悲しい気持ちに襲われた時、すぐ後ろに人の気配を感じた。驚いて振り向くと、いつの間にか浅見が佇《たたず》んでいた。

白い怕《こわ》い顔をして、遠い三輪山の辺りに視線を向けている。ただし、有里の目に三輪山が見えたわけではない。何となく三輪山だと思い、視覚の中に箸墓《はしはか》の黒々とした森さえも見えるような気がした。

どういうことなのか、浅見は見たこともない奇妙な服装をしていた。記憶の中から浮かび上がった知識で、有里は（埴輪《はにわ》にそっくり――）と思った。埴輪ではなく、神話時代かない。古代王朝の衣服がそんなだと思い出した。きっと大津皇子《おおつのみこ》もこういう恰好《かっこう》だったにちがい

（あっ、大津皇子――）

そこに佇んでいるのが浅見ではなく、大津皇子の亡霊では――と気がついたとたん、有里は頭が混乱した。

とっくに死んで、二上山《ふたかみやま》の石棺の中で崩れた骨になった大津皇子が、こんなところにいるはずがない。だとすると、自分のほうが大津の亡霊に近づいたのかもしれない。

そういえば、この寒さはただごとではなかった。冷気がひしひしと迫ってくる。これは死の国の寒さだ。それにこの暗さはどうしたことか。ほとんど闇といっていい。闇なのに、大津の白い顔がはっきり見える。いや、白いと思っていたのが、じつは腐肉のあいだから、白骨が剝《む》き出しになった、恐ろしい顔であることが見えてきた。亡霊の「魔手」から逃れようと、有里は精一杯、のけ反り、身を反転させた。「浅見さん……」と、どこにいるか

も知れぬ浅見に助けを求め、叫んだつもりだが、声は自分の耳にも届かなかった。

　闇の中に足を踏み出して、死の国から逃れようと思った。足の下に大地の感触がなかった。奈落《ならく》の底の暗闇にスーッと吸い込まれそうな、心もとない気分だが、大津の亡霊の恐ろしさに較べれば、落下する恐怖はさほどでもない。テレビで見た宇宙遊泳の映像が、ちょうどこんなだと思った。

　これで死の国から脱出できる――と、有里は必死になって手足を動かした。しかし思いどおりには進まないらしい。背後から大津皇子が追ってくる気配を感じる。とうとう大津の手が有里の肩にかかった。

（いやーっ……）と、有里は声にならない悲鳴を上げた。振り向くと、そこには小池の温和な顔があった。

（あっ、なんや、小池先生やったん――）

　ほっとして笑いかけようとして、小池も死んだはずの人間であることに気がついた。小池は有里の肩を摑《つか》んで揺すった。絶望的な恐怖が襲ってきた。

「なんやね、寝とるの？　風邪ひくで」

　母親の智映子の声で夢から醒《さ》めた。智映子は心配そうな声でもう一度、「風邪、ひかんようにしいや」と言った。それに応《こた》えるように、有里はくしゃみをして、躯《からだ》を震わせた。

「ほれ、みてみい。大丈夫かいな」

「大丈夫よ。それよか、私いま、何か言うた？」

「ううん、何も言うてへんけど、あんまり静かやさかい来てみたら、居眠りしとる。ここで何をしとったん？」

周囲を見回した。小池の部屋——いまは浅見が使っている部屋の、文机《ふづくえ》に突っ伏すようにしていた娘に、多少、胡散《うさん》くさいものを感じたのかもしれない。

「小池先生は誰に殺されたんやろか、それを考えとったら、寝てしもた」

「あほやなあ。有里がなんぼ考えたかて、分かるはずないやろ。そういうのは浅見さんに任せておいたらええがな」

「そうかて、あの人、いてへんもの」

「あの人って、浅見さんやったら、さっき電話で、戻ってみえる言うてはったよ」

「うそっ……ほんまに？」

弛緩《しかん》しそうになる頬を、無理やりひきしめて、ぶすっとした口調で「そうか、大学、始まるからやろね」と言った。

「なんやの、それ。大学と浅見さんと、何か関係でもあるの？」

「そうやないけど」

有里は曖昧《あいまい》に首を振り、「よいしょ」と掛け声をかけて立ち上がった。浅見が東京から長井明美を乗せて、ロングドライブをしてくるであろうことなど、意地でも話したくないし、それ以前に認めたくなかった。

浅見が「留守」のあいだ、有里はこの部屋に入り浸っていた。母親には冗談まじりに言ったけれど、かなり本気で、小池拓郎の事件のことを考えていたことは事実だ。浅見に較べれば、何百倍も小池との付き合いが長かった自分のほうが、少なくとも小池にまつわる予備知識に関しては、浅見よりはるかに有利な立場にあるはずであった。

浅見と一緒に畝傍《うねび》考古学研究所や箸墓やホケノ山、事件現場のダムを訪れたりして、浅見の行動パターンは、一通り理解したつもりだ。見たかぎりでは、テレビで見るシャーロック・ホームズのように、虫メガネを取り出すわけでもなく、意味ありげな鋭い目つきをするわけでもない。事件の関係者かどうかはともかく、小池の周辺にいた人たちに質問をする時も、きわめて穏やか——というより、迫力に欠けるような気がしてならない。

（あんなんで、ほんま、事件が解決できるんやろか？——）

おまけに、長井明美と一緒にさっさと東京へ帰ってしまった。肝心の事件のことをほっぽりっぱなしである。ほかのことはまだしも、有里にしてみれば、そのことが何よりも許せない。

もっとも、有里自身、長井明美がからんでくると、妙に依怙地《いこじ》に意地悪に、拗《す》ねた考え方をしたくなる自分が分かっていた。

浅見の東京行きだって、実際は事件の謎《なぞ》を追ってのことだとは思う。飯田《いいだ》の溝越家を探し当て、小池の過去について、いろいろ新知識を仕込むことができたのも、浅見一流の、コツコツ刻むようなやり方の成果にはちがいない。そもそも、警察だってここに来て、浅見が見つけたのと同じ写真や手紙を見ているのだ。それなのに警察は、まったく興味も示さなかったのである。

まったくの話、警察でなくても、誰にしたって、半世紀も昔の、かびが生えていないのが不思議なくらいの写真や手紙が、今度の事件に関係があるなどと考えはしないだろう。第一、そこに写っている中心的な人物である溝越史郎は、とっくに死亡しているのだ。浅見とともに溝越家を訪ねた有里でさえ、いまだにそれが何か、事件解決に寄与するものであるとは、信じきれないでいる。

しかし、そういう、誰も顧みないような事物にこだわって、呆《あき》れるほどに突っ込んでゆくのが、もしかすると浅見流の捜査術というものなのかもしれない。考えてみると、警察と同じようなことをやるのであれば、何も浅見が手出しをする必要はないわけだ。ということは、やはり浅見光彦はほかとは違う、特別な才能の持ち主なのだろう。

それでもなお、有里は（浅見さんにできることやったら、もしかすると自分にかてできるかもしれへん――）と思ったりもする。浅見がそうしていたように、小池拓郎の「遺品」を漁《あさ》っていれば、そのうちに何か、事件解決のヒントになりそうなものが出てきて、浅見や、それに警察さえも出し抜くことが可能かもしれない。

それにしても、小池の「遺品」の膨大なことには驚きもし、感心させられもする。といっても、家財道具や高価そうな骨董品《こっとう》などがあるわけでもない。小池の「遺品」のほとんどは書物と研究のための資料類。それと未発表の原稿などである。メモや下書きと見られるノート類も堆《うずたか》く積まれていた。（勉強するって、こういうことなんやわ——）と、あらためて目を開かれる思いがする。

警察はもちろん、さすがの浅見も、この膨大な「遺品」のすべてに手をつけたり、目を通したりする余裕はなかった。浅見が調べたのは、例の写真や手紙に象徴されるような、私的な書簡類やちょっとしたメモ等が中心になっている。警察に至っては、それすらも無視して、ごく最近の分だけに絞って調べていたにすぎない。有里はもっぱら、警察や浅見がチェックしきれなかった——あるいは気に留めていなかった——それらの「遺品」を洗いなおすことにした。

といっても、全部を精読するなどというのは無理な話だ。たとえばノートならノートのページを、一枚ずつ捲《めく》って、概《おおむ》ね何が書いてあるのか、ざっと眺めるような作業を、単調に繰り返すしか方法がない。それだけでもけっこう、エネルギーを要した。しばしば睡魔に襲われ、気がつくとノートの上に顔を押しつけ、時には涎《よだれ》をこぼして、ノートのインクを滲《にじ》ませてしまうことさえあった。

ノートに書かれている内容は、ほとんどが考古学上の学術的な記述ばかりだ。発見した土器の形状をスケッチしたものを、該当するページに挟み込んでいることもある。そういう、門外漢にとっては無味乾燥とも思える中に、時折、所感めいた文章が紛れ込んでいたりするのが、わずかな救いではあった。

2

母親は「戻ってくる」と言ったが、浅見が当麻寺《たいまでら》の奥の坊に戻ってくるのは明日なのだそうだ。有里は（なあんだ——）と思う一方で、浅見のいない間に彼女の「事件捜査」を可能なかぎり進めておきたいと思った。小池拓郎のノートを洗う作業だけでも終えてしまうつもりだ。

小池が書き残したノートは、特に四、五年前から「ホケノ山」一色に埋め尽くされているといってよかった。さらに二十年以上を溯《さかのぼ》った、発掘作業にかかる準備段階から、すでに役所や地権者、関連学術団体との折衝など、ホケノ山に関する記述は少なくないのだが、小池が畝傍考古学研究所を退官して、肩書は「名誉顧問」だがほとんどフリーの立場になってからは、完全にホケノ山の研究一本に絞り込んだ様子がよく分かる。

とりわけここ一年ほどは、ホケノ山発掘調査の結果に一定の成果を確信して、着実に作業の進捗《しんちょく》具合を見定めていたふしが見受けられる。ホケノ山から掘り出される出土品の一つ一つに、あらかじめ想定していた理論の裏付けを読み取れるらしく、淡々とした記述の中にも満足感が滲み出ている。

小池は日記をつけない主義で、その分、研究ノートにところどころ、研究とは直接関係のない、生活記録やメモなどが散見される。人との出会いはもちろんだが、たとえば、出張先で食べた物の感想などもある。正直なところ、専門分野のことはあまり興味もなく、理解もできない有里にすれば、そういう小池の人間的な面の出ている記述のほうだけを、いくぶん覗《のぞ》き見的な動機で拾い読みしていたと言えなくもない。

もっとも、小池の私的な生活といっても、あまり面白いものではない。学究三昧という言い方が、これほどふさわしい人物も珍しいにちがいない。他人との付き合いに関する記述もあるにはあるけれど、好き嫌いを窺《うかが》わせるようなことはまったく書いてなかった。

もちろん、その中には為保家の人物も登場する。しかし、到来物のおすそ分けのことだとか、共通の知人である訪問者があったことなどを、ごく事務的に書いているだけだ。有里と二上山に登ったことなど、いともサラリと書いていて、こっちの思い入れが強かっただけに、物足りない。楽しかったとか疲れたとか、そういう感想はまるでない。途中で拾った石片がサヌカイトで、明らかに加工された形跡があり、これが山頂付近にあるのは珍しい——などと、熱心に書いている。

サヌカイトというのは、二上山周辺で産出する硬質の石で、先史時代、石斧《せきふ》などの石器として使われたことは有里も知っている。確かに、石斧が山頂にあるということは、その辺りで狩猟が行われたことを意味して、興味深いものがあるのかもしれないけれど、そんな石のかけらのことより、もっとほかに――たとえば若い娘とのハイキングは楽しかったとか、そういうことは書けへんのかしらと、大いに不満だ。

そういうたら、あの浅見さんも似たところがあるわね――と思った。せっかくおにぎりまで作って行ったのに、尾根まで登ったら、おかしな理由をつけて、有里を雄岳《おだけ》に、自分は楽な雌岳《めだけ》のほうに登った。そのくせ、二上山《にじょうさん》博物館の石原館長のことを聞いたとたん、疲れたことなど忘れたように、休憩もそこそこに、雄岳を経由して香芝《かしば》市へ急いだのだから、勝手だったらありゃしない。

いろいろな雑念に邪魔されながら、それでもどうにか、小池のノートは残り少なくなってきた。無味乾燥の記述ばかりとはいえ、小池の「最期」の時が近づいてくるのを思うと、さすがに有里も厳粛な気分で、一ページ一ページを捲る手つきも慎重になる。そうして、ふと、妙な言葉に目を留めた。

――恐ろしいことだ――

そう書いてあった。

前後の文章とはまるで脈絡がない。ホケノ山の発掘について、学問的な記述が続いている中に、突然、〔恐ろしいことだ〕という文章が綴《つづ》られていた。文章というより、心に浮かんだことを、そのページの上にポロッと零《こぼ》したようなイメージである。有里がもしこの「作業」に手を染めた当初のように、大雑把な、ページを飛ばすような読み方をしていれば、たぶん見過ごしてしまっただろう。

（何やろ？――）

有里は妙な気分でその七文字を眺めた。

ノートは日記ではないので、毎日書き込みがあるわけではない。それでもところどころに日付が記されているけれど、それは新たな土器などが出土して、記録上必要な時などに限られる。前後の文脈や記入された日付を考え併せると、小池が〔恐ろしいことだ〕と書いたのは、今年の一月半ばか末頃にかけてではないかと推定できる。

発掘作業の対象がホケノ山という、古代の王の墓だから、何か祟《たた》りのようなものがあったのだろうか――と思ってしまう。エジプトの王の墓を掘った学者や関係者が、次々に変死したという話があるくらいだから、似たようなことがホケノ山でも起きたのか、あるいは、小池にそんな予感があったのかもしれない。有里はお寺の子として育ったせいか、そういうことをわりと素直に受け入れてしまう性質《たち》だ。

それにしても、ノートには具体的に何があったのかとか、どうしてそう感じたのかといった記述はない。そこにはただ〔恐ろしいことだ〕と書かれているだけである。その先を注意して読み進めたが、それに関連するような記述は何もなかった。

（ホケノ山で何かあったんやろか？　それと事件と、関係があるんかなあ？——）

にわかに好奇心がつのってきた。たぶんあの浅見も、まだこのことは発見していないにちがいない。

翌朝、有里は大学へ出かけるのと同じ時刻に家を出た。母親が「あれ、大学はまだと違うの？」と怪訝《けげん》そうな顔をするのに、「ちょっと様子を見に行ってみるだけ」と、曖昧《あいまい》なことを言っておいた。

畝傍考古学研究所は最初に訪れた時のように閑散としていた。あの「大発見」の騒動から、まだ一カ月も経っていないというのに、もうすっかりブームは去ったらしい。事務室で「平沢先生は」と訊《き》くと、すぐに平沢が現れた。すでに顔見知りだし、奥の坊の娘という「肩書」が役に立つのかもしれない。

「やあ、今日は一人ですか」

平沢はにこやかに言って、応接室に案内してくれた。事務の女性がお茶まで運んでくれたのには、恐縮してしまう。

「あの、じつは、妙なことをお尋ねしたいんですが」

と、有里はすぐに用件を切り出した。小池のノートに「恐ろしいことだ」と書いてあった——という話には、平沢も面食らったにちがいない。研究ノートといっていい硬い内容の記述の中に、前後に脈絡なくそう書かれていると聞いて、深刻な顔になった。

「ふーん、一月半ば過ぎ頃ですか。その頃、何かあったかなあ？……」

腕組みをして天井を眺めて、しばらく考え込んでいる。それから少し俯《うつむ》きかげんになって、鼻下の髭《ひげ》を摘《つま》む作業を繰り返してから、ふと何かを思いついた気配を見せた。

「そういえば、あれはその頃だったな」

「何か思い当たることがあるんですか？」

「ん？　あ、いや……」

平沢は困ったように手を振って、「そうじゃないのですがね」とそっぽを向いた。

明らかに何かを思い出した様子に見えた。しかし、この客には言いたくないことなのだろうか。有里は辛抱強く平沢の口が開くのを待った。やがて平沢は逃れられないと諦《あきら》めた被疑者のように振り向いた。

「じつは、そう言われてみると、その頃、小池先生が珍しく難しい顔をしておられたことがあるのです。しかしそれがはたしてあなたの言ったことかどうか、とにかくちょっと調べてみます。私の思い違いっていうこともあるしね。何か分かったら連絡します」

そう言うと立ち上がって、ドアの方角へ手を差し延べた。有里もそれ以上、強引なことは言えない。「お忙しいところを」と礼を述べて部屋を出た。振り返ると、平沢は悩ましげに顔をしかめていた。

夕刻近く、浅見は当麻寺に帰ってきた。電話で予告があったから、有里は山門のところで待ち構えていて、偶然出会ったような顔をして、奥の坊まで肩を並べて歩いた。有里が思ったとおり、浅見は長井明美を大和《やまと》女子大の学生寮まで送り届けてきたのだそうだ。

「まだ東京に仕残したことがあるのだけど、彼女との約束ですからね」

と言うのが、なんだか言い訳がましく聞こえて、有里は愉快でなかった。

「東京へ行って、何か分かったこと、ありますの？」

「いろいろとね、収穫はありましたよ。飯田の溝越さんの亡くなったお兄さん——史郎さんの離婚した奥さんの消息も、どうやら摑《つか》めました」

「そしたら、会われはったんですか？」

「いや、まだです。その前にあと少し、確かめておかなければならないこともありますしね」

「確かめるって、それ何ですの？」

「小池先生のことです。まだ小池先生のノート類を調べていないので、その作業を終えてから動くつもりです。またしばらく、お宅にご厄介にならなければ……」

ちょうどうまい具合に玄関に出迎えた有里の両親に、浅見は「またよろしくお願いします」と言い、両親のほうも「こちらこそよろしゅう」と挨拶《あいさつ》を交わした。

3

浅見が「小池先生のノート類を調べる」と言った時、自分もすでにその作業を進め、ほとんど完了していることを、有里はなぜか、言いそびれてしまった。気持ちのどこかに、浅見に対する対抗意識があって、それを後ろめたく感じているのかもしれない。

東京からの長距離ドライブの後だから、その晩はたぶんノートに手をつけることはないだろう。しかし、明日からはきっと、猛烈なスピードで浅見の「調査」が始まるにちがいない。有里が気づかなかった問題点が見つかるのだろうか。そのことが気掛かりで、有里はベッドに入ってからもなかなか寝つけなかった。

翌朝、浅見は食事を終えるとすぐ部屋に籠《こ》もってしまった。有里は明後日から始まる大学の準備にかからなければならない。しかし自室にいても、浅見のことがたえず心のかなりの部分を占めていた。浅見と顔を合わせたら、訊きたいことが山ほどあったはずだが、むしろ浅見との距離が遠のいてしまったような索漠とした気分だ。

正午を過ぎて、有里は食堂に出て行った。昼食の支度が整っているのに、テーブルには誰もいない。父親の一之はお弟子を連れて法事にでかけているそうだ。「お昼や言うて、浅見さん、お呼びしてきてくれへんか」と母親の智映子に言われ、有里はわざと廊下を足音を立てて歩き、部屋の外から浅見に声をかけた。

「あ、もうそんな時間……」と、浅見はよほど「作業」に没頭していたらしい。

有里が食堂に戻ってくると、テレビのローカルニュースで、アナウンサーが「畝傍考古学研究所の……」と言った。有里はギョッとしてモニター画面を見た。

「……平沢徹さん四十八歳と分かりました。警察が調べたところ、平沢さんはロープで首を絞められた痕跡《こんせき》もあることから、橿原《かしはら》署と奈良県警は殺人事件の疑いがあるものとして、捜査を始めました」

有里は思わず「えーっ、うそっ……」と悲鳴を上げた。

「しいっ」と背後から浅見の声がした。アナウンスはまだ続いている。

「平沢さんは昨夜六時過ぎに、勤務先である畝傍考古学研究所を出たのを、同僚が目撃していますが、それ以降、畝傍山の現場で遺体が発見されるまでの足取りは、摑めておりません。死亡推定時刻は午後十時前後で、その間に何らかの事件に巻き込まれたものと見られます。平沢さんは先頃画期的な発見として話題になった、ホケノ山古墳での発掘調査の中心人物として……」

アナウンスは平沢の人物像の解説に移っていった。ニュースの話題が変わってからもしばらくのあいだ、有里は茫然《ぼうぜん》と立ち尽くしていた。浅見に背中を軽く二つ叩《たた》かれるまで、頭の中が真っ白だった。

「有里が知っとるひと？」

智映子が心配そうに娘の顔を窺《うかが》った。

「うん、知っとるどころやないのんよ」

有里は震える声で言って、ようやく腰を下ろした。

「このあいだ、有里さんと畝傍考古学研究所に行った時、案内してくれた人です」

浅見が説明を加えた。

「どないしたんやろ。何があったんやろ。浅見さん、どないしたらええんかしら」

「どうするって、有里さんが何かをしなければならないことはありませんよ」

「そやかて……そしたら、浅見さんは何かしますの？　何をしはるんですの？」

「僕も差し当たり、静観するのみです。しばらくは警察の捜査とマスコミの発表を聞いているしかありません」

「そうや、有里、それよかご飯、はよ食べてしまいなさい」

智映子が窘《たしな》めるように言ったが、有里には聞こえていないも同然だ。

「そんなん、そないのんびりしたことを言うてはって、ええのんですか？　何もせんでいたら、犯人は逃げてしまうやないですか。浅見さん、早う行ってあげてください」

「はあ……」

浅見の怪訝《けげん》そうな目が、まじまじとこっちの様子を見つめているのに気づいて、有里は慌てて視線を外した。

「どうしたんですか？　確かに僕たちは平沢さんと知り合いだけれど、そんなにうろたえ騒ぐほど親しい間柄ではありません。第一、いますぐ駆けつけたとしても、警察のガードが固くて現場や畝傍考古学研究所にも近づくことさえ出来ないでしょう。それどころか、関係者として訊問《じんもん》の対象にされかねない。急がなくても事件は逃げませんよ。それに犯人もね」

浅見は智映子が差し出した茶碗《ちゃわん》を受け取って、箸《はし》を手にした。

「なんでですの？　犯人が逃げへんて、なんで分かりますの？」

「それは、もし消えてしまうような人物がいたとすれば、自分が犯人であると名乗るようなものだからです。これが強盗や通り魔のたぐいでなく、ちゃんとした目的や計画性のある事件で、頭のいい犯人なら、絶対に動きません。僕ならそうしますね。かりに強盗だとしたら、それこそ僕の手には負えない。行っても意味がありません」

「強盗とは違いますよ」

有里は断固として言った。

「ほう、よく分かりますね」

また浅見の目がこっちに向けられた。

「それは、そうかて、小池先生の事件と、何か関係があるんやないのんですか？　関係ありますよ。あるに決まってるわ。そない思いません？」

「たぶん関係があるのでしょうね」

「ほら、そうでしょう。そしたら行くべきやないですか。行ってください」

智映子が見かねて「有里、ええかげんにやめなさい」と叱った。

「浅見さん、すんまへんなあ、言いだしたらきかへん子で。親のしつけ方があかんかったんですやろか」

「いや、そんなことはありません。有里さんの気持ちも分かりますよ。僕だって、早く状況を知りたいと思います。しかしさっき言ったように、いま行ったところで何も得るものはないのです。そうは言っても、有里さんがそんなに心配なら、明日の朝一番で、橿原署へ行ってみます。それでいいですね？」

有里は不満だったが、それ以上のゴリ押しはできない。仕方なく、こくりと頷《うなず》いてみせた。

食事がすむと、浅見は何事もなかったかのように部屋に引き揚げた。有里は食事もろくろく喉《のど》を通らないありさまで、口にしたものをお茶で流し込みながら、恨めしい目で浅見の後ろ姿を見送った。

平沢の「死」が自分の昨日の訪問と無関係だとは、有里には思えなかった。小池のノートに「恐ろしいことだ」と書かれていたと告げた時の、平沢の驚いた顔は、いまもありありと目に浮かぶ。

あの時、平沢は何か思い当たることがあったにちがいないのだ。「小池先生が珍しく難しい顔をしておられた」とだけ言って、それ以上のことは調べてから連絡すると、まるで追い払うように有里を送りだした。

そのこと――つまり「調べ」ることと、平沢の死とのあいだに、何か因果関係があったのではないだろうか。いや、あったのだと思わざるをえない。それほどに、あの時の平沢の表情には屈託した気配が感じられた。平沢は明らかに何かを思いつき、何かを「調べ」ようとして、その「調べ」た相手に殺害されたにちがいない。

思うだけでも身震いが出るほど、有里は恐ろしかった。まるで自分が犯人に平沢を殺す動機とチャンスを与えたような気分だ。いや、事実そうなのだろう。もし有里が平沢に会いさえしなければ、事件は起きなかったはずだ。その意味から言うと、ほとんど殺人事件の共犯者に近いと言っていい。

(どうしよう――)

この重大なことを浅見に伝えなければならないのに、有里はまたしても言いそびれてしまった。浅見がすぐに部屋に引っ込んだこともあるけれど、それよりも「共犯者」の意識が、有里の口と心に鍵《かぎ》をかけた。

夕刻までのあいだ、有里はときどき様子を窺いに渡り廊下の辺りをうろついたが、浅見はついに部屋から出てこなかった。

夕刊が配達されたのを読むと、平沢の事件が載っていて、昼のニュースより詳しく報じていた。それによると、警察は「強盗事件」の疑いが濃いと見ているらしい。平沢の所持金やカード類が財布ごと奪われているためだそうだ。（違うわ――）と否定しながら、有里はほっとする気持ちもあった。そうであって欲しいという願望が働いた。

4

夕食のテーブルで、当然、平沢の事件のことが話題にのぼった。父親の一之は出先でそのニュースにぶつかり、そこでもいろいろと噂になったという。夕刊の記事で「強盗」と報じられたことには首を傾げた。

「小池先生の事件といい、なんやら、古墳の祟《たた》りやないかいう話もあったで」

「お父さん、あほなことを言わんとき」

智映子が笑った。

「いや、わしが言うたんと違うがな。しかし、亡くなってはったんが畝傍山やさかいに、少し不気味な感じがすることは確かやな」

「畝傍山だと、なぜ不気味なのですか？」

浅見が不思議そうに訊《き》いた。

「そないに、まともに尋ねられたら、ちょっと困りますがな」

一之は照れたように笑って、頭を掻《か》いた。

「古くから畝傍山は霊的な山や――いう言い伝えがあります。黄泉《よみ》の国の山やとか、黄泉の国の入口があるという話も聞いたな。それと、なんといわれたかな。ほれ、神武《じんむ》天皇さんのお后《きさき》さん。なんとかの余理比売《よりひめ》さん言いましたか。まあどなたでもよろし。とにかく、神武天皇さんの皇后さんが、ご自分の息子さん、つまり皇太子さんの身の危険を予感しはって、それを知らせるために『狭井河よ雲立ちわたり畝火山木の葉騒《さや》ぎぬ風吹かむとす』いう歌を詠まはった。それは畝傍山の木々がざわめいて不吉なことが起こると知らせているさかい、気いつけなあきまへんと言うたわけですな」

「ああ、そういえば、確か古事記にそういう話がありましたね。どうも、無知なもんですから、はっきりとは憶《おぼ》えていませんが」

（さすがやわ――）と有里は感心した。浅見の「無知」どころか、奈良県に住んでいながら、有里はそんな話のあることさえ、まったく知らなかった。

「そうしますと、ご住職は平沢さんが殺されたのは、その歌と関係があるのではないかとお考えですか」

「いやいや、まさかそないなことはない思いますがな。けど、わざわざそこの場所を選んだとなると、なんとのう不気味な感じはします。それに、現場が神武天皇さんの御陵の脇いうのんが気にかかります。畝傍山一帯は、いうたら聖地みたいなもんですさかい、事情を知っとる関係者やったら、まずそないな不敬はでけへんでっしゃろなあ」

「なるほど……それは重大なことかもしれません。少なくとも、神武天皇陵や橿原神宮に畏敬の念を抱いている人物の犯行とは考えにくいですね」

平沢徹の遺体が発見されたのは、畝傍山の北方にある八幡《はちまん》神社の脇の道を入った奥だという。地図で見ると、その道は畝傍山の麓《ふもと》に突き当たるところで行き止まりだ。畝傍山そのものが、神武天皇陵と橿原神宮にコの字に囲まれたような位置だから、まさに「神域」という環境にある。テレビや新聞の報道だけでは、詳しい状況が摑《つか》めないので、別の場所で殺害して、死体を遺棄したのかどうかは分からないが、もしもそういう事情に精通している者なら、事件を起こすにしても、神罰を恐れて他の場所を選ぶだろう。

「そうですよね、新聞なんかには、強盗の犯行やないかいうて書いてありますよ。所持品が盗まれていたんやそうです。やっぱり、犯人は地元のことも、平沢先生のことも、何も知らん人間と違いますか」

有里は浅見の考えを補強するように言った。なるべくそうであって欲しい。だが、浅見はつれなく首を横に振った。

「そうとは言い切れない要素もありますよ。もし僕が犯人なら、むしろ意図的にその場所を選んだかもしれない。聖域であるとか、そういうことは何も知らない人間だと印象づけるためにですね。それに、所持品を盗んだのも、物盗《ものと》りの犯行に見せかける目的だと考えることもできます」

「そんなん、考えすぎやわ」

有里は口を尖《とが》らせた。浅見は反論はせず、ニコニコと笑ってから言った。

「もし土地のことに精通していて、あえてその場所を選んだとしたら、ご住職がおっしゃった『霊的な山』のこともそうですが、それより大和三山の争いの説話のほうに意味があるのではないでしょうか」

「ああそうか、そうやねえ、そっちのほうが犯行動機にはなりますかなあ」

一之は賛成した。その「説話」のことは、有里もおぼろげに聞いたことがある。

「大和三山」とは「天香具山《あまのかぐやま》」「耳成山《みみなしやま》」と「畝傍山」のことである。『播磨風土記《はりまふどき》』には、「天香具山」と「耳成山」は女神、「畝傍（火）山」は男神で、二人の女神が畝傍を巡り、争ったという物語が書かれている。また『万葉集』には中大兄《なかのおおえ》（天智天皇）の歌で「香具山は　畝火ををしと　耳梨と　相争ひき《あひあらそ》　神代より《かむよ》　かくなるらし　古《いにしへ》も　しかなれこそ　うつせみも　つまを　争ふらしき」というのがある。

この物語は、平たく言えば「三角関係」によるトラブルだ。一之が「そっちのほうが犯行動機になる」と言った意味は、平沢を巡って、二人の女性が争った結果、どちらかの女性が平沢の裏切りに恨みを抱いたか、それとも平沢の「恋敵」が平沢を殺したのか、どっちにしても男女関係のもつれから事件が起きたことを指している。

「そんなんとは、違うと思うけど……」

有里は消え入るような声で呟《つぶや》いた。彼女には例の小池のノートの記述を読んで、平沢に伝えた「実績」がある。殺害の動機がありふれた三角関係なんかではないという、彼女なりの裏付けも自信もあってそう主張したつもりなのだが、それは彼女の稚《おさな》い潔癖性を示したと受け止められたらしく、誰もまともには反応してくれなかった。

食後のお茶を飲みながら、浅見はふと思い出したように、「ところで」と言った。

「小池先生は拝見したかぎりでは、ずいぶん冷徹な学究肌の方だと思っていましたが、実際には、涙もろいようなところがおありだったのでしょうか？」

誰に向けた質問という言い方でもなかったので、為保家の三人が「は？」という視線をいっせいに浅見に注いだ。

「何でですの？」

有里の母親が訊いた。

「じつは、小池先生の研究ノートをずっと調べているのですが、その中に涙で滲《にじ》んだようなページがあったのです。僕もときどき、ワープロを叩《たた》いていて、涙がこみ上げてくることはありますが、小池先生のノートのその辺りは、学問的な内容ばかりで、べつに感動したりするような部分でもありません。最初はお湯でもこぼしたのかと思ったのですが、そういう無機質なものではなく、どうも涙のように見えるのです。それにしても、あの小池先生がお仕事中に涙を流すというのは、何かよほどのことが起きたのかなと想像させるものがありまして」

「はあ……」

有里の両親は互いに顔を見合わせた。その視線がこっちに向けられる前に、有里は急いで、素知らぬふりを装った。

浅見が「涙」と言っているのは、有里がうたた寝で流した「よだれ」に決まっている。ふつうなら、その勘違いに笑いだしたくなるところだが、いまの有里はそれどころではなかった。あのノートを読んだことは、ますます言いにくくなった。平沢の事件の原因に思い当たることがあるとは、さらに言いだしにくい。

(どうしよう——)

時間の経過とともに、有里はどんどん萎縮《いしゅく》していった。しかしその一方で、これからの展開にドキドキするようなスリルを感じてもいた。ノートを読み進めていけば、浅見はいずれあの七文字に気がつくことは間違いない。「恐ろしいことだ」という言葉を見て、浅見はどう反応するのだろう——それを確かめてみたい気持ちもあった。

(もし気ィつかへんかったら——)

まさかそんなことはないと思うけれど、もし気がつかなかったり、気づいても、その重大さに思い及ばなかったりしたら、そのときは私の勝ちやわ——と、有里は胸の奥で、ひそかな競争心を燃やしてもいた。

才能でも経験でも、浅見には絶対に勝てるはずがない。しかし、有里には浅見にない武器がある。殺された当日、平沢は「恐ろしいことだ」という小池の言葉を、有里から吹き込まれている。その事実は有里以外の誰も知らないことなのだ。

翌朝、浅見は橿原署へ出掛けて行った。出がけに玄関で見送る有里に「珍しいですね」と笑いかけた。

「有里さんも、一緒について行くと言うかと思いましたが」

「それは……行きたいですけど、ご迷惑やろ思って、今日は遠慮します」

畝傍考古学研究所に平沢を訪問したとき、有里は事務室の女性と会った。彼女はたぶんそのことを記憶しているにちがいない。だからといって、よもや事件に関係があるとは思わないだろうけれど、また顔を合わせればその記憶が蘇《よみがえ》って、その日、平沢に訪問者があったことを警察に話す可能性がある。そうなったら厄介だ。

ほとぼりの冷めるまで、あの付近には近づかないほうがいいと有里は思っている。その不自然さを浅見は見透かして、訝《いぶか》しんだのかもしれない。もし、一緒に行きましょうと言われたらどないしよう——と内心びくびくものだったが、浅見はそれ以上、何も言わずに出て行った。

一人になると、有里は次第に不安がつのった。隠しごとをしている自分が、まるで共犯者のように思えてくる。

（これって、ひょっとすると、犯人を匿《かくま》ってることになるんやろか——）

そんなことはないと思いたかった。あの七文字だって、はたして本当に事件に関係があるのかどうかも分からないのだ。しかし、有里の頭の中には、あの「恐ろしいことだ」の七文字が充満していた。それを手掛かりに、事件の謎を解きあかす義務が、自分にはあると信じつつあった。

5

奥の坊を出て橿原へ向かう道すがら、浅見は有里のことが気にかかっていた。彼女の様子は明らかにおかしい。いつもの有里らしくなく、どこかおどおどした表情や、落ち着かない態度。それに、ふだんなら真っ直ぐ相手の目を見て話すはずが、こっちの視線を避けているように思える。

そもそも平沢の事件が報道された直後の、ヒステリックと言ってもいい、あの動揺ぶりからして腑《ふ》に落ちない。そして極めつきは、橿原へ行く浅見に「連れて行って」と言わなかったこと。過去の例からいって、これは相当に異常だ。

（何かあるな――）と浅見は思った。さりとてその正体は分からない。そう思うのは浅見の悪癖のような鋭敏すぎる勘のせいで、じつは単に、知人が殺されたことに対する驚きと恐怖のせいにすぎないのかもしれない。

畝傍山の山麓《さんろく》一帯は公園緑地が広がっている。その中には橿原神宮を中心に、いくつもの天皇陵が点在する。西麓には第三代「安寧《あんねい》天皇」陵があり、そこから反時計回りに第四代「懿徳《いとく》天皇」陵、そして橿原神宮を経て初代「神武天皇」陵、その北に第二代「綏靖《すいぜい》天皇」陵がある。橿原警察署はそのすぐ北側に隣接してあった。

平沢徹の死体が発見されたのは、畝傍山の北麓だから、橿原署から直線距離でいうと、ほんの一キロ足らずのところである。聖地というべき畝傍山麓であり、しかも警察署の目と鼻の先のような場所を選んだ犯人の無神経さ――というより、そこに何らかの意図が働いているのかどうか、単なる無知にすぎないのか、捜査本部はいろいろと悩ましいことだろう。

橿原署の前には新聞社旗を立てた車が三台駐車していた。少し離れた空き地にはテレビの中継車も来ている。思ったとおり、橿原署はまだしばらくは報道陣の環視の中に置かれるのだろう。

浅見はしばらく思案してから、腹を決めて警察署の駐車場に堂々と車を乗り入れ、大手を振って建物に入って行った。玄関近くにたむろしている報道関係者らしい二人が、胡散《うさん》臭い目を向けた。ただの素人じゃない——と嗅《か》ぎ取ったにちがいない。

署内は意外なほど静かだった。捜査員はほぼ全員が初動捜査に出払っているようだ。受付の婦人警官に取材に来た旨を言うと、「記者発表は午前十時からです」と答えた。まだ三十分あまり時間がある。

「報道」の腕章をつけた男が三人、免許証交付を待つベンチに座って、ひまそうに煙草を吸っていた。浅見もその仲間に入ることにした。三人はいっせいにこっちを見た。見かけない顔だな——という目である。

「お疲れさんです」

浅見は相撲の手刀を切るように挨拶《あいさつ》して、空いたベンチに腰を下ろした。それから軽く会釈をしながらひとわたり見回して、その内の一人が「毎日新聞社」のバッジをつけているのを発見した。

「失礼ですが、毎日新聞の方ですね。僕はこういう者です」

立ち上がって「旅と歴史」の名刺を差し出した。ついでに他の二人にも名刺を渡した。

そっちの二人は少し見下したように名刺を眺めた。

「へえー、『旅と歴史』さんが殺人事件を取材するってわけですか」

毎日新聞の男だけが好意的に対応して、名刺をくれた。「毎日新聞社奈良支局　沢木政輝」と印刷されている。その名前に記憶があった。

「あっ、あなたはあのホケノ山の発掘調査の記事をお書きになった方ですね」

「ほう、あの記事、読んでくれましたか」

「ええ、拝見しました。かなり詳細に書かれていて、面白かったです。署名もしっかり憶《おぼ》えています」

「そうすか、面白かったすか。難しすぎてよく分からないという投書もあって、デスクには評判悪かったけど」

「いや、そんなことはありません。うちの社の連中は感心してましたよ」

もちろんこれはリップサービスだ。

「そいつは嬉《うれ》しいな。もっとも、あれは僕と奥野という本社の社会部のヤツと、二人の合作みたいなもんでしたけどね。しかし『旅と歴史』さんが事件の取材とは、珍しいんじゃないすか」

「ええ、じつは殺された平沢さんとは、この前のホケノ山の取材でお目にかかって、今回もそっちのほうのインタビューをするつもりで来たのです。それで、ここに着いたらこの騒ぎでしょう、びっくりしました。いったいどういうことなんですか？」

「どういうことって言っても、いまのところ新聞、テレビで報道されている内容までしか分かっていないすよ。いや、べつに隠してるわけじゃないす。な？」

沢木は他社の二人に振って、二人とも面白くなさそうに、仏頂面で頷《うなず》いた。その様子から察すると、これまでの警察の発表は大して内容のあるものではないらしい。

「僕はいま着いたところで、事件の詳細については何も知らないのですが、発見時の状況とか、教えていただけませんか」

「ああ、いいすよ」

沢木は浅見より少し年長だろうか。いかにも新聞記者らしい雑駁《ざっぱく》だが気の良い男だ。手帳を開いて、事件発生時からの「公式発表」に沿った事実関係を教えてくれた。

死体を発見したのは、橿原市四条町《しじょうちょう》に住む六十七歳の男性で、毎朝の日課であるイヌの散歩の途中のことである。道端の草むらのようなところで、車で運んで来て、無造作に投げ捨てたような――と、男性は発見時の印象を語っている。

男性からの通報で橿原署員が駆けつけ、直ちに殺人・死体遺棄事件と断定、橿原署内に捜査本部を設置した。死亡推定時刻は前夜の午後十時前後。死体の遺棄もその直後か。司法解剖の結果、体内から睡眠薬が検出された。したがって被害者は睡眠薬で昏睡《こんすい》中にロープで絞殺されたものと見られる。平沢はそれほど大柄ではないが、体重は六十キロを超えている。車で運んできて棄てたにしても、かなりの膂力《りょりょく》は必要だろう。あるいは複数の人間による犯行の可能性もある。

「だいたいそんなところすよ。どうすか、報道されていることがすべてでしょう」

ってはいない。

浅見は落胆と安堵《あんど》をこもごも抱いた。このぶんなら、情報に関しては報道陣に後れをとってはいない。

「そうですね」

「事件当日の被害者の足取りはどうなんでしょう？」

「分かっているのは、午後六時頃、畝傍考古学研究所を出たというところまでですね。平沢さんの下にいる人と一緒だった。その人の話によると、平沢さんは駐車場の方角へ歩いて行ったそうです。本人の車はその後、箸墓の大池の畔《ほとり》で見つかってます」

「ほう、箸墓ですか」

「そう。したがって、そこで犯人と落ち合った後、殺害されたのではないかと思うんですがね。それ以外の目撃情報等、いまのところはまだ聞いておりません」

「平沢さんが誰かと会う約束をしていたとか、そういうことは出てきていませんか」

「それもないすね。いや、あったのかもしれないが、情報としてはないすよ」

「ところで、例の小池さんの事件との繋《つな》がりはあるのでしょうか」

「それも分かってないけど、たぶんあるんじゃないすかねえ。いや、警察は何も言ってませんがね、それも視野に入れて捜査していることは間違いないでしょう」

記者発表の時刻が迫って、三人の記者は腰を上げた。浅見もその後ろについた。沢木が浅見に「おたく、腕章がないんですね」と言った。

「腕章がないと入れてくれませんかね？」

「そうですねえ。まあ、僕の後ろにぴったりついて来れば大丈夫でしょう」

新聞社の人間にしては珍しく親切だ。

総勢二十人ばかりの記者たちがゾロゾロと二階の会議室に入った。会議室の隣の、ふだんは講堂か何かに使っていそうな大きな部屋のドアの脇に「畝傍山殺人事件捜査本部」の貼り紙が出ている。

　会見は奈良県警捜査一課長が仕切った。といっても、こと新たに発表するようなことは何もないらしい。現在までの段階で、平沢徹には、少なくとも殺人に至るほどの怨恨《えんこん》関係が見いだせないこと、金銭がらみのトラブルもなく、女性関係もとくにない。

「財布等、所持品を奪われているところから見て、やはり強盗のセンが濃厚ではないかと思料しておりますが、もちろん怨恨による犯行も視野に入れつつ捜査を進めております」

　一課長はそう結んだ。その後は記者団からの質問を受けた。沢木が箸墓に放置されていた被害者の車を取り上げた。

「なぜ箸墓だったのですかね？　そこで何者かと落ち合った公算が強いのと違いますか。だとすると、これは顔見知りによる犯行と考えられませんか」

「いや、箸墓のところに車があったからといって、そこで平沢さんが誰かと落ち合ったかどうかは分かりませんよ。犯人が犯行後、平沢さんの車で逃げて、たまたまそこに乗り捨てた可能性もあるのではないでしょうか」

「それにしても、なぜ箸墓なんですか」

「それは犯人に訊《き》いてみないと分かりませんが、あそこは夜間は人通りがないし、国道や巻向《まきむく》駅にも近いですからね」

「死体遺棄に畝傍山麓《さんろく》を選んだ理由は何だとお考えですか？」

浅見が沢木の陰から顔を出して、訊いた。

6

記者会見場にいる全員の視線が浅見に集中した。見かけない顔だな――という表情が、毎日新聞の沢木以外には共通している。

「理由とは、どういうことですかな？」

捜査一課長は質問の意図を訊いた。

「箸墓近くに平沢さんの車が乗り捨ててあったということは、その付近が犯行現場である可能性が強いのではありませんか？」

「ああ、まあそう考えることも可能でしょうな」

「だとすると、死体遺棄をするなら、そこからわざわざ市街地に入ってこないで、このあいだの小池さんが殺された事件の時がそうだったように、初瀬《はせ》ダム辺りを選んだほうがよさそうな気がするのですが、いかがでしょうか？」

「そうですな、私ならそうしたかもしれませんな。しかし残念ながら私は犯人ではない」

一課長の軽いジョークに、記者たちから笑いが洩《も》れた。

「一課長でなくても、たぶん誰もが同じように考えると思います」

浅見は真面目くさって言った。

「だとすると、犯人だけが異端だったということになります。わざわざ目撃される危険を冒して、畝傍山の麓《ふもと》まで遺体を運んできたのはなぜなのか、そのことを解明すると、犯人のキャラクターが浮かび上がってくるのではないでしょうか」

「それはあなたに言われなくても、警察としても勘案してますよ。少なくとも犯人には畝傍山周辺の土地鑑があるということは間違いないでしょうな。まあ、われわれがどう考えようと、犯人としてはあの場所が安心して死体を遺棄できる場所であると認識していたのかもしれませんな」

「それだけでなく、犯人にとっては、あの場所でなければならない必然性といいますか、目的のようなものがあったとは考えられませんか」

「必然性？　目的？……」

一課長は面白くないという顔になった。

「だから私は、犯人にとってはあの現場が唯一、安心して死体を遺棄できる場所であるという認識があったと言ってるのです。要するに、そのことに必然性も目的もあったということになるのじゃありませんかね」

「はたしてそうでしょうか」と浅見は食い下がった。

「死体遺棄の現場は地元の人でさえ滅多に近寄らないし、それ以前にあの場所そのものを知らない人が多いのではないでしょうか。一課長がおっしゃったように、犯人にあの付近の土地鑑があるのであれば、それ以外の場所についても土地鑑があるはずです。たとえば初瀬ダムも知っているでしょう。三輪山の麓を通って初瀬ダムへ行く途中の峠道など、至る所が死体遺棄にぴったりの場所だといえます。それに、犯人には必ずしも死体を隠蔽《いんぺい》しようとする意図はなかったと考えられますから、極端に言えばどこでもよかったのではないでしょうか。それにもかかわらず、あえて畝傍山麓を選んだのは、やはりそこでなければならない、絶対的な必然性というか、こだわりがあったとしか思えないのです」

「ふーん……」

一課長は呆《あき》れたように鼻を鳴らして、記者たちをグルッと見渡した。誰かこの厄介な男を制止してくれないか——と言いたげだ。しかし誰もそれに反応しない。得体の知れない新顔が妙なことを言いだしたことに、半分は興味を示し、半分は冷笑しているような雰囲気であった。

「それじゃその必然性ですがね、それが何なのか、あなたはどう考えてるのですか？」

逆に質問されて、浅見は唇を湿してから答えた。

「これはいくつか考えられる仮説の一つに過ぎませんが、犯人は被害者を黄泉《よみ》の国に送ろうとしたのかもしれません」

「黄泉の国……というと、死んだ者が行くところですか」

「はいそうです。僕も詳しいことは知りませんが、畝傍山には古来『黄泉の国の山』と見るような言い伝えがあるそうです。犯人は平沢さんを殺しただけではすまなくて、黄泉の国へ送りたかったのではないでしょうか。それは死者への礼儀としてそうしたのか、それとも死者の蘇《よみがえ》りを恐れたのか、ほかにも理由があるのか、いずれにしても、その伝説と無関係ではないと思います。もしそうだと仮定しますと、犯行は単なる行きずりや強盗によるものではなく、平沢さんと面識もあり、おそらく何らかの怨恨関係にあった人物によるものだと推測されるのですが」

「ふーん……」と、またしても一課長は鼻を鳴らした。

「参りましたなあ。ここは記者会見の場ではなく、あなたのレクチャーを聞く場所みたいなことになってしまった」

冗談めかして言っているが、内心は相当な不愉快を抑えているにちがいない。それを察知するから、記者たちも今度は誰も笑おうとはしなかった。

「えーと、あなたはどこの社でしたか？　名前は？」

「浅見といいます。雑誌『旅と歴史』の記者です」

「へえー、『旅と歴史』ねえ。珍しいところから来てるのですな。なるほど、伝説だとか死者の蘇りだとか、迷信みたいなことを言うのはそのためでしたか。いや、迷信はともかくとして、あなたに言われなくても、警察としては怨恨関係も視野に入れて捜査を行っておりますよ。とにかくまだ初動捜査の段階だから、現時点では以上のような事実関係のみをお伝えしておきます」

一課長は慌ただしく言って、強引に会見を終了した。記者たちもゾロゾロと会場を出て行く。その中から毎日新聞の沢木が浅見に近づいてきて、「浅見さん、おたく面白いところに目をつけましたね」と言った。

「確かに、僕もなぜ畝傍山まで運んできたのか、不思議に思っていたんですよ。しかし、そういう伝説があるっていうなら、なんとなく理解できそうな気がする。その伝説ってやつを、詳しく教えてもらえないすかね」

「ええいいですよ。といっても、僕も詳しいわけじゃなく、当麻寺の奥の坊のご住職からの又聞きなのです。それにうろ憶《おぼ》えですが、古事記にもそれらしい記述があるので、あらためて調べてみようと思いついただけです」

「ふーん、古事記ねえ。となると、そういうのにも詳しい人物の犯行ってセンも考えられるな。たとえば畝傍考……」

言いかけて、沢木は口を閉ざした。背後に人の気配を感じて、浅見は振り返った。目の前に見覚えのある顔があった。

「あっ、市場さん……」

以前、畝傍考古学研究所で出会った市場部長刑事が怖い顔で突っ立っていた。

「どうも、こんにちは」

「あんた、また現れよったんですか」

市場は頰を膨らませ口を尖《とが》らせたが、じきに苦笑を浮かべ、浅見の隣にいる沢木を一瞥《いちべつ》した。むろん沢木とは顔見知りである。

「フリーのおたくが、毎日新聞さんと一緒いうことは、取材協力ちゅうことやろか」

「いや、浅見さんとはたったいま知り合ったばかりですよ」

沢木は急いで否定した。モグリの「記者」の仲間と思われては困るのだろう。

「だけど市場さん、浅見さんの話はなかなか面白いすよ。他社には内緒ですけどね」

「ああ、それは自分も聞いとって、そう思った。ただの迷信やったらどうちゅうことはないが、古事記となると話は別やね。何やら畝傍考古学研究所との関係もありそうやし。犯行動機に繫《つな》がるかもしれん。浅見さん、すまんけどその話、もうちょっと詳しゅう聞かせてくれへんかね。そうめんくらいご馳走《ちそう》するさかいに」

市場は顎《あご》で促すようにして、ドアに向かって歩きだした。そういうのが癖になっているのだろうか、まるで被疑者に対するのと同じような、うむを言わせぬ態度だ。

「市場さん、その件だったら僕のほうに先約があるんだけどなあ」

沢木が抗議した。

「ん？　あかんあかん、浅見さん、マスコミに話したらあかん。新聞やとかミステリー作家やとかは、ただ面白ければ、ええ思って書きよるさかい。いや、毎日さんは違いますけどな。ははは」

市場は笑って、「そしたら沢木さんも来たらよろし。大神《おおみわ》神社の前の『みわ』で落ち合うことにしましょか。あそこなら人目につかんやろ。三人がつるんで歩いとったら、目敏《めざと》い連中が放ってはおかへんやろしな」

三人はそれぞれの車で移動して「みわ」で合流した。「みわ」は古い社家を改装したような風雅な造りのそうめん屋だ。屋根つきの門に生成《きな》りの大暖簾《おおのれん》がかかっている。

店の奥の薄暗いテーブルで、熱いそうめんを騒々しく啜《すす》りながら、三人はボソボソと話した。もっとも、ほとんど浅見の独演会のようなものだった。ただし、浅見は必要以上のこと、ことにまだ自分の中で憶測の段階にあるようなことは話さなかった。

市場は浅見が一課長に言った「死者への礼儀」という部分と「蘇りを恐れた」という部分に関心を抱いたようだ。

「そういうもんにこだわるいうのは、精神状態がおかしいのやろね」

「そうですね、殺人を犯すこと自体、もはやふつうの精神状態でないとはいえますが。しかし、純粋に宗教的な儀式の意味で行ったのだとすると、案外、本人としては正気なのかもしれません」

「正気でそんなことをするいうのは、どんな宗教でっか？」

「いや、現代の宗教にもそういうものがあるかどうかは分かりませんが、黄泉の国へ送るとか、死者の蘇りを恐れるとかいう思想は、それこそ古墳時代には当たり前のことだったのです。いまだって、死者に対する恐れという点では、あまり変わってないのじゃないでしょうか。現に僕なんか、幽霊やゾンビが怕《こわ》くてしようがないですよ」

浅見は言いながら、『死者の書』の書き出しの「した　した　した」という擬音を思い出して、背筋が寒くなっていた。

「それにしても、死者の蘇りを封じ込める目的で、死体遺棄の場所を畝傍山麓《さんろく》に決めたとなると、やはり多少どころか、かなり変わってるんじゃないすかね」

沢木が常識人らしい感想を言った。

「そうやね、変わっとるな。それに第一、そういうけったいなことを詳しく知っとらな、考えつかへんこっちゃ。犯人は浅見さんが言うたような、黄泉の国やとか、死者の蘇りを封じるいうことを知っとる人間に絞ってもええのやないかね」

市場は勢い込んだ。

「そのとおりですが、しかし、そういう知識は古代史や考古学をやっている人なら、誰でも持ち合わせていますよ」

「うん、そうやね、考古学か、なるほど……そやけど、かりに知っとったとしても、実行するような人間はごく限られまっせ。単なる知識だけやなくて、そういう考古学的な考え方にドップリ浸《つ》かってしまった人間に違いない。しかも殺された小池や平沢に繋がる人間やな。うん、そうやね、そう絞って考えれば犯人像が自《おの》ずから浮かんできよる」

部長刑事は思索的な目を天井に向けた。何を思いついたのか、彼の脳裏に漠然とではなく、かなり限定されたイメージで犯人像が浮かんだらしい。勘はいいのだが、それはそれで、浅見にはひどく危険なことに思えた。

第九章 「神の手」の疑惑

鳴る神《かみ》の音《おと》のみ聞きし巻向《まきむく》の
檜原《ひはら》の山を今日《けふ》見つるかも
柿本人麻呂《かきのもとのひとまろ》

1

畝傍《うねび》考古学研究所は動揺していた。

およそ二カ月前には、元所長でその後も研究所とは切っても切れない関係にあったといっていい小池拓郎が殺され、今度はその後継者と目されていた平沢徹が殺されたのである。警察は公式には「強盗か通り魔のセンが濃厚」と発表しているが、少なくとも所員のほとんどは、そんな発表を丸飲みに信じてはいない。畝傍考古学研究所か、それとも小池や平沢と何らかの関係がある誰かが、この犯行に関わっていることは間違いない——と疑っている。

それは必ずしも研究所と直接の繋がりがある人物とは限らない。むしろ外部の人間で、小池や平沢の研究と対立する関係にある人物の可能性が強いと主張する者も少なくなかった。もっとも、そう主張する背景には、自分たちの同僚の中から容疑者を出すに忍びないという配慮が働いているせいでもある。正直なところをいえば、よほど研究所や仲間たちを愛し信じている者ならともかく、常識的に考えて、やはり研究所内か外かは別として、関係者を疑いたくなるはずである。

小池も平沢も人間的には温厚で、学究一筋といったキャラクターだが、それだけに、研究に打ち込むひたむきさは、時には知らず知らずのうちに人を傷つけたり、敵を作ったりしていたかもしれなかった。警察でさえ「論敵」について、なみなみならぬ関心を示しているのである。

そうして消去法的に絞られていった先に、ホケノ山の「大発見」でいまや畝傍考古学研究所どころか、箸墓《はしはか》を含む纏向《まきむく》古墳群研究の第一人者となった丸岡孝郎がいた。

ホケノ山の発掘はいまから二十年以上前に、まず小池がその重要性に着目して県や国の予算獲得に動きだすところから、具体的な作業が始まった。小池はそれ以前からホケノ山の調査に情熱を傾け、大げさでなく人生のすべてを注ぎ込んだと思えた。小池が結婚しなかったのはそのためだという説もある。

「小池さんは箸墓と結婚するために、奈良に来たようなものだ」

彼の昔を知るかつての畝傍考古学研究所の同僚の一人で、いまは悠々自適の暮らしをしている老人はそう語った。実際、小池はその同僚との酒席で、「箸墓に袖《そで》にされたから、ホケノ山を嫁にすることにした」と笑っていたそうだ。

箸墓は宮内庁の管轄地で、たとえ学術研究が目的といえども、いっさいの立ち入りは禁止されている。もちろん箸墓は考古学上の宝庫であり、もし調査研究が解禁されれば、日本建国にまつわる秘密が明らかになる可能性がある。そうなっては困る何らかの理由が宮内庁側にあるのかもしれない――という、揣摩《しま》憶測もないではない。

箸墓がだめだからホケノ山を――と小池が語ったのは、おそらく本音だったろう。小池のホケノ山研究の彼方《かなた》には、常に箸墓の存在があったことは、想像に難くない。ホケノ山の研究を通じて箸墓の「真相」を探りたかったにちがいない。

小池が畝傍考古学研究所を退官した後は、それを平沢が引き継いだ形になって、小池の悲願ともいえる発掘調査は着々と進捗《しんちょく》し、ついにはあの「大発見」へと結びついた。

だが、その時小池拓郎はすでにこの世になかった。むしろ、発見を目前にして「消された」と言うべきかもしれない。それほどのタイミングで事件は起きた。

平沢が殺されたニュースに接した時、全員の脳裏に「えっ、また……」という反応が走った。ホケノ山の「大発見」の直後に、小池と並ぶ重要人物が殺害されたのだから、（これはただごとではない――）と思わないほうがどうかしている。

　だが、実際には警察の聞き込み捜査や事情聴取に対して、彼らは一様に「思い当たることはありません」と答えている。「平沢先生のようないい方が、憎まれたりするなんて、考えられません」とも言った。だから、捜査本部が「物盗《ものと》りの犯行」というセンに重きを置いたのは、あながち責められないことでもあった。

　誰も表立って口に出したりはしないが、胸のうちにはモヤモヤしているものはある。それが次第に具体的な形を持つものに変化してゆく過程で、早い遅いの差は多少あったにもせよ、ほとんどが一人の人物像を思い描くようになった。それが丸岡孝郎である。

　丸岡の「大発見」は、あまりにも幸運に過ぎたといっていい。小池拓郎が何十年もかかってなし遂げ得なかったことを、しかも次の指導者である平沢徹が参加していなかった時に、偶然（！）、丸岡の手によって画文帯神獣鏡《がもんたいしんじゅうきょう》が発掘された。いってみれば、小池も平沢も、九仞《きゅうじん》の功を一簣《いっき》に虧《か》いたようなものであるし、丸岡は幸運を独り占めにしたということになる。

　丸岡が「時の人」として写真入りで新聞に報じられたり、世の脚光を一身に浴びている背後には、トビに油揚げをさらわれた恰好《かっこう》の平沢がいることを考えるし、さらには小池の無念にも同情したくなる。たとえそれが当人たちの妬《ねた》みやヤッカミの裏返しであったとしても、人情とはそうしたものだ。

それに、どういう巡り合わせか丸岡には幸運がついて回っているところもあった。数年前に出雲《いずも》で数十振りという膨大な鉄剣が発見された現場にもいたし、葛城山麓《かつらぎさんろく》で王族のものとみられる円墳が発見された時も発掘に参加していた。そんなこともあって、「丸岡孝郎は神の手の持ち主か」などと、面白半分に報じた雑誌もあった。

関東から北海道にかけて、石器時代の遺物を発掘するグループのあいだで、「神の手」と称される人物がいる。藤村新一《ふじむらしんいち》というアマチュアの考古学研究者で、アマチュアだが、旧石器時代遺跡の発掘では学界で群を抜いた存在になっている。

「神の手」と称される理由は、相次ぐ「大発見」による。

旧石器時代の遺跡がある――と推定される土地に藤村が行き、おもむろに「ここだ」と指し示したところを掘り進めると、やがて旧石器が出土するという「成果」がいくたびも積み重なった。それまで何年かかっても石器の破片一つ出なかった場所に藤村が立ち、「この辺りを」と指示して掘らせると、しばらくして「あった！」と叫び声が起こる。程度のいい石器が、それもザクザクという感じで出土する。それはあたかもモーゼが行ったような奇跡に思えた。

しかも、これまではせいぜい縄文時代までしか溯《さかのぼ》ることができなかったわが国の石器発掘の実績を、根底から覆すような発見が繰り返された。四万数千年前の地層から石器が発見されたのを皮切りに、三十万年前、五十万年前と記録を更新して、ついに七十万年前の地層で石器が出た。

つまり、日本には七十万年前から石器を作り使用する人類が生息していたという事実が証明されたのである。ピテカントロプスや北京原人に匹敵するか、それを上回る高度の知能を有する「人類」が、わが日本人の祖先であることを示す輝かしい発見だ。

それらの発見は文部省も認め、教科書の記載も次々に書き改められた。こうして藤村は「神の手」の異名を奉られ、アマチュアはもとより、高名な学者たちからも一目置かれるカリスマ的存在となった。

丸岡の「大発見」は、藤村の功績とは較べようもないが、別の次元のこととしては十分、比肩するほどの価値がある。何しろ日本の王権の発生過程に決定的な論拠をつきつける結果になるほどの発見なのだ。これで邪馬台国《やまたいこく》や卑弥呼《ひみこ》の謎も解明された――とさえ報じられたほどだ。

だから、半ば冷やかし半分の意味を込めたにせよ、「神の手」と称《よ》ばれるだけのことはあった。幸運もまた神意の賜物といえないこともないのだ。

だが、小池に次いで平沢が死を与えられたことによって、この「神の手」の評価に翳《かげ》りが生じた。「神意」どころか「人為」を疑われたのである。

畝傍考古学研究所の職員間では、モヤモヤがいっそう濃密なものになりつつあった。口にはしなくても、日常のさり気ない会話や仕種《しぐさ》のはしばしに、内なるわだかまりが、そこはかとなく表れるものである。それが具体的な形となって動きだすのは、時間の問題でしかなかった。そして警察の捜査が方向転換したことによって、「容疑」の対象がはっきりと浮き彫りになった。

橿原《かしはら》署の市場部長刑事が部下を一人伴って畝傍考古学研究所を訪れたのは、浅見と沢木と三人で「みわ」のそうめんを食べた、ほんの一時間後のことである。わずか二人の刑事だけだったから、職員たちはこれまでと同じような聞き込み捜査だと思った。だが、市場は真っ直ぐ丸岡孝郎のいる部屋に向かった。

ふだんなら丸岡はホケノ山の発掘現場に行っているはずなのだが、平沢の事件以来、ホケノ山での作業は中断されていた。服喪の意味もあるが、それよりも、現実の問題として、職員たちの動揺がひどく、しばらくは仕事にならない状態ということだ。

丸岡のデスクは平沢の隣にある。比較的天井の高い造りで、日本のオフィスとしては珍しいほどデスクが少ないガランとした部屋に、緊張しきった顔の丸岡孝郎が一人でいた。

2

市場部長刑事は余計な前置きは抜きで、ごく事務的に、平沢が殺された日の丸岡の行動を訊《き》いた。丸岡はその質問を受けただけで、日焼けした顔がいっそう紅潮した。

「やはり、僕が容疑の対象になっているのですか」

緊張で声と自慢の髭《ひげ》が震えた。

「いや、そういうわけと違いますよ。ひとわたり、どなたさんにも同じことを尋ねて回っとるのです。しかし、いま丸岡さんは『やはり』と言わはったですな。ということは、容疑の対象になるという、何か心当たりでもあるのですか？」

粘りつくような口調だ。

「そんなことは……そうですね、ないことはありません。事件捜査の要諦《ようてい》として、最も得をする人物を探せというのがあるそうじゃないですか。平沢先生が亡くなって、最も得をするのはこの僕ですからね」

「ほほう、ほんまでっか？……」

市場は上目遣いに丸岡を見つめた。丸岡は傲然《ごうぜん》とその目を見返したが、すぐにうるさそうに視線を外した。市場の経験からいうと、そんなふうに捜査員の視線を逃れようとする人間には、何らかの後ろめたさがあるはずであった。

事実、丸岡には後ろめたい思いがついて回っていた。ホケノ山の発掘調査に心血を注いでいた小池が死に、いままた平沢が死んで、幸運と名声を丸岡が独り占めした。誰もがうわべは称賛を浴びせながら、内心では何を考えているか知れたものではない。おそらく、刑事の事情聴取にそのことを指摘する人間が、同僚たちの中にもいるにちがいない。

「ええ、それは事実ですよ。僕は小池先生と平沢先生の犠牲を踏み台にして、幸運を掴《つか》んだようなものですからね。みんながそう思っている。刑事さんだってそう思ったから、調べに来たんでしょう」

丸岡はほとんど自棄《やけ》っぱちのように言い募った。

「いや、僕だって他人が思うより数倍も、そうなってしまったことが気にかかっているのです。周囲がそういう目で見ていることも分かっていますよ。それはあの『大発見』の直後から感じていましたが、平沢先生の事件が勃発《ぼっぱつ》したとたん、よりあからさまに猜疑心《さいぎしん》に満ちた目を感じるようになったんです。オーバーでなく、針の筵《むしろ》にいるような気分ですよ。だけど僕は殺《や》ってない。当たり前すぎて、こんなことを言うのは馬鹿馬鹿しいけど、僕が小池先生や平沢先生を殺すわけがないでしょう。冗談じゃないですよ」

一気に喋《しゃべ》りまくり、息が切れて、ハアハアと苦しそうだ。

市場は部下と顔を見合わせて、しばらく間を取ってから言った。

「そんなに興奮せんと、静かに話しまへんかね。自分らは何も、丸岡さんを殺人事件の犯人だなどと、これっぽっちも言うてへんのですがなあ。ただ、事件当日、どこで何をしてはったか、それだけを教えてもろたら、それでよろしいのです」

「教えられないと言ったら、どうするつもりですか」

思いがけない——というより、むしろ予想どおりの反撃であった。

「それは困りますなあ。なんとしてでも教えてもらわなあきまへん。それとも、なんぞ言いたくない理由でもおますんか？」

「ああ、ありますよ。だいたいプライバシーを他人に話す必要はないでしょう」

「つまり、黙秘するいうわけですか？」

「黙秘なんて、そんな大げさなことでなく、単に言いたくないだけのことです」

「それを警察では黙秘言いますのや。しかしそういうことやと、場合によっては身柄を拘束して、訊問《じんもん》せなあかんようになります。それでもよろしいか？」

「ははは、逮捕するってことですか。脅したってだめですよ。僕の容疑なんて、ただの憶測でしかないじゃないですか。逮捕状が取れるわけがない」

「もちろん、任意の出頭を求めるいうことです。しかし、それに対して正当な理由もなく応じへんかったら、公務執行妨害と見做《みな》して強制捜査に踏み切ることも可能です。まあ、そうならんうちに話してくれはったほうがよろしいがな。べつになんちゅうこともない、ただその晩、どこで何をしてはったかだけを言うてもろたらええのやさかい」

「お断りします。文句があったら強制捜査でも逮捕でも、何でもしたらいいでしょう。いくら脅しても、強権を発動しても、僕は絶対に口を開きませんよ」

丸岡はそう言うと、言葉どおり口を真一文字に結んだ。

「参ったなあ……」

市場部長刑事はそっくりかえって、両手を広げた。

「分かりました。丸岡さんが言うたとおりにします。自分らはこれでいったん引き揚げますが、早晩、きびしいことになりまっせ。それでもよろしいのやね？」

「結構です、どうぞお好きなように。そう言ったでしょう」

丸岡は挨拶《あいさつ》もせずに背中を向けた。

市場の側から見れば、これは想像をはるかに超える確かな手応《てごた》えといってよかった。これでほとんど丸岡のクロは限りなく確定したと思っていい。あとは周辺を調べて、丸岡の当夜の行動を特定するのみである。

事件当日、丸岡は午後七時頃には畝傍考古学研究所を出ている。同僚と警備の職員がそれを目撃していた。ところが、丸岡はそれ以降、翌日の未明まで自宅には戻っていなかったことが判明した。

丸岡には妻と一男一女がいる。妻は刑事の事情聴取に対してそのことを「証言」した。丸岡が帰宅したのは午前四時頃ではなかったかという。帰宅した気配で目覚めたものの、妻はいつもどおり、起きて迎えることもしていない。夫がシャワーを使っているのを耳にしながら、そのまま眠りに落ちた。朝になって、妻は「仕事で遅くなった」と説明され、何の疑問も抱かなかった。これまでにも同じ理由で帰宅が遅れることは珍しくなかったからである。

だから刑事が「ご主人に何か変わった様子はありませんでしたか？」と訊いても、当惑するばかりであった。それどころか、夫に殺人事件の容疑が向けられていることを察知して、怯《おび》えきった。その日のうちに、小学校三年の長男と幼稚園児の長女を連れて、神奈川県にある実家に去ってしまった。

噂はたちまち広がった。翌日の朝刊には、捜査当局が、殺害された平沢徹に近い畝傍考古学研究所の関係者の一人に、重大な関心を抱いているもよう——という観測記事が載った。もちろん、具体的な個人名などは伏せているが、「ホケノ山古墳発掘等で功績があった人物」と表現しているから、ある程度、事情に通じた者なら、記事が誰のことを指しているかは分かる。

当の丸岡は表向きは平然として、いつもどおりに出勤している。しかし、家族がいなくなった自宅で過ごした一夜は、彼を憔悴《しょうすい》させていた。自慢の髭が霞《かす》んでしまうほどの不精髭が頰から顎《あご》を黒々と覆った。眼光だけがやけに鋭く、まともに目が合った相手を辟易《へきえき》させた。

この日も市場部長刑事たちが訪れた。

「奥さんとお子さんが、家を出られたそうですなあ」

いかにも気の毒そうに言った。

「ふん、家族に捨てられていい気味だと思っているんでしょう」

丸岡は鼻先で笑ったが、顔は強張《こわば》らせたままだ。

「とんでもない、ご同情申し上げておりますよ。それはともかくとして、奥さんに聞いたところによると、丸岡さんはあの日、午後七時にここを出られてから、明け方近い午前四時まで、ご自宅には戻られへんかったそうですな。その間、どこで何をしてはったんですか？」

「どこで何をしてようと、僕の勝手です」

「そらそうでんな。けど、話してもらわんと警察としては困る。いや、昨日も言うたかしれんが、あなたにとってもきわめて不利なことになりまっせ。タイムリミットは本日いっぱいや思ってもらわなあきまへんよ」

「それが過ぎたら逮捕しますか」

「そういうことをしとうないよって、こないに穏やかに話しておるんやないですか。しかしそれにも限度があるいうことです。よろしいか、警察を嘗《な》めたらあきまへんよ。とにかく、気が変わったらこの電話番号に連絡してください」

市場は最後、凄味《すごみ》を利かせて帰った。

3

刑事が出て行ったドアを眺めながら、丸岡は全身の力が抜けたような気分だった。このままいつまでも「黙秘」を続けていられるかどうか、自信が持てない。黙秘することが自分に利益になるのかそうでないのか、判断する気力までが失われそうだ。

何よりも妻と子供たちに去られたことがショックだった。そうなると分かっていたが、真実を話せば、さらに状況は悪くなるにちがいない。この苦境から抜け出すにはどうすればいいのか、思考すら散漫になった。

ぼんやりと向けている視線の先で、ドアが開いた。（刑事か――）と、精一杯険しい目を作った時、思いがけない笑顔がドアから覗《のぞ》いた。いつか応接室で名刺を交換した、確か「浅見」とかいうルポライターだ。

丸岡がこれまでの人生で出会った数多くの人の、数えきれないほどの笑顔の中でも、浅見の笑顔はずば抜けて印象的なものといっていいだろう。わが子がはじめて父親を認識した時の、胸の奥底から湧き上がる親しみと喜びのこもった、疑いも媚《こ》びもない、文字通りの無邪気な笑顔であった。

丸岡の心を覆っていた怒りと苛立《いらだ》ちと不安が、暖かな春風に触れたように、ふんわりと溶けてゆく思いがする。

（いけない――）と、むしろ丸岡は自分が無防備になることを警戒した。

「何か、用ですか？」

警戒心を露《あらわ》にして、刺々《とげとげ》しい口調を作って言った。

「お邪魔してもいいですね？」

浅見は笑顔を崩さずに訊《き》いた。「いいでしょうか？」ではなく、「いいですね」と、相手の答えを推し量ったような口ぶりである。悔しいけれど、丸岡はまさにそういう状況だった。職場に来てはいるが、何もすることがないし、何をする気にもなれないでいる。

「どうぞ」

打ち合わせ用の、粗末な応接セットで、向き合って座った。丸岡がふと気がつくと、浅見の顔から笑いが消えていた。代わりに丸岡の想いそのもののように、やり場のない悲しみに満ちた表情を浮かべている。

「こんなことを僕のような部外者が言うのは僭越《せんえつ》かもしれませんが」

と浅見は前置きして言った。

「いま、丸岡さんは、この上なく辛《つら》い立場に置かれていらっしゃると思います」

「そんなこと、あなたには関係ない。余計なお世話というものでしょう」

「そうおっしゃると思ってました。しかし、今回のことは丸岡さんお一人だけの問題じゃありません。畝傍考古学研究所全体のスキャンダルとして、社会的な注目を浴びていますし、ホケノ山の大発見に対する学界の評価にも影響を与えかねません。僕が言うのは生意気ですが、学界というのは日和見なものですからね。その時々の風向きによって、称賛もすれば罵倒《ばとう》もします。しかし、ホケノ山の発見は正当に評価されています。あの発見によって歴史が塗り替えられ、すでに教科書の改編が予定されているそうではありませんか。そういう時期に、そんなことになれば、丸岡さんの名誉が失墜するばかりでなく、日本の学術研究に汚点を残すことになります。ホケノ山発掘の成果に感動して、考古学に興味を抱いた学生は少なくないはずです。彼らはいま、固唾《かたず》を呑《の》んで事件の成り行きを見守っていますよ。それに、何よりもご家族を悲しませた責任をどうなさるおつもりですか」

「やめてくれ！」

丸岡はハエを払うように右手を振って、浅見の饒舌《じょうぜつ》にストップをかけた。

「そんなことはあんたに言われなくても分かっている。だからって僕にどうしろと言うんです。僕は平沢さんの事件に関係はないし、何も知らない。警察に何を訊かれようと、捜査の参考になるような話はこれっぽっちも持ち合わせていない」

「事件に関係ないのなら、何も恐れることはないじゃありませんか。堂々と胸を張って、ありのままをお話しなさるべきです」

「それはできないね。口にしてはならないと心に誓った以上、僕は僕の名誉と正義にかけて何も言わない。たとえ警察に逮捕されようと死刑になろうともね」

「なるほど、評判どおり、聞き分けのない頑固な人ですねえ」

浅見は嘆息を洩《も》らしたが、ほんの一瞬、目に丸岡に対する好意を示すような楽しげな微笑が浮かんだ。

「丸岡さんご自身はご自分の正義を信じ、ひょっとするとヒロイズムに酔って口を噤《つぐ》んでいるのでしょうが、それによって傷つき、不幸になる人々が存在することを無視していいわけがありません。しかし、そんな利いたふうなことを僕がいくら言っても、いったんこうと思ったら最後、聞く耳を持たない人なのでしょうね。それは丸岡さんご自身の名誉のためなのですか？　それとも、あの人の立場を大切にしたいからなのですか？」

「ん？……」

丸岡は不意打ちを食らって、ギョッとなって、浅見の目を睨《にら》み返した。

「それはどういう意味です？」

「丸岡さんが事件に関係していないことは、僕も事実だと信じています。そこが警察と違うところですが、丸岡さんがそんなふうに口を噤んでいることが、事件の解決を難しくしていることも、疑いようのない事実です。そのことをたぶん、丸岡さんは軽く考えておいでではありませんか？　そうでないとお思いなら、あの人のことを話してしまうべきなのです」

「何を言っているのか、僕にはさっぱり分からない。あの人とは誰のことです?」

「丸岡さんが事実を喋《しゃべ》らない理由は、あの人を庇《かば》っているからだと僕は思っていますが、違いますか?」

「馬鹿馬鹿しい。そんな当てずっぽうみたいなことを言って、僕の口から何かを引き出せると思っているのかね? 第一、あの人とは何のことかな? そんな人物がいるのだったら、あんた、さっさと行って、その人に直接訊いたらいいでしょう」

「そうしてもいいでしょうか?」

浅見は世にも悲しげな目で、丸岡を真っ直ぐ見つめた。丸岡が思わずたじろいで、視線を空中に彷徨《さまよ》わせたほど、真摯《しんし》な想いを湛《たた》えた眸《ひとみ》であった。

「それは……そんなこと、僕に訊くまでもないでしょう。誰に何を訊こうというのか知らないが、あんたの自由だ」

「おっしゃるとおりかもしれません。しかし僕は臆病者《おくびょうもの》ですから、そうしたために生じる結果が恐ろしいのです」

「結果?……どういう結果が生じると言うんです?」

「分かりません。何が起こるか、それとも何も起こらないのか。人は窮地に追い詰められると、余人の想像もつかないような行動に走りかねません。たとえば……」

浅見は中途で言葉を呑み込んだ。その沈黙が丸岡を震え上がらせた。

「たとえば、どうだと言うんです？　何が起こると言いたいんです？」

「死ぬかもしれません」

「まさか……」

丸岡は笑おうとして、頬が硬直した。

しばらく無言のまま、時が流れた。

浅見の言っていることは、ただのハッタリに決まっている――と丸岡は思う。しかし、浅見の自信に満ちた口ぶりと、相手を思う真摯な気持ちの表れた顔つきには説得力がある。確かに、浅見の恐れるような「事態」が生じる可能性がないとは言えない。

それでもなお、丸岡は抵抗した。

「だめだめ、脅かしたってだめですよ。だいたい、何もありはしないものを、どんなふうに言うことができるんです？」

「そうですか……」

浅見はため息をついて、肩を落とした。それから諦《あきら》めたように立ち上がってドアへ向かい、ノブに手をかけたところで振り向いた。丸岡も挨拶《あいさつ》をするために立った。

だが、浅見はそこでしばらく悩ましい顔で考え込んでから、気が進まない足取りで戻ってきて、自分よりやや背の低い丸岡に、上半身を前に倒して顔を近づけた。

丸岡は反射的に顔を背けた。そうして向けたほうの耳に、浅見はひと言、ある人物の名前を囁《ささや》いた。

「えっ！……」

丸岡はせっかくの囁きを意味のないものにする大声を出した。浅見が驚いて、背後のドアの方向を振り向いたほどだ。

絶望的な思いが丸岡を襲った。かろうじて虚勢を保つことができたのが、自分でも不思議なくらいであった。

「そんな、あんたねえ、そんなふうに勝手に決めつけるのは失礼じゃないですか。馬鹿なことは言わないでもらいたいな」

高飛車に言ったのに対して、浅見は何も反論するつもりはなさそうだ。また悲しそうな目をして、首を二度三度振って、回れ右をすると、今度こそは振り向きもせずにドアを出て行った。丸岡は茫然《ぼうぜん》と浅見を見送った。ドアの向こうに消えた後も、ずいぶん長いことそうしていた。

（あいつ、警察へ行くだろうか――）

そのことがまず不安だった。しかしそれはないかもしれない。浅見の目的が特ダネを狙うことだとすれば、警察にタレ込むはずがない。今後は密《ひそ》かにこっちの動きを窺《うかが》って、秘密を暴こうとするにちがいない。それならば何も恐れることはなかった。これから先、ヤツの期待に添うような「出来事」は二度と起こらないだろう。少なくとも丸岡にそのつもりはなかった。

（それにしても、ヤツはなぜ「あの人」のことを知っているのだろう？――）

それが大きな謎《なぞ》であった。地元の人間でもなく、縁もゆかりもない浅見が知っているくらいなら、警察はとっくに気づいていなければならないはずだ。

ふと見ると、テーブルの上に浅見の名刺が載っていた。右肩に「当麻寺奥の坊《たいまでら》」の電話番号が書いてある。ペンを使っているのを見ていないから、ここに来る前に予《あらかじ》め用意してあったにちがいない。まるで丸岡が金輪際、「あの人」のことを喋らないものと予測していたような、不気味なものを感じた。

4

新年度が始まってしばらくは、キャンパス内はなんとなくざわついた雰囲気である。再会した友人に遠くから呼びかける声が飛び交ったり、休み中に起きた体験談をおおげさな身振りで話す声と、それにまたオーバーに反応する笑い声が、そこかしこから聞こえてくる。新入生たちを迎えて、妙に昂《たかぶ》った気分にもなる。同好会などへの勧誘合戦も過熱ぎみで、当分のあいだは勉学に勤《いそ》しむ雰囲気にはなりそうにない。

有里はなかなか長井明美に出会えないでいた。明美がいつも入り浸っている研究室の辺りをウロついても、明美のあの雛人形《ひなにんぎょう》のような白い端整な顔が見つからない。彼女が浅見と一緒に東京から戻ったことは確かなのだから、当然、大学に来ているはずなのだが、よほど巡り合わせが悪いのだろう。

もっとも、出会ったら出会ったで、どういう顔をして挨拶すればいいのか、少し困る。浅見と明美のロングドライブがあって以来、明らかに有里は、明美に嫉妬《しっと》している自分を意識していた。

明美と比較すると、有里はどうしても自分のほうが見劣りすると思ってしまう。顔だちもプロポーションも、もちろん頭だって敵《かな》わないにちがいない。唯一、負けていないと自信を持てるのは、せいぜいバストサイズぐらいなものだ。

（そやけど、浅見さんに告白したのは私のほうが先やわ――）

そう思うことで自己満足できるのが、まだしも救いではあった。二上山《ふたかみやま》で浅見にしっかり抱きついて、「だ・い・す・き」と告げたのは、なんだか出会い頭のアクシデントのような出来事だったけれど、あれで結構、有里は本音を言ったつもりだ。それなのに、肝心な相手の反応を確かめる前に、ナップザックのおにぎりのことが気になるなんて、まったく私ってドジなんやから――と、有里はそのことが悔しくてならない。

昼休み、中庭の池の畔《ほとり》でぼんやりしている有里に、明美が後ろから声をかけてきた。なかなか見つけられなかった相手だというのに、皮肉なものだ。

「しばらくね、どう、元気？」

明美は以前と変わらない調子だが、有里の目には「勝利者」のように映った。

「ええ、元気です。先輩はどないですの？」

「私も快調。ただしバイトが決まらなくて、それだけが心配だけど」

「畝傍考古学研究所へは行かはらへんのですか？」

「だめだめ、あそこはいま、それどころじゃないでしょう。あ、そうそう、そのことで浅見さん、何か言ってなかった？」

「何も言うてませんよ。あの人、平沢先生が殺されてから、事件のことに関して口が固《かと》うなってしもたみたい」

言いながら、これは詭弁《きべん》かもしれない――と、有里は後ろめたさを感じていた。平沢とのことがあったために、事件のことになるべく触れないようにしているのは、むしろ有里の側なのだ。

「あの、浅見さん、先輩と東京へ行った時、何かあったんと違いますの？」

言ってしまってから、有里自身がドキッとした。これではジェラシー丸出しだ。しかし明美のほうは気にしないで、ごくふつうの調子で答えた。

「うん、いろいろあったわよ。私の知らなかったようなことまで教えてもらった。有里に会ったら、まずそのことを話そうと思っていたの」

有里はショックで立っていられないほどだった。二人のあいだにどんなことがあったかなんて、耳を塞《ふさ》ぎたい気持ちだ。それに気づいたわけではないだろうけれど、明美が「座ろうか」と、空いたベンチに誘った。どうやら長い話になりそうだ。

「東京に着いて、家まで送ってもらって、浅見さんを家族にも紹介したんだけど、その時に浅見さんがすごい発見をしたの」

明美は弾むような口調で喋《しゃべ》った。

「家の玄関にずっと掛かっている肖像画があって、私なんか、昔から見ているくせに、誰がモデルか知らなかったのよね。それを浅見さんが突き止めて、私の祖母の兄の恋人だった女性だってことが分かったの。その女性が誰だと思う？」

ふいに質問されて、有里は「えっ？」とうろたえた。

「分かるはずないやないですか。私の知らん人でしょう？」

「知らないって言えば知らないけど、でも、ぜんぜん関係がないってわけじゃないの。ほら、浅見さんとあなたが一緒に行ったでしょう、長野県飯田《いいだ》市の溝越さんていうお宅」

「ええ、行きましたけど」

「そこの亡くなった長男の人の奥さんだった女性なの、河野美砂緒さんていう」

「えーっ、そしたら、あの溝越史郎さんの奥さんやった……」

「そう、私は見てないけど、小池先生の遺品にあった写真に写っているんですって？　有里は見たんでしょう？」

「え、ええ、見てます。そうですか、あの人の肖像画が先輩のお宅に……そういえば浅見さん、その方の消息が摑《つか》めた、言うてはりました。そやけど、それってどういうことですの？」

有里は明美への嫉妬などどこかへ吹き飛んで、好奇心に駆られるのと同時に、言いようのない不安な気持ちに襲われた。開けてはならないパンドラの箱の蓋《ふた》を開けるような気持ちかもしれない。

それからの明美の話は、まるで古い映画でも見るようなストーリーだった。長井明美の祖母・弥生が半世紀前、大和《やまと》女子大（当時は大和女子高等師範学校）の学生だったこと。弥生の幼友達で、一緒に大和女子大に入った学友が河野美砂緒だったこと。美砂緒が弥生の兄・弥一の恋人で、弥一の絵のモデルにもなったこと。だが、なぜか弥一は美砂緒に失恋して、その痛手から学徒出陣を志願し、戦死してしまったこと……。

「浅見さんはね、ひょっとすると小池先生も河野美砂緒さんを好きだったんじゃないかって言ってたわ。それだと三角関係だし、もしかすると私の祖母は小池先生が好きだった可能性もあるんじゃないかって。そうなると四角関係だわね」

「そんなふうに、面白がったら、失礼やないですか」

「ははは、でもね、この想像はまんざら当たってないこともないみたい。だって、私の祖母は異常なくらい奈良を敬遠してるのよ。私が大和女子大に入るって言った時も猛反対したし、奈良のことが話題に出るだけで、不愉快そうなの。よほどいやな記憶があるにちがいないわ。それと、小池先生がなぜ終生独身を通したかとか考えると、やっぱり河野美砂緒さんや祖母とのあいだに何かあったのよ。有里だってそう思うでしょう?」

「そういえば」と、有里も思った。

「二上山《にじょうさん》博物館の石原館長さんがそれらしいこと、言うてはりました。たしか『初恋の君』とかおっしゃってたんと違うかしら。小池先生が結婚せえへんかったのは、学生時代に好きな人がいてはったけど、戦争で何もかも変わってしもたからやって。そのお相手が河野美砂緒さんなんやわ、きっと。小池先生があの写真だけを大切にしまってはったのは、そういうことがあったためかもしれへんですね」

「ほらね、そうでしょ」

明美が得意そうに言って胸を張った時、有里は「あっ」と思いついた。明美が驚いて、「何?　どうかしたの?」と、有里の顔を覗《のぞ》き込んだが、有里はそれに答えていいものかどうか迷った。しかし、その逡巡《しゅんじゅん》はほんの一瞬のことで、有里の気持ちはむしろ意地悪な動機に支配された。

「あの、先輩が畝傍考古学研究所のバイトに決まった時のいきさついうの、知ってますか？」

「え？　ああ、そのことなら浅見さんから聞いたけど、何でも小池先生が推薦してくださったとかいう……だけど、あなたがどうしてそのことを知ってるの？」

「ホケノ山古墳について、丸岡さんのインタビューに、浅見さんと一緒に研究所に行った時、バイトの担当をしてはった女性から聞いたんです」

有里は「浅見さんと一緒」という部分を強調した。浅見の「捜査」に付き合ったのは自分のほうが先であるという、優先権のようなものを、宣言しておきたい気分だ。

「バイトの担当って、誰かしら？」

「確か島田さんいう人やったと思います。そうや、大和女子大の卒業生いうてました。その人に長井先輩の履歴書を見せてもろたんですけど、小池先生も履歴書を見て、この人がいいんじゃないかって指示したのやそうです。それで、浅見さんは、小池先生が何で長井先輩を選びはったんか不思議や言うて、ずいぶん気にしてました。もしかすると、先輩を乗せて東京へ行かはったんは、それを探る目的やなかったのかしら」

「まさか……だけど、そうなのかな……」

明美は深刻な表情になった。自分で仕掛けておきながら、有里はまた不安に襲われた。

5

「それじゃ、小池先生は私が長井弥生の孫だって分かって、それで採用してくれたんだわね、きっと。名前だけじゃ分からないけど、うちは戦争で焼けなかったし、昔から住まいが変わってないから」

明美は納得して、「なあんだ、私の成績がいいとか、美貌《びぼう》だとかいうのは関係なかったんだ」と笑った。無理に笑い飛ばしたいという気持ちが表れている。

「そういえば、浅見さんは最初からうちの祖母なんかに話を聞きたがっていたわ。そうか、そういう狙いだったのか」

いまいましそうに口をへし曲げたが、すぐに思い返したように言った。

「でも、浅見さんて、トコトン調べ尽くさないと気がすまない完全主義だと思うな。じつはね、東京から帰って来る途中、浅見さんの提案で、長野県上田市の美術館に寄ってきたの。『無言館』っていう、太平洋戦争で亡くなった画学生たちの絵を中心に展示している美術館なんだけど、見ているだけで悲しくなってくるのよ。みんな私たちとそんなに違わない年齢でしょう。その人たちがどんなに絵を描きたかっただろうって思うと、泣けてきちゃう。浅見さんもこっそり涙を拭《ぬぐ》っていたわ」

思い出して、明美はまた涙ぐんだ。

有里はお寺の子のせいか、人間の死に対して、わりと淡白でいられる。所詮《しょせん》は諸行無常なのよ——と思う資質が、知らず知らず幼い頃から身についているのかもしれない。そのくせ、大津皇子《おおつのみこ》のように死後も魂魄《こんぱく》がこの世に彷徨《さまよ》っているだろうと、そういう想像が浮かぶことのほうが恐ろしい。

「ねえ、浅見さんて、お宅にいる時はどんなふう?」

明美はあっさり話題を変えた。

「どんなって、いつも机に向かって、何やら調べ物ばかりしてはります」

「ふーん、だけど、お食事なんか有里と一緒にするんでしょ?」

「それはまあ……」

「羨《うらや》ましいなあ。浅見さんと一つ屋根の下で暮らすって、どういうのかなあ。ねえ、有里は何とも思わないの?」

「べつに何とも思いませんけど」

これは明らかに嘘だ。しかし明美は「もったいないわねえ」とため息を洩《も》らした。

「もしも、私が浅見さんを好きで告白したとするわね。ところが浅見さんは有里のことが好きだったりするわけ。ところがところが、有里は浅見さんにはぜんぜん関心なくて、ほかの誰かを好きになってるのよ。さらにところが、その誰かさんは私のことが好き——なんていうストーリーはどうかな」

「何ですの、それ？」

有里は呆《あき》れて、半分笑いかけた。しかし明美は大真面目である。

「笑いごとじゃなく、これって、小池先生や祖母の兄の弥一さんや祖母や、それに河野美砂緒さんなんかのラブストーリーがこんなんだったみたいなのよ。美砂緒さんは小池先生が本命だったのね。だのに小池先生は弥一さんが美砂緒さんを愛しているのを知ってたから、さっさと京都へ逃げて、同志社に入っちゃった。でも結局、美砂緒さんは小池先生への想いを捨て切れなかった。それが分かって、弥一さんは煩悩を断ち切るために戦争へ行っちゃった。ううん、そうじゃなくて、学徒出陣を志願したのは小池先生のほうが先で、弥一さんがそれに追随したのかもしれない。おたがい、親友への義理立てをしたのよ。いまだと信じられないおかしな友情だけど、その頃はみんな真剣になって、そんな馬鹿馬鹿しいことをやっていたみたい」

「すっごーい……よくそんなストーリーを調べはったわァ」

「違うわよ、これは全部、浅見さんから聞いた話。あの人、祖母から聞いた話や、弥一さんの友人なんかからいろいろ聞いて、こういうストーリーじゃなかったかって、話してくれたの。その上、もう一つ付け加えて、私の祖母も小池先生のことを好きだったとすると、それが理由で祖母は奈良や京都が嫌いなんじゃないかって」

「そうやったんですか。それで浅見さん、東京へ行かはったんですか。河野美砂緒さんの消息も摑《つか》めたって言うてはったし、そういうことを調べるのが目的やったんですね」

「ふーん、浅見さん、そう言ってたの。彼の欠点は、女性よりも事件のほうに好奇心を抱きすぎるっていうことね」

「ほんま、そうやわねえ」

有里は気分よく明美に賛意を示した。

その日の有里は心楽しい帰宅になった。夕食のテーブルで浅見に会う時、まるで初めての見合いのように胸がときめいた。

その浅見はしかし、やけに思いつめたような顔をして食堂に現れた。一之が「何かあったんでっか?」と訊《き》いたほどだ。

「小池先生のノートに、ちょっと気になるものを見つけました。たぶん一月頃に書かれたのだと思いますが、『恐ろしいことだ』と書いています。ほかの文章とはまったく関係なく、突然『恐ろしいことだ』と……それが、何となく小池先生の奇禍を暗示しているようで気になりました」

有里は心臓がつぶれそうな思いだった。その緊張に耐えられなくなって、喉《のど》の奥から絞り出すような声で言った。

「それって、私も見たわ」

浅見はもちろん、両親も驚いて有里の顔に視線が集中した。

「ああ、そうやね、有里もノートを見とったもんね」

智映子は、娘が発した奇声を取りなすように言った。

「そうですか、有里さんも見ましたか」

浅見は真っ直ぐに有里を見て言った。

「それで、何か感じなかった？　おかしなことが書いてあると思ったでしょう」

「ええ、思いました。それで、あの……」

口を開いたものの、いざとなると、言うべきか言わざるべきか迷った。何か大変なことが起きそうで、言葉が喉の奥に逆流した。浅見はそういう有里を穏やかな目で見つめている。母親までが給仕をする手を停めて、有里の次の言葉を待ち構えていた。

「……あの、そのこと、平沢先生に言うたんです。畝傍考古学研究所へ行って」

「ほう、平沢さんは何て言ってました？」

「何やら思い当たることがあるみたいなことを言うてはりました。それが書かれた一月頃、小池先生が難しい顔をしてはったんやそうです。平沢先生はちょっと調べてみる言わはって、それで私は帰ってきましたけど」

「それはいつのことですか？　有里さんが平沢さんに話したのは」

「いつって……それは前の日です。平沢先生が殺されはった日の前の日……そうやないわ、正確に言うたら、その日の晩に殺されはったんやわ。そやから、なんか私が平沢先生に言うたことと事件と、関係があるんやないかって思って、恐ろしかった……」

それ以上は言葉が続かなかった。聞き手の三人も押し黙って、四人が四人とも、仏像のように固まってしまった。

「なんや有里、そないな重大なこと、なんでいままで黙っとったんや」

一之が苦い顔をして言った。修行を積んでいるだけに、さすがに怒鳴りはしないが、心中は穏やかではないはずだ。

「その話は、まだ警察にも言ってないのですね?」

浅見も穏やかに訊いた。

「ええ、言うてません。そうかて、うちに訊きにきいへんし、それに、事件とは関係ないのと違いますか?」

「たぶん関係ないでしょうね。しかし、もしかすると参考にはなるかもしれない。明日、僕と一緒に橿原署へ行ってみませんか。いまは警察はどんな情報でも欲しがっていますから、きっと喜びますよ」

浅見は明るい口調で言った。それから、そのままの調子で「すみませんが、そろそろご飯にしませんか」とつづけた。「あっ、そやそや」と智映子が慌てて給仕を再開し、ほっと気抜けしたような空気が流れた。有里も、ずっとのしかかっていた重圧から解放されて、急に食欲が出てきた。

「浅見さん、小池先生が書きはった『恐ろしいこと』いうのは、何や思います？」

食事の合間に、そういう質問をする余裕さえ生まれた。

「そうですね」と浅見は少し思案して、

「はっきりしたことは、もちろん分からないけれど、僕は何か因縁めいたものの恐ろしさではないかという気がします。あの文章は、学術的な文章の中に、前後に関係なく突然、現れているでしょう。それはふだんは頭の中の奥深いところに仕舞ってある意識が、殻を突き破って飛び出すような感じで書かれたのですね。冷徹そのもののような小池先生が、そんなふうになるのですから、よほど恐ろしいことがあったのだと思いますよ」

「もしかして、それを平沢先生が知ってはったいうことやないかしら？」

「何か思い当たることはあったのでしょう。小池先生が平沢さんにヒントになるようなことを洩らしていたのかもしれません。それをある人物に確かめようとして、悲劇的なことが起きたのだと思います」

そう言った時の浅見の表情こそが、有里には恐ろしいものに思えてならなかった。

6

　翌朝、有里は浅見と一緒に橿原署の市場部長刑事を訪ねた。予《あらかじ》め電話でアポイントを取っておいたから、市場は小さな応接室に案内して、おまけに無骨な手でお茶まで淹《い》れてくれた。

　しかし、有里が小池のノートブックに「恐ろしいことだ」と書かれたメモのようなものを発見して、そのことを平沢に伝えた晩、平沢が殺害された――という話をしても、市場にはあまりピンとこなかったようだ。

「それが事件に関係しておるのかどうか、自分にはよう分からんですなあ。あんたはどない思うの？」と有里に訊いた。

「私かて分かりません。関係ない思うとったんですけど、ちょっと気になったもんで、浅見さんにそない言うたら、警察に話したほうがええ言わはるよって、ここに来ました。そうですよね？」

　有里にしてみれば、ちょっとどころか、本当ははるかに重大事に感じて、身の細る思いだったのだが、この程度にトーン・ダウンするようにと、浅見から助言されている。

「そのとおりです」

浅見は打ち合わせどおり重々しく頷《うなず》いた。

「警察の捜査が手詰まり状態のようなので、どんな些細《ささい》な情報でも役に立つにちがいないと思ったのです」

「いや、手詰まりてあんた、失礼なことを言うたらあきまへんよ」

「はあ、しかし、小池先生が殺されてからすでに二カ月近くも経過してます」

「それはそうやが、その事件と平沢さんの事件と関係があるかどうかも、まだ分かっとらんのです」

「しかし、有里さんが小池先生の『恐ろしいことだ』というメモの話をした晩に、平沢さんが殺されたという、それだけでも、何か関係があると考えていいのじゃありませんか？しかも、平沢さんご自身、小池先生の様子に不審を抱いていたというのですから」

浅見は市場の反応の鈍さに、苛立《いらだ》ちを隠せない様子だ。

「うーん、そうやろかいなあ……」

市場は首をひねるだけだ。たったそれだけのことから、何か重大なヒントを得ようというのは無理だ――と言いたげだ。それは有里にとっては肩の荷が下りたような気分だが、浅見は大いに物足りないらしい。

「ちょっと聞きたいのですが、警察は丸岡さんに焦点を絞っているようですね」

浅見は急に話題を変えて、切り込むような口調で訊《き》いた。

「ん？　いや、そういう質問には答えられんですよ」

「しかし、新聞なんかの論調も、誰とは名指しこそしていませんが、すでにそういうニュアンスで書かれているじゃありませんか。多少なりとも事情に通じている人なら、警察の動きと考え併せて、丸岡さんのことだとすぐに分かりそうな書き方です」

「それはまあ、そう考えたり書いたりするのは勝手やから、警察はとやかく言う立場にはありまへんな。それと浅見さん、あんたが仕事に熱心なのはよう分かるが、捜査に口を差し挟むのは困りまっせ」

「分かっております。ただ、丸岡さんを容疑の対象にするのは間違いなので、そのことを言いたかったのですが」

「そんなもん、間違いかどうかは分からんでしょうが。だいたい、警察が丸岡さんに関心を持ったのは、あんたにも原因があるのでっせ。我々に、畝傍山の裾《すそ》に死体遺棄したのは、古事記みたいなもんに詳しい人物の犯行に違いない――そう言うたのはあんたやないですか」

「確かにそう言いましたが、それは丸岡さんのことを指したわけではありません。もう一度はっきり言いますが、丸岡さんは犯人じゃありませんよ」

「ふーん、やけに確信があるみたいやね。そこまで言うんやったらあんた、誰ぞ心当たりでもあるんでっか？」

浅見は黙ってしまった。有里はハラハラしながら二人のやり取りを見ていた。市場に詰め寄られて浅見が言い負けた恰好《かっこう》だが、それより何より、浅見がなぜ丸岡を弁護するのかが不思議だった。

「とにかくやね浅見さん、あんたこれ以上、事件に関わらんでもらいたい。素人さんにはカタツムリみたいにのんびりしとるように見えるかもしれんが、警察は着々と捜査を進めておるんです。あんたに心配してもらわんでも、まもなく容疑者を特定しますやろ。よろしいな、今回を最後に余計な口出しはせんように。以上」

言うだけ言うと、市場は立ち上がり、有里には「ご苦労さんでした、これからもよろしゅうにな」と笑顔を見せた。

警察を出て、浅見は車まで黙々と歩いた。有里も言葉をかけるには勇気を要するほど、打ちのめされた表情に見える。

「さっき気になったのやけど、浅見さんが丸岡さんを弁護しやはるのは何でですの?」

「それは単純です。丸岡さんは犯人ではないからですよ」

「そんなこと、何で分かりますの?」

「なぜって理由は言えないが、僕には分かるのです」

「ほんまは犯人が誰か、心当たりがあるんと違いますの?　浅見さんは何でも知ってはるような気がします」

「ははは、そんなことはないですよ。僕にも分からないことだらけだな」

「そうかしら？　いつかて、そうやってはぐらかされるけど……このあいだ浅見さんの夢を見ました。はじめは浅見さんの夢やったのが、いつの間にか大津皇子が現れて、私を追いかけてきて、ほんま恐ろしかった。浅見さん助けて言うても、どこにもいてへんのやもの、悲しくて、寒くて……」

　話しながら、その時のことをまざまざと思い出して、涙が出そうになった。

「夢を見た後、浅見さんは優しそうに見えるけど、ほんまは冷たい恐ろしい人やないかって、そない思いました」

「参ったなあ、夢と現実をごっちゃにしてもらっちゃ、敵《かな》いません」

　浅見は笑って車をスタートさせた。またしてもはぐらかされて、有里は子供扱いされたような物足りない気分だ。

　橿原署から畝傍考古学研究所まではすぐそこだ。建物が近づくと、有里はいまにも平沢が現れそうな錯覚に囚《とら》われた。

　浅見が事務室で「丸岡さんはいらっしゃいますか？」と尋ねると、女性職員は困惑した表情で「お休みしてますけど」と言った。

「あ、そうでしたか。それじゃご自宅のほうへ伺います」

「あの、丸岡先生は東京へ行く、言うてはりましたけど」

「東京……そうですか」

浅見は少し思案して、「島田いづみさんはいらっしゃいますか?」と訊いた。

「はい、いてます。呼びましょうか」

「そうですね。いや、お仕事の邪魔をするといけませんから、こちらから作業場のほうへ伺います」

女性職員の案内で作業場に入った。広大なフロアだが、作業をしている職員は三人だけだった。島田いづみは相変わらず土器の復元を手掛けている。取りつく島もない真剣そのものの様子だったが、女性職員が声をかけると、浅見と有里を見て「あら」と笑顔になって立ち上がった。接合剤の白い粉がついた指でメガネを取った顔は、思っていたのよりずっと若く見えた。

「すみません、お仕事のお邪魔をして」

浅見は謝った。

「いえ、いいんです。そろそろ一服しようと思っていたところでした。そうだ、為保さん、大学は始まったんじゃないの?」

先輩に詰問されて、有里は頭を掻《か》いた。

「はい始まりました。けど、今日は浅見さんがこちらに行こう言わはったもんで」

「ふーん、何かあるんですか?」

いづみは怪訝《けげん》そうに訊いたが、浅見はそれとは別のことを言った。

「あ、そういえば、島田さんは有里さんと同じ大和女子大のご出身でしたね」

「ええ、そうですけど？」

「大和女子大に憧《あこが》れて選んだというお話でしたよね」

「そうですね、それもありますけど、奈良が好きだったからかもしれません」

「お母さんが大和女子大のご出身だったせいではありませんか？」

「それもあるかな……えっ？　母がそうだということ、何でご存じなんですか？」

「たまたまお母さんのことを知っている人から聞いたのです。確か一年間だけ在学されたのでしたね」

「そう、ですけど……」

いづみの顔が曇るのが、ありありと分かった。それから急に思い出したように、「ちょっと、接合の最後の部分をやりかけてますので、失礼させてもらっていいかしら？」と言った。

「どうぞどうぞ、僕たちもすぐに引き揚げます。お邪魔してすみませんでした」

挨拶《あいさつ》を交わして、有里は浅見に背中を押されるようにして作業場を出た。見送るいづみの顔からは、完全に笑いは消えていた。先輩の機嫌を損ねたような気が、有里はした。

「さっきのあれは、何やったんですか？」

研究所の建物を出て、有里は気にかかっていたことを訊いた。しかし浅見は横顔で微笑を見せただけで、何も答えなかった。

第十章　少女の死の秘密

十市皇女《とをちのひめみこ》の薨《こう》ぜし時に、
高市皇子尊《たけちのみこのみこと》の作らす歌
三輪山《みわやま》の山辺真麻木綿《やまへまそゆふ》短木綿《みじかゆふ》
かくのみゆゑに長くと思ひき

1

当麻寺《たいまでら》の奥の坊にいる浅見に丸岡から電話が入ったのは、浅見と有里が畝傍《うねび》考古学研究所に丸岡を訪ねた日の夕方近くである。住職夫人の智映子が「何やら思い詰めたような、陰気くさい声してはりますけど」と、心配顔で電話を取り次いでくれた。

「やあ、お待ちしてました」

浅見はいきなり陽気な声で言った。これには丸岡は意表を突かれたようだ。「えっ」と言ったきり、しばらく黙っている。

「もう東京からお戻りですか」

浅見は追いかけるように訊《き》いた。

「はあ、いま奈良駅に着いたところです」

「そうですか、それはよかった。でしたら、なるべく早くご自宅にお帰りになったほうがいいです。警察はあなたが失踪《しっそう》したのではないかと、慌てているはずですから」

「えっ？　僕は失踪したわけではないですけど」

「分かっています。しかし警察は心配性ですから、悪い想像をしたがるのです。たぶん、あなたが逃亡を図ったと考えていますよ」

「まさか……」

「とにかくお帰りになれば分かります。待ってましたとばかりに刑事さんがやって来るはずです。僕がお会いするのはその後にしましょう」

「どうして……」と丸岡はまた絶句した。

「丸岡さんはきっと電話してくださると思っていました。ありがとうございます」

浅見は礼を言って電話を切った。本当に嬉《うれ》しかった。丸岡の許《もと》に名刺を置いてきたものの、本当のところ頼りにしてくれるかどうか、自信と不安は半々だった。

夕食後、しばらく寛《くつろ》いでから出掛けた。有里が（どこへ？――）という目をしていた。

ゆっくり走ったつもりだが、それでもまだ早すぎるくらいだった。丸岡家の前の道路には覆面パトが停まっていた。午後九時を過ぎて、ようやく刑事が二人、家から出てきた。それを待っていたように、すぐ近くに停めてあった車から男が二人飛び出して、刑事に近寄った。明らかにマスコミの人間だ。覆面パトに乗ろうとする刑事を摑《つか》まえて、何やら押し問答をしていたが、結局、収穫はなかったようだ。覆面パトが走り去ると、それを追って行った。

その一部始終を見届けてから、浅見は丸岡家のチャイムを鳴らした。丸岡はひどく疲れた顔で迎えた。自慢の髭《ひげ》がかえって惨めったらしく見える。まだ外出着のままだ。帰ったとたんに刑事の訪問を受け、かなりきつい訊問《じんもん》に晒《さら》されたそうだ。やはり「失踪」を疑われたと、心外そうにぼやいた。

「家内と子供たちを連れ戻しに、神奈川の家内の実家へ行っただけなんですがねえ。もっとも家内はすぐは戻れないと言いました。僕の誠意は理解できるし、子供の学校も心配だが、それ以上に世間の風当たりが耐えられない。ほとぼりが冷めるまで、しばらく実家にいたいと言うのです。やむをえません」

ガックリと肩を落とした。その説明で刑事は納得することはなかったが、さりとてそれを否定する材料もない。

「今後は家を空ける際には、警察に一報してくれと言ってました。これって、やはり完全な被疑者扱いですよね」

「そうですね。警察はいまのところ、丸岡さんに焦点を絞っていることは事実です」

「それで、誰かに相談したかったのですが、弁護士だと、なんだか自分が犯罪者であることを認めるようで」

「そんなことはありませんが、しかし、その前に僕に声をかけてくださって、光栄です」

「正直なところ、浅見さんをどこまで信用していいのか分からないのです。ただ、誰も知らないはずのことを、浅見さんがどうして知っているのか、不思議でならなかったものですから……どうしてなんですか？」

「今日、あの人に会いました」

浅見はいきなり言った。固有名詞を出さなかったにもかかわらず、丸岡はほとんど同じ程度にギョッと反応した。

「会ったって……それじゃ、あの、何か、彼女に言ったんですか？」

それによってはただではすまさない——という口ぶりだ。この期に及んでも、丸岡の騎士道精神はゆるぎないものらしい。

「いや、あの人のお母さんのことを言っただけです。もっとも、それで十分、あの人にはショックだったみたいですけどね」

「は？　母親のこと？……浅見さん、彼女の母親を知っているんですか？」

「ええ、会ったことはありませんが」

「どういうことですか?」

「いや、それは話せば長いことになります。それよりも丸岡さんから、あの人のことをお聞きしたいですね。どういう人なのか。プライベートなことは別にして、あの晩、いったい何があったのかを」

「………」

丸岡は沈黙してしまった。彼の重い口が開くのを、浅見は辛抱強く待った。いずれ話さずにはいられなくなることが分かっている。そのために浅見を呼んだはずなのだ。

「浅見さんは」と、丸岡はようやくか細い声で言い出した。

「予知能力って、信じますか?」

「ほう……」

さすがに浅見もその質問は予期していなかった。しかし間髪を入れずに「信じますよ」と応じた。

「もう何年も前の話ですが、僕自身、それらしい体験をしました。夜中にドライブをしてましてね、二百メートルほど先の道端に男が佇《たたず》んでいるのを見た瞬間、その男が僕の車に飛び込み自殺をすると思ったのです。横断するとか、いきなり飛び出してくるとかではなく、飛び込み自殺――と察知したのが恐ろしかった」

「それで、どうなったのですか？」

「本当に飛び込んできました。道路に頭から滑り込むように。幸い、数メートル手前で急ブレーキをかけましたが、もしこっちがまったく予測しないでいたら、完全に轢《ひ》いていたでしょうね。自殺だと言っても警察は信用してくれないから、間違いなく前方不注意による業務上過失傷害か、下手をすると過失致死ということになっていたはずです」

その時のことを思い出すと、浅見はいまでも背筋が寒くなる。

「そうですか、本当にあるものなのですかねえ。だったらお話ししますが、彼女には予知能力があるらしいのです。僕はそんなものは信じなかったのですが、現実に出くわしてみると、信じないわけにいきません」

「何があったのですか？」

そこでまた丸岡は悩んだ。ひょっとすると小池や平沢の死を予告したのかな——と浅見は思ったが、そうではなかった。

「画文帯神獣鏡《がもんたいしんじゅうきょう》です」

丸岡はまた思いがけないことを言った。

「彼女は画文帯神獣鏡の出土を予言したのですよ。それも場所とタイミングも、ピタリ言い当てたのです」

「タイミングも、ですか？」

「つまり、出土する日時です。その日その時刻はあなた自ら発掘しなさいと……まるで花咲爺《さかじじい》のここ掘れワンワンですな」

丸岡は浅見と会って、初めて笑った。愉快で笑ったのではなく、自分の愚かさをあざ嗤《わら》うような笑いに見えた。

「それで、出たのですね」

対照的に浅見は厳しい表情を作った。

「出ました。彼女が言ったとおりの場所と、大げさでなく寸分違《たが》わない位置で、僕の木べラが神獣鏡の縁を掘り当てました。その瞬間の驚愕《きょうがく》というか衝撃というか、あなたには分かってもらえないでしょうなあ」

「いや、分かりますよ。しかし、いまお話を聞いた段階では、神獣鏡が出土したことよりも、あの人がそれを予言したことのほうに衝撃を感じました」

「もちろん、僕だって両方の意味で驚いたのです。表面的には画文帯神獣鏡の出土だけを騒ぎ立てるようなことでしたが、誰も知らないところで、僕は彼女の予知能力に驚嘆しました。いや、驚嘆というより神がかり的な不気味なものを感じましたね。そこから先はあなたもご存じのとおり、まるで時の人のように祭り上げられて、無我夢中で過ごしてきましたが、頭の中には常に彼女のことと予知能力のことがありました。それと、何かよくないことが起こりそうな予感というか、こんな幸運が何の代償もなしに天から降ってくるとは考えられないという不安に絶えず襲われていたのです。そうしたら平沢先生があいうことになって……」

丸岡は肩を震わせた。

「……おまけに、僕が犯人ではないかと疑われるような羽目になって、このままだと本当に犯人にされかねない。たとえ潔白であることを証明できたとしても、家庭が崩壊してしまうのは目に見えています。もうどうすればいいのか、気が狂いそうなんです」

「警察の調べに対して、真実を言うのが最善だと思いますが」

「あなたは簡単にそう言うが、しかし、そんなことは信義にかけてできませんよ。もし他に方法がないというのなら、僕はこの秘密を抱いたまま死んでもいい」

「丸岡さんは重大な点で勘違いをしているのですよ」

浅見は言うべきかどうか迷いながら、しかし、いまは真実を言うしかないと思った。

「勘違いとは、どういうことです？」

思ったとおり、丸岡は気分を害したような反応を見せた。

「予知能力は存在すると僕は言いましたが、それは動物的本能の範疇《はんちゅう》だと思います。自分の体験からいっても、それが限界であって、超能力的なものではありません」

浅見は静かに諭すように言った。

「自分の身に危険が近づいている時、それを五感以外の感覚で察知するということは、ひょっとするとあるかもしれないという程度のことです。ホケノ山古墳のどこかに何かが埋まっていると推測するのは、明らかに科学的なデータに基づくもので、かりに勘が働くとしても、それは長年培われた知識からくるものでしょう。現場も見ずに、しかも発掘作業に従事してもいないのに、出土の場所を言い当てることなど、できるはずがありません。もし言い当てたとしても、それは単なる偶然でしかありません」

「しかし、現実に、彼女は……」

「それは予知能力によったものではなく、文字どおり、予《あらかじ》め知っていたのですよ」

「ん？　それはどういう意味ですか？」

「ですから、そこに埋まっていることを、前もって知っていたということです」

「しかし、どうして？　どうして知っていたんですか」

「自分で埋めたからです」

「えっ……」

丸岡はポカーンと口を開けた。浅見が言った意味を咀嚼《そしゃく》するまで、しばらくそうしていたが、開いた口をそのままに、天井を仰いで笑いだした。

「あはは、まさか、あんた、そんな馬鹿なことがありえますか。出土したのは画文帯神獣鏡ですよ。そんじょそこらの鏡とはわけが違う。それを彼女が埋めておけるわけがないでしょう。個人の所有どころか、国立博物館にだって、そういくつもあるものじゃないんだ。それを彼女が持っているなんて、ぜんぜん話にもならん」

最後は怒りがこみ上げてきたらしい。口をきつく結んで、脇を向いた。浅見はあえて逆らうつもりはなかった。

「お訊《き》きになってみたらいかがでしょう」

「訊くって、彼女に？」

「ええ、僕が言っても信じてはもらえないでしょうから、直接、あの人に確かめてみてください。それでもし僕の言ったとおりだったなら、またお会いしましょう」

浅見は笑顔で立ち上がった。丸岡は座ったまま浅見を見上げ、客がドアを出て行くまでそうしていたが、浅見が玄関に出た時には追いかけてきた。

「すみません、自分で電話して、わざわざ来ていただいたのに、申し訳ないです」

「いえ、そんなことは気にしていません。それより、丸岡さんのことが心配ですよ」

そう言って別れの挨拶《あいさつ》をしたが、この後、丸岡がどういう行動をするか、浅見は心底、気掛かりであった。

2

浅見にしたって、画文帯神獣鏡の在《あ》り処《か》が「予知された」ものだと聞いたのは、たったいま、丸岡の口からである。まさにそれは衝撃的なことであった。しかし、それが偽りであることぐらいは判断できる。丸岡の言葉を借りれば、「そんな馬鹿なことはありえない」のだ。それにもかかわらず、学者で冷徹な思考の持ち主であるはずの丸岡が、テンから疑おうとしないのだから不思議だ。

かつて九州の山中にある洞窟《どうくつ》で「壁画」が発見されたことがある。学者はそれを石器時代のものだと大騒ぎし、マスコミもそれを鵜《う》呑《の》みにして報道した。ところがそれから間もなく、その「壁画」は近くの子供たちのいたずらであることが判明した。学術的なことにはおよそ無縁な浅見は、ただただ呆《あき》れるばかりで、学者とは不思議な人たちだな――と思ったものだ。

丸岡の心理を分析すると、画文帯神獣鏡は彼にとっては絶対の「真実」なのだろう。自分の手がそれを掘り当てたことも「真実」である。そこから派生してくる、たとえば卑《ひ》弥《み》呼《こ》一族の墓であるか否かといったことは、今後の論議が確定するまでは、憶測や推測の範囲に属するもので、必ずしも真実とはいえないかもしれないが、その二つの「真実」は疑う余地がない。

それ以前の、どうしてそこに画文帯神獣鏡が埋まっていたかも、やはり憶測と推測の世界である。埋葬されているのが古代の王なのか、あるいはそれこそ卑弥呼なのか、鏡は鎮魂のためなのか魔《ま》除《よ》けのためなのか、それとも被葬者が愛用したものなのかといったもろもろのことは、あくまでも推測の域を出ず、絶対の「真実」とは言い切れない。

しかし、画文帯神獣鏡がそこにあったという「真実」は動かない。そして、画文帯神獣鏡が後漢《ごかん》の遺物であることもまず確定的といっていい。

ホケノ山古墳からは他の鏡の破片や鉄剣、銅鏃《どうぞく》、土器などが大量に出土しているし、棺内には水銀朱もあった。しかしこれらのものはある程度、出土が予測されていた。それだけでは学界どころか、考古学にさほど興味のない一般市民をも興奮させるような、あの大騒ぎにはならなかったかもしれない。

その中で、画文帯神獣鏡は予想外の大収穫だった。これがあったためにホケノ山の年代を「三世紀半ば」と推定する、大胆な仮説を樹《た》てることが可能だったともいえる。いや、仮説以上の「真説」の根拠となったものが画文帯神獣鏡だったのである。

その画文帯神獣鏡が「あの人」の手によって埋められた――などとは、丸岡にとっては天地が引っ繰り返るよりも考えられないことだ。「あの人」がそんなことをするかどうか以前に、画文帯神獣鏡そのものがまさに「そんじょそこら」の鏡ではないのである。それだけを考えても、浅見某なる男が大変な食わせ者のように丸岡には思えたにちがいない。

そういうことなのだろうな――と、浅見はひとり、苦笑した。

浅見が車に戻ると、すぐ近くに停まっている車から市場部長刑事が現れた。さすがはベテラン刑事である。引き揚げたと見せかけて、じつは張り込みを続けていたのだ。

「またあんたでっか」

市場はうんざりしたように言った。

「それで、今回は丸岡に何を吹き込んできたんかね」

「とんでもない、僕は何も吹き込んだりしませんよ。しいていうならば、早く警察に本当のことをお話ししたほうがいいですよと、それだけは言いましたが」

それは事実なのだが、市場は「ふん」と笑って行ってしまった。

奥の坊に戻ると、まだ靴も脱がないうちに有里が飛び出してきた。

「浅見さん、さっき電話がありましたよ。山品さんいう人で、遅くてもいいので電話してください言うてはりました」

山品とは東京美術学校時代、長井弥一と同窓だった人物だ。先日、訪問して河野美砂緒の消息を訊き、現在の住所を教えてくれるように頼み、体よく断られた相手である。何か状況が変わったのだろうか。浅見はすぐに山品画伯に電話をかけた。

「やあ、先日は失礼しました」

山品は浅見の期待を裏付けるように、明るい声で言った。

「いえ、こちらこそ先生に勝手なお願いをして、ご無礼しました」

「いやいや、ご無礼はお互い様ということにしますか。あの時はあなたのことをよく知らなかったもんで、すっかり警戒してしまった。正直言うと、週刊誌のトップ屋か何かかと思いましてね。しかし、あれからいろいろ聞いたところによると、浅見さんは大いに信頼できるお人であることが分かりました。それでですな、美砂緒さんにあなたの話をして、あなたが会いたいと言っていることも伝えましたよ」

「えっ、本当ですか、それはありがとうございます。しかし、会うのはだめだと言われたのでしょうね」

「いや、それがですな、私も意外だったのだが、美砂緒さんは会ってもいいそうです。長井や小池のことや、それにあの写真をあなたが持っていることを話したせいかもしれんですが、懐かしそうな顔してましたな」

「そうでしたか。それで、お会いするにはどうすればよろしいのでしょうか？」

「いつでもご都合のよろしい時にどうぞと言ってました。ただ、彼女はいま体調を崩しているので、あまり長い時間はどうかと思いますがね」

「承知しました。ありがとうございます。それではこちらの都合がつき次第、なるべく早く上京します。その時はあらためて先生にご連絡させてください」

浅見は何度も礼を言って、電話を切った。消息を摑《つか》めたどころか、河野美砂緒が進んで会ってくれるというのだから、思いがけない進展である。むしろそのことがかえって不安要因のように思えてきた。

受話器を置いて振り向くと、有里の心配顔がまともにこっちを向いていた。

「浅見さん、東京へ帰らはるの？」

「うん、ちょっと行ってくることになりました。思いがけないいい話があったのです」

「いい話……お会いするいうのんは、女の人ですよね、きっと」

「えっ？　ああ、あははは、そうですよ、確かに女の人ですよ」

浅見は笑ったが、有里は恨めしい目を向けたまま、深刻そうに黙りこくった。

3

浅見の上京は思ったより早まった。丸岡に対する警察の動きが、さほど見られなかったからである。しばらく膠着《こうちゃく》状態がつづきそうな気配であった。

奈良盆地の桜は盛りを過ぎ、名阪国道には桜吹雪が舞っていた。しかし名古屋に近づくにつれて葉桜に変わり、窓を開けて走っても暑いくらいの陽気になった。

東京と奈良を行ったり来たりして、浅見は預金残高が気になって仕方がない。事件の解決が長引くと、パンク状態になりかねない。今回の上京によって決定的な収穫が上がってもらいたいというのは、偽らざる心境だ。

河野美砂緒とは横浜のホテルで会うことになった。浅見がご自宅にお伺いするというのを、美砂緒のほうから「ホテルで」と指定してきたそうだ。

「自宅は病人くさくて失礼だって言ってましたよ。いくつになっても女性は美意識があるのですなあ」

山品画伯がそう言って笑っていた。

山下公園に面したホテルの、二階のレストランを予約してあった。いかにもゴージャスな雰囲気の漂うレストランだ。いよいよ問題の女性に会うという緊張とはべつに、ここの支払いはどうなるのだろう——と、浅見はまたしても預金残高が気になった。

河野美砂緒は山品の腕に縋《すが》るようにしてやって来た。形式的なエスコートでなく、本当にそうしなければまともに歩くこともできない、辛《つら》そうな様子であった。

しかし、浅見の前に立った時には、美砂緒はシャキッとして、少し威厳さえ感じられるほどに見えた。身長は百六十センチぐらいだろうか。その年代の女性としては、かなり大柄なほうかもしれない。みごとな銀髪を、わずかに紫に部分染めしている。襟元も袖《そで》もしっかりと覆うようなデザインのワンピースドレスは、ほとんど黒に近い濃い紫で、細かい刺繡《ししゅう》が施されている。光に弱い目なのか、室内だというのに淡いイエローの入ったサングラスをしている。

浅見は山品の姿を見た時から、立ち上がって二人を迎え、まだ数歩の距離があるところで「浅見です」と挨拶《あいさつ》した。

「河野美砂緒でございます、はじめまして」

声音には、とても病人とは思えない張りがあったが、顔や手の皮膚を見ると、やはり年齢は争えない。この女性があの写真の女性なのかと思うと、浅見は感慨無量だ。写真が撮られた日から半世紀。歳月の容赦なさを思わないわけにいかない。

「私はちょっと野暮用があるので、これで失礼しますよ。また後で現れますが、それまではこの人のことをよろしく頼みます」

山品は浅見にそう言い残して、美砂緒の肩にそっと触れて去って行った。本当に野暮用なのか、それとも気を利かせたのか。たぶん後者のほうだろうな——と浅見は思った。

「軽くお食事なさいませ」

美砂緒はマネージャーを手招いて、「じゃあ、お願いね」と言った。予《あらかじ》め言いつけてあるらしい。マネージャーは心得て、すぐにソムリエがテーブルの脇に立った。

浅見は「車ですから」と遠慮して、グラスワインになったが、こういうもの慣れた振舞いから察すると、美砂緒はここの常連なのだろう。

注文したわけではないが、浅見には魚介類を中心にしたコース料理が出るらしい。美砂緒はお相伴程度に料理を取って、ワインにも少し口をつけている。

浅見について、山品の口からある程度のことは聞いているのか、美砂緒は長井家の人々のことなどを質問した。長井弥生が健在なのは知っているが、あまり詳しい情報は得ていないようだ。長井家の玄関に長井弥一の「遺作」となった美砂緒の絵が掛かっていることを言った時は、さすがに粛然《しゅくぜん》とした。

「弥生さんのお孫さん、明美さんとおっしゃるのですが、いま大和《やまと》女子大にいます」

そう言うと、美砂緒は驚きもせず「ええ、そうですってね」と頷《うなず》いた。

「やはりご存じでしたか」

「ええ、まあ……」

含み笑いを浮かべながら「飯田《いいだ》の溝越家へもいらしたそうですね」と言った。浅見がそのことには触れないほうがいいかなと思っていたのを、美砂緒のほうから切り出した。

「はい、溝越さんの妹さん、薫さんが跡を継いで、お蕎麦《そば》屋さんを営んでます。なかなか評判の蕎麦で、かなり遠くからもお客さんが来るのだそうです」

「そう、薫さんがねえ……じゃあ、お婿さんをお貰《もら》いになったのね。いまもそうでしょうけれど、お若い頃はとってもおきれいな方でしたのよ。あ、そうそう、浅見さんはあの写真をお持ちなのだそうですわね」

ようやくその話題に触れてきた。

「はい、これです」

浅見はポケットから角封筒に入った写真を取り出して、そのまま美砂緒に渡した。美砂緒は写真を人物が写っているところまで引き出して、じっと見入っている。サングラスの奥の目に涙が浮かんだように見えたが、それは錯覚かもしれない。

「若かったこと」

美砂緒はおかしそうに笑顔を見せて、写真を浅見の手に戻した。

「ここに写っている溝越さんも小池さんも亡くなりました」

「ほんと、そうですわねえ」

「しかも小池さんは殺害されました」

「………」

美砂緒は言葉もなく、コクリと頷いた。

「この赤ちゃん、お嬢さんは、いまはどちらにいらっしゃるのですか？」

「真智子《まちこ》は亡くなりましたのよ」

「えっ……」

浅見は思わず、カチャッとフォークを皿に落とした。あの、溝越史郎の膝《ひざ》に抱かれた愛くるしい赤ん坊が、すでにこの世にいないとは——。

浅見の驚愕《きょうがく》とは裏腹に、美砂緒は至極淡々と言った。

「あの子は十二の歳のちょうどいま頃、亡くなりました。桜が散る頃でした」

「そうだったのですか。失礼なことをお訊《き》きしました」

浅見は辛うじてそれだけを言った。

「いいえ、いいのです。その写真をお持ちなら、きっとそのことをお訊きになると思っていましたから」

「はあ、確かに、それはおっしゃるとおりですが……そうですか、亡くなったのですか。しかし、どうして、あの、ご病気で？」

失礼を重ねるとは思いつつ、やはり訊かないではいられなかった。

「ええ、病気です。でも、自殺のようなものでしたわね」

美砂緒はさり気なくそう言ったが、それでかえって、浅見は心臓が止まりそうなショックを受けた。もう料理の味はまったく感じなくなってしまった。

「自殺とは……」

声をひそめて、「どういう？……」と訊くのが精一杯だった。

「わたくしの責任ですわね。可哀相なことをいたしました」

これまでに何百回、何千回となく自問自答をしてきたにちがいない。美砂緒は無表情でそう言って、ポツリと「二年をかけて、餓死したようなものですの」と言った。

（餓死――）

豪華なメインディッシュを目の前にして、聞き流すことはできない言葉だ。

「ごめんなさい、こんなことはお話しすべきではありませんわね」

「いえ、悪いのは僕ですから」

浅見はついにナイフとフォークを、皿の上に並べて置いた。ウェーターがスッと寄ってきて、テーブルの上を片づけた。

「デザートは紅茶になさいませ。ここのお紅茶はほんとに美味《おい》しいの」

美砂緒は茫然《ぼうぜん》としている浅見に代わって、注文してくれた。

「理由もお聞きになりたいでしょうね」

まるで楽しむような口調である。浅見は答える気力も失《う》せた気分だ。

「悪いのはわたくし。わたくしはきっと生まれつき魔性を持った女なのかもしれませんわね。溝越と離婚することになったのも、真智子が亡くなったのも、みんなわたくしに原因がありますの。昔、『悪魔のような女』という映画がありましたけれど、わたくしもきっとそれですわね。長井弥一さんが亡くなって、溝越が亡くなって、真智子が亡くなって、そして……」

「小池先生が亡くなられた」

浅見はようやく一矢を報いた。怒るかと思った美砂緒が満面の笑顔を見せた。

「あら、そう、そうですのよ、よくお分かりですこと」

喜んでいるようにさえ思える。

その時、紅茶が運ばれてきた。そうでなければ、浅見は美砂緒の吐き出す毒気にあてられ、席を立って逃げ出したかもしれない。

美砂緒は紅茶に砂糖と、それにミルクをたっぷり入れた。

「でもね、わたくしの悪いことは否定しませんけれど、真の責任は小池にございましてよ。みんな小池のせいで亡くなったと言ってもいいくらいですもの」

「なんですって？……」

浅見はここに来て何度目かの驚愕に襲われた。美砂緒が「小池」と呼び捨てにしたことにも、驚きと同時に、背筋が凍るほどの恐怖を感じた。何があって、何が起きたのかが、にわかに見えてきたような気がした。

4

「そんな怖い顔をなさらないで」

美砂緒は笑いを含んだ声で言った。実際、浅見を上目遣いに見た顔は笑っていた。

「あなたのようにお若くて、真っ直ぐに生きていらした方には、わたくしどものような屈折した生き方は、たぶんお分かりにはなりませんでしょうね。本当にひどい時代でございましたし」

「いや」と、浅見は首を振った。

「分かるような気がします」

「まさか、ことの始まりは五十年以上も昔のことですのよ。あなたがお生まれになるずっと昔。想像もつきませんでしょう」

「そんなことはありません」

「あらそうかしら」

美砂緒は面白そうに、若すぎるデート相手を眺めた。その視線に反発しながら、紅茶を口に含んで、浅見もようやく平常心を取り戻した。美砂緒の思いがけない言葉から、想像の領域は広がったが、その分、事実関係がはっきりしてきた。何があったのか、何をしなければならないのか——が、おぼろげに形を成して、ゴールの近いことを思わせる。

「人間の愛憎は古今東西、それほど変わってはいないと思います。たとえば高市皇子と十市皇女の悲恋物語でさえ、何となく実感できるのですから、少し想像力を働かせれば、半世紀前の出来事など、映画を観るように鮮明に見えてきます」

「ふーん、そうかもしれませんわね」

美砂緒は笑顔を引っ込めた。

「考えてみると、わたくしのところまで到達なさったのですもの、浅見さんの想像力は相当なものがあると思うべきでしたわね。もしかして、あなた、本当に何もかも分かっていらっしゃるのかしら?」

「何もかもとは言いませんが、かなりの部分については何があったのか、分かったつもりではいます」

「そう、それでわたくしを捕まえにいらしたっていうわけかしら？」

「とんでもない。僕は警察官でも私立探偵でもありません。ただ、ことの真相を突き止めないではいられないという、好奇心の塊のような人間です。それだけのことです」

「でも、真相を知れば、それを警察に知らせることに変わりはありませんでしょう」

「そうですね、必要があればそうします。しかし、必要がない場合もありますから」

「必要がない場合……そう、そういうことなのね」

美砂緒は浅見の言葉をどう理解したのか、しばらく押し黙っている。おもむろに浅見のほうから口を開いた。

「正直なことを言いますと、さっきあなたのお話を聞くまで、小池先生がなぜ殺されなければならなかったのか、それだけはずっと分からないままでした。いや、いまでも正当な理由があるとは到底、思えません。しかし、動機としてはそういうこともありうるかなという気がしないでもないのです。あなたのように、まるで諸悪の根源が小池先生にあるかのように決めつければ、殺意に結びついたとしても不思議はないのかもしれません」

「おやおや、そのおっしゃり方ではまるで、わたくしの思い込みが間違ってでもいるように聞こえますけれど」

「間違っているとは言いませんが、正当な動機だと思っていらっしゃるとすれば、それは間違いです。かりに小池先生に責任や、なにがしかの罪があったとしても、先生は生涯をかけてその罪を償ってきたのだと思います。ご結婚もせず、財産もなく、亡くなられた後は、まるで白紙のようにきれいさっぱりとして、何も残されていなかった。残っていたのはこの写真と、溝越薫さんからの一通の手紙だけでした」

「薫さんからの手紙……」

「そうです。手紙には溝越史郎さんの消息が綴《つづ》られていました。帰郷して一年ほどで亡くなったこと、病名は結核になっているけれど、心の病であったと思う——といったことが書かれていました。いまにして思うと、この写真の風景と溝越史郎さんの最期が、小池先生にとって、心に刻んでおかなければならない原罪だったのでしょうか」

それまで真っ直ぐに保っていた美砂緒の姿勢が、ゆらりとした。表情に疲労感が浮かんでいる。浅見は気遣って「お疲れですか」と訊《き》いた。

「いいえ、大丈夫。もうすぐ画伯が迎えにきてくださるでしょう。その前に仏様のお迎えがこなければね」

美砂緒は少女のようにいたずらっぽく笑ってみせた。

「確かにね、浅見さんがおっしゃるように、小池は正しく生きた人ですのよ。少なくとも自分はそう信じて生きていたはず。ことに当たっては自分に自己犠牲を強いて、聖人のように生きたつもりかもしれませんわね。でもね、そうじゃないの。小池の自分勝手な美意識や自己犠牲のお蔭《かげ》で、それこそ犠牲になった者たちがいることに、あの人はまったく気づかないのですよ」

美砂緒は「ふーっ」と息をついて、「少し昔語りをしていいかしら」と言った。

「はい、もちろん、お疲れでなければ」

浅見は優しい口調で応じた。

「わたくしはね、小池が好きでしたの。小池と初めて会ったのは、長井さんのお宅。弥生さんとは小学校から女学校を通してご一緒でしたから、よく遊びにお邪魔してましたのよ。弥生さんのお兄様の弥一さんと中学の親友だった小池と、そこで会いました。まだ十五、六の頃かしら。小池のことを思っただけで胸が締めつけられるように苦しくなって……わたくしにとって、それは本当の意味の初恋だったのでしょうね。でも、ずうっと長いこと、わたくしは弥生さんと小池が恋仲だと思い込んでおりました。少なくとも弥生さんが小池を愛していることは分かりましたもの。それに、弥一さんがわたくしのことを想ってくれているのが、うすうす分かりましたから、わたくしの想いは、誰にも内緒でした。その頃は女性のほうから殿方に想いを打ち明けるなど、許されない時代でしたのよ。ところが、中学を卒業する少し前、小池はわたくしに、帝大（東京帝国大学＝現東京大学）を卒業したらプロポーズすると言ってくれましたの」

浅見は思わず「ほうっ」と声を発した。ほんの一瞬、美砂緒は心なしか勝ち誇った表情を見せたが、すぐに、それを打ち消すような険しい顔になった。

「わたくしはもう有頂天でしたわ。それなのにその直後、小池は急によそよそしく振る舞うようになって、すでに合格が決まっていた一高に入らず、京都の同志社へ進学してしまいましたのよ。一高を蹴《け》ったということは、つまり帝大を卒業したら——というわたくしとの約束を反故《ほご》にする意思表示だったのでしょうね。でもその時はなぜそうしたのか理由が分からないまま、わたくしは次の年に女学校を卒業すると、弥生さんと一緒に大和女子高等師範学校に進学しました。もちろん、京都にいる小池を追いかけたということですわね。でも、小池は掌《てのひら》を返したように冷たく、会ってさえくれませんでした。当時は戦時中で、男女の交際もままならない頃でしたけれど、それにしても、いくら手紙を出してもなしのつぶてなんですもの、ずいぶんひどいと思いましたよ。翌年のお正月、弥生さんのお宅にお年賀に伺った時、小池から弥生さんに年賀状が届いているのを見て、それはそれはショックでした」

思い出すだけで、その時の悔しさが蘇《よみがえ》るのか、美砂緒の目尻《めじり》が、キリキリとつり上がったように見えた。

「わたくしが悔し紛れに、弥生さんにそのことを話すと、弥生さんは『いまだから言うけれど、小池さんが京都の大学へ行ったのは、兄が美砂緒さんのことを好きだっていうことが分かったせいかもしれない』っておっしゃるの。小池が一高進学を取りやめて京都へ行ったのは、弥生さんがその話を彼にした直後だったのですって。小池にとって恋人よりも友情のほうが大切だったっていうことですわ。わたくしは栄れるより腹が立ちました。それが小池の美意識か何かは知らないけれど、わたくしの気持ちなど、まるで斟酌しようとはしなかったのね。どうお思いになる？　いまのお若い方には、とても考えられないことでしょうね」

「はあ、まあ……」

浅見は曖昧《あいまい》に頷《うなず》くしかなかった。ひょっとすると「友情」という言葉自体、いまの世の中では、ほとんど死語になってしまったのかもしれない。

「でもね、後になって考えて、弥生さんがお兄様の気持ちを小池に伝えたのは、彼女の陰謀ではないかと気がつきました。弥一さんがわたくしを愛していると知れば、小池は身を引くだろうって、そう考えたにちがいありません。そのくらいのことはわたくしにも分かりますもの。それにしても、無二の親友と思っていた彼女が、じつは恋のライバルだったなんて、まるで吉屋信子《よしやのぶこ》の小説みたいと……あら、浅見さんに吉屋信子って言っても、お分かりにならないかしら」

「読んだことはありませんが、名前ぐらいは知っています。一世を風靡《ふうび》した少女小説の大家でしたね。母の少女時代の愛読書だったと聞いたことがあります」

「そう、お母様の……」

一瞬、美砂緒の顔に懐旧の情が流れたように見えたが、すぐに話題を元に戻した。

「そんなことがあったもので、わたくしは悲しくて辛《つら》くて、そのまま奈良には戻らず、学校を辞めてしまいました。そうして、小池への当てつけのように、弥一さんの絵のモデルになりました。でも、それは結果的に弥一さんにとってひどい仕打ちでしたの。弥一さんはそれからまもなく、わたくしにプロポーズしました。わたくしのほうはまだ小池を完全に諦《あきら》めたわけではありませんでしたから、もちろんお断りしましたけど、弥一さんは『それじゃ、せめてこの絵の中のきみに魂を吹き込もう』とおっしゃって、それからは弥一さんとわたくしと二人、アトリエの中で、画家とモデルというより、愛《いと》しさと憎しみの葛藤《かっとう》で血みどろになって戦う者同士のような、息苦しい日々でした」

あの不思議な悲しみに満ちた肖像画は、そうして生まれた作品だったのか——と、浅見はそら恐ろしいものを感じた。

「その後、小池先生と弥生さんはどうなったのですか？」

浅見は恐る恐る訊《き》いた。美砂緒の口許《くちもと》に冷笑が浮かんだ。

「だめでしたのよ。弥生さんもわたくしと同じように袖《そで》にされたのね。その年の秋、小池は突然帰京して、学徒出陣に志願したのです。それに義理立てするように弥一さんも学徒出陣して、とうとう帰らぬ人になりました。戦争嫌いの小池がなぜそうしたのか、真意は分かりませんけれど、弥生さんを避けるためか、わたくしの妄執から逃れるためか、たぶんその両方だったのじゃないかしら」

「まさか……」

「いいえ、小池はそういう人でしたのよ。そういうことになると、ひどく臆病《おくびょう》で、煮え切らない性格でした」

その点に関しては浅見も耳が痛い。いいセンまで行っていながら、いざとなると踏ん切りがつかなくて、敵前逃亡みたいなことになった経験は数えきれなかった。

「しかし、それは小池先生の誠実さの証明ではないのでしょうか」

多少、自己弁護かな――と後ろめたさを感じながら言った。

「誠実とは思えませんわね。誠実っていうのはもっと大胆なものですわよ。貫き通してこそ、初めて誠実と言えるのじゃないかしら」

「はあ、そういうものでしょうか」

「とにかく、そうやって、みんなが散り散りばらばらになって、やがて終戦を迎えた時には、弥一さんが戦死されたことを風の便りのように知りました。小池の家もわたくしの家も戦災で焼け、食糧難の中を無我夢中で生きる毎日でした。そんな時、弥生さんから、ある雑誌に小池の論文が載っているって知らせてきて、お手紙したらって勧められました。いやな思い出は思い出として懐かしかった。あの人は立派にやっていると思うと、何だか誇らしいような気分にもなったりして。それがきっかけで、小池とのお付き合いが再開されました。小池は同志社を出て、そのまま助手として大学に残って、考古学の研究を続けていたのね。貧しい書生でしたから、いつもわたくしが京都へ訪ねて行きました。そして彼が東京に出てきた時、溝越を紹介されたのが運命の出会いになりましたのよ」

美砂緒は大きく息をついた。

5

「溝越と小池とは、同志社での同期生で、溝越は中途退学して東京に出てきて、商売を始めておりましたの。あなたもご存じの飯田の旧家の長男で、なかなか目端の利く人間でした。ふた言めには小池に、そんな考古学みたいなうだつの上がらないことは止めて、東京で一緒に仕事をしようと勧めておりました。わたくしもなぜそうしないのか不思議でしたわ。だって小池は本当に貧しくて、溝越の家に泊めて貰《もら》って、いつも汗と泥に汚れた粗末な服を着ていましたもの。食べるものもろくになかったのじゃないかしら。対照的に、溝越は舶来の生地のスーツを着こなして、進駐軍の払い下げのジープで、あちこちへ飛び回っては物資を仕入れ、売り捌《さば》いていました。でもわたくしはたとえ貧しくても、小池のそういう生き方が好きでしたし、いつの日にか教授になって、溝越を見返してやればいいのと思っていました」

美砂緒はしばらく黙った。疲れたのかと思ったがそうではなく、気持ちの整理をつけていたらしい。やがて美砂緒は「あの日……」と、遠い目をして言った。それがいつのことなのか、そういう詮索《せんさく》は必要としないし、たぶん訊いても拒否するであろう「あの日」なのだ――と浅見は思った。

「溝越の家で、ふとした折に、わたくしは小池と溝越のひそやかな会話を立ち聞きしてしまいましたの。何の話なのか、途中からでしたけれど、溝越が『譲れ』と言い、小池はしきりに渋っている様子でした。わたくしはドキドキしてしまって、気づかれないように、そっとその場を離れましたけれど、最後に溝越が『五万円でいいな』と念を押す声だけがはっきり耳に残りました。五万円といえば、当時はとても大金でしたのよ。その後、二人は何食わぬ顔でわたくしの前に現れましたけど、それからの小池は、妙にオドオドして、わたくしの目も見られないほどでしたから、何かとても悪いことをしたにちがいないと思いました。そうしてその夜、わたくしは溝越に抱かれました」

「えっ……」と、浅見は吸い込む息で声を発した。心臓が鼓動を止め、血液がすべて頭に昇るようなショックだった。

「びっくりなさったでしょう」と美砂緒は他人事《ひとごと》のように笑った。

「わたくしだって、それは驚きましたわ。親友の恋人を襲うなんて、とても考えられないことでしたもの。でも、襲われながら、わたくしは昼間の『商談』のことが頭を掠《かす》めました。そうか、わたくしは売られたのね――と思いました。そう思ったとたん、無性に悲しくて、涙がどんどん溢《あふ》れてきて、全身から力が抜けてしまいました。その中で、ただひたすら、小池の裏切りに復讐《ふくしゅう》することばかりを考えていました。もちろん溝越のことも恨みましたけれど、その時はそれよりも小池が許せなかった。後で溝越に『わたくしは売られたのね』と言うと、彼は一瞬、何のことかは分からなかったようですけれど、立ち聞きのことを言って『五万円で買ったのでしょう』と問い詰めると、ハッとして、それから笑いだしました。『そうだよ、五万円で買ったよ』と、まるで狂ったように笑っていました。でも笑いを収めると、とても真面目な顔で『結婚してくれ、幸せにしてみせる』と誓って、本当にその言葉どおり、わたくしに尽くしてくれましたのよ」

「それで」と浅見は訊いた。「小池先生はそれっきりで済ませたのでしょうか？」

「一度だけ、上京してきて、溝越を詰《なじ》ったようですけれど、結局、諦めて帰って行きました。溝越の話ですと、最後には、自分よりも溝越と結婚したほうが、豊かで幸せな暮らしができるだろうと言っていたそうです。ほら、これもいかにも小池らしい、自己犠牲の考え方だとお思いになりません？」

浅見は耳を覆いたい気持ちだった。あの小池が恋人を奪われ、すごすごと帰って行く姿を想像すると、わがことのように辛くなる。

「その時はわたくしは顔を合わせず仕舞いになりましたけれど、しばらくして、わたくしたちの結婚を祝福する手紙をくれました。それから一年ほどして、わたくしたちが関西へ行った時には、奈良を案内してくれて、何事もなかったように振る舞っていました」

「それは上辺だけの見せ掛けだったのではありませんか。小池先生は本心では辛かったと思いますが」

せめてそうとでも言わなければ、浅見は気が済まない。

「そうですわね、幸せなところを見せつけるような真似をして、ひどいと思ったかもしれませんわね。わたくしも内心、そう思いました。でもね、その時は、小池が負け犬のように見えたのですけれど、じつはそういうわけでもありませんでした」

美砂緒は傷ついた浅見の心情を察したように言った。

「むしろ小池は、自分でも気づかないうちに、溝越に手ひどいしっぺ返しをしていましたのよ。それは何かと言うと、長女の真智子が小池の子であることが、それからずっと先になって明らかになりましたの」

(なんということ――)

浅見は言葉もなかった。

「学校の身体検査で、真智子が溝越とわたくしのあいだにはありえない血液型だと知って、溝越は相当なショックだったみたいですわね。その時には二人目の赤ちゃんがお腹にいましたけれど、その子のことさえも信じられないほど、溝越は錯乱してしまいました。ある晩、溝越はわたくしを書斎に呼んで、青ざめた顔と血走った目で、いきなり『呪いだ』って言うのです。わたくしは『小池さんの呪い？』と訊きました。『わたくしを五万円で買ったことへの呪いなの？』と言うと、溝越は驚いた顔をして、それから『馬鹿な……』と苦笑しました。『あの五万円は別の物の代価だ』と……」

「画文帯神獣鏡ですね」

浅見は冷静に言ったつもりだが、いくぶんの興奮は抑えきれなかった。

「えっ、浅見さんは知ってらしたの？」

それまでは圧倒的に主導権を握っていた美砂緒が、初めて見せた驚愕《きょうがく》だった。

「いえ、そうではありませんが、小池先生が五万円であなたを売るはずがない以上、もしかすると――と想像したのです」

「そう、そうでしたの、本当にあなたは想像力豊かな方なんだわ。でも、どうしてその鏡が小池のところにあったのかということまでは、お分かりにならないでしょう？」

「たぶん、盗掘でしょうね」

「まあ……」

「それ以外には考えられません。小池先生と溝越さんは同志社で考古学を専攻していた学生仲間でしたから、共同して盗掘をしたにちがいありません。それも盗掘の場所が問題なのだと思います。おそらく箸墓《はしはか》を掘ったのでしょう。違いますか？」

「驚きましたわ、おっしゃるとおりなんですもの。溝越と小池は同志社の三年の時、ひそかに箸墓を盗掘したのですって。わたくしはそれまで、箸墓がどういう史跡かも知りませんでしたけれど、後で調べたら大変なところですのね。宮内庁が管理していて、立ち入り禁止だそうじゃありませんの。溝越が話してくれたのですけど、その時の盗掘でいくつかの勾玉《まがたま》と鏡を掘り当てて、溝越は勾玉を小池は鏡を、それぞれ持ち帰ったそうです。勾玉はお金に換えられるけれど、鏡はどうしようもないと言ってました。でも、小池にとっては鏡のほうが何百倍も何千倍もの価値があったのでしょうね。それなのにその鏡を手放さなければならない事態が起きて、そうして、小池は鏡を譲る代わりに五万円をと溝越に掛け合ったのです。あの時の会話はそういうことだったのね。その会話がなければ、わたくしと溝越が結ばれることもなかったかもしれません」

（その五万円は――）と、浅見は危うく口元まで出かかった言葉を飲み込んだ。おそらくその金は、美砂緒との結婚準備の資金に充てるつもりだったにちがいない。もしそうだとすると、まるでオー・ヘンリーの寓話《ぐうわ》のような悲喜劇だ。オー・ヘンリーの『賢者の贈り物』では、夫は妻の美しく豊かな髪のために金時計を売って、宝石をちりばめたベッコウ製の櫛《くし》を買ってくる。妻は夫の大切な金時計のために、自慢の髪を売ってプラチナの鎖を買ってくる。このおかしくて悲しい物語を彷彿《ほうふつ》させるような――というより、まったく笑えない話であった。

「溝越は『鏡の呪いだ』と言って、白木の箱に入った青銅の鏡を見せました。それが溝越と膝《ひざ》を突き合わせて語りあった最後の夜になりました。それから間もなく、溝越は家を出て、わたくしたちに離縁状と一緒に財産のほとんどを叩《たた》きつけるように譲って、自分は仕事も何もかも捨てて故郷の飯田に帰って行きました。わたくしは何度か手紙を出しましたけど、返事もなく、二度と会うこともありませんでした。びっくりするほど早く、溝越は亡くなったのです。そうして真智子までが自分の出生の秘密を知って、こども心にも傷ついたのでしょう。極度の拒食症になって、とうとう亡くなりました」

それが恐ろしい悲劇であることさえ聞き逃しそうな、さらりとした語り口だった。

「わたくしには幼い次女が残されました。この子はまぎれもなく溝越の子であるのに、その父親も、姉の真智子も、本当に呪われたように亡くなっていました。どういうわけか、この子は子供の頃から考古学に興味があって、あの鏡を自分の物にして部屋に飾っているような子でした。そして高校から奈良の学校に入って、大和女子大でも考古学を専攻して、さっさと結婚もして、もう東京のことは忘れてしまったようですのよ」

「それが」と浅見は言った。「いづみさんなのですね」

「えっ、どうして？……」と、美砂緒はこれまで以上に目を瞠《みひら》いて驚いた。

6

　もしかすると、河野美砂緒はそれまで、浅見光彦という男の能力を、軽く見ていたかもしれない。口では「想像力豊か」などと褒めてはいたが、自分の経験してきた人生の豊かさからみれば、まだまだ青いわよ――と思っていたはずである。その彼女が明らかに狼狽《ろうばい》ぎみに言った。

「あなた、いづみをご存じですの？」

「はい、三度ほどお会いしました。畝傍考古学研究所の島田いづみさんですね」

「え、ええ、そう、島田はいづみが嫁いだ先の夫の名前ですけど、でも、夫はずっと以前に亡くなりましたのよ」

「ほう……」

　浅見は冷水を浴びたような気分がした。一度にこんなに人が死ぬ話を聞かされたのは、たぶん初めてのことにちがいない。

「畝傍考古学研究所に小池先生がいらっしゃることを、いづみさんはご存じだったのでしょうか？」

「えっ、いづみが？　いえ、それは存じあげませんでしたでしょう」

「あなたはご存じだったのですか?」

「わたくしが知っていたはずはありませんわよ。小池のことなど、とっくに忘れているつもりでしたもの」

「それじゃ、いづみさんが畝傍考古学研究所に入って、初めて小池先生がそこにいらっしゃることに気づいたのですね」

「ええ、まあ……でも、それはずっと経ってからのことですよ。いづみは仕事先のことなど、まるで話さない子でしたもの」

「いつ頃お知りになったのですか?」

「さあ、いつ頃でしたかしらねえ……」

美砂緒は急にそわそわと居心地悪そうに身じろぎをして、後ろを振り返って、「遅いわねえ、山品画伯は」と呟《つぶや》いた。

「ごく最近のことではありませんか?」

「そうかもしれませんわね」

「どうして知ったのでしょうか?」

「そんなこと、忘れましたわよ。何かの記事で読んだのかもしれないわ」

「お嬢さんのいづみさんからお聞きになったということはありませんか」

「違いますわよ。いづみはそういう、仕事の話はしない娘だと申し上げたでしょう」

「だとすると、もしかして、小池先生からご連絡があったのではないですか？」

浅見は相手を見据えるようにしている。美砂緒は質問に答えるどころか、もはやその視線に耐えるのが辛《つら》そうに見えた。体を前後左右に揺らして、大きく吐息をついた。それに追い討ちをかけるように、浅見は問いかけた。

「小池先生は、いづみさんが持っている画文帯神獣鏡のことで、あなたに連絡してきたのではありませんか？」

「えっ、とんでもない、違いますよ。何を証拠にそんなことをおっしゃるの」

美砂緒のうろたえぶりは、意思とは逆に浅見の質問を肯定しているように見える。

「そうでしょうかねえ。いづみさんはお父さんの形見として大切にしていた画文帯神獣鏡の価値を、純粋に学問的な意図で、考古学の権威である小池先生に確かめようとなさったはずです。それで小池先生は驚いてあなたに連絡してきた……違いますか？」

「違いますってば」

「そうですか……しかし鏡のことはともかく、いずれにしても、そのこと——小池先生と古いお知り合いであることは、いづみさんにお話しになったのですね？」

「ええ、しましたわよ、それが何かいけませんの？　それより、もうわたくし、だめ……ちょっと、あなた」

遠くにいるマネージャーに手を振った。その時、山品画伯が入口に現れた。その姿が目に入ったのか、美砂緒はフラッと立ち上がった。浅見は急いで美砂緒に寄り添って、彼女の肘《ひじ》を支えた。

「何をなさるの！」

美砂緒は浅見の手を邪険に振り払った。その反動で体が傾き、テーブルの上に上半身を投げ出すように倒れた。ティーカップがソーサーごと跳ね飛んで床に落ちて、大きな音を響かせた。周囲の驚いた視線が集中した。

その時になってようやく山品画伯が駆け寄って、美砂緒を支えた。

「どうしたの？　大丈夫かね」

言いながら非難する目で浅見を見た。

「少しお疲れになったようです」

浅見は当惑して言った。何が彼女をそうさせたのか、こうなるまでの複雑な経緯は、ちょっとやそっとでは説明できっこない。

「車まで連れて行って」

美砂緒は山品に頼んでいる。

「これじゃ運転は無理だな。タクシーを頼みましょう」

（運転？――）

この「老女」といっていい年齢の美砂緒が、車を運転するということに、浅見は意外な感じを受けた。

「僕の車でお送りしましょうか」

「そうですな、頼みましょうかな」

山品が言うのを、美砂緒は「だめ、この人はだめ」ときつい口調で言った。山品は理由が分からないまま、美砂緒に従うほかはなかったにちがいない。結局、二人の老人が玄関でタクシーに乗るのを、浅見は見送ることになった。


山下公園の夜はすっかり春めいて、アベックの散策する姿もちらほらあった。その穏やかな風景とは裏腹に、浅見の頭は不穏な想像で荒れ狂っている。

河野美砂緒との会見で、さまざまなことが新たに分かった。しかし、彼女の語ったことの半分近くは、すでに浅見が想像してきたことを裏付けるものであった。とくにあの画文帯神獣鏡が箸墓から出土したものであり、それが小池と溝越による盗掘だったことなど、まさに浅見が思い描いたとおりだ。

その画文帯神獣鏡が、なぜホケノ山の古墳から「発見」されたのかも、もはや想像する必要のないほど明らかになった。残るは、なぜ小池と平沢が殺されなければならなかったのか——だけである。

正直なことを言えば、浅見はその真相を探り実証する作業からは手を引きたかった。すでに謎はほとんど解明し尽くされたのである。勘も空想力も無用な、物理的で機械的な作業は、浅見のような臆病《おくびょう》な人間には向いていない。ここから先は市場部長刑事のような剛直なプロに任せればいい。

そう思いながら、浅見はわずか二晩を自宅で過ごしただけで、また奈良へ舞い戻ることになった。その日の朝刊に〔畝傍山殺人事件で進展か？／考古学研究所幹部が任意出頭〕という記事が出ていたからである。氏名はもちろん役職名も出ていないが、〔先のホケノ山古墳発掘調査で、画文帯神獣鏡を発見するなど、功績のあった――〕と紹介している記事の内容からいって、明らかにその「幹部」が丸岡孝郎であることは分かる。

丸岡はいまだに「その日、何があったか」を警察に話していないようだ。ここに至ってもなお、彼の言う「信義」なるものを後生大事に貫き通すつもりらしい。それはそれでいいのかもしれない。かりに警察が丸岡を逮捕・勾留《こうりゅう》して取調べを行っても、彼が黙秘を続けるかぎり、真相は闇の中である。だが、丸岡がはたして、どの程度、真相を知ってそうしているのかは問題であった。

浅見には丸岡の苦悩する姿がありありと見えるようだ。殺人事件の容疑などは、むしろ二の次で、彼を悩ませ苦しめているのは画文帯神獣鏡のことにちがいない。浅見が丸岡に「画文帯神獣鏡は『あの人の手によって』埋められたもの」と指摘したことを、彼は素直に受け入れるべきか否かで苦悩している。

画文帯神獣鏡という「真実」、そして丸岡がそれをあの場所で発掘したという「真実」――この二つの真実を否定しろというのは、いまの彼にとっては自殺を強要するようなものかもしれない。もし彼が自らそれを否定すれば、その瞬間、彼の学者としての生命が断たれることを覚悟しなければならない。それほどの大きな決断ということだ。

東京を発《た》つ時、浅見は山品画伯に電話で挨拶《あいさつ》をした。用件は挨拶に事寄せているが、もちろん、河野美砂緒のその後を知ることが目的である。「あなたが何を言ったのか知らんが、相当なショックを受けてましたな」と、山品はやや不機嫌そうな声で言った。

「そうでしたか。いえ、べつに失礼を言ったつもりはないのですが、お嬢さんのことに触れたとたん、急に立ち上がられたのです」

「お嬢さん……というと、真智子さんのことですか、それはまずかったな。いや、あなたには言わなかったが、美砂緒さんの長女は夭折《ようせつ》してましてな、それもただの死に方ではなかったという……」

「あ、そのことはあの時、河野さんからお聞きしました。そうではなく、僕が言いだしたのはいづみさんのことなのです」

「いづみさん……そう、それじゃ、彼女は奈良へ行ったのか。じつは一昨日も昨日も、電話して見舞いを言うつもりだったが、ずっと留守でしてな、入院でもしたかと気になっていたところです。いづみさんが奈良にいることはご存じかな？　確かいまは島田さんと名前が変わっているはずだが」

「はい、承知しています。じつは僕もこれから奈良へ向かおうとしているのです。そうですか、河野さんは奈良へいらしたかもしれないのですね。だったら向こうでお会いできるでしょう。もしお目にかかったら、先生にもご報告します」

電話を切ってからも、浅見の胸中には山品の言葉が去来した。美砂緒が奈良へ向かうとは、浅見はまったく予測していなかった。あの疲れ切った老女のイメージからは、車を運転することはもちろん、家を出て奈良へ向かうエネルギーがあるとは、到底考えられなかった。しかしそれは盲点というものかもしれない。ひょっとすると、美砂緒の巧妙な偽装だったことも考えられないわけではない。みごとな銀髪を振り乱しながら、初瀬《はせ》ダムへ向かう道をドライブする美砂緒の姿が、浅見の脳裏に思い浮かんだ。

ソアラを駆って東名高速を突っ走りながら、浅見は奈良を空けていたほんの短い間が、取り返しのつかない「ロスタイム」になるのではないかという危惧《きぐ》を抱きつづけた。油断と言うべきだろう。

浜名湖サービスエリアから畝傍考古学研究所に電話して、「島田いづみさんを」と言うと、あっさり「お休みです」という答えが返ってきた。

「昨日もお休みではなかったですか?」

「ええ、そうですけど」

（やはり――）と思った。状況が急激に変わったのだ。変えた張本人は浅見自身である。それも悪い方向へと動きつつある。唯一、救いは、丸岡孝郎が警察の手の中にあるということかもしれなかった。

第十一章　死者の書

にぎはしく人住みにけり。はるかなる
木《こ》むらの中ゆ人わらふ聲《こゑ》
釈《しゃく》迢空《ちょうくう》

1

奈良盆地に入ると、二上山《ふたかみやま》の上に傾いた西日が眩《まぶ》しかった。国道24号は夕方のラッシュ時にかかって、流れが悪い。橿原《かしはら》市内に辿《たど》り着いた頃にはすっかり夕景だった。

橿原署の前で毎日新聞の沢木記者に出会った。浅見を見て「やあ、まだいたんですか」と呆《あき》れたような挨拶である。「旅と歴史」のような雑誌が、事件物にそう熱心であることが意外なのだろう。

「けさの新聞で、丸岡さんの容疑が固まったような書き方をしていたので、慌てて飛んで

てはかなり入れ込んでますけどね」

「ああ、それはQ紙でしょう。うちはそんなふうには書いてませんよ。ただし、警察とし
きました」

丸岡孝郎に対する事情聴取は連日、十時間にも及んでいるそうだ。任意とはいえ、もちろん監視つきの訊問《じんもん》である。

「訊問の趣旨はほぼ一貫して『その夜、どこで何をしていたか』ってことと、『それを証明する者はいるか』だっていうんですがね。それがさっぱり収穫がないみたいですよ。とにかく何も答えないんだから」

沢木は気持ちよく、浅見の知らないことを教えてくれた。それによると、どうやら丸岡は黙秘を貫いているのだ。ほかの質問に対しては比較的、素直に答えるのだが、事件当夜の行動についてはしっかりと口を閉ざし続けているという。

「捜査当局は丸岡を逮捕すべきかどうかで苦慮している。逮捕したところで、黙秘を続けるかぎり彼の犯行を立証する根拠は何もないっていうのが、警察の本音ですよ」

単に当夜の行動が不明だというだけでは、勾留の事由には適さないのである。

「それにしても彼は見かけによらず頑強ですね。事情聴取もきついけど、帰宅後も監視の目はどこかにあるものと思わなければならないから、いいかげん神経が参りそうなものだけど、よく落ちないもんだと感心します」

「それは丸岡さんがシロだからですよ」

浅見は当然のことのように言った。

「ふーん、やけに確信ありげですね。何か根拠でもありますか」

「ええ、まあ、ないこともありませんが。しかし、しばらくはいまのままの状態でいるほうが、丸岡さんにとってはいいことなのかもしれません」

「いまのままって、警察にとっ捕まっているってことがですか？　ははは、それはまた冷たいことを言いますね」

「いや、そうではなくて、警察が監視しているかぎり、丸岡さんは安全だからです」

「というと、つまり警察から解放されると、殺されるとでも？」

「殺されるかどうかはともかく、少なくとも危害を加えられる恐れはありません」

「えっへへへ……」

沢木はおかしな笑い方をして、冷やかすような目で浅見を眺めた。

「その口ぶりだと、なんだか事件の真相をすべて知っているみたいですね」

「そんなふうに聞こえましたか？」

「うん、聞こえた聞こえた。市場さんあたりに聞かせたら、泣いて喜びそうだ」

「そうですね、じゃあ、これから行って、話してきましょう」

浅見が橿原署の玄関へ行く階段を一歩上がったところで、沢木は慌てて「ちょ、ちょっと」と引き止めた。

「えっ、本気なのそれ？　ほんとに知ってるってことですか？　驚いたなあ、何か情報があるのなら、警察に行く前に教えてくれませんかね。いや、もちろんそれなりのことはしますよ」

「いや、いくら沢木さんでも、残念ながら、そういうわけにはいきません」

浅見は首を横に振った。

「これは相当にシリアスな問題ですから、極秘のうちに捜査を進めてもらわなければなりません。ただし、警察が相手にしてくれない場合は別ですが」

「そう、いや、それはそうでしょうけどね。それじゃその、もしも警察が相手にしなかった時は、話してくれますよね」

そうは言いながら、浅見を見送る沢木の表情は半信半疑であることを物語っている。

受付で市場部長刑事に面会を求めたが、案の定、断られた。おそらく、今頃は丸岡相手に訊問の最中なのだろう。「ちょっと耳寄りな話をお持ちしたのですが」と言うと、代わりに若い刑事が応対するという。名刺を見ると〔刑事課巡査　榎本雄一《えのもとゆういち》〕とあるから、いわゆるヒラの刑事だ。まだ二十二、三歳といったところだろうか。若かろうと年輩者だろうと警察官は警察官、刑事は刑事にちがいない。とはいうものの、警察側の気組みの度合いがさほどでもないことを感じて、出端《でばな》を挫《くじ》かれた思いだ。

「それで、どういう話ですか？」

一応、取調室に入って、デスクを挟んでの榎本刑事の第一声がそれだった。ご苦労様も何もないのは、若いから仕方がないのかもしれないが、ただのタレコミ屋扱いのようで、愉快ではなかった。

「いま、平沢徹さん殺害事件のことで、丸岡孝郎さんがこちらに来ていますね。それについて、捜査の参考になるお話をしたいと思って来たのですが」

「はあ……どういったことです？」

浅見の肩書のない名刺を弄《もてあそ》びながら、榎本は気が無さそうに言った。

「その前に、丸岡さんに会わせていただけませんか。少し訊《き》きたいことがあるのです」

「そら、だめですな。現在取り調べ中の人間に会わせるみたいなことは、でけしまへん」

「そうですか……それじゃ、やむをえません。結論から言いますが、畝傍考古学研究所の島田いづみさんという女性を、大至急、捜してください」

「はあ？……何ですか、それは？」

「とにかく何でもいいですから、島田いづみさんを捜していただきたいのです。研究所に問い合わせたところ、一昨日から行方不明になっている気配があります。自殺の虞《おそれ》もありそうなので、早急に手配したほうがいいでしょう。それとですね……」

「ちょっと待ってんか」

榎本は脳天から出すような声で言った。

「行方不明やとか、自殺の虞やとか、いきなり言われたかて、何のことやらさっぱり分からへんですよ」

「そうでしょうね。事件の全体像を知らないとちょっと分かりにくい話なのです。ですから丸岡さんに詳しいことをお聞きするか、あるいは市場さんに会わせていただきたいとお願いしたのです。場合によっては、捜査一課長に直接お話ししたほうがいいかもしれません。こんなことをしているうちに、事態はどんどん悪化してしまいますから」

「なんやねん、そしたら自分みたいなのは頼り無いいうことですか」

「そうは言ってませんが、話の分かる人でないと、間に合わなくなりそうで、それが心配なのです」

言い方を変えてみたが、相手の気分を損ねる効果には、あまり変わりはなかった。

「話の分かる人って……あんたねえ、自分かてれっきとした刑事やで。あんたみたいな素人さんに指図されとうはないな。どういう情報をタレ込みに来たのか知らんが、ガセやないかどうかを判断するのは自分の役目なんやから。自分に詳しい説明がでけへんのやったら、帰ってもらいましょうか」

「参ったな……」

浅見は頭を抱えた。時計を見ると六時半を回ろうとしている。河野美砂緒と島田いづみ母娘《おやこ》がいま頃どうしているか——と思うと、焦燥感が突き上げてくる。しかしどうすることもできそうにない。

「分かりました。それじゃ、後で市場さんにお伝えください。浅見がお話ししたいことがあるので、当麻寺《たいまでら》の奥の坊までお電話くださるようにと」

榎本刑事の対応の様子からいうと、はたしてちゃんと伝わるかどうかも不安だが、浅見はすごすごと橿原署を引き揚げた。

奥の坊に着いたのは七時過ぎだったが、為保家の人々は夕食を待っていてくれた。浅見の足音を聞きつけて、有里が玄関に飛び出して迎えた。

「心配しとったんよ。浅見さんが行ってしもうてから、夢見が悪うて、何かよくないことが起きるんやないか思って……」

言いながら、もう涙ぐんでいる。本当に感受性が豊かというか、感性が鋭いというか、トビと会話ができるだけのことはある。

「ほんま、この子は人の顔を見れば、浅見さんはどないしてはるやろ、ばっかし言うとったんですよ」と、母親の智映子は笑った。

「ははは、僕はこのとおり元気です。事件のほうはいろいろ進展がありましたが」

その「進展」のことを思うと、浅見も表情が曇りがちだ。それをまた有里が敏感に察知するらしかった。食事中も、気掛かりそうな目を時折、浅見のほうに向けていた。

「そや、忘れとった。長井先輩が浅見さんに一度会いたいんやそうです」

「ほう、何の用ですかね」

「お祖母《ばあ》さんから何か言いつかったとか言うてはりましたけど、なにも会わんでも、電話すればええのと違うかしら。後で電話してみましょうか?」

「そうですね、お願いします」

その長井明美との電話は、それから間もなく繋《つな》がった。有里が携帯電話を持ってきて、「はい」と差し出して、そこに居座った。

2

挨拶《あいさつ》をする長井明美の声はアルトだった。少し風邪気味なのかと思ったが、そうではなく、気鬱《きうつ》のせいであるらしい。「祖母がおかしなことを言っているんです」と、あまり抑揚のない口調で言った。

「そのことで、一度、浅見さんにお会いしたいのですけど明日の夕方はどうですか」

「いいですよ」

「それじゃ、午後五時に奈良ホテルのロビーでお待ちしてます」

一方的に言って電話を切った。

浅見にとっても意外だったが、受話器から洩《も》れた声を聞いて、有里が「奈良ホテル言うてませんでした？」と目を吊《つ》り上げた。

「そう言ってましたね。ロビーだそうです。夕食でもしながら話すつもりかな」

「なんや、お見合いみたいやわ」

「ははは……」と浅見は笑ったが、有里の険しい表情を見ると、ただでは済みそうにない予感がした。

翌日、午後五時ちょうどに奈良ホテルのロビーに入った。朝から美砂緒・いづみ母娘の行方が気になっていたが、橿原署からの電話はついになかった。

奈良ホテルには旧館と新館がある。浅見は山勘で旧館のロビーのほうへ行った。古色蒼《そう》然《ぜん》とした建築に、えも言われぬ雰囲気が漂う。それが好きな客も多いそうだ。浅見は何となく、長井明美もそっちを選ぶタイプのような気がした。予想どおり、明美はそこにいた。しかもその隣には明美の祖母の弥生が、端正な和服姿で座っていた。

「やあ、お祖母様もご一緒でしたか」

呼びかけながら、浅見は二人に近づいた。弥生と明美は笑顔で挨拶したが、やはり昨日、明美の電話で感じた少し陰のある気配は、いまもその二人にまとわりついている。

「ほんとは、祖母が浅見さんに会いたいって言うんですよ。そのくせ、一人じゃお会いできないから私に付き合えって。だから、今日は私が保護者」

「ばかなことを言うんじゃありませんよ」

弥生は年甲斐《としがい》もなく顔を赤らめながら明美を叱って、「それじゃ、お食事の時間まで、明美はどこかへ行ってらっしゃい」と、追い立てるような手つきをした。

そういう段取りになっていたらしい。明美は不満も言わずに「三十分消えます」と、ピヨコンとお辞儀をして行ってしまった。

「じつはね、浅見さん」と、弥生はシャキッと立てた上半身を前かがみにして、声をひそめて言った。浅見もつられるように、あいだのテーブルの上に体を倒した。

「小池さんが亡くなったこと、わたくしに原因があるかもしれませんのよ」

思いがけないことを言いだした。

「先日、山品画伯からお電話で、浅見さんと河野美砂緒さんがお会いになったこと、お聞きしましたの……あ、そうそう、いつぞやは美砂緒さんのこと存じませんて、嘘を申し上げて、ほんとに失礼いたしました」

「いえ、そのことはもう忘れてください。それより、美砂緒さんのことを」

「そうですわね。それで、山品画伯はそのあと、美砂緒さんの消息を摑《つか》めなくなった。何か悪いことが起きなければいいがっておっしゃって……」

「つまり、画伯は悪いことが起きそうな理由をご存じなのですね？　それが小池先生のことに関係があるとお考えですか」

「ええ」

弥生はしばらく思案を巡らせてから、「浅見さんには想像もつかないような、ずいぶん古いことになりますけど」と言いだした。

「戦後間もない頃、偶然、小池拓郎さんの論文を拝見したことがございますの。とても嬉《うれ》しかったものですから、小池さんにお便りして、美砂緒さんのこともお伝えしましたの。その頃はもう、わたくしは結婚しておりましてね、美砂緒さんはまだお独りでしたから、そういうつもりもございました。あの方たちはかつて、相思相愛でしたし、もしわたくしの兄に遠慮なさっていらっしゃらなければ、当然、結婚してらしたはずですもの」

そのことはすでに浅見の知識にある。

「お二人はお付き合いを始めて、そのうちに小池さんが上京していらっしゃって、美砂緒さんと一緒にわたくしも久し振りにお目にかかりました。これでやっと、お二人はご結婚されるはずだったのに、悲劇的な結果になりました。その時、小池さんとご一緒だったお友達というのが大変な方でしたのよ」

「溝越史郎さんですね」

「あら、ご存じですのね。ほんとに浅見さんは何でも知っていらっしゃる」

「ええ、その『悲劇的な結果』についても、このあいだ上京した時に、美砂緒さんから聞きました。すべては小池先生のお人柄が裏目に出たようで、何ともやり切れません」

「じゃあ、五万円のこともご存じ？」

「知ってます」

「そう……美砂緒さんが溝越さんとご結婚なさるって聞いて、びっくりして、どういうことなのってお訊《き》きしたら、美砂緒さんは『小池のヤツに五万円で売られたのよ』って、魔女のような顔で笑ってらしたわ。そうして、『一生、呪い続けてやる』って……それっきり、わたくしは美砂緒さんにお会いしてませんの。顔を見るのもいやって言いますけど、ほんと、美砂緒さんのことも小池さんのことも、思い出すのさえいやでした。わたくしの兄が美砂緒さんに捧《ささ》げた純愛に、泥を塗られたような気がしました。ですから、浅見さんにも嘘を申し上げましたのよ」

まだそのことにこだわっている。

「小池さんのご活躍は、いやでも目に触れました。わたくしも歴史や考古学が好きで、それで奈良の学校へ行ったほどですものね。その大好きな奈良へも行かなくなったのに、明美が大和《やまと》女子大へ行くことになって、ああ、いやだなあ、奈良へ行けば小池さんに会うかもしれないって思いました。それがこともあろうに畝傍《うねび》考古学研究所でアルバイトを始めることになったっていうんですもの、それはもうびっくりして、運命っていうか因縁ていうか、何か不吉なことが起きそうな予感が、本当に致しましたのよ」

弥生は和服の肩をすぼめるようにして、寒そうに体を震わせた。

「そう思っている矢先、小池さんがああいう目にお遭いになって……これはひょっとすると、美砂緒さんの呪いではないかって、本気でそう思いました」

言いながら、（まさかねえ――）と言いたげに、弱々しく笑っている。

「そうお思いになったのは、あなたがかつて小池先生を愛していらっしゃって、美砂緒さんに多少の負い目があるからなのですね？」

「えっ……」

弥生は驚いて、ゆっくりかぶりを振った。しかし、否定する言葉はない。

「美砂緒さんが奈良の学校を一年で退学して東京に戻ったのは、小池先生に失恋したためだったのでしょう？　小池先生は美砂緒さんにプロポーズまでしたけれど、あなたのお兄さんが美砂緒さんを愛していることを知り、お兄さんとの友情を守って、美砂緒さんから身を引いたのですね。ところが美砂緒さんは、それをあなたが仕掛けた策略だと勘違いしたのですね。それで居たたまれなくなって、奈良を引き揚げたのじゃありませんか」

「まあ驚いた、驚きましたわ……」

弥生はため息をついた。

「美砂緒さんからいろいろお聞きになったにしても、お若いあなたが、どうしてそんな昔の出来事を思い描けるのかしら？　明美などは、わたくしたちに青春なんてものがあったことさえ、信じられないくらいですのに」

「まさか……」と浅見は笑ったが、弥生は真剣そのものの顔で言った。

「いいえ、本当にそうですのよ。明美ばかりでなく、お若い方のほとんどが、年寄りは昔からずっと年寄りで、化石みたいな生き物だと思ってますのよ。そのくせ、千年以上も昔の大津皇子《おおつのみこ》や額田王《ぬかたのおおきみ》のラブロマンスには憧《あこが》れたりするのですから、何を考えているやら、まったく分かりませんわねえ」

真顔で言うので、浅見はどう応じればいいのか、困ってしまった。

「ただね浅見さん、美砂緒さんが何ておっしゃったか存じませんけれど、わたくしが美砂緒さんと小池さんの仲を裂くようなことをしたというのは、まったくの濡《ぬ》れ衣《ぎぬ》でしてよ。確かに兄が美砂緒さんを愛して悩んでいることを、小池さんにお話ししたことは事実ですけど、小池さんが美砂緒さんにプロポーズしてらしたなんて、知りませんでしたもの」

「つまり、美砂緒さんの邪推にすぎなかったのですか」

「ええ、まして、わたくしが小池さんを愛していたなんて……それは好きでしたけど、愛だとか結婚だとか、そういう次元のことではございません。いまさら言っても詮《せん》ないことですけど……」

弥生は気を取り直すように言った。

「そんなことはどうでもよろしいの。それより小池さんの失踪《しっそう》が発覚した日は、明美が初めて畝傍考古学研究所にアルバイトで行った日だというのですもの、これは絶対に因縁だと思いますわよ。浅見さんはそうお思いになりませんこと?」

「それは因縁ではなく」と浅見は言った。「妄執というべきでしょうね」

「妄執……なんて恐ろしいこと」

「じつは、畝傍考古学研究所が明美さんを採用した時、鶴の一声で採用を決定したのが小池先生でした。そして、その採用の責任者だったのが島田いづみさん、美砂緒さんのお嬢さんです」

「えっ、美砂緒さんのお嬢さんて……」

「長女の真智子さんは夭折《ようせつ》しましたが、次女のいづみさんは大和女子大を出て畝傍考古学研究所に入り、本来の仕事の傍ら、母校の学生からアルバイトを選ぶ役目を務めていたのです。これはあくまでも僕の想像ですが、小池先生が明美さんの採用を決定した時、おそらく昔お世話になった方のお孫さんだ——ぐらいの説明はしたに違いありません。いづみさんがそのことをべつに他意はなく、お母さんに話した可能性はあります。しかし、聞いたほうの美砂緒さんは驚いたでしょうね。その『小池先生』があの小池拓郎さんであり、採用された明美さんが、あの憎らしい長井弥生さんのお孫さんだと知って、疑心暗鬼の虜《とりこ》になったとしても、不思議ではありません」

浅見の話に、弥生は眉《まゆ》を顰《ひそ》めた。

3

「疑心暗鬼って、美砂緒さんは何をどう疑心暗鬼なさったのかしら？」

「疑心暗鬼なさった」という言い方はおかしいが、むろん、笑う雰囲気ではない。

「真意はご本人に聞かなければ分かりませんが、美砂緒さんは、溝越史郎さんが亡くなったのも、真智子さんが夭折されたのも、原因は小池先生にあると思い込んでいたようです。それはある意味では事実ですから、そう考えたとしても、不思議はありません。ただし、美砂緒さんの場合はその程度が常軌を逸していたのですね。このあいだお会いした時の美砂緒さんの様子は、明らかに病的で、ほとんど偏執狂といっていい状態に思えました。まさに妄執です。小池先生への怨念《おんねん》をいまもなお引きずっている……いや、それよりも鏡の呪いに取り憑《つ》かれていると言ったほうが当たっているのかもしれません」

「鏡の呪いですって？」

「ええ、亡くなられた溝越史郎さんが、離婚する直前、美砂緒さんにそう言っていたそうです、『鏡の呪いだ』と。それが現実のことになったように、溝越さんが亡くなり、お嬢さんが不幸な亡くなり方をしました」

「何なのですの、その鏡って？」

その質問に答えるべきかどうか、浅見は迷った。

「じつは、小池先生と溝越さんがまだ学生の頃、ある古墳から勾玉《まがたま》と一緒に古代の鏡を盗掘しましてね。勾玉は溝越さん、鏡は小池先生と分配したのです。しかしその後、小池先生はその鏡を溝越さんに五万円で売りました」

「えっ、じゃあ、五万円というのは、そのお金のことでしたの？」

「そうなんです。おそらく小池先生としては、美砂緒さんとの結婚資金にするつもりだったのでしょう。それを美砂緒さんは自分を売り渡したと勘違いして、それが悲劇の始まりになりました。だから小池先生には何の罪もないはずなのですが、美砂緒さんはそのことも含めて、それ以前からのすべての行き違いを、小池先生のせいだと決めつけてしまったのでしょうね」

「ああ、それにはきっと、わたくしや、わたくしの兄の問題も含まれていますわ」

弥生はため息をついた。確かに、浅見が聞いた美砂緒の話では、まさにそのとおりだった。小池と弥生との関係を疑ったことや、弥生が小池と美砂緒の「恋路」を邪魔したと勘繰ったこと――人間、心の持ち方がねじれると、万事につけて悪い方へ悪い方へと想いが向かってしまうものであるという、その典型的なケースかもしれない。

「たとえ不幸な出来事がなくても、溝越さんも小池先生も、鏡の呪いのことは深刻に感じていたのだと思います。古墳の盗掘というタブーを侵したことへの罪悪感ももちろんですが、その古墳がただの古墳ではなかっただけに、年月が経つほどに罪の意識は強まったと思います。それがとどのつまり『呪い』への恐怖に変質したのではないでしょうか」

「あの……」と、弥生は恐る恐る訊《き》いた。

「その鏡って、どこの古墳のものだったのかしら？」

「それは残念ながら言うわけにいきません。きわめて重要で、日本国の起源にも関わるような王族の墓だとだけは言えますが」

「もしかすると、大津皇子のお墓では？　でも違いますわよね。大津皇子は日本の起源というほど古くはありませんもの」

「違いますね」と笑ったが、浅見は大津皇子の墓から、折口信夫の『死者の書』を連想した。例の「した　した　した」と石槨《せっきゅう》の壁を滴り落ちる液体の音がまたしても耳朶《じだ》に蘇《よみがえ》る。

「いずれにしても、その鏡が巡り巡って今度の一連の事件の原因になったことは、ほぼ間違いないと思います。小池先生の遺品にあったノートの、たぶん一月半ば頃に書かれたと思われるページの中に、『恐ろしいことだ』という記述がありました。いったい何のことなのか分からなかったのですが、後にそれが鏡にまつわることであると理解できました。といっても、いまの段階では僕の推測でしかありませんが」

「どういうことですの？」

「その日、小池先生は例の、溝越さんに譲った問題の鏡と出会ったのでしょうね。ある人物から見せられた鏡が、なんとあの盗掘した……いわば呪われた鏡でしたから、小池先生は震え上がったにちがいありません」

「そのある人物って、わたくしも存じ上げている方？」

「いいえ、たぶん直接はご存じないでしょう。さっきお話しした、美砂緒さんのお嬢さん、いづみさんなのです。結婚して『島田』と苗字《みょうじ》が変わっているので、小池先生もその鏡を見るまでは気づいていなかったはずです。それだけに、鏡を見た瞬間の驚きと恐怖は相当なものだったにちがいない。学術的な記述ばかりのノートに、突然、『恐ろしいことだ』と書いたのはその表れです」

「それで、どうなさったのかしら」

弥生はまるで好奇心いっぱいの少女のような目を、浅見に向けた。

「いづみさんがなぜその鏡を小池先生に見せたのか、それも推測する以外にはありませんが、いづみさんは長いこと考古学と付き合っていて、その鏡の価値も分かってきた。それを確かめるために、小池先生に見せたのでしょう。小池先生の驚きがその答えになった、つまり言外にその価値の高さを認めたわけですが、逆に小池先生は鏡を公開してはならないと厳命したはずです。もちろん理由は言えません。いづみさんは不審に思いながらも、いったんはそれに従った。ところが、明美さんの採用問題から、お母さんと小池先生とのあいだにあった過去の経緯が分かって、いっぺんで小池先生への不信感がつのったのでしょうね。それにさらに美砂緒さんが拍車をかけた。ひょっとすると、鏡を小池先生に奪われることまで懸念して、いづみさんに用心するよう示唆したかもしれません」

「まあ、ひどい邪推ですわね」

「ははは、それもこれも、あくまでも僕の憶測でしかありませんけど」

「いいえ、あの美砂緒さんなら、そのくらいのことは考えましたわよ、きっと」

「確かに……いや、現実にはもっと深刻に思い詰めたのでしょう。それから間もなく、明美さんのアルバイトが始まる前の日に、美砂緒さんが小池先生を訪ねたのは、単なる偶然ではないような気もします。まさかと思いたいのですが、明美さんがいづみさんの地位を脅かす存在になるのでは——という強迫観念に捉《とら》われていたと思います」

「そんなこと、しませんわよ、あの子が」

「もちろんそうですが、それが分からないほどの疑心暗鬼に取り憑かれていたと僕は思います。これまでに、明美さんやそのほか、いろいろな人から聞いた印象によると、事件発覚の当日、小池先生が研究所に姿を見せないことを、いづみさんはひどく気にしていたそうです。その前日にお母さんと小池先生が会うことを知っていたいづみさんとしては、何か不吉な出来事が起きたと直感したか、すでに何があったか知っていたのかもしれません」

「えっ、じゃあ、美砂緒さんが小池さんをあれしたって……」

「そうですね、殺害したことをです」

浅見ははっきりと言い直した。あれほど美砂緒を嫌悪していた弥生が「まさか……」と体を震わせた。浅見の背後から明美が近づいたのにも気づかないほど動揺していた。

「どうしたの、お祖母《ばあ》ちゃま」

明美が心配そうに声をかけて、ようやくわれに返った。

「ううん、何でもないのよ。ちょっと恐ろしいお話を聞いたものだから……」

「いや、実際はそれよりも恐ろしいことが起きているのですよ」

浅見は明美を振り返りもせずに言った。

「第二の事件のほうが、ある意味では、はるかに悲劇的で恐ろしいのです」

「第二の事件て、平沢先生の事件のことですか？」と、明美が祖母と並ぶ椅子に腰を下ろして、訊いた。

「あなたは余計なことを言わなくていいの。それより、もう少しどこかへ行ってらっしゃいな」

「だめよ、そんなの狡《ずる》い。タイムアップですもの。それより浅見さん、第一の事件ていうのは小池先生の事件で、第二の事件は平沢先生の事件のことなんでしょう？」

「そのとおりです」

「じゃあ、浅見さんは二つの事件の真相が分かったんですか？」

浅見は黙って頷《うなず》いた。

その時、ベルボーイが鈴を鳴らしボードを掲げてロビーをやって来た。ボードには「浅見光彦様」と書いてある。浅見が手を挙げて合図すると、ボーイは近づいて「浅見様に、お電話が入っております」と告げた。

電話は有里からだった。「警察が浅見さんに会いたい言うてきましたけど、どないしたらええかしら？」と訊いている。

「そうですね……明日の朝、橿原署に出頭しますと伝えておいてくれますか」

「はい、分かりました。けど、浅見さん、大丈夫ですの？」

「僕は大丈夫ですよ」

「長井先輩の用事いうのは、何でした？」

「それは……詳しいことは今夜、帰ってから話します。何も心配しないで」

「はい、そしたら、待ってますよって」

心細げな声であった。

4

浅見が長井弥生と明美のところに戻ると、明美がいきなり「分かりましたよ」と、得意そうに言った。それまでのあいだに、祖母をあれこれ問い詰め、聞き出したらしい。

「いま、祖母から聞きましたけど、鏡を盗掘した古墳て、箸墓《はしはか》のことでしょう」

「ほう……」

浅見は思わず笑顔を見せた。

「よく分かりましたね」

「やっぱり……だって、日本の起源に関わるっていうんですもの。それに、そこまで秘密にしなければいけないタブーのある古墳といえば、やっぱり箸墓かなって思ったんです。私が初めて畝傍考古学研究所に行った時、平沢先生が案内してくれたのも箸墓で、ここは宮内庁の管轄だから、掘ってはいけないところって、平沢先生が言ってました」

「そんなことがあったのですか」

「ええ、それから平沢先生は三輪山の大物主神《おおものぬしのかみ》のこととか、その妻の倭迹迹日百襲姫《やまとととひももそひめ》のことを話してくれて……」

明美はその時の情景を思い出したのか、ふっと涙ぐんだ。ほんの二カ月前のことだというのに、その平沢がこの世にもういない。

「あなたの言うとおりですよ」と、浅見は明美の感傷にストップをかけた。

「さっき僕がお祖母様にお話しした鏡は、小池先生が箸墓から盗掘したものです。その鏡が巡り巡って美砂緒さんのお嬢さん、島田いづみさんの手元にあった。そのことが、今回の悲劇の原因になりました」

「えっ、あの島田さんが……」

明美は驚いた。弥生はまだそこまでは話していなかったようだ。明美は急《せ》き込むように「ね、ね、どういうこと？」と祖母の腕を揺さぶり、「どういうことなんですか？」と浅見に食い下がった。

「分かりました」と浅見は苦笑した。

「お祖母様にお話ししかけたことを、あなたにも聞いてもらいましょうか、ただし、これは絶対に他言無用ですよ。なぜ僕がお話しするかというと、それは万一、僕が死んだ時、僕が思いついたことを誰かに伝える人になってもらいたいからです」

「死ぬって、そんな……」

「いや、もちろん死ぬつもりはありませんけどね。しかし世の中、明日はどうなるか分からない。いわば保険のようなものかな。本来なら警察に伝えるのがいいのだけれど、警察はどうも頭の固い人ばかりで、なかなか素直に聞いてもらえないのです。その点、失礼ですが、お二人はスポンジのように素直に、僕のような変な人間の話すことを聞いてくださるから、張り合いがあります。ところで、その前に食事をしませんか」

「あ、そうそう、ごめんなさい、すっかり忘れてしまって。あらいやだ、もう約束したお時間をとっくに過ぎてますわ」

時計を見て、弥生が恐縮して、急いでメインダイニングルームへ向かった。

食事をしながらの話題にはあまり向いていないが、それでも明美は、それに弥生までが話の先を聞きたがった。

浅見は明美のためにあらためて、事件の全容を最初から語った。もっとも、それはあくまでも浅見の推理と憶測の域を出ない。小池拓郎がその日、「客に会う」と言っていた、その「客」が河野美砂緒であり、小池はその美砂緒の運転する車に乗り、やがて初瀬《はせ》ダムの湖面に浮かぶことになった――という事件ストーリーは、かなり大雑把なものだ。犯行動機や犯行の手口――河野美砂緒がどこでどのようにして小池に睡眠薬を飲ませ、なぜ、どのようにして初瀬ダムに投げ捨てたかは、本人に訊《き》いてみるまで真相は分からない。

とはいえ、警察組織が闇雲に捜査するのでなく、ターゲットを絞り、動機やアリバイや証拠を固めてゆけば、早晩、解決に結びつくにちがいない。少なくとも、ターゲットは河野美砂緒という、これまでは捜査線上に浮かびもしていなかった人物であることがはっきりしたのである。

浅見はこの事件よりも、むしろ「第二の事件」のほうがより悲劇的であり、救いがたいほど罪の深いことを思った。

小池拓郎がなぜホケノ山古墳に執着し、あるいは確固たる自信を抱いていたのか、浅見はあの鏡の謎を知った時に思い当たった。

あの画文帯神獣鏡《がもんたいしんじゅうきょう》は、もともと箸墓から出土したものであった。そしてホケノ山は、少なくとも箸墓以前に築造された古墳であることは定説となっている。したがって、ホケノ山古墳は画文帯神獣鏡の時代かそれ以前の王の墓でなければならないはずなのだ。

小池としては、画文帯神獣鏡がじつは箸墓から出たものであり、箸墓こそが卑弥呼《ひみこ》の時代の築造であると新説を唱えたかったにちがいない。だがそれは許されなかった。盗掘という行為はきわめて「非学術的」である上に、公式発表をしたくても、その行く手には宮内庁書陵部という壁が厳然として立ちはだかっているからである。

しかも、いまとなっては画文帯神獣鏡が箸墓から出土したものであることを証明しようにも、証拠となるものがない。「学術的」に証明するためには、数人以上の「第三者」によって、発掘する「現場」を目撃される必要があるのだ。そのジレンマを克服するには、ホケノ山古墳の築造年代が画文帯神獣鏡の時代以前であることを証明するしか方法がなかった。そして小池は、それが理論的には可能であると信じた。なぜなら、彼はホケノ山より年代の新しい箸墓から、画文帯神獣鏡が出土したことを「知って」いるからである。

あの画文帯神獣鏡と「再会」した時、小池の心は恐怖と同時に、複雑な想いで揺れ動いたことだろう。むしろその揺れる自分の気持ちのほうが恐ろしかったかもしれない。もしこの鏡がホケノ山から出土したら——という発想と欲望は、およそ考古学に勤《いそ》しむ人間なら誰しも抱くはずである。しかも小池は現実にその価値を知っている。

浅見はその時の小池の心境になりきろうと努めた。目の前に画文帯神獣鏡を見せつけられ、「これがホケノ山から出土したら」という誘惑に駆られたことは間違いない。もし画文帯神獣鏡がホケノ山で発見されれば、卑弥呼の墓の所在や邪馬台国《やまたいこく》の位置を特定する、有力な証拠になる。小池が思い描いてきた「邪馬台国畿内《きない》説」が一挙に浮上する。

しかも、それは単なる虚構や劣悪な捏造《ねつぞう》ではない。現に画文帯神獣鏡は小池自身が箸墓から掘り出したものなのだ。画文帯神獣鏡によって箸墓が三世紀半ば頃の墓であることが証明された以上、それより先に築造された大型古墳であるホケノ山が、大和王権の大王の墓であることは、いっそう動かしがたくなる。悪くても、三世紀半ばに死んだ卑弥呼の墓とする説を補強することは確かだ。

画文帯神獣鏡をホケノ山から発掘したことにしようと思えばできないことではない。発掘の作業には、各自、持ち場のテリトリーのようなものがあって、その日に掘りかけた部分は、作業を中断する際、ビニールの覆いをかけておいて、翌日も自分が担当して掘りつづけるのがふつうだ。その作業の中で「採掘」ではなく「埋蔵」することは不可能ではない。あるいは夜間、誰もいない時に現場にやってきてもその作業は可能だ。

結局、小池はその道を選ばなかった。彼の学者としての良識と良心が、恐ろしい誘惑と欲望をねじ伏せたのだろう。しかし、画文帯神獣鏡の真価と秘密を知ってしまったいづみのほうは、それと同じ発想に取り憑《つ》かれ、悪魔の誘惑に打ち勝つことができなかった。彼女にしてみれば、小池がなぜ尻込《しりご》みするのか、理解できなかったのかもしれない。画文帯神獣鏡は偽物ではないのである。箸墓にあったのでは永遠に陽の目を見ないままで終わってしまうものを、ちょっと時間を溯《さかのぼ》ったホケノ山に移し埋めるだけのことで、邪馬台国や卑弥呼の謎の解明が飛躍的に進む。むしろ、現に目の前にある重要な証拠を隠し、歴史の真実を隠蔽《いんぺい》したままでいることのほうが納得できなかったにちがいない。

だが、小池はそれを許さなかった。箸墓で盗掘したものをホケノ山から出土したと偽るのは、やはり学問的な犯罪行為なのだ。それをやってしまったら、あらゆる真実を無価値にしてしまう。たとえ事実のほんのわずかな差をコントロールするにすぎないとしても、その考え方が日本の歴史を歪《ゆが》め、ひいては日本人のルーツそのものを虚偽と捏造で染め上げてしまいかねない。

小池は鏡をいづみの手に戻しはしたが、封印させることで、自分の内なる欲望をも抑え込もうとしたのだろう。しかし、ひとたび開いたパンドラの箱の蓋《ふた》は、閉じることができなかった。

それからいったい何が起きたのか、それもまだ推測の域を出ないが、いずれにしても事態は悲劇的な方向に突っ走ることになった。それにしても、島田いづみはなぜ小池が課した封印を破ってしまったのだろうか。たとえ鏡の秘密を知ったにしても、学問の庭に勤しむ者に必要な良識や抑制力を、そう簡単に失うとは思えない。

小池がいづみに画文帯神獣鏡を見せられ、「恐ろしいことだ」とノートに述懐をメモするほどの衝撃を受けた日から、ホケノ山で画文帯神獣鏡が「発見」されるまで、およそ二カ月と推定される。その間に、いづみの心理的な変化や「犯行」に踏み切る動機が形成された、何らかの理由があるはずだ。

そして、小池殺害を実行したのが母親の美砂緒であることを考えれば、いづみの行動が美砂緒の影響を強く受けたものであると推測できる。明美から聞いた話によると、小池の行方が分からなくなったのを知った時、いづみがひどく不安そうな様子を見せたということだ。それはおそらく、母親の「凶行」を予感したからにちがいない。少なくとも、その時点まではいづみは正常な神経の持ち主であったのだ。

いづみは、画文帯神獣鏡が貴重な遺物であることや、鏡がホケノ山で「発見」されたら歴史が塗り変わる――といった話を、美砂緒にも話していたと考えられる。そしてその提案に対して小池拓郎が冷たい態度を取った話もしただろう。母と子のさり気ない会話として、そういう話題が出ても不思議はない。

それを聞いて美砂緒が逆上したことは、彼女の異常とも思えるエキセントリックな性格を垣間見た浅見には容易に想像できた。自分たち母娘《おやこ》に対して、小池がどこまでも立ちはだかる邪魔者のように思え、それまで蓄えられていた恨みつらみも爆発したのだろう。そうして美砂緒は「暴走」した。

その事件がいづみの自己抑制を解き放ってしまった。賽《サイ》は投げられたのである。いづみは鏡の魔力に取り憑かれたように、かつて思い描いたとおり、ホケノ山で画文帯神獣鏡が発見されるように仕組んだ。結果的にその筋書きと演出に踊らされることになったのは、丸岡孝郎であった。

島田いづみが丸岡を愛したこと自体を責めるわけにはいかない。妻子のある男を愛したのは悲劇だが、それは人間の弱さと、ある意味では美しさの証《あかし》ともいえる。いづみは一途《いちず》に丸岡に尽くしたかったのだ。そうして丸岡に画文帯神獣鏡の出土を「予言」した。

その日、その時、その場所を掘りなさい――という予言はまさに的中した。むろん、丸岡は予言を神聖なものとして信じ、驚きと興奮のほかは疑いを抱くこともなかったにちがいない。島田いづみにまつわる秘密を誰にも言わず、純粋に幸運に恵まれたものとして発表し、たちまちマスコミの寵児《ちょうじ》となった。それだけで十分、いづみは満たされ、幸せだったのだろう。

しかし、丸岡の栄誉もいづみの幸福も、束の間の夢と消え失《う》せる危険性が生じた――と、ここまでが浅見の推理の及ぶ限界だ。ここから先はさらなる憶測を重ねるしかない。

手掛かりはわずかに、有里が平沢徹に、小池のノートに書かれた「恐ろしいことだ」という言葉を伝えたことである。

それに対して平沢は「そういえば、あれはその頃だったな」と言い、「その頃、小池先生が珍しく難しい顔をしていた。調べてみる」と言ったそうだ。

これだけでは何のことか分からないが、少なくとも平沢には、小池の書き遺《のこ》した「恐ろしいこと」について思い当たるものがあり、「調べてみる」対象があったことだけは間違いない。その時、平沢は有里にあからさまには言わなかったが、より具体的な「思い当たる」ふしがあったと思われる。

それ以降、明らかになっている事実関係といえば、有里と会ったおよそ十二時間後に平沢が殺されたこと——だけである。

そして同じ頃の丸岡孝郎のアリバイが不明のままだ。

警察は丸岡が口を閉ざしている理由をまったく摑《つか》んでいない。それを知っているのは丸岡本人と、彼と一緒にいた「あの人」以外には誰もいない。浅見は知っているのではなく、推理しているにすぎない。とはいえ、たぶん丸岡以上に「何があったのか」を、浅見は知《ち》悉《しつ》しているつもりであった。

その丸岡にとってさえ空白の時間に、「あの人」は平沢を殺したのだ。

そのことを浅見の口から聞いた時、明美は「えーっ……」と、悲鳴に近い声を発した。周囲のテーブルの客が眉《まゆ》を顰《ひそ》めて視線を送るほどだったから、浅見と彼女の祖母は首を竦《すく》めた。

明美はすでに「あの人」が誰かを理解している。浅見は何度も「島田いづみ」の名を話の中に登場させているのだ。しかし、その瞬間まで、明美はいづみの犯行だとは思いたくなかったにちがいない。せめて母親の河野美砂緒の犯行であって欲しいと念じていた希望が、あっさりとくつがえされた瞬間、彼女の抑制のタガがはずれた。

「ほんとに、ほんとに間違いなく？」

声のトーンは抑えたが、泣きそうな顔になって、確かめた。

「本当に間違いなく、平沢さん殺害に関しては、島田いづみさんの犯行なのですよ。ただし、死体遺棄には美砂緒さんもタッチしているはずですけどね」

浅見は自己嫌悪に陥るような情けない気分で、冷たく宣言した。

5

奥の坊の門脇に幽鬼のごとく佇《たたず》む人影を見て、浅見はギョッと立ち止まった。幽鬼と見えたのは丸岡孝郎であった。

「やあ、今晩は」

自分でも意外なほど快活に言えたのは、ある程度、予測していたからだ。

丸岡は対照的に陰鬱《いんうつ》な声で「どうも」とだけ言った。薄明かりの中だが、ゲッソリと消耗した顔は判別できた。

「どうしました?」と浅見に催促されて、しばらく躊躇《ちゅうちょ》してから「話したいことがあるのですが、だめですか?」と言った。

「もちろんOKですよ。それじゃ、中に入りませんか」

「そう、ですな……」

ここに至っても、まだ迷っている。浅見は構わず、さっさと門を入り玄関へ向かった。丸岡は羊のようについてきた。

例によって勘よく玄関に飛び出てきた有里が、浅見の背後にいる丸岡に驚いて、挨拶《あいさつ》も忘れている。それを尻目《しりめ》に浅見は「さ、どうぞ」と、腕を取るようにして丸岡を自分の部屋に誘った。廊下のはずれまで来て見送る有里には、「また後で」と目顔で知らせた。

部屋に入ると、浅見は座卓の向こう側に正座して「どうぞ」と、一つしかない座布団を勧めた。

「じつは、いづみから電話がありました」

座るなり、丸岡は言った。すがり付くような目をしている。自ら「いづみ」と口にしたことで、長いあいだ彼を縛りつづけてきた躊躇《ためら》いの鎖が、吹っ切れたことを示した。

「そうですか」

浅見は余計な感想を述べることをせず、客の次の言葉を待った。

「いづみは、ありがとう……と言いました。それから、ごめんなさいとも……僕が黙秘をしつづけたことに、です」

自慢の髭《ひげ》がしおれて、震えている。

「やはり、浅見さんが言われたとおり、平沢先生はいづみが殺《や》ったのでした。浅見さんから聞いた時、まさかという気があったが、時が経つにつれて、認めないわけにいかなくなりました。あの夜、僕に睡眠薬を飲ませ、空白の時間を作ったのは、彼女なりのアリバイ工作のつもりだったのだそうです。警察の事情聴取に対して、僕がいづみのところにいたことを話せば、彼女はいつでもそれを証明して、二人のアリバイは立証されると考えたのでしょう。しかし僕はそうしなかった。もちろん家族への裏切り行為を隠したかったためなのですが、その黙秘が結局、僕だけでなくいづみをも追い詰めることになった。僕が警察の追及や周囲の白い目に晒《さら》されているのを見て、いづみは耐えきれなかった……」

不倫相手とはいえ、愛した女性の苦しい心情を思いやってか、丸岡の語尾が掠《かす》れた。

「いづみさんは動機については、何かおっしゃってませんでしたか？」

浅見は訊《き》いた。「なぜ平沢さんを殺害しなければならなかったか」

「あの日、昼の休みに、平沢先生はいづみを呼び出して、彼女の母親のことを言い出したのだそうです。どういうことかと言うと、一月の半ば頃、小池先生が平沢先生に『因縁というものは恐ろしい……』と、突然のように述懐されたというのです。僕もよく知っているのですが、小池先生はご自分の私的な話はほとんどしない方でした。それだけに平沢先生も意外だったと思います。その『因縁』の内容というのは、島田いづみの母親が、かつて小池先生の婚約者だったということと、若気のいたりとはいえ、ひどい仕打ちをしてしまったという、そのことにまつわる話だったそうなのですが、その中で平沢先生は、いづみに、『小池先生に、きみが重大な秘密を握っていると聞いた』と、深刻な表情で詰め寄ったそうです。いづみはそれはつまり、画文帯神獣鏡のことだろうと思って……」

「えっ？　ちょっと待ってください」

浅見は驚いて言った。「小池先生が平沢さんに、画文帯神獣鏡の秘密を明かしたとは信じられませんが」

「ええ、僕もそう思いました。小池先生が鏡の存在をご存じだったと仮定しても、平沢先生に話したとは思えません。それにもし平沢先生がそのことを知っていれば、鏡が発見された後ずっと、黙っておられるはずがないですからね。おそらく平沢先生は詳しいことまでは知らずに、いわばカマをかけるような言い方をしたのかもしれません。しかし、いづみはそうは思わなかったのでしょう。しかも彼女は、それ以前に母親が小池先生を殺害したことまで暴かれるのではないかと、それを恐れたのですね。いや、いづみがというより、彼女の母親が過敏に反応したのかもしれません。いづみが電話でその話をするとすぐ、東京を発《た》ったそうです。むろん、平沢先生殺害が目的でした」

「なんということ……」

浅見は嘆息を洩《も》らしたが、あの美砂緒ならありえない話ではなかった。すでに小池拓郎を殺害している美砂緒にすれば、一刻一秒も早く手を打って、真相の発覚を食い止める必要がある――と考えても不思議はない。

「そうですか……それじゃ、いづみさんはお母さんに引きずられたということですか」

そこに唯一の救いを求めるように浅見は言ったのだが、丸岡は首を横に振った。

「いや、いづみはそうは言いませんでした。むしろ、積極的に犯行の段取りをしたと言ってました。平沢先生を誘い出したのも、睡眠薬を飲ませたのも、首を絞めたのも彼女なのだそうです」

「それはいづみさんの美意識から出た言葉でしょう。何もかもお母さんだけに責めを負わすことは、いづみさんとしては忍びなかったにちがいありませんよ」

「そ、そうなのでしょうか、美意識ですか」

丸岡は口を半ば開け、ぼんやりと焦点の定まらない目を遠くへ向けた。

浅見もあえて言葉を発しなかったが、それからずいぶん長いこと沈黙して、丸岡はふとわれに返ったように言った。

「これから、どうしたらいいでしょう?」

「警察に行くことですね」

浅見も明快に答えた。

「行って、あの日の出来事をありのまま話すのが一番です。もちろん、島田いづみさんとの関係は説明しなければならないでしょう。ただし、それ以外のことを話す必要はありません。たとえば、島田さんの予言のことなどは、口が裂けても言わないことです」

「えっ……」と、丸岡は口を半開きにして、信じられない目で浅見を見つめた。

「それで、あの、いいのですかね?」

「いいとは言えませんが、仕方のないことだと思います。もう、あれは日本の歴史になってしまったのですから」

「ああ……そう、そうなのですが、しかし、それでいいのかどうか……」

「歴史を歪曲《わいきょく》したことは気にしなくても大丈夫です。なぜかというと、あの画文帯神獣鏡は、じつはもともと、箸墓から出土したものだからです。それが箸墓よりほんの少し古いホケノ山にあったとしても、学問上、致命的な過誤にはならないのではありませんか?」

今度こそ丸岡は度肝を抜かれたにちがいない。開いた口が塞《ふさ》がらない——とはこういう顔なのだという、典型的な表情のまま、固まってしまった。

浅見は丸岡のために、これまで知り得た事実関係をかいつまんで話すことになった。かいつまんでといっても、長い物語である。小池が箸墓から盗掘した画文帯神獣鏡が、巡り巡って島田いづみの手に渡った経緯は、さながら呪われた鏡が辿《たど》った数奇な運命の記録のようでもあった。これをもしドキュメンタリーとして書くことが許されるなら、「旅と歴史」の藤田編集長や、それに軽井沢のミステリー作家はさぞかし喜ぶことだろう――と、浅見はひそかに思った。

「あの、それで、いづみが……いづみは、どうなってしまったのでしょうか?」

心許《こころもと》なげに、声が震えた。浅見は黙って左右にかぶりを振ってから、言った。

「たぶん、島田さんは帰ってこないでしょうね。あの人は、あの鏡を、丸岡さんへの愛の証《あかし》として、ホケノ山に埋めたのですよ。そのことだけは心に刻んで上げてください」

浅見がそう結んだとたん、丸岡の顔がクシャッと歪《ゆが》んで、「うう……」という呻《うめ》きとともに涙がこぼれ落ちた。虚脱して、駄々っ子のように顔を仰向けたまま、「うう……うう……」と止めどなく泣いた。大の男がこんなふうに無心に、開けっ広げに泣く姿を、浅見は初めて見た。

翌朝、浅見が橿原署の駐車場に車を置いた時、署内から毎日新聞の沢木が意気揚々と現れて、浅見の顔を見ると寄ってきた。

「浅見さん、おたくは競合紙と違うから教えてあげるけど、昨夜遅く、丸岡孝郎が出頭してきましたよ」

「そうですか、何かあったんですかね?」

「そりゃ、平沢殺しを自供する気になったに決まってるでしょう」

「ははは、まさか……」

「あれ? 嘘だと思うなら賭《か》けようか。十時から一課長の定例記者会見があるから、結果はすぐ分かる」

警察署の構内だというのに、沢木は本気で賭けるつもりらしかったが、浅見は笑いながら手を振って別れた。

署内では市場部長刑事が待ち受けていた。頭を掻《か》きながら、「浅見さん、あんまりやないですか」と不満顔に言った。

「あなたは浅見刑事局長の弟さんやそうですなあ。それを早う言うてくれたら、失礼な真似はせんかったのに」

市場は先に立って応接室に案内した。無骨な手でお茶までサービスしてくれた。間もなく県警の捜査一課長がやってきて、市場と同じような挨拶《あいさつ》をした。浅見のほうはただただ恐縮するばかりだ。兄陽一郎のことを隠していたのは他意があったわけではないと弁解するのに、ひと苦労であった。

「じつは、昨夜遅く、丸岡孝郎が出頭してきましてね。いったん自宅から消えてしまったもので、慌てていたところでした。なんでも浅見さんにそうするよう勧められたということだそうで、警察としては大変感謝しておるわけです。まだ事情聴取の最中ですが、丸岡の話が事実であるとすれば、平沢さん殺害の犯人は島田いづみということになって、これまた、かねてより浅見さんから示唆を頂いておったところであり、重ね重ねのお手柄でありますなあ」

「手柄だなんて……」

そんなことを言われると、心苦しくなるばかりである。「それより、島田いづみさんの行方は分かりましたか?」

「それがですな、皆目、見当がつかないのでありますよ。丸岡も分からないと言っておって、これはどうも嘘ではないらしい。島田いづみの行方を捜索せよと、浅見さんに言われた時点から行動を起こしておったらよかったと、残念でなりません」

いづみのこともそうだが、母親の河野美砂緒の行方も杳《よう》として摑めない。巻向《まきむく》駅近くに美砂緒の車が放置されてあるのが発見されたことから、母娘《おやこ》の両方か、あるいはどちらかは電車で立ち去った可能性があると見て、警察は駅周辺から電車の乗務員、乗換駅などで丹念に聞き込み捜査を展開した。しかし、これといった目撃情報は出てこない。失踪《しっそう》が確認されてからすでに四日を経過しているのだが、手掛かりはおろか、該当するような「変死者」の情報も入ってこなかった。

丸岡孝郎に対する取り調べは一段落して、丸岡は自宅に戻った。取り調べの結果、彼もまた一種の被害者であるとも言えることが判明したので、むろん起訴や告発の対象になることはなかった。それと同時に、マスコミの関心も急速に冷め、丸岡家の周辺は閑散とした状態に復した。神奈川の実家に身を寄せていた妻と二人の子も戻ってきた。世間の目は存外、好意的とも言えた。悪い女に摑まった――程度の認識で、丸岡の浮気は許容範囲の内とされたのである。

もっとも、当の丸岡は当分のあいだ謹慎せざるをえないだろう。畝傍考古学研究所からの沙汰《さた》はまだないが、女性職員との「好ましからぬ」交際があったことは事実だから、何らかの形で、騒ぎを起こした責任を取らされることにはなりそうだ。

その一方では、ゴールデンウィーク向けのイベントとして「卑弥呼の時代――ホケノ山の発見」と題する、特別展示会への準備が急ピッチで進められている。イベントの監修は丸岡が担当していた。内容やデザイン等、基本的なことは彼の手を離れたとはいえ、最終の仕上げ段階にきて、ディレクターを失ったスタッフには迷惑な事態であった。

「そういえば、丸岡の話によると、浅見さんは島田いづみは帰ってこないと言われたそうですな。何かご存じですか？」

一課長は疑わしげに訊《き》いた。

「いえ、知っているわけではありません。ただ何となく、もう帰ることはないだろうな——と思うだけです」

その思いはずっと前から、ひょっとすると島田いづみの犯行に気づいた時から、頭の中に発芽していたのかもしれない。

母親の河野美砂緒については、別の意味でそうなるような気がしていた。浅見は美砂緒のことを思うと、黄泉《よみ》の国の坂を、腐肉から蛆《うじ》を涌《わ》かせ、呪いの言葉を吐きながらイザナギを追いかけるイザナミを連想する。妄執の鬼そのものだ。

「もう帰ることはないというと、つまり死んでいるという意味ですか」

一課長の問いに浅見はゆっくり頷《うなず》いた。

「どこですかね？　どこで死んだのか、浅見さん、本当は心当たりがあるんじゃありませんか？　だったら言ってくださいよ。当たらなくても文句は言いません」

「たぶん、箸墓ではないかと……」

「えっ、箸墓？　ほんとですか？」

案の定、捜査一課長は怯《ひる》んだ顔をした。

「ほんの思いつきです。根拠はありません」

浅見は一課長の負担を和らげるように、言った。これまでは言っても相手を困らせるだけだと思うから言わなかったのである。案の定、一課長は深刻に悩み始めている。悩むだけの結果になりそうな気がしないでもなかった。

6

浅見光彦が当麻寺に来てから、一カ月半近くを経過しようとしていた。春は深まり、日差しの強い日には初夏を思わせるほど気温も上がる。二上山の山裾《やますそ》の當麻《たいま》の里は眠たげに、ゆっくりと時間が流れた。

このところの浅見は、ワープロの手を休めて、離家の濡《ぬ》れ縁《えん》で過ごすことが多い。ぼんやり庭を眺めながら、じっと何かを待っているのである。知らぬ者が見れば、無為徒食のたぐいに思うかもしれない。もはや奈良にいる意味はなく、ひたすら東京へ帰るタイミングを計っているようにも見える。

そのことを恐れるのか、時折、有里がやってきて、浅見と同じ恰好《かっこう》で濡れ縁に腰を据え、庭を眺める。奥の坊の庭は花卉《かき》の手入れが行き届いていて、季節ごとにさまざまな花が目を楽しませてくれる。

「黙って帰りはったら、あきません」

有里はそう言って釘《くぎ》を刺した。

「そんなことはしませんよ。有里さんこそ、大学は大丈夫なの?」

「心配せんといてください。それよか、島田さんのことが心配」

心配してもどうなるものでもないことを、浅見も有里も承知している。浅見がしっかり説明したわけではないのだが、何があったのか、以心伝心に、有里はいつの間にか浅見と同じほどの知識を仕込んでいる。彼女のそういう勘の鋭さは動物的というか、ほとんど神がかりめいて、恐ろしいくらいだ。

河野美砂緒と島田いづみが箸墓にいることを「知っている」のは、浅見と有里だけなのかもしれない。しかし、誰にしたって、ひょっとすると――と思いつくぐらいの才覚は働かないはずがない。まして警察なら、ありとあらゆる可能性を想定して、ありとあらゆる場所を探索するくらいの熱意と使命感があってしかるべきだ。しかも、捜査本部長である奈良県警捜査一課長には、浅見がそれとなく示唆を与えているのである。

だが警察が動く気配はさっぱり見えてこなかった。少なくとも表向きには箸墓の「は」の字も出てこない。

箸墓に限らず、天皇家にまつわる御陵は宮内庁書陵部の管轄下にあって、外国大使館なみの治外法権に護《まも》られている。実際には県警の上層部を通じて、あるいは、ことによると警察庁刑事局長である浅見陽一郎あたりから、宮内庁に何らかの打診めいたものがなされた可能性もある。しかし、仮にそういうものがあったとしても、宮内庁は妄《みだ》りに動くことはしないだろう。動くとしても、警察の要望があってからしかるべき時間を置いて、あたかも通常の点検やメンテナンス作業の一環としての、陵墓の巡回に事寄せて、ごくさり気なく石室の内部を覗《のぞ》いて見て、たまたま「異変」を発見する。それならば箸墓の神聖も、宮内庁の矜持《きょうじ》も冒されることはない。

書陵部がそうしないかぎり、たとえ警察といえども手を束《つか》ねて傍観するほかはない。そもそも一般の人間には、箸墓に石室があるのかないのかさえも、分かっていてはいけないことになっている。神聖にして冒すべからざる秘密のベールに包まれて、横穴式古墳なのか竪穴《たてあな》式古墳なのかも、少なくともオープンにはされていない。

浅見の手元にはここ二十年以内に行われた「箸墓の発掘調査」なるテーマの論文が三つあるが、そのいずれもが箸墓の外縁部——たとえば石積みの様子などを調査したもので、とてものこと「墓の発掘」とは言えないような代物ばかりだ。もし箸墓が精緻《せいち》に調査されれば、卑弥呼の墓はどこかとか、邪馬台国はどこかといった論争に、ある程度以上の論拠が生まれるだろうに——と、浅見のような素人でさえ思いたくなる。隔靴搔痒《かっかそうよう》というが、考古学者たちの苛立《いらだ》ちがよく分かる。

河野美砂緒は箸墓の秘密を知っていたと思われる。溝越史郎の口から、盗掘のありさまを細かく聞いたはずである。小池と溝越がどのようにして箸墓の陵域を冒し、どのようにして墳丘内に侵入したか。そして陵墓内の空間のどこから「鏡」や「勾玉《まがたま》」を掘り出したか——を聞き、知っていたのだ。

戦後の半世紀のあいだに箸墓は整備され、あるいは改装されただろうけれど、基本的な姿は変わっていない。むしろ崩壊した部分を補修するなど、状態はよくなっていて、もし石室のような空間があるとすれば、それもおそらく「居住性」がぐんと改善されているにちがいない。

いま、そこに、美砂緒といづみはひっそりと「住んで」いる。

失踪以後、経過した日数を思えば、二人の生存はありえない。むしろ、小池や平沢を睡《ねむ》らせたように、「失踪」直後に自らも睡り、そのまま蘇《よみがえ》ることをしなかったと思うほうが当たっていそうだ。そこに「住んで」いるのは母と娘の骸《むくろ》と、そして妄執である。骸は腐り始め、蛆が涌き、イザナミのゾンビさながらに変貌《へんぼう》して横たわっているばかりだが、空間に漂う妄執はなおも生きつづけているのかもしれない。

（そう、大津皇子の妄執のように——）と浅見は思った。折口信夫が『死者の書』に描写した、石柩《せっきゅう》の部屋の壁を「した　した　した」と垂れるものは、ただの水滴ではなく、妄執が昇華した粘性のある液体のような気がしてならない。折口は「した　した」と擬音を書くことで、大津の怨念《おんねん》に満ちた妄執を効果的に表現した。

「考えてみると、あの時……」と、有里は思い出す時の遠い目になっている。

「小池先生が園原で見たいう女の人、振り向いたら骸骨《がいこつ》やった言うてはった、あの女の人は、美砂緒さんのことと違いますやろか？　美砂緒さんはきれいかったか知れんけど、内面は恐ろしい人やったんやわ、きっと。小池先生はそのことが分かってはったんやと思います」

（そういうものかな——）と浅見は、女性である有里の感想に異論は唱えなかった。

庭の牡丹《ぼたん》がいつ咲いてもいいほどに膨らんでいる。浅見は牡丹があまり好きでない。咲けば美しいが、咲いてしまえば本性は赤裸々になる。あでやかだが、不気味でもある。

小池が見た「夢」の趣旨が有里の言うとおりかどうかはともかくとして、浅見にも女性に対する仄《ほの》かなおそれがある。咲かせてみたいような、咲かせたくないような——隣にいる有里の無心な横顔を眺めて、浅見は妙に息苦しい、眩《まぶ》しい気分に襲われた。

浅見が「待っていた出来事」は四月二十七日の早朝に起こった。正確にいうと、事態は前夜から急転して、ほとんどの「出来事」は未明までに完了していたと思われる。

箸墓周辺で「けったい」な動きがあると、わざわざ電話してきたのは市場部長刑事である。不快感丸出しで「浅見さんが言うとったとおりでんな」と言った。浅見は市場に、箸墓で発生した出来事には、たとえ警察であっても触れることはできないだろう——と言っておいた。そのことである。

朝の暗いうちから、黒っぽいスーツ姿の男たちと紺色の作業着姿の男たち、合わせて十数人が、葬儀社の車を思わせるワゴン車二台と黒塗りのセダン二台でやってきて、そこを通る道の前後、百メートルほどの通行を遮断して、何やらコソコソと始めた。

箸墓が立入禁止区域であることは、付近の住民は誰もが知っている。喬木《きょうぼく》が生い茂る岡に足を踏み入れるだけでも処罰の対象になる。その岡を、男どもは登ったり下りたり、傍若無人の限りを尽くしている。

その様子を近くの保育園から一一〇番してきた。通報で、所轄の桜井署だけでなく、合同捜査体制にある橿原署からも出動した刑事たちが、現場に近づこうとすると、顔見知りの宮内庁書陵部の職員が立ちはだかって制止した。理由ははっきり言わないが、内々で調査したいことがあって、未明からの作業になったのだそうだ。

市場は「何ぞ、怪しい物が出たんと違いますか？」と、露骨な厭味《いやみ》を言った。とたんに相手は怖い顔になって、「何が出ようと、お宅らの干渉は受けません」と撥《は》ねつけた。

「まったく、ナニサマや思うとるんやろ」

電話の向こうで、市場は頭にきている。警察官の目は、いまそこにあるありのままの現実を見ようとする。いま見えている理不尽が許せない。しかし書陵部の職員はそう単純にはいかない。彼らははるか遠い過去を見ているのだ。少なくとも、日々の目は宮内庁を向いている。宮内庁を透して、その彼方《かなた》に棚引く「崇高な歴史」のために奉仕している。

撥ねつけられたが、その後も市場たちは遠くから現場の作業を傍観していた。巨大な箸墓の岡を覆う濃密な茂みに隠れて、はっきりとは観測できないが、蟻ン子のような作業員たちの動きは緩慢で、いかにも憂鬱《ゆううつ》そうに見える。どういう構造になっているのか、時折、彼らの姿は後円墳の中に消えてしまう。そこにある「もの」を想像すると、確かにそれは楽しい作業ではないのだろうな——と、市場はいくぶん気の毒でもあった。それを裏書きするように、三輪山から吹き下ろす風が一瞬、腐臭を運んできた。それから間もなく、箸墓の裾《すそ》近くまで、青いシートにくるんだ物が下ろされた。

「間違いないですな」と市場は言った。

「浅見さんが言わはったとおりや。河野美砂緒と島田いづみはあそこで死んどったに違いありまへん」

当然、そうなった以上、直ちに所轄署か、あるいは奈良県警かのいずれかに出動の要請があるものと市場は思ったそうだ。ところがそれからピタリ、動きが停まった。「何してけつかるんやろ」と、電話の市場の口調は苛立って、乱暴になってきた。

エピローグ

結局、箸墓《はしはか》では何も起こらなかった。翌日の朝刊の奈良県版に小さく「大池畔に母子の変死体／心中か？」という記事が載った。大池というのは、箸墓の隣にある池で、それはそれで由緒ある史跡なのだが、箸墓の聖域外になる。

〈遺留品等から、死んでいたのは東京の河野美砂緒さん（75）と河野さんの次女で橿原《かしはら》市在住の島田いづみさん（42）と判った。死後一週間から十日前後を経過、死因は服毒によるものと見られる。警察に宛てて、河野さんの病気を悲観して死を選ぶ旨の遺書があり、橿原署と奈良県警では心中事件として詳しいことを調べている。〉

記事の内容は概《おおむ》ねこういうものであった。桜井署と橿原署と奈良県警が関与はしているらしいから、検視等も行われたと思うのだが、すべてはベールの向こう側の出来事である。箸墓に入り込んだという連中と県警とのあいだで談合があったにしても、どのように処理したものか、不気味としか言いようがない。

朝食の席で、浅見は「長いことお世話になりました」と切り出した。予期していたはずなのに、有里は茶碗《ちゃわん》を口につけて「うっ」と言ったきり、もう涙ぐんでいる。そのままだと、しょっぱい茶漬けが出来そうだ。

「どうやら事件も片づきましたので、明日、東京へ帰ろうと思います」

「ほんまでっか？　そないに足元から鳥が飛び立つみたいに、急ぎはらんかて、よろしいやおまへんか。明日からはゴールデンウィークやし、せめて休みが終わるまでゆっくりして、遊んで行かはったらよろし」

為保住職は古風な表現で引き止めた。住職夫人も「そうですよ、有里かて寂しがるし」と恨めしい目で掩護《えんご》射撃をする。有里は母親に抗議しようとして言葉が出ずに、慌てて席を立った。優しい人たちであった。

午後、客が二人あった。一人めは市場部長刑事である。玄関先でいいと言い、いくら勧めても上がろうとはしない。肩を落とし、悄然《しょうぜん》とした様子で「自分は警察がよお分からんようになりました」と言った。

「浅見さんが言うたとおりのことが起きたのやから、河野美砂緒や島田いづみの犯罪が半ば立証されたも同然や、思うたのですが、上のほうは取り上げげんのです。なんやら宮内庁書陵部と取り引きでもあったんと違うか思いよるのですが、一課長かて何を訊《き》いても、いっさいノーコメント言うてます。このままでは浅見さんに申し訳ない思いましてな」

「僕のことなら気にしないでください」

浅見は疲れた「戦友」を慰めた。

「世の中にはこういう不条理もあるということなのでしょう」

「ふーん、浅見さんは何でも分かってはるんやな。まさか、お兄さんから何ぞ情報が入っとるんと違いますやろな」

「とんでもない、そんなことは絶対にありません。兄はそういう人間ではないですよ」

その時だけは浅見は本気で声を荒らげ、市場を脅《おび》えさせた。しかし市場が引き揚げた後になって、事件の背後に兄が関与していた可能性のあることを、否定できないと思った。

政府の組織とはそういうものだ。国家とは、そんなふうにして何かを護《まも》ってゆく組織なのである。箸墓が真に護ろうとしたのは倭迹迹日百襲姫《やまとととひももそひめ》の遺体ではなく、古代大和政権の権威であり組織だった。その思想が千七百年の時代を超えて、いまも息づいているということかもしれない。

二人めの客は丸岡孝郎だった。離家に誘うと彼はついてきて、小池の遺品である座卓を挟んで向かいあいに座った。面やつれは残るが、幽鬼のごとく見えたひと頃よりは、ずっと血色はよくなった。しかし、島田いづみのことを語る時は、さすがに顔が青ざめた。

「じつは、いづみの遺書がありました」

「ほうっ」と、浅見もそれは意外だった。警察がすべて回収し尽くしたと思っていた。

「研究所の僕の資料棚に、彼女が最後に復元を手掛けた甕《かめ》があるのですが、その底にこれが入っていたのです」

畝傍《うねび》考古学研究所の作業場で土器の破片を繫《つな》ぎ合わせていた、島田いづみのひたむきな姿勢が脳裏に蘇《よみがえ》った。浅見と有里が訪ねた日、欠落した部分を白い接合剤のようなものを塗り込んで、復元がほぼ終了しつつあった、あの甕のことだ。

丸岡の手から受け取った紙片を、浅見は大切に扱って、展《ひろ》げた。小さなメモ用紙に細かい几帳面《きちょうめん》な文字が二行、並んでいた。

我《あ》を待つと君が濡《ぬ》れけむあしひきの
　山のしづくにならましものを

「これは確か、石川郎女《いしかわのいらつめ》の……」

浅見の曖昧《あいまい》な記憶に、丸岡は頷《うなず》いた。若き日の大津皇子が石川郎女に贈った歌への、これは返歌である。

「あなたを濡らしたという雫《しずく》に、私もなってみたいもの」という、あどけなくも、艶《なまめ》かしい匂いのある歌だ。

そのことよりも、浅見は「しづく」と「いづみ」という、現代仮名遣いでは消えてしまった二つの「づ」に、重なりあうものを感じた。そうして、「しづく」の滴り落ちる「し

たした　した　した」という音が、またしても耳朶《じだ》に蘇った。

丸岡は「遺書」と言ったが、甕と和歌を置いた時、いづみにその意図があったかどうかは知るすべもない。しかし、いまとなってみると、箸墓の露と消えたいづみのいのちが、石柩《せっきゅう》の壁を「した　した　した」と滴り落ちる情景を、この歌は想像させる。おそらく、いづみにはすでに死の予感があったのだろう。愛する男に画文帯神獣鏡《がもんたいしんじゅうきょう》を「発見」させたのは、危険な賭《か》けであった。平沢徹が何をもって彼女を追い詰めたのかは知る由もないが、そういう事態になった以上、いづみの選択肢は多くなかったにちがいない。その中から最強の手段を彼女は選び、平沢を殺した。それは同時に自身をも殺す結果を招いた。

「僕はどうしたらいいでしょう」と丸岡は不安げに言った。いづみの死に対して、このまま知らぬふりを通すのが苦痛だという。

「死ぬまで、秘密を抱いて耐えてゆくしかないのではありませんか」と浅見は答えた。

「死ぬまで、ですか……」

丸岡は遠くを見つめた。膨大な歴史に較べれば、束の間のような時間だが、歴史の歯車を、彼はほんの少し修正したかもしれない。「耐えてゆきますか」と、泣き笑いに顔を歪《ゆが》めた。

夕刻までには引き揚げの準備は完了した。為保住職に頼まれていた小池の遺品の整理もほぼ片づいた。膨大な「研究ノート」をどう処分するのかは、畝傍考古学研究所の職員に委託することになった。

　有里が威勢よく帰ってきて、「長井先輩が明日、浅見さんと一緒に東京へ帰りたいんやそうですよ」と報告した。

「ええのかしら言うから、ええに決まってます、言うてきました」

「あほなこと言うて、この子、浅見さんのご都合かてお訊きせんといてからに」

為保夫人が叱った。「僕は構いません」と浅見は笑った。

「どうせ車です。一人も二人も同じです」

「三人もですよ」と、有里がいたずらっぽく言った。

「心配やよって、私にもついて来てくれへんか言われました。先輩の頼みやもん、仕方ないでしょう。その代わり、ゴールデンウィークのあいだずっと、長井先輩のお宅に泊めてくれはるんやそうです」

　すでに段取りは手際よく出来上がっているらしい。

「じゃあ、少し早めに出て、飯田《いいだ》の溝越さんのところで蕎麦《そば》でも食べますか」

「あっ、それがええわァ」

　精一杯、はしゃいで見せて、それからほっとしたように「ああ、よかった」と言った。独り極《ぎ》めにしていたようでいて、内心は不安だったにちがいない。

為保夫妻は「事件」の顚末《てんまつ》を根掘り葉掘り訊き出そうとしなかった。小池拓郎の鎮魂が成ればそれでいいらしい。住職は「小池先生は休まれましたか」と言い、浅見が「はい」と頷くと、「そうでっか、それは何よりでんな」と手を合わせて念仏を唱えた。

ゴールデンウィークの初日だというのに、朝から当麻寺《たいまでら》の境内は参拝者で賑《にぎ》わった。いつもはネコが寝ころぶほど閑散としているここでこれなのだから、たぶん奈良盆地は観光客で溢《あふ》れ返るにちがいない。畝傍考古学資料館の「卑弥呼《ひみこ》の時代――ホケノ山の発見」もさぞかし盛況で、展示品の中央には「画文帯神獣鏡」が異彩を放っているのであろう。もはや、人々は誰も「事件」のことなど思いもしない。

為保夫人に見送られて、浅見と有里は出発した。出掛けに門前町に立ち寄って、柿の葉鮨《ずし》と当麻名物の中将餅《ちゅうじょうもち》を多めに仕入れた。店のおばさんに何か言われたのか、有里は「いけずやわ」とけたたましく笑って、眩《まぶ》しそうな目で浅見を振り返った。

長井明美とは大和《やまと》女子大の正門の前で待ち合わせることになっている。浅見は車を真東へ向かって進めた。

「畝傍考古学研究所へ寄らはりますの？」

有里は怪訝《けげん》そうに訊《き》いた。

「いや」と浅見は首を横に振った。

「箸墓を見て行きたい」

「ああ……」

家並を出はずれると、三輪山がのどかに初夏の陽を浴びて佇《たたず》み、その下に黒々とうずくまるように、箸墓の岡が見えてきた。

あとがき

　僕の創作法はあらかじめプロット（粗筋）を設定しないで、いわばぶっつけ本番で執筆を始める。そのことはいろいろな作品の自作解説などで書いているので、ここでは詳しく述べることはしないが、それだけに、当初は想像もしなかった方向に物語が展開する場合がすこぶる多い。とりわけ連載小説は、その「危険性」を常にはらんでいる。それはまた「意外性」との遭遇を意味してもいる。それにしても、この作品ほど劇的な出来事との遭遇が多かった例は、かつてなかった。

　本書『箸墓幻想《はしはかげんそう》』は毎日新聞日曜版に平成十二年四月二日から六十三回にわたって連載された。連載小説の場合、版組みや挿絵の関係で、連載開始前に数回分の原稿を渡してあるのが通例である。今回も三月二十四日時点で四回分を入稿してあった。

　新聞連載を通読された読者はお分かりだろうけれど、連載時には本書にある「プロローグ」はなかった。第一章の1節からスタートしている。長井明美がアルバイト先の畝傍《うねび》考古学研究所を訪れる場面である。平沢徹の案内で初めて箸墓を知り、第一章の2節ではバイトの発掘作業現場である「ホケノ山」に連れて行かれる。明美は考古学に関してはまことに無知なのだが、じつはかくいう僕も「ホケノ山」については、先年の取材で初めてその存在を知ったような無知であった。長井明美と五十歩百歩といっていい。

さて、そのホケノ山で、事件の発端を予感させるようなちょっとした出来事が起こる。第一章3節では、いよいよ明美のアルバイトが始まり、ホケノ山の発掘現場の様子などを描いている。ホケノ山発掘が小池拓郎のライフワークであったことや、箸墓が発掘調査できない代わりに、ホケノ山の発掘が重要であることを書いた。

そうして4節に入ると小池の失踪《しっそう》が事件性を帯びて、5節でついに殺人死体遺棄事件が発覚する。

まさにその第一章5節を執筆中のことであった。平成十二年三月二十八日の新聞各紙はいっせいに、奈良県桜井市の「ホケノ山古墳」が最古の前方後円墳であることが判明したと報じた。それを証明する材料はいくつかあったが、とりわけ「画文帯神獣鏡《がもんたいしんじゅうきょう》」の発見は最もセンセーショナルなものだった。

いずれにしても、現在まさに執筆を開始したばかりで、わずか数日後には連載第一回目が紙面を飾ろうとしていた時だけに、僕が驚いたのはもちろんだが、毎日新聞社のスタッフ諸氏も驚き、欣《きん》喜雀躍《きじゃくじゃく》したことはいうまでもない。タイムリーということなら、これほどのタイミングのよさは滅多にあるものではない。あたかもホケノ山の大発見を予知していたかのようなスタートであった。

　本書はもちろんフィクションであり、登場する人物、団体などはすべて架空のものではあるけれど、箸墓といいホケノ山といい、また畝傍考古学研究所らしき施設は実在のものをモデルにせざるをえなかったことは、ご理解いただけると思う。したがって、そこに登場する人物もどことなく――というより、かなり実在の人物を彷彿《ほうふつ》させるような描き方になった点に関しては、ご了解いただかなければならない。その結果、心ならずもご不快をおかけしたとしたら、衷心よりお詫《わ》び申し上げる次第である。

　さて、『箸墓幻想』の執筆にまつわる不思議な出来事は、前述の「ホケノ山」の大発見ばかりではなかった。その騒ぎが一段落してから半年後の十一月初頭、「神の手」の持ち主である藤村新一氏の「石器捏造《ねつぞう》」事件が、毎日新聞のスクープとして発覚した。これもまた日本の考古学史上、画期的な大事件ではあった。三十万年から七十万年前の旧石器時代の存在を証明するものだと大騒ぎして、教科書にも記載された「事実」が、すべて虚構の疑いがあることになり、学界や学者の案外稚拙な面を見せつける、呆《あき》れた事件でもあった。

　本文三二六頁で藤村氏の「大発見」を引用して書いた時点では、それが「捏造」であったことは判明していなかった。丸岡の「発見」がそれと比肩して語られたのはそのためだが、いま読み返してみると、何となく「捏造」の可能性を予感しているような文章になっているのは、単なる偶然とは思えない。

とはいえ、この事件もまた『箸墓幻想』の真実味を補強するベクトルとして作用した。もし「石器捏造」事件がなかったなら、『箸墓幻想』の重要部分は、「そんなことがあるはずないだろう」と失笑をもって読まれたかもしれない。
・そうして極めつきともいうべき出来事は、『箸墓幻想』の連載の終了間近、平成十三年五月末に起きた。橿原《かしはら》考古学研究所（畝傍考古学研究所のモデル）の発掘調査と、奈良文化財研究所の年輪年代法調査によって、奈良県桜井市の勝山《かつやま》古墳から出土した木材の伐採時期が「紀元一九九年プラス十二年以内」、つまり、二世紀末から三世紀初頭にかけてであることが判明したというのである。
これによって、勝山古墳が日本の最古の古墳であることが特定され、それはまさに倭《わ》国女王卑弥呼《ひみこ》の時代と完全に重なる。ホケノ山か、あるいは箸墓を卑弥呼の墓であると想定する学説が、いちだんと強力に裏付けられたことになる。執筆開始以前の段階では、「邪《や》馬台国《またいこく》」についてはどちらかというと「畿内《きない》説」より「北部九州説」のほうが優勢だったことを思うと、驚異的な変遷というべきだ。

連載中には多くの方からご意見、ご教示などを頂戴《ちょうだい》した。中には「邪馬台国は山梨県にあった」と強く主張される方もおられ、邪馬台国や卑弥呼への関心の高さと広がりをあらためて知ることになった。ただし、本書はあくまでもフィクションであって、学説や論文ではない。浅見光彦が「畿内説」のシンパであろうとなかろうと、作者には何の責任もないことを申し上げておかなければならない。

内田康夫

参考文献

『田中卓著作集3　邪馬台国と稲荷山刀銘』　田中卓　国書刊行会
『邪馬壹国の論理』　古田武彦　朝日新聞社
『古代を考える　邪馬台国』　平野邦雄編　吉川弘文館
『最新「邪馬台国」論争』　安本美典　産能大学出版部
『最新邪馬台国事情』　寺沢薫／武末純一　白馬社
『邪馬台国論争』　岡本健一　講談社
『邪馬台国論争99の謎』　出口宗和　二見書房
『日本の古代遺跡5　奈良中部』　寺沢薫／千賀久　保育社
『邪馬台国の秘密』　高木彬光　角川文庫
『卑弥呼は大和に眠るか』　大庭脩編著　文英堂
『日本の歴史02　王権誕生』　寺沢薫　講談社
『古代近畿と東西交流』　石野博信　学生社

『古代を考える　飛鳥』　井上光貞／門脇禎二編　吉川弘文館
『折口信夫全集』　折口信夫　中公文庫
『折口信夫　独身漂流』　持田叙子　人文書院
『折口信夫　虚像と実像』　穂積生萩　勉誠社
『「無言館」ものがたり』　窪島誠一郎　講談社
『大歳時記』　大岡信他編・山本健吉監修　集英社
『日本書紀』　坂本太郎／家永三郎／井上光貞／大野晋校注　岩波書店
『新訂魏志倭人伝・後漢書倭伝・宋書倭国伝・隋書倭国伝―中国正史日本伝(1)』　石原道博編訳　岩波文庫

この作品は2001年8月毎日新聞社より、また、2004年10月角川文庫より刊行されました。

なお、本作品はフィクションであり実在の個人・団体などとは一切関係がありません。

徳間文庫

箸《はし》墓《はか》幻《げん》想《そう》

2022年11月15日　初刷

著者　内《うち》田《だ》康《やす》夫《お》

発行者　小宮英行

発行所　株式会社徳間書店

東京都品川区上大崎三—一—一
目黒セントラルスクエア　〒141—8202

電話　編集〇三(五四〇三)四三四九
　　　販売〇四九(二九三)五五二一

振替　〇〇一四〇—〇—四四三九二

印刷
製本　大日本印刷株式会社

ISBN978-4-19-894801-6　(乱丁、落丁本はお取りかえいたします)

徳間文庫の好評既刊

内田康夫

風のなかの櫻《さくら》香《こ》

奈良の由緒ある尼寺・尊《そん》宮《ぐう》時《じ》の養女として迎えられた櫻《さくら》香《こ》は、尼僧・妙《みょう》蓮《れん》たちに大切に育てられた。尼になることに疑問を抱くことなく育った櫻香だったが、中学生になると不審な事件が相次ぐ。「櫻香を出家させるな」と書かれた差出人不明の手紙、突然声をかけてきた見知らぬ女性——。不安を覚えた妙蓮は、浅見光彦に相談を持ちかける。謎に包まれた櫻香出生の秘密を浅見光彦が解く！

徳間文庫の好評既刊

内田康夫

隅田川殺人事件

　家族、親戚とともに水上バスに乗り込んだ花嫁の津田隆子《つだたかこ》は、船上から忽然《こつぜん》と姿を消してしまった。定刻を過ぎても隆子は現れず、新婦不在のまま披露宴を行ったのだった。新郎の池沢英二《いけさわえいじ》と同じ絵画教室の縁で出席していた浅見雪江《あさみゆきえ》は啞然《あぜん》。息子の光彦《みつひこ》に事件を調べるように依頼するが、何の手掛かりも発見できなかった。数日後、築地《つきじ》の掘割で女性の死体が発見される。それは隆子なのか!?